게르느제 섬의 오뜨빌하우스 현관 입구

①위고가 드나든 살롱을 열었던 문학가 샤를르 노디에. ②음악에 도취한 살롱의 한때. 1840년 무렵의 풍경화. ③가족사진, 쥘리에뜨(위고의 왼쪽), 손녀 잔느(위고에게 기대어 있음)와 손자 조르쥬(어머니에게 기대어 있음) 외, 1878년. ④빠리 보즈 광장에 있는 위고 기념관. 위고가 「레 미제라블」을 쓰기 시작했던 집. ⑤부상한 마리우스를 업고 장 발장이 도망간 빠리 지하수도로. ⑥위고가 숨을 거둔 집의 정문과 그 위에 새겨진 위고 얼굴. 빠리 빅또르 위고 대로에 있다.

1「레 미제라블」의 삽화. 난로에서 시뻘겋게 달은 강철 끝을 들고 나선 장 발장. 2빠리의 뒷골목 집들. 장 발장이 꼬제뜨와 함께 숨어 살던 것이 이러한 집의 한 방이다. 3「레 미제라블」의 삽화. 공원에서 꼬제뜨를 만난 마리우스. 4「레 미제라블」의 삽화. 마리우스와 꼬제뜨의 결혼

1 1870. 10. 21. 마르메죵 전투를 그린 "세느의 저격병들", B. 베르크르 그림, 베르사이유 미술관 소장. 2 빠리를 포위 공격하는 프로이센군. 프린트화. 3 세단의 패배와 제국의 몰락. 프린트화.

①"코끼리의 도살"이란 제목의 유명한 프린트화. ②프랑스·프로이센전쟁 중에 빠리 포위로 시민들은 식량을 구할 수 없어 개고기·고양이고기를 먹어야 했다. 그림은 개고기와 고양이고기를 파는 상점. ③포위 속의 식량배급. 빠리 카르나바레 박물관 소장.

① 1871. 3. 21. 불꽃에 휩싸인 츄이루리궁. ② 게르느제 섬 오뜨빌하우스의 위고, 조르쥬 위고 그림.
③ 1851. 12에 위고가 머물렀던 그랑 프러스의 일부, 듀프르노와 그림.

1 진두에 선 가리발디와 이탈리아군. 2 빠리는 반란의 한가운데에 있었는데, 행렬을 보내기 위해 바리케이드를 이동시켜야 했다. 3 1871. 3. 평화조항을 협의하는 보르도의 그랑 테아트르에서의 국민의회(런던 신문).

①노년의 병든 쥘리에뜨 드루에, 루파쥬 그림. ②위고의 사진. ③위고의 초상, 오귀스트 로댕의 판화. ④아들 프랑수아·샤를르와 위고, 오귀스트 바끄리 작. 1855—56년.

VICTOR HUGO
LES
MISÉRABLES

송면(宋勉)
강원도 고성군 통천면 장전에서 출생
메이지대학 문학부 불문과 졸업
와세다대학원 문학연구과 박사과정 졸업
와세다대학 문학박사 학위 취득
고려대학교·이화여자대학교·연세대학교 교수
한국불어불문학회 회장
논문 : 〈Bouvard et Pécuchet의 기원〉(1968) 등 다수
저서 : 《프랑스 문학사》《플로베르—그 문학사상과 소설미학》
《플로베르의 형이상학》《프랑스 사실주의문학론》
《소설미학》《프랑수아 비용—그 생애와 시 세계》
역서 : 《비용 시전집 유언집》《위고 레미제라블》

1956

레 미제라블 5 혁명 바리케이드 도둑
빅또르 위고 지음/송면 옮김
1판 1쇄 발행/1973년 10월 1일
2판 1쇄 발행/2002년 8월 8일
2판 10쇄 발행/2011년 1월 10일
발행인 고정일/발행처 동서문화사
창업 1956. 12. 12. 등록 16-345(윤)
서울강남구신사동 540-22 ☎ 546-0331~6 (FAX) 545-0331
www.epascal.co.kr
총6권 각권 8,000원
잘못 만들어진 책은 바꾸어 드립니다.

＊

사업자등록번호 211-87-75330
ISBN 978-89-497-0078-6 04860
ISBN 978-89-497-0073-1 (총6권)

Victor Hugo
LES MISÉRABLES

레 미제라블 5

혁명 바리케이드 도둑

빅또르 위고/송면 옮김

레 미제라블 5/혁명 바리케이드 도둑
차례

제5부 장 발장

제1편 시가전

제2편 레비아땅의 창자

제3편 진창 속의 영혼

주요인물

장 발장 가난과 굶주림 때문에 한 조각의 빵을 훔치다가 붙잡혀 뚤롱의 감옥으로 가게 된다. 탈옥을 거듭한 끝에 19년간의 형기를 마치고 석방되는 1815년이 이야기의 시작이다. 그뒤 그는 몽트뢰이유 쉬르 메르의 시장 마들렌느 씨가 된다. 그러나 운명은 그를 또다시 암흑의 세계로 들게 한다. 뒤에 르블랑, 윌띠므 포슐르방이라고 이름을 바꾼다. 그의 파란만장한 생애를 둘러싸고 펼쳐지는 이 이야기는 그의 죽음으로 끝난다.

샤를르 프랑스와 비앵브뉘 미리엘 디뉴의 주교(主敎). 덕망있는 인물로 도형수 장 발장에게 큰 정신적 영향을 준다.

바띠스띤느 미리엘 주교의 누이동생. 노처녀.

마글르와르 미리엘 주교와 그 누이동생을 보살피는 늙은 하녀.

쁘띠 제르베 굴뚝 청소를 하며 떠도는 사브와의 소년.

루이 18세 정통 왕조파 국왕. 프랑스 대혁명으로 처형된 루이 16세의 아우. 1814년 나뽈레옹 실각 후 왕위에 오른다. 1815년 나뽈레옹의 백일 천하 뒤에 중임. 1824년 사망. 아우 샤를르 10세가 그 뒤를 이음(1830년까지). 왕정 복고 시기의 국왕.

팡띤느 몽트뢰이유 쉬르 메르 출신의 고아. 빠리에서 재봉사 노릇을 함. 남자에게 버림받고 고향에서 여공 노릇을 하다가 끝내는 매춘부가 되어 마들렌느 씨의 진료소에서 폐병으로 죽는 불행한 여인. 꼬제뜨의 어머니.

펠릭스 똘로미에스 팡띤느를 유혹했다가 버린 빠리의 불량한 대학생.

꼬제뜨 팡띤느와 똘로미에스 사이에 태어난 사생아. 고아가 되어 시골에 맡겨져 '종달새'라고 불리며 학대받는다. 장 발장에게 구원되어 빠리로 나와 그의 딸이 된다. 라느와르라고도 불리며, 뒤에 행복한 결혼을 한다.

떼나르디에 부부 몽페르메이유의 여관 주인. 둘 다 냉혹하고 욕심이 많다. 남자는 워털루 참전 중사라고 하지만 꺼림칙한 과거가 있다. 꼬제뜨를 맡아 부려먹으며 학대한다. 가족은 뒤에 빠리로 나와 비천한 생활을 하게 된다.

자베르 장 발장을 철저히 추적하는 청렴 결백하고 냉혹한 경위.

포슐르방 몽트뢰이유 쉬르 메르에서 마차에 치었을 때 마들렌느(장 발장) 씨에게 구출된다. 뒤에 수도원의 정원사가 되어 장 발장을 헌신적으로 돕는다.

샹마띠외 장 발장으로 오인되어 처형당할 뻔한 노인.

쌩쁠리스 수녀 나사로회 수녀로, 마들렌느 씨의 진료소에서 일하는 자선 간호원. 병든 팡띤느를 헌신적으로 간호하며 그의 임종을 보살피는 성스러운 동정녀. 마들렌느 씨(장 발장)를 자베르의 손에서 벗어나게 하기 위해 평생 처음이자 마지막인 거짓말을 한다.

나뽈레옹 보나빠르뜨 워털루 전투에 대한 지은이의 회상에 등장한다.

이노쌍뜨 수도원장 늘 성체조배를 하는 르 쁘띠 뻭 쀼스 수도원 원장.

마리우스 뽕메르씨 나뽈레옹으로부터 남작 작위를 받은 군인과 빠리의 부르주아 딸 사이에 태어난 젊은이. 꼬제뜨의 연인이 되어, 바리케이드에서 장 발장에게 목숨을 구원받는다.

조르즈 뽕메르씨 마리우스의 아버지, 용맹 과감한 육군 대령. 나뽈레옹에게 헌신하였으며 워털루 전장에서 떼나르디에에게 구출받는 것처럼 된다. 왕정 복고 뒤 가족들과 떨어져 고독하게 살다가 죽는다.

뤼끄 에스프리 질노르망 마리우스의 외할아버지. 여자를 좋아하는 사교인으로 통했던 부르주아 노인. 완고한 왕당파.

에뽀닌느 떼나르디에 부부의 맏딸. 남몰래 마리우스를 사랑하여 그의 목숨을 구하려다가 바리케이드에서 희생되어 죽는다.

가브로슈 떼나르디에 부부의 아들. 가족들의 사랑을 받지 못한 끝에 빠리의 부랑자 무리에 섞여든다.

루이 필립 왕 오를레앙 왕조파 국왕. 1830년 7월 혁명으로 프랑스 국
　　민의 왕이 된다(1845년의 2월 혁명까지). 7월 왕정기(王政期)의 국
　　왕.

마뵈프 쌩 쓀삐스 성당의 교구 재산 관리 위원으로 식물 연구가. 마리
　　우스에게 호의를 갖고 있는 노인. 뒤에 바리케이드에서 죽는다.

떼오뒬르 질노르망 씨 조카의 아들. 맏딸인 질노르망 양에게 귀염을
　　받는 육군 중위.

**앙졸라, 꽁브페르, 프루뻬르, 꾸르페락, 푀이, 바오렐, 레글르(보
　　쒸에), 졸리, 그랑떼르** 정치 비밀 결사 'ABC의 벗'회의 회원. 정열적
　　인 공화주의 혁명가들. 앙졸라는 그들의 우두머리격. 마리우스를 가
　　입시켜 1832년 6월 5일의 반란을 일으키고 샹브르리 거리의 바리케
　　이드에서 농성하여 국민군에 저항하다가 전멸한다.

제10편 1832년 6월 5일(이어서)

문제의 밑바닥

폭동이라는 것이 있고 반란이라는 것이 있다. 둘 다 분노의 폭발이나 하나는 부당한 것이고 하나는 정당한 것이다. 정의를 기초로 하는 유일한 국가인 민주국가에서도 한 당파가 권력을 부당하게 획득하는 일이 가끔 있는데, 그런 때는 전체가 들고 일어나고 때로는 전체의 권리를 꼭 되찾아야 할 경우엔 무기를 잡는 것도 불사한다.

집단의 주권과 관계되는 모든 문제에 대해 한 당파에 대한 전체의 투쟁은 반란이고, 전체에 대한 한 당파의 공격은 폭동이다. 뗄르리 궁전의 주인이 국왕인가 국민의회인가에 따라 궁전에 대한 공격은 정당한 것이 되기도 하고 부당한 것이 되기도 한다. 마찬가지로 군중을 겨냥한 대포도 8월 10일에는 부당했고 포도월 14일에는 정당했다. 겉보기에는 비슷하나 그 바탕은 다르다. 루이 16세의 호위병은 허위를 방위하고 보나빠르뜨는 진실을 방위했다. 보통 선거가 그 자유와 주권에 의해 형성한 것을 도시의 군중이 해체해서야 되겠는가? 순수한 문명의 문제도 똑같다.

대중의 본능은 어제는 깊은 통찰력을 갖추고 있을지 몰라도 내일은 어떻게 흐려질지 모른다. 똑같은 분노의 폭발도 떼레에 대해서는 정당했으나 뛰르고에 대해서는 부조리했다. 기계가 파괴되고, 창고가 부서지고, 철도가 막히고, 뱃도랑이 파괴되고, 군중이 그릇된 길을 걷고, 국민이 진보의 이름으로 심판받기를 거부하고, 라뮈가 학생에게 암살되고, 루소가 돌팔매를 맞고 스위스에서 쫓겨 나는 이런 것들이 폭동의 실태다. 이스라엘이 모세에게 반항하고, 아테네가 포키온에 거역하고, 로마가 스키피오를 배반한 것, 이것이 폭동이다. 빠리가 바스띠유 감옥을 공격하는 것, 그것은 반란이다. 알렉산더에게 반항한 병사, 크리스토퍼 콜럼버스에게 반항한 선원, 이들은 똑같이 모반자들이다. 아주 충성스럽지 못한 모반자들이다. 왜 그런가? 알렉산더는 크리스토퍼 콜럼버스가 나침반으로 아메리카를 대한 것처럼, 칼로 아시아를 대했기 때문이다. 알렉산더도 콜럼버스와 마찬가지로 신세계를 발견했기 때문이다. 이처럼 신세계에 문명을 제공하는 것은 곧 문명을 넓히는 일이며 따라서 그에 거역하는 반항은 모두 유죄이다.

국민은 이따금 자기 자신에 대해 성실하지 못한 경우가 있다. 군중이 국민의 의지를 배반하는 것이다. 예를 들어 오랫동안 피를 흘리며 항의해 온 소금 밀매업자들의 투쟁만큼 기묘한 결과를 낳은 일이 또 있을까? 그것은 마성화한 합법적 반항이었으나 결정적인 순간에, 구원의 순간에, 민중이 승리하는 순간에 이르러 갑자기 왕과 결탁하여 올빼미당^(반혁명 농민 집단)으로 변절하고, 적대하는 반란에서 편을 드는 폭동이 된 것이다. 무지가 낳은 슬픈 걸작이다! 소금 밀매업자들은 국왕으로부터 교수형을 사면받자 아직 밧줄 끝을 목에 건 채 흰 모표^(왕당 표시)를 달았다. 염세(鹽稅)를 폐지하라는 주장이 국왕 만세라는 소리를 낳게 한 것이다. 성 벨르뗄르미 제(祭)의 학살, 9월의 참살, 아비뇽의 살육, 꼴리니의 살해, 랑발르 부인의 살해, 브류느의 암살, 미끌레 산적의 난, 녹색 리본당의 난, 변발당의 난, 츄위 일당의 난, 완장 기사의 난, 이 모든 것이 폭동이다. 방데의 난은 가톨릭 교도가 일으킨 가장 큰 폭동이다.

정당한 권리가 움직이는 소리는 곧 식별이 되는 것이지만 그렇다고 혼란에 빠진 군중의 몸부림에서 항상 그 소리가 들리는 것은 아니다. 미친 격노라는 것이 있다. 금이 간 종이 있다. 모든 종소리가 청동의 맑은 소리를 내는 것은 아니다. 감격과 무지의 진동은 진보의 충동과 별개다. 사람들이여 일어나라 하고 외치는 것은 좋지만 거기엔 언제나 향상을 목적으로 하지 않으면 안된다. 방향의 진로를 결정하지 않으면 안된다. 반란엔 오직 전진이 있을 뿐이다. 그 외의 반대운동은 모두 부정이다. 폭력에 의한 역행은 모두 폭동이다. 후퇴하는 것은 인류에 대한 폭력 행위이다. 반란은 노한 진리의 발작이다. 반란이 파서 뒤집는 돌바닥은 권리의 불꽃을 튀긴다. 그러나 똑같은 돌바닥도 폭동에는 진탕을 튀길 뿐이다. 루이 16세에 대한 당똥의 행위는 반란이고 당똥에 대한 에베르의 행위는 폭동이다.

따라서 반란이 어떤 경우에는 라파이예뜨가 말한 것처럼 더없이 신성한 의무가 될 수 있는 데 반해 폭동은 더없이 잔인한 폭력 행위가 될 수 있다.

그 열의 강도에도 차이가 있어 반란은 때로 커다란 화산이 될 수 있는 데 반해 폭동은 한낱 짚불에 그치는 수가 많다.

이미 말했듯이 모반은 때로 권력의 내부에 숨어 있는 일이 있다. 뽈리냐끄는 폭동의 장본인이며 까미유 데물랭은 통치자이다.

그러나 때로 반란은 부활이다.

모든 것을 보통 선거로 해결하게 된 것은 극히 최근의 일이지만, 그 이전의 역사는 4000년에 걸친 권리의 침해와 민중의 고통으로 점철되어 있었기 때문에 역사의 각 시대는 당시로서 가능한 범위에서 항의를 제출하고 있다. 로마의 여러 황제 아래서는 반란은 없었으나 유베날리스가 있었다.

'분노는 만든다'(^{'분노는 시를 만든다'} ^{는 유베날리스의 말})라는 말이 그라끄 형제 대신으로 쓰이게 된 것이다.

로마의 여러 황제 시대에는 시에나의 망명자(^{유베날} ^{리스})가 있고 또 연대기의 지은이(^{타킷} ^{투스})가 있다.

빠뜨모스 섬의 거대한 망명자(^성 ^{요한})에 대해서는 말할 것도 없다. 그도 역시 이상 세계의 이름으로 현실 세계에 항의를 퍼붓고, 환상에 의해 뛰어난 풍자시를 지었으며, 로마와 맞먹는 니네베며, 바빌론이며, 소돔 위에 불 같은 《묵시록》의 빛을 던졌던 것이다.

바위 위의 요한은 받침돌 위의 스핑크스와 같이 수수께끼이다. 그의 말을 이해할 수는 없다. 그는 유대인인데 그가 하는 말은 희랍어이다. 그러나 연대기를 쓴 사람은 라틴 사람, 자세히 말해 로마 인이다.

네로와 같은 폭군들이 암흑 통치를 할 때는 그들을 역시 어둡게 묘사하지 않으면 안된다. 끌로 모양만 새겨서는 효과가 나지 않을 것이다. 새김 하나하나에 인간의 마음에 스며들 농후한 산문을 흘려 넣어야 된다.

전제 군주도 사상가에게는 다소 의미가 있는 존재이다. 사슬에 묶인 말, 그것은 무서운 말이다. 지배자가 국민에게 침묵을 강요할 때 저술가는 그 문체에 이중 삼중의 의미를 섞게 된다. 그 침묵에서 어떤 불가사의한 충실감이 생겨 그것이 사상 속에 스며들고 하나로 응결하여 맑은 소리를 내는 청동이 된다. 역사상의 압제는 역사가의 문장을 극히 간단하고 명백한 것으로 만들어 놓고 있다. 그러한 종류의 유명한 산문이 지닌 화강암 같은 단단함은, 모두 다름아닌 폭군에 의해 압축되어 일어난 결과인 것이다.

전제 군주 정치는 저술가에게 어쩔 수 없이 대상의 범위를 좁혀 주나 그 때문에 오히려 그들의 필력은 한껏 커진다. 키케로와 같은 문장은 벨레스에게는 대충 어울리나 칼리굴라에게는 무디기 짝이 없다. 문장의 규모가 작아질수록 읽는 사람에게 주는 충격은 커지게 마련이다. 타키투스는 전력을 기울여 생각을 짜낸다.

위대한 마음의 성실성은 정의와 진리로 응축될 때 상대를 분쇄하는 힘이 된다.

이왕 나왔으니 하는 말이지만 타키투스가 역사상 시저와 겹쳐지지 않은 것은 매우 주목할 만한 일이다. 타키투스에게는 티베리우스 같은 폭군이 할당되었다. 시저와 타키투스의 경우는 연이어 나타난 두 현상이지만, 긴 세월을 연출할 때 등장 인물의 입장과 퇴장을 정하는 신은 생각하는 바가 있어 이 두 사람의 만남을 피하게 한 것 같다. 시저도 위대하고 타키투스도 위대하다. 신은 이 두 인물의 위대함을 아껴서 서로 충돌하지 않게 하였다. 이 심판자(타키투스)가 시저를 공격하면 공격이 너무 심하여 불공평하게 될지도 모른다. 신은 그것을 바라지 않는다. 아프리카나 스페인에서 벌어진 대전쟁, 실리시아의 해적 토벌, 골 지방과 브르따뉴와 게르마니아로의 문명 도입, 이들 수많은 영광이 시저가 루비콘 강을 건넌 죄악을 보상해 주고 있다. 여기에 심판하는 신의 섬세한 배려가 있다. 신은 뛰어난 권력 횡령자에게 무서운 역사가를 대결시킬 것을 주저하고, 시저에게 타키투스의 비판을 피하게 함으로써 천재에게 정상 참작의 여지를 주었다.

물론 전제 정치는 어디까지나 전제 정치로, 천재가 전제 군주가 되어도 변함은 없다. 뛰어난 폭군의 치하에도 타락은 있다. 그러나 정신의 페스트는 비열한 폭군 밑에서는 더욱 굉장한 것이다. 그러한 통치에서는 아무것도 수치를 감추지 않는다. 때문에 타키투스나 유베날리스처럼 세상을 응집하려는 자는 인류의 눈앞에서 그 치욕을 변명할 수 없을 만큼 공격하여 한층 더 효과를 높일 수 있다.

로마는 실라 시대보다 비텔리우스 시대에 한층 더 악취를 풍겼다. 클로디우스나 도미티아누스 시대에는 추악한 폭군에 어울리는 하층민의 추악성이 있었다. 노예의 비천한 행위는 전제 군주 자신에 의해 빚어진 것이다. 지배자의 성격을 그대로 나타내고 있는 그 시궁창 같은 의식에서 독기가 오르고 있다. 공권은 더럽혀지고, 사람의 마음은 보잘것없게 되고, 의식은 평범해지고, 영혼은 구린내가 난다. 카라칼라 시대가 그러했고, 코모디우스 시대가 그러했고, 헤리오가발레우스 시대가 그러했으나, 그 반면 시저 시대에는 로마 원로원에서 독수리집의 냄새 같은 분뇨 냄새가 풍겼을 뿐이다.

그래서 타키투스나 유베날리스 같은 인물이 약간 늦게 나타나지 않았나 생각하게 되나, 사실의 증명자가 나타나는 것은 명증의 시대가 된 후이다.

그런데 유베날리스도 타키투스도 구약시대의 이사야와 마찬가지로 또 중세의 단떼처럼 개인이다. 한편 폭동이나 반란은 군집이다. 부당해질 수도 있고 정당해질 수도 있는 군집이다.

대개의 경우 폭동은 물질적인 문제에서 일어나나, 반란은 언제나 정신적인 현상이다. 폭동은 말하자면 마사니엘로와 같은 것이고 반란은 이를테면 스파르타쿠스와 같은 것이다. 반란은 정신과 나란히 있고 폭동은 먹는 것과 관련하여 위장과 나란히 있다.

가스떼르는 곧잘 화를 낸다. 물론 그 가스떼르라고 해서 다 잘못을 저지르는 것은 아니다. 굶주림이 문제가 되면, 예를 들어 뷔장쎄의 경우가 그런 건데, 폭동은 하나의 진실한 비극적이면서도 극히 정당한 출발점을 가지고 있다. 그렇다곤 해도 역시 폭동임엔 틀림없다. 왜인가 ? 내용은 정당했지만 형식이 부당했기 때문이다. 권리는 있었으나 야만적이있고, 힘은 있었으나 과격했고, 닥치는 대로 공격했기 때문이다. 그것은 마치 눈먼 코끼리처럼 아무거나 깔아 뭉개며 전진했다. 노인과 아녀자의 시체를 함부로 남겨 놓았다. 덮어 놓고,

해도 끼치지 않고 죄도 없는 사람의 피를 흘리게 했다. 민중에게 먹을 것을 준다는 목적은 좋았으나 그 때문에 국민을 학살한 수단은 나빴다.

무력에 의한 항의가 가장 옳은 것이라 할지라도, 가령 8월 10일($^{1792}_{년}$)이나 7월 14일($^{1789}_{년}$)처럼 정당한 것이라도 모두 똑같은 혼란에서 비롯된다. 권리에서 사슬이 풀릴 때까지는 동요가 있고 소란이 있다. 큰 강도 처음엔 계곡의 급류였듯이 반란도 폭동과 다를 바 없었다. 대개 그것은 혁명이라는 큰 바다로 흘러들어가게 된다. 그러나 때로는 정신의 지평선에 우뚝 솟은 정의나, 지혜나, 이성이나, 권리 같은 높은 봉우리에 원천을 두고, 이상이라는 더 없이 순결한 눈을 녹이며 오랫동안 바위에서 바위로 계속 떨어져 내린 뒤, 많은 지류가 합쳐 큰 강을 이루고 그 맑은 수면에 푸른 하늘이 비치게 되자, 마치 라인 강이 늪지대로 흘러들어가듯이 반란은 갑자기 부르주아지의 늪으로 흘러들어가는 수도 있다.

그러나 이상과 같은 일은 모두 과거의 일이므로 미래는 또 다르다. 보통 선거는 폭동을 자기 원칙 속에 용해시켜 버리고, 반란에 투표권을 주는 대신 무기를 몰수한다는 감탄할 만한 장점을 지니고 있다. 전쟁이라는 것이 시가전에서 국경 분쟁에 이르기까지 완전히 없어진다는 것, 그것은 불가피한 진보이다. 오늘날이 어떻든 '미래'에는 평화만 있을 것은 명백한 사실이다.

그런데 이 부르주아는 반란과 폭동이라는 것이 어떤 점에서 어떻게 다른가를 전혀 모른다. 부르주아들이 보기엔 어느 것이나 다 폭동이고, 단순한 모반이고, 주인에 대한 개의 반항이고, 주인을 물려고 하기 때문에 사슬로 묶어 개집에 처넣어야 하는 광포성이고, 시끄럽게 짖어 대는 소리이고, 귀찮은 울음 소리이다. 그러나 부르주아가 그렇게 생각하고 천연스레 있을 수 있는 것도, 개의 대가리가 갑자기 커져 사자의 얼굴이 되어 어둠 속에 희미하게 떠오르게 되는 날까지다.

그때에야 비로소 부르주아는 부르짖는다. "국민 만세!"

여기서 한 가지 생각해 보기로 하자. 그럼 1832년 6월 동란은 역사의 관점에서 무엇이었는가? 폭동일까, 아니면 반란일까?

그것은 반란이다.

앞으로 이 사건을 무대에 올릴 때 작자는 혹시 이따금 폭동이라는 말을 쓸지도 모른다. 그러나 그것은 다만 표면적인 사실을 부를 때뿐이고, 폭동이라는 형식과 반란이라는 실질적 차별은 항상 둘 생각이다.

이 1832년의 동란은, 그 급속한 반발과 슬픈 종말에도 불구하고 대단히 위대한 요소들을 지니고 있기 때문에, 단순한 폭동으로 보는 사람들조차 그것에 대해 얘기할 때는 반드시 경의를 표한다. 이 동란은 그들에게 1830년의 여파와 같다. 그들의 말에 따르면 한 번 흔들린 상상력은 하루 아침에 가라앉진 않는다는 것이다. 혁명은 일시에 중단되지는 않는다. 평화로운 상태로 돌아갈 때까지는, 예를 들어 산에서 평야로 내려가는 길처럼 반드시 몇 개의 기복이 있다. 쥐라 산맥에 이어지지 않은 알프스 산맥과, 아스투리아스 산맥에 이어지지 않은 피레네 산맥은 없다.

빠리 시민이 '폭동의 시기'라고 회상하는 저 현대사의 비장한 위기는 확실히 금세기의 폭풍우와 같은 여러 시기 중에서도 독특한 시기이다.

이야기로 들어가기 전에 마지막으로 한 마디만 더해 두기로 하자.

이제부터 하는 얘기의 줄거리는 지극히 극적이고 생생하나 역사가는 시간과 지면이 없다는 이유로 대개 쓰기를 등한시한다. 그러나 사실은 거기에, 거기야말로 인간의 생명이, 고동이, 전율이 있는 것이라고 역설하고 싶다. 언젠가도 얘기한 일이 있지만 자질구레한 부분이란 이른바 큰 사건의 지엽과 같은 것이므로 역사의 원경 속에

1832년 6월 동란은 역사의 관점에서 무엇이었던가?

휩쓸려 들어가 사라진다. 말하자면 폭동 시기에는 그런 종류의 자질 구례한 일들이 많다. 재판소의 심리도 역사와는 별개의 이유로 모든 것을 밝히지 않았고, 또 모든 것을 깊이 파고들지도 않았을 것이다. 그러므로 우리는 세상에 알려지고 공표된 사실들 중에서 아무에게도 알려지지 않은 사실이나, 알고 있던 사람도 잊어버렸거나 죽어버렸기 때문에 묻히고 만 사실들을 덧붙여 표면화시킬 생각이다. 이 거대한 장면을 연출하던 사람들은 대부분 이미 사라져 버렸다. 또 그렇지 않으면 그 이튿날부터 그들은 입을 봉해 버렸다. 그러나 이제부터 하려는 얘기에 대해서는 작자인 나 자신이 그것을 직접 목격했다고 해도 좋을 것이다.

역사는 얘기하는 것이지 고발하는 것은 아니니까. 몇 사람의 이름은 바꿀 생각이나 사건 그 자체는 있었던 그대로 묘사할 생각이다. 다만 이 책의 조건으로 1832년 6월 5일과 6일 사이에 일어난 일면만을, 하나의 에피소드만을, 그것도 가장 알려지지 않은 사건을 이야기하게 될 것이다. 그러나 작자는 이제부터 그 어두운 베일을 쳐들어 거기에서 연출된 무서운 사건의 진상을 독자 자신이 직접 목격하도록 최선의 노력을 기울일 작정이다.

장례식——부활의 기회

1832년 봄, 석달 전부터 콜레라가 사람들의 마음을 얼어붙게 만들어 불안한 정세를 음울하게 진정시키고 있었으나 빠리는 상당히 오래 전부터 곧 터질 것 같은 기운이 감돌고 있다. 이미 말한 것처럼 대도시는 하나의 대포와 비슷하여 장전되어 있을 때는 불똥만 떨어져도 그 총알은 발사된다.

1832년 6월, 그 불똥이란 라마르끄 장군의 죽음이었다.

라마르끄는 유명한 행동형 인물이었다. 그는 제정기와 왕정 복고기에 걸쳐 이 두 시대에 필요한 두 가지 용기를 계속 발휘했다. 즉 전장에서 갖는 용기와 단상에서 갖는 용기이다. 그는 처음에 용감했던 것처럼 뒤에는 웅변가가 되었다. 그의 말에서는 칼날과 같은 날카로움이 느껴졌다. 선배인 프와와 마찬가지로 지휘권을 높이 쳐든 다음엔 자유의 깃발을 높이 쳐들었다. 그가 차지한 의석은 좌파와 극좌파의 중간 위치였으며 미래가 어찌되든 두려워하지 않았기 때문에 국민에게 사랑을 받았고, 황제를 위해 충성을 다했기 때문에 대중에게 사랑을 받았다. 제라르 백작과 드루에 백작과 함께 그도 나뽈레옹의 '가슴속'에 있는 원수(元帥)의 한 사람이었다. 1815년의 조약은 마치 개인의 치욕이기나 한 것처럼 그를 격분케 했다. 그는 웰링턴을 증오했는데 그것이 대중의 뜻에도 맞았다. 그리고 17년 전부터 그동안에 일어난 갖가지 사건에도 불구하고 오직 한결같은 마음으로 위털루의 슬픔만을 잊지 않고 지켰다. 임종할 때도 그는 '백일천하'의 장군들이 보낸 칼을 가슴에 꼭 안고 있었다. 나뽈레옹은 '군대'라는 말을 하며 숨을 거두었으나 라마르끄는 '조국'이라는 말을 하며 죽었다.

라마르끄의 죽음은 벌써부터 예상되었으나 국민은 그것을 손실이라고 해서 두려워하고, 정부는 무슨 사건의 계기가 되지 않을까 해서 두려워하고 있었다. 그의 죽음은 만인이 애통해 마지않는 죽음이 되었다. 그러나 모든 슬픈 일이 다 그렇듯 죽음도 모반으로 변하는 일이 있다. 과연 그대로 되었다.

라마르끄 장군의 장례날로 정해진 6월 5일의 전날 밤과 그날 아침, 장례 행렬이 지나가기로 되어 있는 쌩 땅뜨완느 성 밖에는 무시무시한 분위기가 감돌았다. 이 혼란스런 그물코 같은 거리는 심상치 않은 기색으로 술렁거렸다. 사람들은 최대한 무장하고 있었다. 목수들은 '성문을 부수기 위해' 작업대의 꺾쇠를 휴대했다. 그들 중 한 사람은 제화공의 코바늘 끝을 꺾어 그것을 갈아 단도를 만들었다. 또 어떤 사람은 열병이 걸린 것처럼 '공격하고 싶다'는 생각에 사흘 전부터 옷도 벗지 않고 잤다.

롱비에라는 목수는 길에서 만난 친구들에게 이런 질문을 받았다.

"어디 가는 거야?"

"글쎄, 무기로 쓸 게 없어서 말야."

"그래서 어떡하려고?"

"작업장에 컴퍼스를 가지러 가."

"그걸로 뭘 하려구?"

"글쎄, 나도 모르겠어."

롱비에는 대답했다.

자끌린느라는 민첩한 남자는 노동자가 지나갈 때마다 가까이 다가갔다.

"자네, 잠깐 이리 오게!"

그리고 포도주를 10수어치 대접하고 나서 말했다.

"일거리는 있나?"

"없습니다."

"피스뻬에르네 집에 가보게. 몽트뢰이유 성문과 샤론느 성문 중간이야. 거기 가면 일이 있네."

그래 피스뻬에르네 집에 가보니까 탄약과 무기가 있었다.

몇 명의 유명한 두목들은 '우편 배달을 하고 있었다.' 즉 동지들을 모으기 위해 집집마다 뛰어다니고 있었다.

트론느 성문 옆 바르뗄르미 집과 쁘띠 샤뽀의 까뗄 집에서도 술꾼들이 무시무시한 모습으로 서로 이마를 맞대고 있었다. 그들의 이야기에서 이런 소리가 들렸다.

"자네 권총 어디에 간직하고 있나?"

"작업복 밑에."

"자네는?"

"셔츠 속에."

라마르끄 장군의 장례 행렬은 경계 때문에 군대에 둘러싸여 빠리를 통과했다.

롤랑 공장 앞 트라베르시에르 거리와 공구상 베르니에의 공장 앞 메종 브뢸레 안뜰에서는 사람들이 여기저기 모여 쑤군대고 있었다. 그 중 가장 열성 있는 사람으로 마보라는 사내가 특별히 사람들의 시선을 끌었다. 그는 한 공장에 1주일 이상 있었던 적이 없다. 그것은 주인이 '매일 그와 논쟁을 해야 하기 때문에' 견딜 수 없어 모가지를 잘랐기 때문이다. 이 마보라는 사내는 그 이튿날 메닐몽땅 거리 바리케이드에서 죽었다. 역시 이 전투에서 마보를 돕다가 죽은 프로또라는 남자가 마보에게 "자네 목적이 뭔가?" 하고 묻자 그는 "반란을 일으키는 거야." 하였다.

베르시 거리 한 모퉁이에 모여 있던 노동자들은 쌩 마르소 성 밖 담당 혁명 지도자인 르마랭이라는 남자를 기다리고 있었다. 그들 사이엔 암호가 거의 공공연하게 교환되고 있었다.

6월 5일은 비가 오락가락하는 고르지 못한 날씨였다. 라마르끄 장군의 장례 행렬은 경계 때문에 인원수를 훨씬 늘린 군대에 둘러싸여 빠리 시내를 통과했다. 북에 검은 천을 드리우고 총을 거꾸로 멘 2개 대대, 군도를 찬 만 명의 국민군, 국민군 포병대 등이 관을 호위하고 있었다.

영구차는 청년들이 손으로 끌고갔다. 그 바로 뒤를 상이 군인 장교들이 월계수 가지를 받쳐들고 따라갔다. 그 뒤에는 이상하게 흥분한 무수한 군중이 쫓아갔다. '국민의 벗'의 대원, 법학도들, 의학도들, 각국에서 온 망명객들, 스페인, 이탈리아, 독일, 폴란드 등의 국기, 수평으로 든 삼색기, 갖가지 기, 푸른 나뭇가지를 휘두르며 가는 아이들, 마침 파업을 일으키던 석공들이며 목수들, 종이 모자로 금방 알 수 있는 인쇄공들, 이들이 모두 삼삼오오 떼를 지어 걸으며 함성을 지르기도 하고, 몽둥이를 휘두르기도 하고, 어떤 자는 군도를 휘두르기도 하여, 질서는 없으나 하나의 정신으로 뭉쳐 떼지어 가기도 하고, 일렬종대로 전진하기도 했다. 그리고 어느 집단에

나 다 지휘자가 있었다. 권총 두 자루를 밖으로 찬 남자 하나가 다른 패들을 사열하고 있었는지 대오는 그 앞에서 싹 길을 비켰다. 큰 길가며, 가로수 나뭇가지며, 집집의 발코니며, 창이며, 지붕에도 남자와 여자와 아이들의 얼굴이 옹기종기 붙어 있었다. 그들의 눈은 모두 불안에 싸여 있었다. 무장한 군중이 지나가는 것을 겁에 질린 군중이 지켜보고 있었다.

　정부 쪽에서도 감시하고 있었다. 칼자루에 손을 대고 감시하고 있었다. 루이 15세 광장에는 중기병 4개 중대가 말을 타고 나팔을 선두로 탄약통에 탄약을 잰 다음, 소총이며 기병총에 장전을 한 완전 무장 태세로 전진 명령만을 기다리는 모습이 보였다. 라틴 구역과 식물원에는 시의 위병들이 거리거리에 사다리꼴로 배치되어 있었다. 알로 뱅(포도주
시장)에는 용기병 1개 중대가 있었고, 그레브에는 제12 경기병 대대의 절반, 나머지 반은 바스띠유에, 또 쎌레스뗑에는 용기병 제6 대대, 루브르 궁전 안뜰에는 포병이 가득 들어차 있었다. 이 외의 부대는 모두 병영에 주둔하고 있었으며, 또한 빠리 외곽에도 몇 개의 연대가 배치되어 있었다. 불안해진 정부는 압도적인 군중에 대한 대비로 시내에 2만 4천, 교외에 3만의 병력을 준비해 놓았다.

　행렬 속에는 온갖 소문이 떠돌아다녔다. 정통 왕조파가 책동하고 있다는 소문도 있고, 군중이 제국의 왕으로 추대하려고 지명한 바로 그 순간 신에 의해 죽음이 결정된 라이히쉬타트 공작에 대한 소문도 있었다. 지금껏 그 이름이 밝혀지지 않은 어떤 남자는, 매수된 감독 두 사람이 정한 시각에 병기 공장 문을 민중에게 열어 주기로 되어 있다고 알리며 다녔다. 참석자 중 모자를 쓰지 않은 대다수 사람들의 얼굴에는 고민과 흥분이 뒤섞여 있었다. 과격하긴 하나 고귀한 감동에 사로잡힌 이들 군중 속에는 틀림없이 악한으로 보이는 얼굴이며, "약탈하자!" 하고 외치는 듯한 야비한 자들의 입모습도 여기저기 보였다. 이런 경우엔 수렁 밑바닥을 휘저어서 흙탕물을 일으키는 것 같은 그런 선동 행위가 흔히 있다. 그러한 현상에는 '잘 훈련된' 경찰도 전혀 관계가 없지 않다.

행렬은 열병에 걸린 것처럼 느릿느릿, 고인의 집을 떠나 몇 개의 큰 길을 거쳐 바스띠유에 이르렀다. 이따금 빗방울이 떨어졌으나 군중은 아랑곳하지 않았다. 그동안 몇 가지 사건이 이 장례 행렬을 장식했다. 관이 방돔므 광장에 왔을 때는 기념탑 주위를 몇 번이나 끌려서 돌았다. 모자를 쓴 채 발코니에 나타난 피츠 제임스 공작에게는 돌이 날아갔고, 골의 닭(7월 왕정의 표지)이 어느 민중의 깃발에서 뽑혀서 시궁창에 던져졌다. 쌩 마르땡 성문에서는 순경 한 사람이 칼에 찔려 부상했으며, 제12 경기병 대대의 한 장교는 큰 소리로 "나는 공화주의자다" 하고 외쳤다. 이공과 학생들은 저지를 뚫고 밀려나와 "이공계 학교 만세! 공화제 만세!"를 외치는 등 갖가지 사건이 일어났다. 바스띠유에 이르자 행렬엔 쌩 땅뜨완느 성문 근방에서 몰려나온 구경꾼들의 긴 행렬이 합류하여 군중 사이에 무시무시한 흥분을 불러일으켰다.

한 남자가 다른 남자에게 이렇게 말하는 소리가 들렸다.

"저기 수염이 빨간 남자가 있지. 그 남자가 신호하면 발사해."

그 수염이 빨간 남자는 그 후 또 하나의 사건, 즉 케니세 사건 때도 똑같은 역할을 맡고 현장에 나왔다.

영구차는 바스띠유를 통과하여 운하를 따라가다 조그만 다리를 건너 우스떼를리쯔 다리 앞 광깡에 다다랐다. 영구차는 거기서 멎었다. 그때 군중을 하늘에서 내려다보았다면 꼭 혜성처럼 보였을 것이다. 머리는 광장에 있고 꼬리는 부르동 운하 가에 펼쳐져 바스띠유를 꽉 메우고 쌩 마르땡 문까지 뻗어 있었다.

영구차 주위에 사람들이 둥글게 둘러섰다. 군중은 갑자기 소리를 죽였다. 라파이예뜨가 입을 열어 라마르끄에게 고별 인사를 시작하였다. 가슴을 치는 엄숙한 순간이었다.

일제히 모자를 벗은 사람들의 가슴에 감동이 굽이쳤다. 그때였다. 갑자기 검은 옷에 말을 탄 한 남자가 붉은 기를 들고, 또 어떤 사람의 말로는 붉은 모자를 끝에 매단 창을 들고, 한가운데로 뛰어나왔다. 라파이예뜨는 깜짝 놀라 고개를 들었다. 에그젤망^(제국시대의 원수)은 재빨리 행렬에서 떠났다.

그 붉은 기는 군중 사이로 삽시간에 폭풍을 일으키고 사라져 버렸다. 부르동 거리에서 오스테를리쯔 다리에 걸쳐 파도 같은 소란이 군중 사이를 흔들고 지나갔다. 순간 두 개의 묘한 함성이 터졌다.

"라마르끄를 빵떼옹으로!"

"라파이예뜨를 시청으로!"

청년들은 군중의 환호성 속에 라마르끄를 실은 영구차의 수레채를 잡아 오스떼를리쯔 다리로 끌기 시작했고, 라파이예뜨를 짐마차에 태워 모를랑 강 쪽으로 끌고 갔다.

라파이예뜨를 둘러싸고 환성을 지르고 있는 군중 속에서 사람들은 루드비히 쉬니데르라는 독일 사람을 발견하고 손가락질했다. 그는 후에 100살까지 장수한 남자로 1776년 전쟁^(미국 독립 전쟁)에도 참가한 일이 있었다. 그는 워싱턴의 부하로 트렌턴에서 싸웠으며, 라파이예뜨의 부하로 브랜디와인에서 싸운 일도 있다.

그동안 세느 강의 왼쪽 강변에서는 시의 기병대가 출동하여 다리를 막기 시작했고, 오른쪽 강변에서는 용기병이 쎌레스땡에서 나와 모를랑 강둑을 따라 산개(散開)하고 있었다. 라파이예뜨의 마차를 끌고 가던 군중은 강변 모퉁이에서 갑자기 그들이 오는 것을 보고 소리쳤다.

"용기병이다! 용기병!"

용기병들은 말없이 권총을 가죽주머니에 간직하고, 군도를 칼집에 꽂고, 기병총은 안장 주머니에 찌른 채 어두운 얼굴로 줄을 지어 전진해 오고 있었다.

작은 다리에서 약 200보 떨어진 지점에서 용기병들은 걸음을 멈추었다. 라파이예뜨를 태운 마차가 다가오자 그들은 길을 비켜 마차를 통과시킨 다음 곧 다시 막아섰다. 용기병과 군중은 그대로 맞닥뜨렸다. 여자들은 겁을 먹고 도망쳤다.

이 숙명적인 순간에 무슨 일이 일어났는가? 아무도 분명한 대답은 할 수 없을 것이다. 그것은 두 개의 먹구름이 마주치는 캄캄한 순간이다. 공격의 나팔 소리가 병기창 쪽에서 들려 왔다는 사람도 있고, 한 아이가 단도로 용기병을 찔렀다고 하는 사람도 있다. 사실은 돌연 세 발의 총소리가 나면서 한 발은 숄레 중령을 쏴 죽이고, 또 한 발은 꽁트르까르뽀 거리로 날아가 창문을 닫고 있던 벙어리 노파를 죽이고, 나머지 한 발은 장교의 견장을 태웠다.

한 여자가 고함을 질렀다.

"어머나, 벌써 시작됐네!"

그러자 갑자기 모를랑 강변 반대쪽 병영에 남아 있던 1개 중대의 용기병이 칼을 빼들고 바송 삐에르 거리와 부르동 큰길 쪽에서 전속력으로 달려와 군중을 해산시키는 것이 보였다.

그러나 사태는 이미 수습하기 어렵게 되었다. 폭동은 미친 듯 일기 시작하고, 돌팔매가 비처럼 쏟아지고, 총소리가 사방에서 울려퍼졌다. 대부분의 군중은 방죽 아래로 쏟아져 내려가고, 오늘날엔 메워져 버린 세느 강의 좁은 지류를 건너갔다. 루비에 섬에 있는 원목장은 순식간에 대요새가 되어 병사들로 가득 찼다. 말뚝은 뽑히고, 권총은 난사되고, 눈깜짝할 사이에 바리케이드를 쳤다.

밀린 청년들은 영구차를 끈 채 오스떼를리쯔 다리를 뛰어 건너가 시위병에 공격을 가했다. 중기병은 돌격해 오고 용기병은 군도를 휘둘렀다. 군중들은 사방으로 흩어졌다.

충돌이 일어났다는 소식은 삽시간에 온 빠리에 퍼졌다. "무기를 잡아라!" 하는 외침이 사방에서 터졌다. 사람들은 뛰어가고, 넘어

청년들은 군중의 환호성 속에…… 라파이예뜨를 짐마차에 태워 모를랑 강 쪽으로 끌고 갔다

지고, 도망치고, 저항했다. 마치 바람이 불길을 부채질하듯 분노가
폭동을 자극했다.

과거의 흥분

폭동 시초의 혼란만큼 기묘한 것은 없다. 모든 것이 곳곳에서 동
시에 폭발한다. 그것은 미리 알려져 있었는가? 그렇다. 그럼 준비
되어 있었는가? 아니다. 어디에서 나오는가? 길바닥에서. 어디에
서 쏟아지는가? 하늘의 구름에서. 반란은 어떤 장소에서는 음모의
성격을 띠고 다른 장소에서는 급습의 성격을 띤다. 누군가 군중의
흐름을 지배하여 멋대로 끌어가 버린다.

공포에 찬 첫걸음이지만 거기엔 놀랄 만한 유쾌함도 섞여 있다.
제일 먼저 소란이 일어나고, 상점의 문이 모두 닫히고, 진열장의 물
건들이 자취를 감추어 버린다. 그 다음 여기저기서 총소리가 난다.
사람들은 이리저리 도망친다. 총의 개머리판이 집집의 문을 두드리
고 안뜰에서는 하녀들이 웃으며 "한바탕 할 모양이야!" 하고 떠드
는 소리가 들린다.

15분도 채 지나기 전에 빠리 전역에서는 거의 동시에 다음과 같
은 사건이 일어났다.

쌩뜨 크르와 드 라 브로똔리 거리에서는 수염과 머리를 더부룩하
게 기른 20여 명의 청년이 한 선술집으로 들어가더니 곧장 상장을
단 삼색기를 들고 한 사람은 규두를, 한 사람은 소총을, 힌 사림은
창을 든 세 남자를 앞세우고 나왔다.

노냉 디에르 거리에서는 배가 불룩 나오고, 목소리가 우렁차고,
넓은 이마에 머리가 벗어지고, 구레나룻이 시커멓고, 수염이 뻣뻣하
고, 제법 잘 차린 부르주아 한 사람이 지나가는 사람들에게 탄약을
공급하고 있었다.

쌩 삐에르 몽마르트르 거리에서는 소매를 걷어붙인 남자들이 검

쌩뜨 크르와 드 라 브로또느리 거리에서는…… 한 사람은 군도를, 한 사람은 소 총을, 한 사람은 창을 든 세 남자를 앞세우고……

은 바탕에 하얀 글씨로 '공화제냐 죽음이냐'라고 쓴 기를 들고 걸어가고 있었다. 좨뇌르 거리며, 까드랑 거리며, 몽또르괴이유 거리 들에서는 금빛 글자로 부대와 부대의 번호를 쓴 기를 휘두르는 집단이 몇 나타났다. 그 기들 가운데 하나는 빨간 색과 파란 색이 대부분을 차지하고 중간의 하얀 색은 거의 알아볼 수 없을 정도로 좁았다. (삼색기중 부르봉 왕가의 상징인 흰 색을 일부러 작게 한 것).

쌩 마르땡 큰길에 있는 병기 공장 하나와 보부르 거리와 미셸 르꽁뜨 거리와 땅쁠 거리에 있는 세 무기 상점이 완전히 아수라장이 되었다. 불과 몇 분 동안에 2연발인 230정의 소총과 64자루의 군도와 83정의 권총이 무수한 군중의 손에 약탈됐다. 될 수 있는 대로 많은 사람이 무장할 수 있도록 한 사람이 소총을 잡으면 다른 한 사람은 거기에 붙은 총검을 빼들었다.

그레브 강둑 맞은 쪽에서는 화승총을 든 젊은이들이 총을 쏘기 위해 여자들만 남아 있는 곳에 진을 치러 갔다. 젊은이들 가운데 하나가 바퀴식 방아쇠가 달린 화승총을 가지고 있었다. 그들은 벨을 누르고 안으로 들어가자 곧장 탄약을 만들기 시작했다. 그곳에 있던 여자들 가운데 한 사람이 뒤에 이렇게 말했다.

"전 탄약이 어떤 것인지 몰랐는데 남편이 가르쳐 주었어요."

군중의 한 무리는 비에이유 오드리에뜨 거리에 있는 한 골동품상으로 들어가 야따강(진칼)이며 그밖의 터키 무기를 빼앗았다. 사살된 한 석공의 시체가 뻬를르 거리에 뒹굴고 있었다.

또 강 오른쪽과 왼쪽 강변, 큰길, 라틴 구역, 시장 주변 등에는 노동자와 학생과 각 지구의 대원들이 떼를 지어 거친 목소리로 성명서를 낭독하고 "무기를 들라!"고 외쳤다. 그들은 가로등을 부수고 마차에서 말을 놓아 주고, 포장 도로에서 돌을 빼고, 집집의 대문을 때려부수고, 가로수를 뽑고, 지하실을 뒤지고, 술통을 굴려내오고, 돌이며 가구며 판자를 쌓아올려 바리케이드를 만들고 있었다.

부르주아들도 강제로 동원되었다. 사람들은 여자들만 남은 집으로 몰려들어가 외출한 남편의 군도며 소총을 약탈하고, 그 집 입구에 백묵으로 '무기 징발 완료'라고 썼다. 개중에는 소총이며 군도를 맡은 영수증에 자기 이름을 적고 "내일 구청에 가서 찾아 가세요"라고 말하는 사람도 있었다. 길에서는 닥치는 대로 뿔뿔이 흩어진 보초병들이며 시청으로 가는 국민병의 무장을 해제시켰다. 장교들은 견장까지 뜯겼다. 씨메띠에르 쌩 니꼴라 거리에서 한 국민군 장교는 손에 손에 곤봉이며 칼을 든 한 떼의 군중에 쫓겨 간신히 어떤 집으로 도망쳤다가 밤이 되어 변장을 하고서야 겨우 거기서 나올 수 있었다.

쌩 자끄 구역에서는 하숙집에서 몰려나온 학생들이 몇 패로 나뉘어 쌩 띠아쌩뜨 거리로 올라가 까페 프로그레에 가기로 하고, 마뛰랭 거리에 있는 까페 세 비야르로 내려가기도 했다. 그런 까페 앞에는 청년들이 진을 치고 서서 무기를 나누어 주었다. 트랑스노냉 거리에 있는 원목장에서는 바리케이드를 치기 위해 재목을 다 빼앗겼다. 오직 한 군데, 생뜨 아브와 거리와 씨몽 르 프랑 거리가 교차하는 지점에서는 주민들이 스스로 바리케이드를 허물고 있었다. 또, 꼭 한 군데 폭도측에서 항복한 곳이 있었다. 땅뿔 거리 바리케이드에 진치고 있던 군중이 국민군 1개 별동대에 발포한 다음 꼬르드리 거리쪽으로 도망친 것이다. 승리한 별동대는 바리케이드로 들어가 붉은 기 하나와 탄약 한 무더기와 권총 탄환 3백 발을 거두었다. 국민군은 그 기를 갈가리 찢어 그 조각을 총검 끝에 매달고 그곳을 떠났다.

우리가 지금 여기서 천천히 차례차례 얘기하고 있는 모든 일들은, 모두 한 번의 우레 소리와 함께 사방으로 퍼지는 무수한 번개처럼, 커다란 혼란을 야기하며 시내 전역에서 한꺼번에 일어나고 있었다.

한 시간도 채 되기 전에 중앙 시장 부근에서만도 27개의 바리케이드가 마치 땅에서 솟아난 듯 나타났다. 그 한가운데 잔느와 106명의 동지가 요새로 쓰던 저 유명한 50번지 집이 있었다. 그 집은 쌩 메리 바리케이드와 모베뷔에 거리의 바리케이드를 각각 옆에 끼고 아르씨스 거리와 쌩 마르땡 거리, 그리고 정면의 오브리 르 부셰 거리 등 세 거리를 한꺼번에 지휘하고 있었다. 직각을 이룬 두 개의 바리케이드가 하나는 몽르괴이유 거리에서 그랑드 트뤼앙드리 쪽으로, 또 하나는 조프르와 랑즈뱅 거리에서 쌩 뜨아브와 거리 쪽으로 구부러져 이어져 있었다. 그밖에도 무수한 바리케이드가 빠리의 다른 20개 지역과 마레 교외며 쌩 뜨즈에브 언덕에 배치되어 있었다. 그 중의 하나인 메닐 몽땅 거리의 바리케이드에는 방금 떼어온 문짝을 사용하고 있었다. 또 시립 병원 앞으로 나오는 쁘띠 퐁 다리 부근에 있는 바리케이드에는 옆으로 쓰러뜨린 커다란 마차가 놓여 있었는데 경찰서에서 300걸음밖에 떨어져 있지 않았다.

메네트리에 거리에 있는 바리케이드에서는 잘 입은 남자 한 사람이 일하는 사람들에게 돈을 나누어 주고 있었다. 글르네따 거리의 바리케이드에는 한 남자가 말을 타고 와서 바리케이드의 지휘자같이 보이는 남자에게 뭔가 둘둘 만 것을 주었는데 아무래도 돈 꾸러미 같았다. 말을 탄 남자는 말했다.

"이걸로 비용과 술값, 그밖에 여러 가지 잡비를 지불하시오."

넥타이도 매지 않은 금발의 청년 하나가 각 바리케이드를 찾아다니며 암호를 전달하고 있었다. 푸른 경찰모에 칼을 빼든 한 남자는 보초를 배치하며 돌아다녔다.

바리케이드 안쪽에는 선술집이며 문지기 집이 위병실로 변해 있었다. 그뿐 아니라 폭동은 또 실로 교묘한 전술을 사용하고 있었다. 좁고 울퉁불퉁하고 꾸불꾸불한 구석과 골목이 많은 거리가 교묘하게 이용되었다. 그 중에도 특히 숲속보다 더 복잡한 도로망이 있는, 중앙 시장과 가까운 곳이 선택되었다. 소문에 따르면 '국민의 벗' 협

청년들이 진을 치고 서서 무기를 나누어 주었다.

회가 쌩 따브와 지역에서 반란을 지휘하고 있는 것 같았다. 뿅소 거리에서 피살된 남자의 시체를 뒤졌더니 주머니에서 빠리 시가의 지도가 나왔다.

그러나 실제로 폭동을 지휘하고 있었던 것은 주위의 공중에 가득 차 있는, 뭐라 표현할 수 없는 일종의 격정이었다. 반란은 한 손으로 갑자기 바리케이드를 세움과 동시에 다른 한 손으로 수비군 거의 대부분을 봉쇄해 버렸다. 세 시간도 되기 전에 도화선에 불이 붙은 것처럼 폭도들은 각처를 습격하여 점령했다. 오른쪽 강변에서는 라르스날과 르와이얄 광장에 있는 구청, 마레의 전지역, 뽀빵꾸르 병기 공장, 갈리오뜨 샤또 도, 중앙 시장 부근의 모든 도로를 점령했고, 왼쪽 강변에서는 베떼랑 병영, 쌩뜨 뻴라지 감옥, 모베르 광장, 되 물랭의 화약고와 모든 성문을 점령했다. 오후 다섯 시에는 바스띠유 광장과 랭즈리 거리와 블랑 망또 거리도 그들 손에 떨어졌다. 그들의 척후병은 빅뜨와르 광장까지 전진하여 프랑스 은행이며, 쁘띠 뻬르 병영이며, 중앙 우체국을 위협했다. 빠리의 3분의 1이 폭도들 손에 들어갔다.

빠리의 모든 지역에서 싸움이 아주 크게 벌어지고 있었다. 무장 해제를 시키기도 하고, 가택 수색을 하기도 하고, 무기 상점에 떼지어 몰려들어 가기도 한 결과 돌팔매로 시작된 싸움이 총격전으로 이어지게 되었다.

오후 6시쯤에는 소몽 골목이 전쟁터로 변했다. 폭도와 군대가 제각기 맞은 쪽에 대치했다. 한쪽 철책에서 다른 쪽 철책으로 총격이 가해졌다. 그 분화구를 직접 보러 갔던 관찰자이며 몽상가, 즉 이 책의 작가는 알고 보니 양쪽 군의 총화로 에워싸인 그 골목 안에 있었다. 탄환으로부터 몸을 숨길 수 있는 곳이라곤 상점과 상점 사이를 잇는 반원형으로 불쑥 나온 기둥뿐이어서 작자는 반 시간 가깝도록 그 위태로운 위치에 있었다.

그러는 동안에 집합을 알리는 북이 울려 국민병들은 급히 무장을 했고, 헌병대는 각 구청에서, 각 연대는 병영에서 출동했다. 앙크로 골목 맞은 쪽에서 북잡이 한 사람이 단도에 찔려 죽었다. 또 한 북잡이는 씨뉴 거리에서 약 서른 명 되는 청년의 습격을 받고 북이 찢기고 군도를 뺏겼다. 또 한 사람은 그르니에 쌩 라자르 거리에서 피살되었다. 미셀 르 꽁뜨 거리에서는 세 명의 장교가 차례차례 전사했다. 시내에 있는 대부분의 경비병들이 롱바르 거리에서 부상을 입고 후퇴했다.

꾸르 바따브 앞에서는 국민군 1개 별동부대가 '공화 혁명 제127호'라고 쓴 붉은 기 하나를 발견했다. 이것이 과연 혁명이었을까?

반란은 빠리의 중심부를 꼬불꼬불하고 복잡한 거대한 하나의 성채로 만들어 놓고 있었다. 거기야말로 분명히 사건의 중심이며 문제의 핵심지였다. 그 밖의 것은 모두 어린애의 불장난에 불과했다. 그곳이야말로 만사가 귀착되는 곳이라는 증거는 거기에서 아직 전투가 벌어지지 않고 있는 것으로 알 수 있었다.

몇몇 연대에서는 병사들의 태도가 심상치 않았다. 그로 말미암아 무서운 위기의 어둠이 더욱 심각하게 다가왔다. 병사들은 1830년 7월에 보병 제53연대의 중립이 얼마나 민중의 환영을 받았는가를 생생하게 기억하고 있었던 것이다. 큰 전쟁을 몇 번이나 치른 대담한 두 인물, 로보 원수와 뷔조 장군이 같이 지휘를 맡고 있었다. 국민병의 각 부대는 전열대로 편성되고, 견장을 단 한 경찰서장을 앞세운 다수의 순찰대가 폭도의 거리를 정찰하러 나가 있었다. 폭도측에서도 원형 교차로에 보초를 세우고 대담하게도 자기들의 정찰대를 바리케이드 밖으로 파견했다. 양쪽이 다 상대방의 동정을 살피고 있었던 것이다. 정부는 군대를 장악하고 있으면서도 주저하고 있었다. 밤이 이슥했을 때 쌩 메리 성당에서 경종 소리가 울려 왔다. 당시 육군 장관이며 아우스테를리츠 전투의 경험자이기도 했던 쑬뜨 원수는 어두운 얼굴로 사태를 지켜보고 있었다.

정확한 조종에 익숙하고 전술이라는 전투의 나침반만을 유일한 수단과 안내자로 생각하는 그러한 늙은 선원들도, 민중의 분노라는 이 거대한 파도 앞에서는 당황할 뿐이었다. 혁명이라는 바람만은 그들도 어쩔 수 없었던 것이다.

교외에 있던 국민병들은 숨을 헐떡이며 뿔뿔이 흩어져 달려왔다. 경기병 제12대대는 쌩 드니에서 말을 타고 달려왔다. 보병 제14연대는 꾸르브브와에서 왔다. 사관학교의 포병대는 어느 새 까루셀 광장에 진을 쳐 놓았다. 뱅센느에서도 대포가 속속 도착했다.

뛸르리 궁전만이 적막에 싸여 있었다. 루이 필립은 태연하고도 침착한 태도를 취하고 있었다.

빠리의 특이한 점

이미 말했듯이 근 2년 동안에 빠리는 여러 번 반란을 경험해 왔다. 폭동이 일어난 지역을 제외한 빠리의 각 지역은 폭동이 일어나고 있는 동안 으레 묘한 정적에 싸이곤 했다. 빠리는 무슨 일에나 곧잘 익숙해지는 것이다. 고작해야 폭동에 지나지 않았으니까. 게다가 빠리는 그 정도의 일에 구애되기에는 너무나 많은 문제를 내포하고 있었다. 그건 또 빠리가 대규모의 도시인만큼 그런 상태를 유지하는 것이라고 해석할 수도 있다. 이러한 광대한 지역만이 그런 내란과 동시에 어떤 묘한 정적을 함께 가질 수가 있는 것이다. 보통 내란이 시작되어 북소리나 집합 나팔소리나 비상신호가 울려와도 상점 주인들은 이렇게 말할 뿐이었다.

"쌩 마르땡 거리에서 한바탕 하는 모양이지."

"쌩 땅뜨완느 성 밖 같은데……."

또 어떤 때는 이렇게 태평스럽게 덧붙였다.

"뭐 그 근처 어딘가 봐."

한참 후 일제 사격과 분대 사격의 찢어지는 듯한 처참한 소리가 분명히 들려오기 시작하면 상점 주인들은 말한다.

"진짜 붙은 모양인가? 어, 진짜 붙었는데."

곧 이어 폭동이 점점 기승을 부리며 가까이 다가오면 그들은 재빨리 상점문을 닫고 평상복으로 갈아입는다. 말하자면 상품을 안전한 곳에 두고 몸은 위험한 곳에 두려는 생각에서이다.

전투가 벌어진 원형 교차로며, 골목이며, 막다른 골목에서는 바리케이드를 점령하기도 하고, 점령당했다 다시 되찾기도 하는 속에 피가 흐르고, 산탄이 집 앞을 구멍투성이로 만들고, 유탄이 침대에서 자고 있던 사람들을 죽이고, 시체가 길 위에 산더미처럼 쌓인다. 그런데 그 바로 건너 한길 당구장에서는 당구 치는 소리가 들려왔다.

구경꾼들은 전투가 한창 벌어진 거리에서 불과 얼마 떨어지지 않은 곳에서 서로 농담을 주고받고 있었다. 극장은 언제나처럼 통속 희극을 상연하고 있었고, 역마차는 왔다갔다하고, 사람들은 밖으로 식사를 하러 나왔다. 때로는 전투가 벌어지고 있는 바로 그 지역에서도 이런 형편이었다. 1831년에는 결혼식 행렬을 통과시키기 위해 소총 사격이 일시 중단된 일도 있었다.

1839년 5월 12일의 반란 때는 쌩 마르땡 거리에서 병자같이 보이는 자그마한 한 노인이, 음료수 병과 삼색기를 손수레에 싣고 바리케이드에서 군대 쪽으로, 또 군대 쪽에서 바리케이드 쪽으로 왔다갔다하며, 음료수를 따른 컵을 정부측에도 무정부주의자측에도 골고루 나누어 주었다.

세상에 이보다 더 기묘한 광경은 없을 것이다. 이거야말로 다른 나라에서는 절대로 볼 수 없는 빠리 폭동의 특성이다. 그리고 거기에는 두 가지, 즉 빠리의 위대함과 쾌활함이 동시에 필요하다. 그것은 볼떼르의 도시이기도 하고 나뽈레옹의 도시이기도 할 필요가 있었던 것이다.

그러나 이번 1832년 6월 5일의 소동에서는 이 대도시도 뭔가 힘에 겨운 강력한 것을 느끼고 있었다. 빠리는 삽시간에 공포를 나타냈다. 가장 먼 곳, 가장 관계가 없는 지역에서도 대낮부터 대문과 창문과 덧문이 닫혀 있는 것이 보였다. 용감한 자는 무기를 잡고, 겁쟁이는 슬금슬금 숨었다. 태연히 볼일을 보러 다니던 사람도 곧 모습을 감추었다. 대부분의 거리는 새벽 4시경처럼 텅 비었다. 불안한 정보가 오가고 불길한 뉴스가 흘러나왔다.

"그들은 프랑스 은행을 점령했다."

"쌩 메리 성당 한 군데에만도 600명이 들어가 성당 안에서 방비를 갖추어 총구멍을 만들고 있다."

"일선 부대는 믿을 수 없다."

"아르망 까렐이 끌로젤 원수와 회견했는데 원수는 '우선 1개 연대를 확보하라'고 했다."

"라파이에뜨는 지금 병중이지만 그래도 그들에게 '나는 제군들의 편이다. 의자 하나만 놓을 여지가 있는 곳이라면 나는 어디라도 제군들을 따라 가겠다' 고 말했다."

"각자 경계하지 않으면 안된다. 해가 지면 빠리 변두리, 인기척 없는 외딴 집을 약탈하는 자가 나올지도 모른다(이것은 아무래도 경찰의 지나친 망상 같다. 아무튼 경찰은, 안느 래드클리프^(영국의 여류 괴기 소설가)와 정부가 합쳐진 것 같았으므로)."

"오브리 르부셰 거리에는 대포가 설치되었다."

"로보와 뷔조가 협상중이다. 밤 12시에는, 늦어도 새벽까지는 4개 종대가 동시에 폭동 중심부를 향해 돌격할 것이다. 제1 종대는 바스띠유에서, 제2 종대는 쌩 마르땡 성문에서, 제3 종대는 그레브에서, 제4 종대는 중앙 시장에서 출동할 것이다."

"어쩌면 군대는 빠리에서 퇴각하여 샹 드 마르스로 후퇴할지도 모른다."

“어찌 될지는 전혀 짐작이 안 가지만 어쨌든 이번엔 대단하다.”

“사람들은 특히 쑬뜨 원수가 주저하고 있는 것을 걱정하고 있다.”

“그는 왜 곧 공격하지 않을까?”

“원수는 확실히 신중하게 생각하고 있는 것 같다. 늙은 사자는 벌써 이 어둠 속에서 뭔가 정체를 알 수 없는 괴물의 냄새를 맡은 것 같다.”

저녁때가 되었다.

극장은 열지 않았다.

정찰대는 초조한 듯 돌아다녔다. 통행인들은 몸수색을 당하고 수상한 자는 모조리 체포되었다. 9시에는 체포된 자가 무려 800명이 넘었다. 경찰서는 만원이 되고, 꽁씨에르쥬리 감옥과 포르스 감옥도 모두 꽉꽉 들어찼다. 특히 꽁씨에르쥬리 감옥에서는 빠리 거리라고 불리는 기다란 지하실에 짚단을 깔고 죄수들이 거기에 모두 겹겹이 누워 있었는데, 리옹의 라그랑쥬라는 한 남자는 그 속에서 대담하게도 연설을 하고 있었다. 죄수들이 움직일 때마다 짚단에서는 꼭 소나기가 쏟아지는 것 같은 소리가 났다. 다른 감옥에서는 죄수들이 지붕도 없는 마당에 포개어 누워 있었다. 가는 곳마다 불안이 넘치고 어떤 전율이 흐르고 있었다. 여느 때 빠리에는 없던 전율이.

사람들은 문을 굳게 닫고 틀어박혀 있었다. 어머니나 아내들은 거의 제 정신이 아니었다. 그들 사이에는 이런 소리만이 들렸다.

“아아, 어떻게 하지! 그분은 아직 돌아오시지 않았는데!”

가끔 생각난 듯이 멀리서 마차가 지나가는 소리가 들려왔다. 문밖 계단 위에 나와 선 사람들은 소란스런 소리며, 함성이며, 소음이며, 둔하고 분명치 않은 소리에 귀를 기울이고, 그때마다 “저건 기병대다” “저건 탄약 운반차가 달리는 소리다” 하고 주고받았다. 나팔이 울리고, 북소리가 울려 퍼지고, 소총 소리가 메아리치고, 특히 쌩메리의 슬픈 경종 소리가 들렸다. 사람들은 모두 대포가 한 발 터지기를 고대하고 있었다.

무장한 사람들이 길모퉁이에 불쑥 나타나 "집 안으로 들어가쇼!" 하고 소리치며 사라졌다.

그러자 모두 황급히 집안으로 들어가 문을 잠갔다. 그리고 "결국 어떻게 될까?" 하고 중얼거렸다. 밤이 깊어감에 따라 빠리는 폭풍의 살벌한 불길에 점점 더 음산하게 물드는 것 같았다.

제11편 미립자와 폭풍

가브로슈가 쓴 시의 기원에 대한 두세 가지 설명——어떤 아카데미 회원이 이 시에 미친 영향

병기창 앞에서 민중과 군대가 충돌함으로써 겉으로 드러난 반란의 물결이 영구차 뒤를 따르며 몇 개의 큰길을 꽉 메우고, 장례 행렬 선두에 강한 압력을 주고 있던 군중의 움직임을 앞에서 뒤로 방향을 바꾸게 한 순간, 무서운 역류로 변했다. 군중은 갑자기 동요하며, 행렬에서 빠져나와 너나 없이 황급히 달리며, 어떤 사람은 공격의 고함을 지르고, 어떤 사람은 새파랗게 질려 도망쳤다. 큰길을 꽉 메우고 있던 큰 강줄기는 삽시간에 좌우로 갈라져, 마치 둑이 무너진 탁류처럼 소용돌이치며 한꺼번에 200개의 길로 들이닥쳤다. 그때 누더기를 걸친 한 소년이 벨르빌 언덕에서 만발한 금작화 한 가지를 꺾어들고 메닐몽땅 거리 쪽에서 내려오다 여자가 앉아 있는 한 골동품 상점 앞에서 문득 헌 승마용 권총 한 자루를 발견했다. 소년은 들고 있던 꽃가지를 포장한 도로 위에 던지고 큰소리로 말했다.

"아주머니, 이것 좀 빌려 주세요."

그리고 그는 권총을 쥐자 뺑소니를 쳤다.

잠시 후, 아믈로 거리와 바쓰 거리를 겁에 질려 도망치던 부르주아들은 권총을 휘두르며 노래 부르는 한 소년을 만났다.

밤에는 안 보이나
낮에 보면 분명하다
이크, 가짜 문서
부르주아 깜짝 놀라네
쌓아요, 쌓아요, 미덕
뾰족 뾰족 고깔 모자 !

그는 막 전쟁터로 가고 있는 소년 가브로슈였다.

큰길에 나왔을 때 그는 권총에 노리쇠가 없는 것을 알았다.

지금 그가 발걸음에 맞추어 부르는 노래와 가끔 그가 즐겨 부르는 노래는 대체 누가 지은 것인가? 그건 알 수 없다. 누가 그것을 알 수 있을 것인가? 아마 그 자신이 지은 것일 게다. 가브로슈는 원래 민중 사이에 유행되는 콧노래를 거의 다 알고 있었기 때문에 거기에 자기 나름대로 가사를 붙여 부르는 것이다. 요정이기도 하고 장난꾸러기이기도 한 그는 자연계의 소리에 빠리의 소리를 섞어 혼성곡을 만들었다. 새들의 노래에 공장의 노래를 맞추는 것이다. 가브로슈는 또 그의 무리들과 친척이라고 할 수 있는 미술과 학생들과 친분이 두터웠다. 약 석 달 전에는 인쇄소의 수습 사원으로 들어간 일도 있었다. 또 언젠가는 불멸의 40인의 한 사람인 바우르 로르미앙 씨에게 심부름을 간 일도 있었다. 가브로슈는 문자 그대로 부랑아였다.

가브로슈는 두 아이를 코끼리 속에 재워준 저 비 내리는 그날 밤,

미립자는 큰 회오리바람에 휩싸인다.

자기가 구원의 손길을 뻗친 그 아이들이 사실은 친동생들이었다는 것을 꿈에도 몰랐다. 가브로슈는 하룻 동안 밤에는 동생들을 구하고, 아침에는 아버지를 구한 것이다. 동녘 하늘이 훤하게 밝아올 무렵 발레 거리를 떠난 그는 곧장 코끼리가 있는 곳으로 돌아와 두 아이를 능란한 솜씨로 꺼내 주고, 어렵게 변통해서 마련해 온 아침을 나누어 먹은 다음, 자기를 키워 준 다정한 어머니라고 할 수 있는 거리에 아이들을 맡기고 자기는 어디론가 사라져 버렸다. 헤어질 때 그는 바로 그 자리에서 기다리겠다고 약속하고 이런 말 한 마디를 남겼다.

"난 지팡이를 꺾겠다. 다른 말로 하면 내빼겠단 말야. 점잖게 말해서는 이만 실례하겠다는 것이고. 꼬마야, 만일 아빠랑 엄마를 만나지 못하걸랑 오늘 밤 또 이리 오렴. 밥도 먹여 주고 잠도 재워 줄 테니까."

그러나 두 아이는 순경한테 잡혀 수용된 것인지, 곡예사한테라도 잡힌 것인지, 아니면 커다란 수수께끼 같은 빠리의 민중 속으로 빨려들어간 것인지 끝내 돌아오지 않았다. 현대 사회의 밑바닥은 이런 불분명한 발자국으로 가득 차 있다. 가브로슈는 두 번 다시 두 아이와는 만나지 못했다. 그날 밤으로부터 벌써 10주, 아니 12주나 지났다. 그는 몇 번이나 머리를 긁적이며 '그 아이들은 대체 어디 있을까?' 하고 중얼거렸다.

가브로슈는 권총을 움켜쥔 채 뽕 또 슈 거리로 갔다. 그 거리에는 상점이라곤 꼭 한 집밖에 문을 열지 않았는데 공교롭게도 그건 과자 가게였다. 미지의 세계로 뛰어들기 전에 다시 한 번 애플 파이를 먹을 수 있게 된 것은 하느님이 준 좋은 기회였다. 가브로슈는 발걸음을 멈추고 옆구리를 뒤지고 바지 주머니를 홀렁 뒤집어 보았으나 1수도 없는 것을 알고 이렇게 비명을 질렀다.

"아이구, 살려줘요!"

"아주머니, 이것 좀 빌려 주세요."

마지막으로 과자를 먹을 수 있는 기회를 놓친 것은 참으로 유감천만이었다.

그대로 가브로슈는 계속 걸음을 재촉했다.

얼마 안 가 쌩 루이 거리로 나갔다. 빠르끄르와이알 거리를 가로지를 때 그는 애플 파이를 못 먹은 분풀이로 한낮에 공공연하게 연극 포스터를 찢어 기분을 풀었다.

그는 바로 앞으로 부자같이 보이는 한 떼의 사람들이 기운차게 지나가는 것을 보았다. 가브로슈는 어깨를 으쓱하며 그 즉시 다음과 같은 철학적인 분노를 터뜨렸다.

“저 부자놈들, 어느 놈이나 똑같이 돼지처럼 살쪘군. 산해진미에 파묻혀 배가 터지도록 먹으니까 그렇지. 그 돈을 다 무엇에다 쓸 거냐고 묻고 싶군. 아마 저희들도 잘 모를 거야. 어쩌면 돈을 씹어 먹는지도 모르지! 정말이지, ‘밥통의 가스와 함께 사라지다’인데 (성서의 〈바람과 함께 사라지다〉를 흉내낸 것임).”

행진하는 가브로슈

노리쇠가 없는 권총을 길 한복판에서 오늘만은 마음대로 휘두를 수 있으므로 가브로슈는 한 걸음 걸을 때마다 정열이 솟구치는 것을 느꼈다. 그는 ‘라 마르세예즈’를 띄엄띄엄 부르며 그 사이사이에 이렇게 소리쳤다.

“아아, 기분 좋은데. 허긴 왼쪽 다리는 좀 아프군. 전에 류머티즘을 앓은 일이 있어서 말이야. 하지만 난 만족해. 시민 여러분, 부르주아는 조금만 더 버티는 게 좋을 거야. 내가 곧 훌렁 뒤집어 놓을 노래를 불러 줄 테니까. 스파이가 뭐지? 개 아니야, 개. 제기랄! 개한테 실례를 해선 안되지. 하긴 이 권총에 개가 꼭 한 마리 필요하긴 한데 (개 Chien이란 말은 권총의 노리쇠란 뜻도 됨). 여러분, 나는 방금 큰길에서 오는 길이오. 거긴 지금 한창 열이 올라 거품이 일고 부글부글 끓고 있는 참이오. 슬슬 냄비의 거품을 걷어도 될 때지. 사람들이여, 전진하라! 불순한 피가 밭고랑에 넘치게 하라! 나는 이제부터 조국에 목숨을 바치련다. 다신 정부와 만나지 않을 테다. 이것으로 마지막이다, 끝장이다, 알았니? …… 니니! 아니, 이 따위 말장난은 아무래도 좋아, 정말 신바람 나는구나! 자, 싸우자! 이제 전제 정치는 지긋지긋해.”

이때 옆을 지나가던 국민군 창기병을 태운 말이 넘어지는 것을 보자 가브로슈는 권총을 길바닥에 놓고 쓰러진 남자를 일으켜준 다음 말도 일으켜 주었다. 그러고는 자기 권총을 집어들고 다시 걷기 시작했다

또리니 거리로 나가자 주위는 갑자기 평온하고 조용해졌다. 마레 지구 특유의 그 정적은 부근 일대의 소동과는 아주 대조적이었다. 아낙네 넷이 문 앞 돌계단 위에 서서 이야기를 주고받고 있었다. 스코틀랜드에는 세 마녀가 있었지만 (셰익스피어의 《맥베스》에 나오는 마녀. 맥베스가 임금이 된다고 예언함) 빠리에도 네 아낙네가 있다. “당신은 장차 왕이 될 것입니다” 하는 말은 아르뮈르의 황야에서 맥베스에게 던져질 때와 똑같이 불길한 어조로 보드와이에 원형 교차로에서 나뽈레옹에게 던져질는지도 모른다. 그것은 거의 뜻이 비슷한 악담이 될 것이다.

그러나 또리니 거리의 아낙네들은 사실 자기네 일밖에 다른 것은 염두에도 없었다. 그들은 세 문지기 마누라와, 바구니와 갈고리를 든 한 넝마주이 여인이었다.

네 여인 모두 노쇠와, 쇠약과, 영락과, 비애라는 늙은이의 네 문턱에 서 있는 것 같았다.

넝마주이 여인은 저자세였다. 똑같이 거친 이 사회에서도 넝마주이는 저자세이고 문지기 마누라들은 고자세였다. 그건 쓰레기와 관계되는 일로, 즉 쓰레기가 좋고 나쁘고는 문지기의 마음에 달렸으며, 쓰레기를 받아모으는 사람의 기분 여하에 달려 있기 때문이다.

비질을 하는 데도 호의는 있을 수 있다.

넝마주이 아낙네는 전신이 감사의 바구니가 되어 세 문지기 마누라에게 말할 수 없는 애교 띤 웃음을 흘리고 있었다. 그들 사이엔 이런 말이 오가고 있었다.

"그럼 댁의 고양이는 버릇이 몹시 고약한 모양이군요?"

"글쎄 그래요, 고양이는 본래부터 개하곤 원수지간 아녜요? 으르렁대는 건 언제나 개죠."

"사람도 똑같아요."

"하지만 고양이 벼룩은 사람한테는 안 옮아요."

"정말 개는 위험해요. 어느 해인가는 개가 너무 불어나서 신문에까지 난 일이 있지 않아요. 뛸르리 궁전에서 큰 양을 키워 로마 왕의 작은 마차를 끌게 하던 때죠. 로마 왕 생각나우?"

"난 보르도 공작을 좋아해서."

"난 루이 17세를 본 일이 있어. 루이 17세가 좋더라."

"빠따공 아주머니, 고기 값이 무척 올랐죠?"

"아아! 말도 말아요. 푸줏간 애기만 들으면 소름이 끼쳐요. 소름이 끼칠 정도가 아니라 아주 치가 떨려요. 요즘은 어디 뼈밖에 더 팝니까?"

그러자 넝마주이 여자가 끼어들었다.

"요즘은 장사도 잘 안돼요. 쓰레기통 속도 아주 형편없어졌어요. 뭐 하나 버리려고들 해야죠. 몽땅 먹어치우니까."

"당신보다 더 가난한 사람도 있다우."

"하긴 그건 그래요." 넝마주이는 겸손하게 대답했다. "전 어엿한 직업도 가지고 있으니까요."

여기서 잠깐 말을 끊었으나 넝마주이는 인간의 본능인 자랑하고 싶은 기분을 억제할 수 없어 덧붙였다.

"아침에 집으로 돌아가면 바구니를 조사하고 일일이 골라내지요.

그럴 때면 방안에 산더미같이 쌓인답니다. 넝마는 바구니에 넣고 야채 부스러기는 양동이에 담고, 내의 같은 건 선반에, 모직물은 옷장에, 휴지는 창문 구석에, 먹을 수 있는 건 그릇에, 유리 조각은 난로에, 헌 구두는 문 옆에, 뼈는 침대 밑에 각기 챙겨 넣죠."

가브로슈는 걸음을 멈추고 엿듣다가 입을 열었다.

"할머니, 할머니들은 정치 얘기 같은 걸 뭣하러 해요?"

그러자 아낙네들이 일제히 욕설 사격을 가브로슈에게 퍼부었다.

"이 망할 놈, 또 왔구나!"

"뭘 들고 있는 거야? 아니 권총 아냐!"

"이 거지 새끼, 네가 뭔데 참견이야!"

"저런 게 다 정부를 뒤엎으려고 하니, 참."

가브로슈는 사뭇 경멸하듯 대답 대신 엄지 손가락으로 코끝을 번쩍 밀어올릴 뿐이었다.

넝마주이 여인이 꽥 소리쳤다.

"이 고약한 거지 녀석 같으니!"

조금 전에 빠따공 아주머니라고 부르니까 대답했던 여인이 사뭇 대단한 얘기라는 듯 손뼉을 탁 치며 말했다.

"아무래도 무슨 일이 나긴 날 모양이에요. 거 왜, 요 옆에 염소수염을 기른 남자 있잖아요. 그 사람 매일 아침 분홍 모자를 쓴 젊은 여자를 데리고 요 앞을 지나다니더니 오늘 아침 지나가는 걸 보니까 글쎄, 총을 메고 있잖겠어요. 바슈 아주머니가 그러는데 지난 주일에는 혁명이 일어났대요. 뭐라더라? 아이고, 어디라고 하더라. 아, 그래. 뽕뜨와즈라든가. 그런데 어떻게 되어 가는 세상인지 이런 놈의 새끼까지 권총을 들고 다니니! 쎌레스땡은 대포가 꽉 차서 발들여 놓을 틈이 없대요. 아마 정부도 이젠 손을 들고 말았나 봐요. 하긴 워낙 상대도 세상을 시끄럽게 할 줄밖에 모르는 녀석들이니까. 먼저 난리가 좀 가라앉아 조용해졌는가 했

더니 또 이런 소동이니, 참. 난 그 가엾은 왕비가 짐마차를 타고
지나가는 걸 봤다우! 그건 그렇고, 이렇게 되면 또 담배 값이 뛰
어오를 텐데. 에끼, 이 녀석. 너도 이제 그렇게 목이 뎅강 잘릴
거다. 그땐 내가 구경을 가주마, 이 나쁜 놈!"
"아이구, 할머니 콧물이 나오네요." 가브로슈가 말했다. "코나
좀 푸시지."
이렇게 말하고 가브로슈는 아낙네들 앞을 떠났다. 빠베 거리로 나
왔을 때 조금 전에 넝마주이 여인이 한 말을 생각하고 그는 이렇게
혼자 중얼거렸다.
"넝마주이 할머니, 혁명가를 욕하지 마우. 이 권총은 알고 보면
할머니 편이라우. 이것 때문에 할머니 바구니엔 먹을 게 훨씬 많
이 담길 테니까."
그때 가브로슈는 문득 등 뒤로 인기척을 느꼈다. 돌아보니까 문지
기 마누라 빠따공이 쫓아오고 있었는데 멀리서 주먹을 휘두르며 소
리치고 있었다.
"이 후레자식 같으니라구!"
"난 또 뭐라고." 가브로슈는 말했다. "그런다고 내가 끄떡이나
할 줄 알고."
얼마 안 되어 가브로슈는 라므와뇽 저택 앞을 지나갔다. 그곳에서
그는 고함을 질렀다.
"자, 싸우러 나가자!"
그러다가 그는 문득 우울한 생각에 사로잡혔다. 매정한 권총을 나
무라는 듯한 얼굴로 내려다보았다.
"나는 출발하려는데," 그는 권총에 대고 말했다. "너는 출발하지
않는구나."
한 마리 개가 나타나 또 다른 한 마리 개(권총의 노리쇠)에게 마음을 떠나게
해 주는 수가 있는 법이다. 비쩍 마른 개 한 마리가 지나가는 것을

가브로슈는 사뭇 경멸하듯 엄지 손가락으로 코 끝을 번쩍 밀어올릴 뿐이었다.

보자 가브로슈는 문득 동정이 갔다.

"가엾은 멍멍이," 그는 개에게 중얼거렸다. "물통이라도 삼켰냐? 물통 테 같은 갈비가 훤히 들여다보이게."

그리고 그는 로르므 쌩 제르베 쪽으로 걸어갔다.

이발사의 당연한 분개

가브로슈가 코끼리의 따뜻한 배 속에 데리고 간 두 아이를 전에 내쫓은 일이 있는 그 건방진 이발사는, 이때 마침 가게에서 제정 시대에 복무하다 레지옹 도뇌르 훈장까지 받은 일이 있는 한 늙은 병사의 수염을 밀어 주고 있었다.

이야기 꽃이 피었다. 이발사는 늙은 병사에게 당연한 순서로 우선 폭동에 대해 들은 얘기를 한 다음 라마르끄 장군 얘기를 하다 끝내 나뽈레옹 얘기로까지 옮아갔다. 그것은 어디까지나 이발사와 병사에게 어울리는 대화였다. 만일 프뤼돔므가 그 자리에 있었다면 틀림없이 그 얘기에 아라비아 풍의 색채를 넣어 '면도칼과 군도의 대화'라는 제목을 붙였을 것이다.

"나리!" 이발사가 말했다. "황제께서 말타시는 게 어땠습니까?"

"서투르셨어. 낙마를 할 줄 아셔야지. 하긴 그래. 한 번도 낙마를 안하시긴 했지만."

"말은 좋았겠죠? 보나마나 말은 좋았을 거예요."

"황제께서 십자훈장을 내리시는 날 그 말을 자세히 보았어. 아주 잘 달리는 흰 암말이더군. 귀 사이가 넓고 안장 자리가 깊고, 영리해 보이는 얼굴엔 까만 점이 하나 있고, 목이 길고, 무릎 뼈가 튼튼하고, 옆구리가 툭 불거지고, 어깨가 늘씬하고, 방둥이는 탄탄하더군. 키는 열 댓 뼘도 더 되겠어."

"굉장한 말이군요." 이발사는 대답했다.

"그렇지 않겠나, 폐하의 애마인데. "

이발사는 폐하라는 말이 나왔으니까 침묵을 좀 지키는 것이 예의라고 생각한듯 잠시 기다렸다가 다시 입을 열었다.

"황제께선 꼭 한 번 밖에 부상하신 적이 없으시다죠. 아마 ? "

늙은 병사는 그 자리에 있었던 사람답게 조용하고 엄숙한 어조로 대답했다.

"발꿈치를 다치셨지. 라티스본느에서였어. 난 황제께서 그날만큼 잘 차리신 걸 다시 본 일이 없네. 정말 갓 나온 1수짜리 동전 같으셨어. "

"하지만 나리같이 전쟁터에 오래 계셨던 분은 아마 상처도 많이 입으셨을걸요. "

"나 말이야 ? " 병사는 대답했다. "아니야, 뭐 대단치 않았어. 마렝고에선 칼로 목덜미를 좀 찔리고, 아우스떼를리쯔에선 오른팔에 총알을 한 방 맞고, 이예나에선 왼팔에 한 방, 프리들란드에선 총검으로 찔렸지. 그리고 또 뭐가 있더라. 아, 그래. 모스끄바 강에선 전신에 창으로 일고여덟 군데나 찔리고, 루쩬에서는 포탄의 파편에 맞아 손가락이 달랑 달아났지……. 아아, 그리고 참 워털루에서는 허벅지에 산탄을 맞은 일도 있어. "

"얼마나 멋있을까요 ? " 이발사는 과장된 감격조로 소리쳤다. "전쟁터에서 죽는다는 것이 ! 정말이지 저도 약이다, 찜질이다, 주사다, 의사다 하고 떠들썩하게 굴던 끝에 하고한 날 침대에서 시들시들 앓다 죽는 것보다는 배에 폭탄이라도 한 방 맞고 죽는 것이 소원이랍니다. "

"자넨 참 재미있는 사람이야. " 늙은 병사는 대답했다.

그가 말을 채 마치기도 전에 요란한 소리가 가게를 뒤흔들었다. 진열장의 유리가 커다랗게 금이 가며 깨진 것이다. 이발사는 얼굴이 새파래졌다.

“아이구! 또 한 방 터졌는데!” 이발사는 소리쳤다.

“뭐가?”

“대포 말예요.”

“이것 말인가?” 노인이 말했다.

그리고 마룻바닥에 떨어진 걸 주워 올렸다. 작은 돌멩이였다.

이발사는 깨진 창으로 뛰어가 가브로슈가 쌩 장 시장 쪽으로 정신 없이 도망치는 것을 보았다. 마침 이발소 앞을 지나던 가브로슈는 두 아이의 일이 마음에 걸리던 참이라 한 마디 인사라도 해주지 않고는 직성이 풀리지 않아 창 유리에 돌을 던진 것이다.

“저놈 봐라! 나쁜 짓을 해도 분수가 있지. 원, 내가 제놈한테 무슨 짓을 했다고 이러지?” 약간 화색이 돌아온 이발사는 소리쳤다.

소년은 노인을 보고 놀라다

그럭저럭하는 동안 가브로슈는 초소가 이미 완전히 무장 해제된 쌩 장 시장까지 와서 거기서 앙졸라, 꾸르페락, 꽁브페르, 푀이 등이 이끄는 일단에 가담했다. 그들은 거의 전부가 무장하고 있었다. 바오렐과 장 프루베르도 그들과 합류했다. 앙졸라는 2연발 사냥총을 들고 있었고, 꽁브페르는 부대 번호가 붙은 국민군의 소총에다 단추를 끌러 놓은 프록코트 밑으로 혁대에 권총 두 자루를 찼다. 장 프루베르는 낡은 기병 단총을 들고, 바오렐은 기총을 들고 꾸르페락은 칼을 장치한 지팡이를 휘두르고 있었다. 푀이는 군도를 빼들고 “폴란드 만세!”를 외치며 이쪽으로 오고 있었다.

그들은 넥타이도 매지 않고, 모자도 쓰지 않고, 숨을 헐떡이며, 비에 흠뻑 젖은 눈을 번쩍번쩍 빛내며, 모를랑 강변 쪽에서 걸어왔다. 가브로슈는 침착하게 그들 옆으로 다가갔다.

“어디로들 가십니까?”

“너도 따라와.” 꾸르페락이 말했다.

퀴이의 뒤로 바오렐이 오고 있었다. 바오렐은 걸어온다기보다 폭동이라는 물을 만난 고기처럼 펄쩍펄쩍 뛰어오고 있었다. 그는 빨간 조끼를 입고 아주 과격한 말을 외치며 왔다. 그 조끼를 보고 지나가던 한 사람이 깜짝 놀라 자기도 모르게 이렇게 소리쳤다.

"빨갱이들이 온다!"

"빨갱이지, 빨갱이들이지!" 바오렐은 마주 소리쳤다. "거 이상하게 겁을 내는데, 부르주아 양반. 난 빨간 양귀비를 봐도 아무렇지 않고, 더구나 조그만 빨간 모자 같은 건 하나도 무섭지 않던데. 부르주아 양반, 알겠소? 빨간 색을 무서워하는 건 뿔난 짐승뿐이란 말이오."

바오렐은 어떤 벽 한구석에 평화스런 방이 한 장 나붙은 것을 보았다. 그것은 빠리의 대주교가 사순절을 맞아 '어린 양들'(교구 사람들)에게 달걀을 먹어도 된다는 교서였다.

바오렐은 그것을 보자 소리쳤다.

"양이라고? 거위라는 말을 빗대놓고 한 말이겠지 (거위 oies에는 바보라는 뜻이 있는데 양 ouailles 과 음이 비슷 해서 한 말)."

그리고 벽보 교서를 잡아뜯었다. 그 행동은 가브로슈의 존경을 샀다. 그 순간부터 가브로슈는 바오렐을 열심히 관찰하기 시작했다.

"바오렐," 앙졸라가 주의를 주었다. "거 왜 그런 짓을 하나. 그 교서는 그냥두는 게 나을 뻔했어. 우리가 싸우는 상대는 그런 게 아니야. 자네는 괜히 쓸데없는 것에 곧잘 화를 낸단 말이야. 힘을 아끼게. 전쟁터 밖에서 함부로 총을 쏴선 안돼. 소총알만이 아니야, 정신의 총알도 마찬가지지."

"제각기 생각이 다 다른 거지 뭐." 바오렐은 대답했다. "그 주교의 말투가 영 비위에 거슬린단 말야. 달걀을 먹는 데도 일일이 누구의 지시를 받아야 하나. 자네는 가슴이 타더라도 냉정하게 있을 수 있는 성격이지만 난 그걸 즐기는 편이야. 그리고 난 지금 정력을 낭비하고 있는 게 아니라 기운을 돋구고 있는 거야. 내가 그 교서를 찢어 버린 것은 헤르클레, 말하자면 일종의 소화 운동이지."

이 '헤르클레'라는 말이 가브로슈의 주의를 끌었다. 그는 기회 있을 때마다 무엇이든지 배우려고 노력하고 있었고 또 이런 벽보를 찢은 사람을 존경하고 있었다. 그는 바오렐에게 물었다.

" '헤르클레'라는 게 무슨 뜻이에요?"

바오렐은 대답했다. "라틴 어인데 제기랄이란 뜻이야."

그때 바오렐은 구레나룻이 시커멓고 안색이 창백한 한 청년이 어느집 창가에 서서 그들이 지나가는 것을 내려다보고 있는 것을 보았다. 그것은 틀림없이 ABC 회원 같았다. 바오렐은 그 남자에게 소리쳤다.

"빨리, 탄약통을! '빠라 벨룸'^(라틴 어로 '전쟁준
비를 하라'라는 뜻)"

"벨롬므^(프랑스 어로 미
남이라는 뜻)라고, 정말 그렇군." 가브로슈는 중얼거렸다. 그도 이제 라틴 어를 어느 정도 알아들을 수 있게 된 것이다.

소란스런 행렬이 그들 뒤를 쫓아오고 있었다. 학생 예술가, 엑스의 호리병 당에 가입한 청년들, 노동자, 뱃사람 등으로 손에 손에 곤봉이며 총검을 들고, 어떤 사람은 꽁브페르처럼 권총을 바지 속에 찬 사람도 있었다. 나이 많은 노인 한 사람이 그들과 섞여 걸어오고 있었다. 무기라곤 아무것도 들지 않고 근심스런 얼굴로, 그러면서도 뒤떨어지지 않으려고 재빨리 발걸음을 옮겨 놓았다. 가브로슈는 노인을 쳐다보았다.

"저게 뭐야?" 그는 꾸르페락에게 말했다.

"노인이야."

그 사람은 마뵈프 씨였다.

노인

그때까지 일어났던 일을 여기서 잠깐 적어두기로 하자.

앙졸라와 그의 친구들은 용기병이 쳐들어왔을 때 부르동 거리 공설 양곡 창고 가까이에 있었다. 앙졸라와 꾸르페락과 꽁브페르는 "바리케이드로 가자!" 하고 외치며 바쏭삐에르 거리 쪽에서 다가오는 한 떼의 사람들과 합세했다. 레디기에르 거리에서 그들은 터벅터벅 걸어오는 한 노인과 만났다.

그들의 주의를 끈 것은 노인이 술에 취하지도 않았는데 비틀비틀 걸어오는 것이었다. 게다가 노인은 오전 내내 비가 오고 지금도 몹시 쏟아지고 있는데도 모자를 쓰지 않고 손에 들고 있었다. 꾸르페락은 그가 마뵈프 노인이라는 것을 곧 알아보았다. 꾸르페락은 마리우스를 전송하느라 몇 번 그의 문 앞에까지 간 일이 있기 때문에 노인을 알고 있었던 것이다. 그리고 책에 미친 늙은 교구위원이 지극히 평온하고 조용한 생활을 하고 있다는 것을 알기 때문에, 지금 이 소동 중에, 그것도 기병의 습격으로 바로 코앞에 총알이 튀는 가운데 모자도 쓰지 않은 채 헤매는 것을 보고 깜짝 놀라 노인 옆으로 다가갔다. 그리하여 스물 다섯 살 난 청년과 여든을 넘은 노인 사이에 다음과 같은 대화가 오고갔다.

"마뵈프 씨, 집으로 돌아가십시오."

"왜 그러오?"

"한바탕 소동이 날 겁니다."

"그것 좋죠."

"막 치고 쏘고 할 겁니다, 마뵈프 씨."

"그것도 좋고."

"대포도 터질 텐데요."

"그건 더욱 좋소. 그런데 당신들은 어디 가오?"

"정부를 때려 엎으러 갑니다."

"그거 대단히 좋군."

그리고 노인은 그들 뒤를 따르기 시작했다. 그때부터 그는 한 마디도 입을 열지 않았다. 마뵈프 노인의 발걸음은 갑자기 확고해지고 노동자들이 팔을 부축하려 해도 머리를 흔들어 거절했다. 그는 행렬 가장 앞으로 나가 걸었는데 그 동작은 행진하는 사람 같으면서도 꼭 자는 사람 같았다.

"저 노인 굉장히 살기등등한데!" 학생들은 이렇게 중얼거렸다. 소문이 삽시간에 군중 사이에 퍼졌다.

"저 사람 전에 국민의회 의원이었어."

"루이 16세를 처형할 때 찬성표를 던진 사람이지."

군중은 베르리 거리 쪽으로 향했다. 가브로슈는 있는 대로 고함을 지르고 노래를 하며 나아갔기 때문에 꼭 나팔수 같은 모습이었다. 그는 이렇게 노래했다.

이크, 달이 떴네
언제 갈까, 둘이서 숲속으로
샤를로뜨한테 샤를로가 물었네.

뚜 뚜 뚜
샤뚜로 가세
하느님 하나, 왕 하나, 동전 한 닢, 장화 한 짝, 가진 건 그것뿐.

아침부터 감로주
사향 나무에서 직접 마시고
두 마리 참새 곤드레가 되었네.

지 지 지
빠지로 가세
하느님 하나, 왕 하나, 동전 한 닢, 장화 한 짝, 가진 건 그것뿐.

소년 가브로슈는 있는 대로 고함을 지르고 노래를 하며 나아갔기 때문에 꼭 나
팔수 같은 모습이었다.

가엾은 두 마리 이리 새끼
곤드레만드레 취해 버렸네
호랑이가 굴 속에서 웃고 있었네.

동 동 동
뫼동으로 가세
하느님 하나, 왕 하나, 동전 한 닢, 장화 한 짝, 가진 건 그것뿐.

한 사람은 욕하고 한 사람은 저주했네
언제 갈까? 둘이서 숲속으로
샤를로뜨한테 샤를로가 물었네.

땡 땡 땡
빵땡으로 가세
하느님 하나, 왕 하나, 동전 한 닢, 장화 한 짝, 가진 건 그것뿐.

그들은 쌩 메리 쪽으로 걸어갔다.

새 가입자

군중은 쉴새없이 불어났다. 비예뜨 거리 근처에서 키가 크고 머리가 희끗희끗한 남자 한 사람이 끼어들었다. 너무나 대담한 얼굴에 꾸르페락도, 앙졸라도, 꽁브페르도, 그 남자를 유심히 보았으나 모르는 사람이었다. 가브로슈는 노래를 하고 휘파람을 불면서 시끄럽게 떠들고 앞으로 나아갔다. 노리쇠 없는 권총으로 상점 덧문을 두드리는 데 정신이 팔려 그 남자를 주의해 보지 않았다.

베르리 거리로 들어가자 마침 꾸르페락의 집 앞을 지나가게 되었다.

"마침 잘됐군." 꾸르페락은 중얼거렸다. "지갑도 잊고 모자도 놓고 나왔는데……." 그리고 군중을 떠나 곧장 계단을 네 개씩 뛰어 자기 방으로 들어갔다. 그리고 낡은 모자와 지갑을 집어들고 빨랫감 사이에 숨겨둔 대형 슈트케이스만한 커다란 상자 하나를 꺼내들었다. 꾸르페락이 아래로 뛰어내려가자 문지기 여자가 그를 불러 세웠다.

"드 꾸르페락 씨!"

"가만있자, 문지기 아주머닌 이름이 뭐였더라?"

꾸르페락은 되물었다.

문지기 여자는 어이가 없어 입을 벙긋 벌렸다.

"잘 아시면서, 저 문지기예요. 이름은 뵈뱅이구요."

"그렇지. 그런데 아주머니가 날 드 꾸르페락 씨라구 하면 나도 이제부터 드 뵈뱅 씨라 부르겠소. 그건 그렇고, 왜 그러시오? 무슨 일이오?"

"꾸르페락 씨를 만나려는 사람이 있어요."

"누군데요?"

"모르겠어요."

"어디 있는데?"

"저희 방에 있어요."

"쳇!" 꾸르페락은 혀를 찼다.

"하지만 벌써 한 시간이나 됐어요, 기다린 지가!"

문지기 여자는 말했다.

마침 그때, 노동자 차림을 한 청년 하나가 문지기 방에서 나왔다. 여위고, 안색이 나쁘고, 키가 작고, 얼굴엔 주근깨가 있고, 해진 작업복에 허리를 군데군데 기운 기병 비로드 바지를 입고 있었는데, 남자라기보다 남자 옷을 입은 젊은 여자같이 보였다. 그러나 꾸르페락에게 말을 건 목소리에는 여자같은 데가 하나도 없었다.

"실례합니다만, 마리우스 씨가 어디 계신지 모르십니까?"

"지금 집에 없는데요."

"오늘 밤 돌아오실 건가요?"

"글쎄 모르겠는데요."

그리고 꾸르페락은 덧붙여 말했다.

"난 안 돌아올 겁니다."

청년은 똑바로 그를 쏘아보았다.

"왜요?"

"그냥, 그럴 일이 좀 있습니다."

"그럼 어디로 가실 겁니까?"

"그런 건 왜 묻는 거요?"

"그 상자를 들어다 드릴까요?"

"난 지금 바리케이드로 가는 중이오."

"같이 가도 되겠습니까?"

"좋으실 대로!" 꾸르페락은 대답했다.

"길은 누구에게나 자유고, 포장한 도로는 모든 이의 것이니까요."

꾸르페락은 동료들을 따라가려고 급히 그 자리에서 나왔다. 군중 속으로 들어가자 그는 그 중 한 사람에게 그 상자를 맡겼다. 그리고 그로부터 불과 15분 후에, 그는 조금 전의 그 남자가 정말로 따라온 것을 알았다.

군중이란 꼭 처음 목표했던 길로 정확하게 가는 것은 아니다. 바람부는 대로 아무데로나 간다는 것은 앞서도 설명한 바이다. 그들은 쌩 메리를 지나자 어떻게 된 건지 자기들도 모르는 사이에 쌩 드니 거리로 나와 있었다.

제12편 꼬랭뜨

꼬랭뜨 술집의 역사

오늘날 중앙 시장 쪽 랑뷔또 거리로 발을 들여놓는 빠리 시민은 몽데뚜르 거리 맞은편 오른쪽에 광주리가게 하나가 있는 것을 볼 것이다. 간판에는 나뽈레옹 황제의 모습을 본뜬 광주리에 다음과 같은 글이 새겨져 있다.

나뽈레옹의 온몸은
버들가지로 만들어져 있다.

그러나 오늘날 빠리 시민들은 불과 30년 전 바로 그 자리에서 무시무시한 광경이 벌어졌으리라고는 꿈에도 생각하지 않을 것이다.

그곳은 예전의 샹브르리 거리——옛날 이름으로는 샹베르리라고 씌어 있다——꼬랭뜨 (그리스의 지명 / 코린토스란 뜻) 라는 유명한 술집이 있던 곳이다. 쌩 메리의 바리케이드 그림자에 가려 눈에 띄지는 않지만 이곳에 세웠던 바리케이드에 관해서는 앞에서 말한 적이 있음을 독자들은 기억하고 있을 것이다. 오늘날에는 깊은 어둠 속에 가라앉아 버린 샹브르리 거리의 이 유명한 바리케이드에 이제부터 빛을 조금 비추어 보려고 한다.

이야기의 줄거리를 명확하게 하기 위해 이미 워털루 때에 사용했던 간편한 방법에 다시 한번 의지하는 것을 용서해 주기 바란다. 당시 쌩 뙤스따슈 성당 가까이에 있던, 오늘날 랑뷔또 거리의 입구가 있는 빠리 시장 북동쪽 모퉁이에 늘어서 있던 일부 집들을 꽤 정확하게 상상하려고 하면, 맨 위는 쌩 드니 거리에 접하고, 아래는 시장에 접하고 있는 N자를 상상하고, 그 두 줄의 세로로 그은 획을 그랑드 트뤼앙드리 거리(왼쪽 세로로 그은 획)와 샹브르리 거리(오른쪽 세로로 그은 획)로 생각하고, 쁘띠뜨 트뤼앙드리 거리를 비스듬히 그은 획으로 보면 될 것이다. 낡은 몽데뚜르 거리는 꼬불꼬불하게 꼬부라진 거리 모퉁이를 만들고, 이들 세 획을 가로지르고 있다. 그 결과 이 네 개의 거리가 미로처럼 서로 얽혀 있기 때문에 한 편으로는 시장과 쌩 드니 거리 사이에 끼이고 다른 편은 씨뉴 거리와 프레쉐르 거리 사이에 끼인 200정보 남짓한 땅 위에 작은 섬 같은 집이 일곱 채나 세워져 있었다. 일곱 채가 모두 기묘한 형태로 구획되어 크기는 달랐으나 아무렇게나 늘어서 있어 마치 돌산의 돌덩어리처럼 좁다란 틈바구니로 간신히 구분되어 있었다.

지금 좁다란 틈바구니라고 했지만, 어둡고 좁아서 답답하고 모퉁이가 많은 9층 건물의 낡은 집 사이를 통하는 뒷길을, 이보다 더 바르게 표현할 수는 없다. 그러한 낡은 집들을 이미 완전히 헐어서 샹브르리 거리나 쁘띠뜨 트뤼앙드리 거리에서는 가옥의 정면을 이 집에서 저 집으로 대들보를 질러서 받쳐 놓고 있었다. 길이 좁고 도랑이 넓기 때문에 지나가는 사람들은 지하실 같은 상점이며 쇠고리를 끼운 커다란 차를 막는 돌이며, 엄청난 쓰레기더미며, 매우 낡고 거

유명한 술집 꼬랭뜨

대한 쇠창살이 달린 문 등을 따라서 일 년 내내 젖어 있는 잔돌을 깐 길 위를 걸었다. 그러나 랑뷰뜨 거리가 생겼을 때 이것들은 모조리 헐려 버렸다.

이 몽데뚜르라는 이름은 꼬불꼬불한 그 길을 참으로 잘 표현하고 있다. 좀더 앞으로 가면, 몽데뚜르 거리로 나가는 '피루에뜨 거리'라는 이름이 그것을 한층 더 훌륭하게 나타내고 있다.

쌩 드니 거리에서 샹브르리 거리로 접어든 통행인은 그 길이 차츰 좁아지기 때문에 마치 길쭉한 깔때기 속에라도 들어가는 것 같았다. 대단히 좁은 그 끄트머리는 시장 쪽으로, 한 줄로 늘어선 높은 집이 길을 막았는데, 오른쪽과 왼쪽에 두 줄기의 컴컴한 문이 있어서 이 문으로 빠질 수가 있다는 것을 알아채지 못하면 막다른 골목으로 들어선 인상을 주었다. 그것이 바로 몽데뚜르 거리로, 한편은 프레쒜르 거리로 통하고, 다른 편은 씨뉴 거리와 쁘띠뜨 트뤼앙드리로 통하고 있었다. 이 막다른 골목 같은 거리의 막다른 곳, 오른편 골목 모퉁이에 다른 집들보다 낮고, 곶처럼 한길로 돌출한 집 하나가 있었다.

겨우 3층밖에 안 되는 그 집 안에는 300년 전부터 번창해 온 유명한 선술집이 있었다. 그 술집은 늙은 떼오필르가 다음의 두 줄의 시구로 표현한 바로 그 자리에 세워져 명랑한 소리를 만들어 내고 있었다.

목매어 죽은 불쌍한 연인의
무서운 해골이 여기서 흔들거린다.

장소가 좋았으므로 이 술집은 아버지로부터 아들에게로 몇 대를 이어 오고 있었다.

마뛰랭 레니에 시절, 이 집은 '뽀 또 로즈(장미꽃 화분)'라고 불

리고 수수께끼가 유행했었으므로 말뚝(뽀뜨)을 장밋빛으로 칠해서
간판으로 하고 있었다. 18세기에는 오늘날 완고파로부터 멸시받고
있는 기인인 대가 나뜨와르가 몇 번이나 이 선술집에 들어와서, 레
니에가 취하도록 마신 바로 그 테이블에 자리를 잡고 기분이 좋아서
그 사례로 장밋빛 말뚝 위에 꼬랭뜨의 포도 한 송이를 그렸다. 이를
기뻐한 주인은 그것을 기념하여 간판을 바꾸고 포도송이 밑에 금빛
으로 '꼬랭뜨의 포도집'이라는 말을 쓰게 했다. 이것이 '꼬랭뜨'라는
이름의 기원이다. 말을 생략하는 것은 주정꾼들에게 흔히 있는 일이
다. 글귀의 생략은 문장이 비틀대는 것과 마찬가지이다. 꼬랭뜨라는
이름은 차츰 뽀 또 로즈라는 이름을 물리쳐 버렸다. 이 유서 깊은
상점의 마지막 주인인 위슐루 영감은 이런 전통도 모르고 말뚝을 파
랗게 칠해 버렸다.

계산대가 있는 아래층 홀, 당구대가 있는 2층 홀, 천장을 꿰뚫은
목조 나선형 계단, 테이블 위의 포도주, 벽에 붙어 있는 그을음, 대
낮에도 켜 있는 촛불, 이러한 것들이 이 술집의 정경이었다. 아래층
홀 바닥에 들어 올리는 뚜껑이 달린 계단은 지하실로 통하게 돼 있
었다. 3층에는 위슐루네가 거처하는 방이 있었다. 출입구는 2층 홀
에 있는 비밀문 하나뿐이고, 거리로부터 계단을, 아니 계단이라기보
다는 사다리를 올라가는 것이었다. 지붕 밑에는 두 개의 고미다락방
이 있고, 하녀들이 거처하고 있었다. 그리고 부엌은 계산대가 있는
넓은 방과 함께 아래층에 있었다.

위슐루 영감은 아마 화학자다운 소질을 타고난 듯했으나 현재는
요리사였다. 그의 술집에서는 술만 마실 수 있는 게 아니라 밥도 먹
을 수 있었다. 위슐루는 이곳이 아니면 먹을 수 없는 훌륭한 음식을
하나 발명하고 있었다. 그것은 다진 고기를 뱃속에 쟁여 놓은 잉어
로, 위슐루는 'carpes au gras'로 불렀다. 손님들은 그것을 동물 기름
초나 루이 16세 시대의 남폿불을 켜놓고, 테이블보 대신 기름 먹인

상보를 못으로 박아 놓은 식탁에서 먹었다. 손님은 먼 데서도 왔다. 위슐루는 어느 날 아침, 그의 '명물요리'를 행인들에게도 광고하는 게 좋겠다고 생각했다. 그래서 즉석에서 먹물에 붓을 적셔 그만의 고유한 요리와 마찬가지로 자기 특유의 철자법으로 눈을 끌 만한 글을 벽에다 썼다.

CARPES HO GRAS ^(잉어
요리)

어느 겨울, 소나기와 우박 섞인 폭풍우가 변덕스럽게도 첫 단어의 어미 S자와 셋째 단어의 머리글자 G를 지워 버려서 다음과 같은 글자만이 남았다.

CARPE HO RAS ^(라틴어로 '모든 시간'
을 향락하라'는 의미)

세월과 비바람 덕택으로 대수롭잖은 요리광고는 깊은 충고가 된 셈이다. 이리하여 위슐루 영감은 프랑스어는 잘 몰랐지만 라틴어는 할 줄 아는 셈이 되었고, 부엌에서 철학을 만들어내고 다만 사순절의 육식 금지를 없애려고 했을 뿐인데, 결국 호라티우스와 같은 대시인과 어깨를 견주게 된 셈이었다. 더욱이 놀라운 것은 이 한 구절은 '우리 술집에 들어오시오'라는 뜻이 되기도 했다.

그러나 그러한 것은 오늘날 아무것도 남아 있지 않다. 몽데뚜르의 미로는 1847년에는 이미 크게 절개되어 내장을 도려냈으므로 현재에는 아마도 없어졌을 것이다. 샹브르리 거리도 꼬랭뜨도 랑뷔또 길 위에 까는 돌 밑으로 모습을 감추어 버렸다.

앞서도 말한 바와 같이 꼬랭뜨는 꾸르페락과 그 친구들의 집합 장소라고까지는 말할 수 없더라도 서로 약속하고 만나는 곳의 하나였다. 꼬랭뜨를 발견한 것은 그랑떼르였다. 처음에는 '시간을 향락하라'에 이끌려 들어갔으나 두 번째부터는 '고기가 든 잉어 요리' 때문에 다녔다. 거기서는 마시기도 하고 먹기도 하고 떠들 수도 있었다. 돈을 조금밖에 지불하지 못하거나 지불을 미루거나 전혀 지불하지 않아도 언제나 변함없는 환대를 받았다. 위슐루 영감은 호인이었다.

위슐루가 과연 호인이라는 것은 지금 말한 그대로인데, 그는 싸구려 요리집 주인인 주제에 콧수염까지 기른 재미있는 괴짜였다. 일년 내내 언짢은 듯한 얼굴로 손님을 놀라게 해주려는 태도를 보이고, 상점에 들어오는 사람들에게 투덜대고 음식을 주는 것보다는 싸움을 걸려고 하는 듯싶었다. 그럼에도 불구하고 거듭 말하지만 손님들은 언제나 환영을 받았다. 이러한 괴상한 점이 오히려 그의 가게를 번창하게 하고, 특히 청년들을 끌어들여 그들은 "위슐루 영감이 투덜거리는 것을 보러 가자"고 말하곤 했다. 그는 이전에 검술 교사였으며 느닷없이 너털웃음을 터뜨리는 일이 곧잘 있었다. 목소리가 굵은 호걸이었다. 겉보기에는 비극 배우 같았지만 사실은 희극 배우처럼 재미있는 위인이었다. 잠깐 손님을 겁나게 해주려고 할 뿐, 마치 권총 모양으로 만든 담배갑 같은 사나이였다. 고함을 쳤다고 생각한 것이 재채기로 끝나는 것이다.

그의 아내 위슐루는 남자처럼 수염이 난 못생기고 나이든 여자였다. 1830년경에 위슐루 영감은 죽었다. 그와 함께 잉어 고기 요리의 비결도 사라져 버렸다. 혼자 남은 그의 아내는 위로받을 수 없는 심정이었지만 그래도 선술집을 계속했다. 그러나 요리맛은 떨어져서 형편없이 되었고, 원래부터 좋지 않았던 술은 마실 수가 없어졌다. 꾸르페락과 그 친구들은 그래도 꼬랭뜨에 계속해서 다녔다. "불쌍하니까" 하고 보쒸에는 말하였다.

위슐루 아주머니는 곧잘 숨을 헐떡거리는 못생긴 여자로 걸핏하면 시골의 추억을 지껄이곤 했다. 하찮은 이야기를 그녀의 독특한 발음으로 메우곤 했다. 시골 봄날의 회고담에 흥취를 돋우는 그녀

특유의 말투가 있었다. 옛날에는 '아가위나무 밑에서 여새가 지저귀는' 소리를 듣는 것이 즐거웠다고 그녀는 입버릇처럼 되뇌었다. '레스토랑'이 되어 있는 2층 홀은 크고 기다란 방인데, 등받이며 가로대가 없고 둥그렇거나 네모진 걸상, 의자, 벤치, 식탁 따위를 가득 늘어놓았고 절름발이 낡은 당구대가 하나 있었다. 아래층에서 나선형 계단을 올라가면 갑판의 승강구와 같은 네모난 구멍을 지나 넓은 방의 한편 구석으로 나오는 것이었다.

이 넓은 방의 조명은 단 하나의 좁은 창문과 언제나 켜놓은 남폿불 하나뿐이어서 마치 고미다락방과 같았다. 네 발 달린 가구들은 모두 세 발밖에 없는 것처럼 덜거덕거렸다. 석회를 하얗게 칠한 벽의 장식으로는 위슐루 아주머니에게 바쳐진 다음과 같은 4행시뿐이었다.

열 걸음 밖에서는 놀라고 두 걸음 밖에서는 기겁을 하네.
사마귀 하나 박힌 험악한 콧대,
콧물이 흐를세라, 또 언젠가는 그 콧물이 입속으로 떨어질세라 날마다 근심한다네.

이것은 벽에 숯으로 써 있었다.

그 시구 그대로인 위슐루 아주머니는 이 4행시 앞을 태평하게 아침부터 밤까지 왔다 갔다 했다. 마뜰로뜨(생선으로 만든 스튜 요리)와 지블로뜨(토끼 고기를 백포도주와 섞어 만든 요리)란 이름으로밖에 알려지지 않은 두 하녀가 위슐루 아주머니를 도와서 적포도주 병이며, 시장한 손님들에게 권하는 여러 가지 수프를 사기 그릇에 담아서 테이블 위에 늘어놓는 것이었다. 마뜰로뜨는 살이 쪄서 오동통하고 붉은 머리칼에 쇳소리를 내는 여자로 세상을 떠난 위슐루가 매우 마음에 들어 했지만, 그 못생긴 얼굴은 신화 속에 나오는 어떤 괴물보다 더 흉악할 정도였다. 그렇지만 하녀란 항상 여주인보다 밉상이듯, 그녀는 위슐루 아주머니보다 더 못생겼다. 지블로뜨는 키가 껑충하니 크고 가냘프고 해맑은 여자인데 눈 가장자리가 푹 꺼지고 눈꺼풀은 무겁게 늘어져 있어 만성 피로증이라는 병에라도 걸린 것 같았다. 그래도 누구보다도 일찍 일어나고 제일 늦게 자며 심지어 동료 하녀의 일까지 보살펴주는 말없고 다정한 여자였다. 그녀는 항상 피곤한 얼굴에 조는 듯한 생기없는 미소를 띠고 있었다.

계산대 위에는 거울이 하나 걸려 있었다.

레스토랑으로 되어 있는 홀에 들어가는 사람은 누구나 입구에 꾸르페락이 백묵으로 써놓은 다음의 시구를 읽었다.

가능하면 남에게 한 턱 써라, 용기가 있으면 네가 먹어라.

전야제

아시는 바와 같이 레글르 드 모는 다른 어느 곳보다도 졸리네 집에 있는 때가 많았다. 새에게 나뭇가지가 있듯 그에게도 보금자리가 있었다. 이 두 친구는 함께 살고, 함께 먹고, 함께 잤다. 무엇이든 두 사람이 공유하여 뮈지세따^(졸리의 애인)까지도 누구의 애인인지 분간하기 어려울 정도였다. 그들은 수습 수도사들 사이에서 '짝패'라고 불리는 그런 사이였다. 6월 5일 아침, 그들은 꼬랭뜨에 아침을 먹으러 갔다. 졸리는 심한 코감기에 걸려서 코가 막혔는데 그것도 사이좋게 나누려는지 레글르에게도 감기 기운이 있었다. 다만 레글르의 윗도리는 다 닳아빠졌지만 졸리의 옷차림은 단정했다.

그들이 꼬랭뜨의 문을 연 때는 아침 9시 무렵이었다. 그들은 2층으로 올라갔다. 마뜰로뜨와 지블로뜨가 그들을 맞이했다.

"굴하고 치즈, 그리고 햄." 레글르가 말했다. 그들은 식탁에 앉았다. 술집 안은 텅 비어 있었다. 두 사람 외에 다른 손님은 없었다.

지블로뜨는 졸리와 레글르가 단골 손님이었으므로 포도주를 한 병 식탁 위에 내놓았다.

그들이 막 굴을 먹으려 했을 때 누군가가 계단 승강구에 머리를 내밀면서 말했다.

"마침 이 앞을 지나가던 참에 문 밖으로 브이리산 치즈 냄새가 기막히게 풍기지 않겠어? 들어가도 좋겠나?"

그랑떼르였다. 그랑떼르는 둥그런 걸상을 끌어당겨 식탁에 앉았다. 지블로뜨는 그랑떼르를 보자 포도주 두 병을 식탁에 놓았다. 모두 세 병이 되었다.

"자네 두 병이나 마실 작정인가?" 레글르가 그랑떼르에게 물었다.

그랑떼르는 대답했다.

"모두 다 영리한데 자네만 멍청하군. 겨우 두 병쯤으로 놀란다면 남자가 아니지."

다른 사람은 식사부터 했지만 그랑떼르는 마시기부터 했다. 반 병가량을 단숨에 들이켰다.

"밑이 빠졌나 보군, 자네 밥통은." 레글르가 또 말했다.

"뚫린 건 자네 팔꿈치일세." 그랑떼르가 말했다.

그리고 단숨에 술잔을 비우고는 덧붙였다.

"이봐, 조사(弔辭)의 레글르^(17세기 《弔辭》의 작자. 보쉬에와 같은 이름을 별명으로 쓰고 있다), 자네 옷은 꽤 낡았군그래."

"이편이 좋아." 레글르가 대꾸했다.

"이래야만 어울린단 말일세, 옷하고 나하구는 말이야. 내 버릇을 알아 주어 거북한 데가 없구 몸에 잘 맞아서 움직이기 편하거든. 또 따뜻하게 해주어 비로소 내가 겨울 옷을 입고 있다는 걸 깨닫게 될 정도야. 헌 옷이란 오래 사귄 친구와 같거든."

"딴은 그래." 졸리가 대화에 끼어들며 외쳤다. "낡은 아비(옷)는

그들은 식탁에 앉았다.

낡은 아미(친구)지."

"더군다나 코감기가 든 사람이 발음하면 그렇지." 그랑떼르가 말했다.

"그랑떼르, 자넨 큰길에서 오는 길인가?" 레글르가 물었다.

"아니."

"졸리와 나는 장례 행렬의 선두가 지나가는 걸 봤네."

"정말로 볼 만하던걸." 졸리가 말했다.

"이 거리는 참 조용하군 그래!" 레글르가 외쳤다. "지금 빠리가 벌컥 뒤집혔다고 생각할 수 있겠나? 옛날에 이 근처에는 수도원이 들어서 있었다더니 과연 그렇군 그래! 뒤브뢸과 소발이 그런 수도원 이름을 하나하나 열거했고, 르뵈프 대수도원장도 역시 그렇게 썼어. 이 근처 일대는 수도사들이 개미떼처럼 모여 있었다더군. 구두를 신은 사람, 맨발인 사람, 머리를 깎은 사람, 수염을 기른 사람, 회색 옷을 입은 사람, 흰 옷을 입은 사람, 프란체스코회 수도사, 미니모회 수도사, 카프신회 수도사, 카르멜회 수도사, 소 아우구스티누스회 수도사, 대 아우구스티누스회 수도사, 구 아우구스티누스회 수도사…… 수두룩했다더군."

"수도사들 이야기는 집어치우세." 그랑떼르가 가로막았다. "몸이 답답해진단 말야."

그리고 큰소리를 질렀다.

"웩! 상한 굴을 삼켰군. 아아, 또 기분 잡쳤어. 굴은 상한 데다가 하녀는 못생겼으니, 원. 사람들이 싫어졌단 말야. 바로 조금 전에 슐리외 거리의 그 큰 공공 도서관(왕립 도서관) 앞을 지나왔네. 도서관이라고 부르는 그 굴껍질의 무더기를 보자 아무것도 생각하기가 싫어지더군. 그 산더미 같은 종이! 그 많은 잉크! 그 시시한 책! 그걸 모두 인간이 썼단 말일세! 인간은 쁠륌므(깃털과 펜이란 의미가 있다) 없는 두 발 짐승이라고 한 숙맥은 대관절 어느 놈이야?

　도서관을 지난 뒤, 난 알고 있던 예쁜 아가씨를 만났다네. 봄처럼 아름답고, 꽃의 요정처럼 빛나고, 날아갈 듯 행복한 천사같은 여자앤데 알고보면 서글픈 인생이라네. 그 여자애는 어제 곰보자국이 형편없는 은행가에게 넘어가고 말았거든. 하긴 여자란 건 꼭 도둑놈이나 바람둥이에게만 관심을 보이니까, 암코양이가 쥐나 작은 새만 쫓아 다니는 거나 별반 다를 게 없지. 그 계집애도 바로 2달 전에는 고미다락방에서 얌전하게 살면서 코르셋 단추 구멍에 조그마한 구리쇠 고리를 다는 일을 했단 말일세. 알겠나? 삯바느질을 하고 접는 침대에서 자고 화분의 꽃을 들여다보는 것으로 만족했었단 말일세. 그랬는데 지금은 은행가의 부인이란 말야. 어젯밤에 그렇게 변했단 말일세. 나는 오늘 아침에 바로 그 희생자를 만났는데 매우 만족해 있더란 말야.

　견딜 수 없는 건 그녀의 모든 것이 오늘도 어제와 변함없이 아름답다는 걸세. 얼굴에는 험상궂은 그 은행가의 그림자조차도 비치지 않더란 말일세. 장미꽃이 여자와 달리 좋은 점이기도 하고 나쁜 점이기도 한 건, 벌레가 먹으면 뚜렷하게 흔적이 남는다는 점일세. 아! 이 지상에 윤리 따위란 없네. 그 좋은 증거로는 사랑의 상징 뮈르뜨(도금양), 전쟁의 상징 월계수, 평화의 상징인 그 어리석은 감람나무, 하마터면 아담의 목에 씨가 걸릴 뻔했던 사과나무, 페티코트의 선조인 무화과나무, 그런 것들을 보면 알걸세.

　권리만 해도 그래. 권리가 무언지 가르쳐 줄까? 곧 사람들은 클류지옴(에트루리아의 옛도시)을 탐내고 로마는 클류지옴을 보호하며 클류지옴이 너희들에게 무슨 해를 끼쳤냐고 골 사람에게 묻지. 그러면 브레뉴스는 대답하네. ‘그렇다면 알바는 여러분들을 해쳤는가, 피데네는 해를 입혔는가, 에키 사람이나 볼스키 사람이나 사비니 사람은 어떤 해를 끼쳤는가. 그것과 마찬가지다. 그들은 여러분의 이웃이었다. 클류지옴 사람들은 우리들의 이웃 사람이다. 우리들은 이웃관계라는 것을 여러분과 마찬가지로 생각하고 있다. 여러분은 알바를 빼앗았다. 우리들은 클류지옴을 차지한 것이다.' 로마는 또 말한다. '너희들이 클류지옴을 차지할 수 있을 것 같은가!' 그러나 브레뉴스는 로마를 차지했다. 그리고 외쳤네. '패자에게 재난 있으라!' 이것이 권리라는 걸세. 아아! 이 세상에는 너무나 육식 동물이 많아! 너무나 독수리가 많아! 독수리가 너무 많단 말야! 그걸 생각하면 소름이 끼치네."

그랑떼르는 술잔을 졸리에게 내밀어 철철 넘치도록 술을 붓게 하여 단숨에 쭈욱 들이키더니, 말을 중단하지 않고 계속했다. 지금 방금 따르게 한, 한 잔의 포도주를 그가 마신 것을 아무도 눈치채지 못했고, 그 자신도 깨닫지 못했을 정도였다.

"로마를 차지한 브레뉴스는 독수리일세. 마음이 달뜬 처녀를 차지한 은행가도 독수리야. 모두 다 뻔뻔한 놈들이지. 그러니까 아무것도 믿지 않으려네. 현실은 단 하나, 즉 술이 있을 뿐일세. 자네들의 의견이 어떻든 유리 주(州)처럼 여윈 닭의 편을 들건, 글라리스 주처럼 살찐 닭의 편을 들건 그런 것은 아무래도 좋아, 우선 마시게나.

자네들은 큰길에서 있었던 일, 장례 행렬이 있었다는 것, '그런' 일들을 얘기했겠다. 그래, 다시 혁명이라도 일어난단 말인가? 놀랐는걸, 그 서투른 수단을 신께서 하신 일이라곤 생각할 수도 없지 않은가. 신께선 끊임없이 사건의 가느다란 홈에 기름을 다시 칠해야만 하는 게 아닌가. 걸려서 잘 굴러가지 않기 때문이야. 빨리 혁명을 일으키라는 거지. 그런 고약한 기름 때문에 신께선 언제나 손을 시커멓게 더럽히고 있게 마련이지.

내가 신이라면 좀더 간단하게 해치우겠네. 나라면 끊임없이 기계의 나사를 죄는 일을 하지 않고, 인류를 대번에 목적지로 데리고 가겠어. 실을 끊지 않고 사실의 그물코를 짜 나가겠어. 결코 미리 준비하지 않겠네. 절대 필요없는 걸 쌓아두지 않을걸세. 자네들이 진보라고 부르는 것은 인간과 사건이라는 두 가지 발동기로 움직이는 걸세.

그러나 슬픈 일이지만 이따금 예외가 필요하게 되네. 인간에게나 사건에서나 상비군만으로는 충분치가 못하네. 인간 속에는 천재가 필요하고, 사건 속에는 혁명이 섞여야만 하네. 큰 참사가 일어나는 것은 당연한 법칙일세. 그것 없이는 사물의 질서가 성립되지 않네. 혜성이 나타나는 것을 보면, 하늘에도 배우 역할을 하는 사람이 필요하구나, 하고 생각하게 되네. 사람이 전혀 예기치 못할 때 신은 창공이라는 벽 위에 유성을 내어 거네. 어떤 이상 야릇한 별이, 길고 큰 꼬리를 끌며 갑자기 나타나네. 그리고 그 때문에 카이사르(시저)가 죽네. 브루투스는 카이사르에게 단도를 들이대고, 신은 혜성을 후려치네^(시저를 암살할 때 로마 하늘에 혜성이 나타났다 함). 쾅 하는 소리와 함께 북극광이 나타나고 혁명이 터지고 위인이 태어나네.

대서 특필 93은^(1793년), 표제가 되는 나뽈레옹 전단(傳單) 첫 머리에 쓰이는 1811년의 혜성. 아아! 아름다운 푸른 전단, 뜻밖의 불꽃으로 빛나는 전단! 쾅! 쾅! 참으로 볼만한 장관이 아닌가. 눈을 들고 보게나, 건달 제군들. 모든 것은 뒤죽박죽이네. 별도 연극도. 아아, 그건 좀 지나치다, 그리고 동시에 불충분해. 그러한 수단들은 예외로 취해지는 것이고 겉보기에는 화려하지만 사실은 참으로 보잘것없는 것이네.

여러분, 신은 궁여지책을 쓰고 있는 걸세. 혁명, 그것은 무엇을 증명하고 있는가? 신께서 나갈 길이 막혔음을 말하는 걸세. 쿠데타가 일어나는 것은 현재와 미래 사이가 단절되었기 때문이며, 신이 그 양쪽 끝을 연결시키지 못했기 때문일세. 요컨대 그것은 여호와(신)의 재산 상태에 대해서 내가 내린 추측을 입증해 주네. 천상에도 지상에도 이토록 많은 곤궁을 보고, 좁쌀 한 톨도 없는 새로부터 10만 프랑의 연금조차 없는 나에게 이르기까지 하늘과 땅에 이토록 많은 초라함과 인색한 탐욕과 궁핍을 보고, 형편없이 닳아버린 인류의 운명을 보고, 더욱이 또 목매어 죽은 꽁데 대공이 그 본보기지만, 목을 매다는 새끼를 늘어뜨리는 왕가의 운명을 보고, 찬바람이 불어오는 꼭대기의 파열구에 불과한 겨울을 보고, 언덕 위를 물들이는 신선한 아침의 진홍빛 옷자락 속에 이토록 많은 누더기를 보고, 이슬 방울이라는 저 가짜 진주를 보고, 얼음꽃이라는 저 인조 다이아몬드를 보고, 산산이 떨어져 나간 인류와 남루한 사건을 보고, 태양이 얼룩투성이이고 달이 구멍투성이인 것을 보고, 또 곳곳에 이토록 많은 비참함을 보면 신도 그다지 부자가 못 된다고 나는 생각하네. 분명히 겉보기에는 훌륭하지만 사실은 궁색하다는 것을 알 수 있네. 신이 사람에게 혁명을 주는 것은 마치 금고가 텅 비어 있는 부자가 무도회를 여는 것 같은 거란 말일세. 신들은 겉으로 보는 것만으로 평가해서는 안 되네. 금빛으로 빛나는 하늘 밑에 가난한 우주가 들여다보이네. 삼라만상 속에는 파산이 있네. 그러니까 불만인 걸세, 나는. 알겠나?

오늘은 6월 5일인데 아직 밤이야. 나는 아침부터 해가 솟는 것을 기다리고 있네. 그러나 해는 아직 솟지 않았네. 나는 장담하네, 하루 종일 해는 떠오르지 않을 걸세. 급료가 적은 고용인은 알뜰한 일꾼이 못된다는 걸세. 아무렴, 그렇구말구. 모든 것이 제대로 정리되어 있는 게 없고 무엇 하나 조화가 이루어진 게 없어. 이 늙어빠진 세계는 모든 게 엉망이야. 그렇기 때문에 나는 반대한다. 모든 게 비스듬히 걸어가고 있네. 우주는 비꼬여 있어. 마치 아이들의 세계와 흡사해. 갖고 싶어하는 아이는 얻지 못하고 도리어 갖기를 원하지 않는 아이는 얻는다. 요컨대 나는 울화통이 터져서 죽을 지경이란 말일세.

게다가 말이야, 레글르 드 모, 자네의 대머리를 보면 나는 서글

퍼지네. 비참한 기분이 든단 말일세. 이런 대머리하구 동갑인가, 하고 생각하면 말일세. 그렇다고는 하지만 나는 비평을 하는 것이지 절대로 모욕하고 있는 게 아닐세. 우주는 생겨난 그대로 우주일세. 내가 조금이라도 악의가 있어서 이런 말을 하는 게 아닐세. 이건 다만 마음을 편하게 쉬자는 것뿐이야. 오! 신이여, 나의 깊은 존경을 받아 들이소서. 오! 올림포스의 모든 성인, 천국에 계시는 모든 신께 맹세코 말해도 좋다.

나는 원래 빠리 시민으로 태어난 건 아니다. 다시 말하면 두 개의 라켓 사이를 왕복하는 셔틀콕처럼, 게으름뱅이와 수선스러운 사람들 사이를 언제까지나 뛰어다니도록 태어나지는 않았단 말일세! 나는 터키 사람으로 태어났단 말야. 순결한 사람들이 보는 꿈처럼, 동양의 말괄량이 처녀들이 추는, 저 형용할 수 없는 음란한 이집트 춤을 하루 종일 바라보며 사는 터키 사람으로 말일세.

그렇지 않다면 뽀쓰 평야의 농민이거나 귀족 처녀들에게 둘러싸인 베니스의 왕이거나 보병의 절반을 독일 연방에 보내 놓고 자기의 울타리 위에서, 즉 국경선 위에서 젖은 양말을 말리는 것으로 여가를 보내고 있는 독일의 작은 군주로 태어났단 말일세! 그러한 운명에 맞도록 태어났어! 그렇지, 지금 나는 터키 사람이라고 했는데 그것을 취소하지는 않네. 어째서 사람들이 언제나 터키 사람을 좋지 않게 말하는지 나는 모르겠더군. 마호메트에게는 좋은 점이 있네. 아름다운 후궁들이며 오달리스크의 낙원을 생각해 낸 인물에게 경의를 표할지어다! 이슬람교를 모욕하는 것은 그만두게. 암탉들로 장식된 유일한 종교다!

그런 까닭에 나는 술마실 것을 역설하네. 이 세상은 어리석기 짝이 없네. 그들 미련한 놈들은 이 녹음 짙은 좋은 여름에 아름다운 여자와 팔짱을 끼고 시골로 가면 꼴을 벤 향기로운 풀 냄새를 만끽할 수 있을 텐데도 서로 치고 받고 죽이려고만 하고 있네!

그야말로 어리석은 짓만 하고 있다 그 말일세. 아까도 골동품점 앞에서 낡고 찢어진 램프가 굴러다니고 있는 것을 보고 나는 문득 생각했네. 지금이야말로 인류에게 광명을 줘야 할 때가 왔다고. 그렇다네, 나는 또 서글퍼졌네! 굴과 비뚤어진 혁명을 집어삼켰기 때문일세! 나는 또 우울해지네. 아아! 늙어 추해빠진 세계여! 인간은 정력과 근기(根氣)를 온통 써 버리고 생업을 잃고 절개를 팔고 자살하고 그리고 거기에 타성이 되어 버리고 있네!"

그랑떼르는 웅변의 발작이 끝나자 이번에는 거기에 어울리는 듯한 기침의 발작에 사로잡혔다.

"혁명이라고 한다면 마리우스는 아주 사랑에 빠진 모양이지(마리우스는 아주 사랑에 빠진 모양이지)." 졸리가 말했다.

"그 상대가 누군지 아나?" 레글르가 물었다.

"'보'르지(모른지)."

"몰라?"

"'보'른다고 했잖아(모른다고 했잖아)!"

"마리우스의 사랑 말인가?" 그랑떼르가 외쳤다. "나는 여기 앉아서도 환하게 알지. 마리우스는 안개 같은 놈이니까 아지랑이 같은 여자를 발견했을 테지. 마리우스는 시인 기질이야. 시인이란 미치광이란 말일세. '팀브라 에우스 아폴로.' 마리우스와 그 연인 마리인지 마리아인지 마리에뜨인지 마리옹인지 모르지만 그들은 묘한 연인일 게 뻔해. 어떤 연애를 하는지 안 봐도 나는 다 알지. 키스하는 것조차도 잊어버린 황홀경일 거야. 지상에서는 순결하고 무한 속에서 포옹하는 그런 관계. 관능을 남모르게 숨기고 있는 영혼이지. 그들은 별하늘 속에서 함께 자고 있는 거야."

그랑떼르가 두 번째 병의 마개를 열고 또다시 두 번째 긴 사설을 늘어놓기 시작하려 했을 때, 새로운 얼굴이 계단의 네모진 구멍에 나타났다. 그것은 10살도 채 못된 누더기를 걸친 소년이었는데, 아주 조그맣고 빛이 누런 개처럼 생긴 얼굴에 눈은 날카롭고 머리는 더부룩하고 몸은 비에 젖었으나 명랑한 표정을 짓고 있었다.

소년은 분명히 세 사람 모두 다 낯설었지만, 서슴지 않고 레글르드 모를 골라잡고 말을 걸었다.

"아저씨가 보쮜에 씬가요?" 소년은 물었다.

"그건 내 별명이다. 무슨 일이지?" 레글르가 대답했다.

"저 말이죠, 저 큰길에서 금발머리의 키 큰 사람이 '너 위슐루 아주머니를 아느냐?' 하고 묻더군요. 나는 '네, 알아요, 샹브르리 거리의 유명한 할아버지네 과부댁이죠.' 했더니, 그 사람은 '그럼 거기에 좀 갔다오너라. 거기에 보쮜에란 사람이 있을 테니 그 사람에게 A—B—C라고 그러더라구 전해라.' 그러더군요. 아마 아저씨를 놀리는 게 아닐까요? 내게 10수 주었지만요."

"졸리, 10수 빌려주게." 레글르가 말했다.

그리고 그랑떼르를 보고 말했다. "그랑떼르, 자네도 10수 빌려주게."

모두 합해서 20수를 레글르는 소년에게 주었다.

"고맙습니다." 소년이 말했다.

"넌 이름이 뭐냐?" 레글르가 물었다.

"나베예요. 가브로슈하구 친구예요."

"이리로 오렴." 레글르가 말했다.

"이것 좀 먹구 가거라." 그랑떼르는 말했다.

소년은 대답했다.

"그럴 수가 없어요. 난 장례 행렬에 참가하고 있어요. 뽈리냐끄를 타도하라, 하는 구호를 외쳐야 하거든요."

그리고 한쪽 발을 뒤로 빼어 큰 절을 하고는 가버렸다.

소년이 가버리자 그랑떼르가 입을 열었다.

"저놈은 순수한 빠리의 가맹(부랑아,똘마니)이다. 가맹에는 여러 종류가 있지. 공중인의 가맹을 서기라 하고, 요리사의 가맹은 접시닦기라 하고, 빵집의 가맹은 사환이라 하고, 하인의 가맹은 머슴애라 하고, 선원의 가맹은 수습 선원이라 하고, 병사의 가맹은 북잡이라 하고, 화가의 가맹은 제자라 하고, 장사꾼의 가맹은 사환이라 하고, 궁정 조신의 가맹은 시동이라 하고, 국왕의 가맹은 황태자라 하고 신의 가맹은 밤비노(이탈리아어, 어린 그리스도)라고 한다네."

그동안 레글르는 곰곰이 생각하고 있었다. 그는 조그만 목소리로 말했다.

"A—B—C, 라마르끄의 장례식이란 말이로군."

"키 큰 금발머리 사나이란" 그랑떼르가 말했다. "앙졸라가 자네에게 말을 전한 거군."

"우리도 갈까?" 보쒸에가 말했다.

"비가 오는걸. 나는 불 속에는 뛰어들겠다고 했지만, 물 속은 싫네. 감기들면 싫네." 졸리가 대답했다.

"나는 여기 남겠네. 영구차보다는 식사하는 편이 훨씬 좋으니까." 그랑떼르가 말했다.

"그럼 결론은 모두 남는 거다. 좋아, 그렇게 정해진 바엔 마시자구. 장례식엔 가지 않더라도 폭동에는 참가할 수 있으니까." 레글르가 말했다.

"야아! 폭동인가? 그것 참 좋은데" 하고 졸리가 외쳤다.

레글르는 손을 비볐다.

"자아, 이제야말로 1830년의 혁명을 손질할 때가 왔군. 요컨대, 그 혁명은 민중을 속박하고 있으니까."

"자네들이 말하는 혁명 같은 것은 나는 아무래도 좋아." 그랑떼르가 말했다. "나는 현재의 정부가 싫은 건 아닐세. 그것은 무명 모자로 교묘하게 꾸민 왕관이야. 끝에 우산을 붙들어 맨 왕의 홀이라

"나베예요. 가브로슈하구 친구예요."

고나 할까. 요컨대 오늘날 같은 형세 아래서 생각하면 루이 필립은 그의 왕위를 두 가지 목적으로 사용해서 왕의 홀로 되어 있는 쪽을 민중들에게 뻗치고, 우산으로 되어 있는 쪽을 하늘로 펼 수가 있는 셈이지.”

방안은 어두컴컴했다. 커다란 구름이 해를 가리고 있었다. 술집 안에도 길 위에도 아무도 없었다. 모두 ‘사건을 보러’ 간 것이다.

“지금 대관절 대낮이야, 한밤중이야? 전혀 아무것도 보이지 않아. 지블로뜨, 불 좀 켜라구!” 보쒸에가 외쳤다.

그랑떼르가 울적한 얼굴로 술을 마시고 있었다. 그는 중얼거렸다.

“앙졸라는 나를 경멸하고 있어. 앙졸라는 이렇게 말했어. 졸리는 아프고 그랑떼르는 술에 취했을 거라구. 그래서 나베를 보쒸에에게로 보낸 거야. 나를 부르러 왔다면 따라가 주었을걸. 앙졸라에겐 참 안됐는걸! 나는 그런 장례식엔 안 가네.”

그렇게 마음을 정해 버리자 보쒸에와 졸리와 그랑떼르는 이제는 술집에서 떠나려 하지 않았다. 오후 2시경에는 그들이 팔꿈치를 짚고 있는 식탁은 빈 병으로 가득 찼다. 두 자루의 촛불이 한 자루는 시퍼렇게 녹이 슨 구리 촛대에서, 또 한 자루는 깨져서 금이 간 물병 끝에 꽂혀서 타고 있었다. 그랑떼르는 졸리와 보쒸에를 술 마시는 쪽으로 끌어들이고 보쒸에와 졸리는 그랑떼르를 유쾌한 마음으로 되돌아가게 했다.

그랑떼르는 정오쯤부터 차츰 포도주라는 몽상의 인색한 샘물로는 만족할 수 없게 되었다. 포도주란 진정한 술꾼에게는 그다지 환영을 받지 못한다. 술에 취하면 희고 검은 환상들이 보인다. 포도주를 마시고 취하는 것은 흰 환상이다. 그랑떼르는 그런 환상들을 겁도 없이 탐했다. 환상의 끄트머리에 무시무시한 암흑이 얼핏 모습을 드러냈지만 멈추기는커녕 오히려 빨려들어갔다. 마침내 그랑떼르는 포도주병을 내던지고 커다란 맥주 조끼를 집어들었다. 커다란 맥주 조끼, 그것은 곧 깊은 웅덩이와 같았다. 아편도 마약도 갖고 있지 않았으므로 머리 속을 황혼의 어스름으로 채우기 위해, 그는 저 무서운 혼수 상태를 빚어내는 브랜디와 스타트와 압쌩뜨의 독한 혼합주의 힘을 빌렸다. 영혼을 납덩이처럼 무겁게 만드는 것은 맥주와 브랜디, 압쌩뜨, 이 세 가지가 발산하는 증기이다. 그것은 세 가지 암흑이어서 천상을 나는 나비도 거기에서는 빠져 죽게 된다. 또한 어렴풋이 박쥐의 날개로 응결된 피막의 연기 속에 '악몽'과 '밤'과 '죽음'의 말없는 복수의 세 여신이 잠든 프시케 위를 날아다니면서 모습을 나타낸다.

그랑떼르는 아직 그렇게 심한 상태까지는 이르지 않았다. 거기까지는 아직도 멀었다. 그는 오히려 쾌활했고, 보쒸에와 졸리가 그의 상대가 되어 주고 있었다. 그들은 계속해서 술잔을 비웠다. 그랑떼르는 말과 사상을 지나칠 만큼 과장한 데다가, 열에 들뜬 듯한 몸짓을 덧붙이고 있었다. 그는 위풍당당하게 왼손 주먹을 무릎 위에 놓고, 그 팔을 직각으로 구부리고, 넥타이를 풀고, 걸상에 말을 타듯 걸터앉아 철철 넘치게 따른 술잔을 오른손으로 들고서 뚱뚱한 하녀 마뜰로뜨에게 이런 위엄있는 말을 던졌다.

"궁전의 문을 열어라! 모든 사람을 아카데미 프랑세즈의 회원이 되게 하고 위슐루 아주머니에게 키스할 권리를 갖게 하라! 자아, 마음껏 마시자."

그리고 위슐루 아주머니 쪽을 돌아다보고 덧붙였다.

"오랜 동안의 습관에 의하여 축복받은 낡은 세대의 여성이여, 자아, 이리로 가까이 와서 나에게 그대의 얼굴을 바라보게 할지어다!"

또 졸리는 외쳤다.

"바뜰로뜨(마뜰로뜨), 지블로뜨, 이제 그랑떼르에겐 바(마)시게 하지마. 꼭 비(미)친 녀석처럼 돈을 쓰고 있어. 아침부터 공연히 벌써 2프랑 95쌍띰이나 바(마)서 버렸잖아. "

그랑떼르도 말을 계속했다.

"내 허락도 받지 않고 하늘에서 별을 떼다가 촛불 대신 식탁에 놓은 게 도대체 어느 놈이야?"

보쒸에는 매우 취했지만 평소의 침착성은 잃지 않았다.

그는 열어젖힌 창문 난간에 걸터앉아서 떨어지는 빗방울에 등을 적시며 두 친구를 지켜보고 있었다.

갑자기 그는 등 뒤에서 떠들썩한 소리를, 황급한 발자국 소리를, "무기를 들어라!" 하는 외침소리를 들었다. 돌아보니 샹브르리 거리를 벗어나 쌩 드니 거리를 앙졸라가 총을 들고 지나가는 것이 보였다. 그리고 권총을 든 가브로슈, 군도를 가진 푀이, 긴 칼을 가진 꾸르페락, 단총을 가진 장 프루베르, 소총을 든 꽁브페르, 기병총을 가진 바오렐, 이어서 그들을 뒤따르는 무장한 폭풍우와 같은 군중들의 모습이 보였다. 샹브르리 거리는 겨우 기병총의 사정거리 정도의 길이밖에 되지 않았다. 보쒸에는 갑자기 입에 두 손을 갖다 대고 즉석에서 손나팔을 만들어 큰소리를 질렀다.

"꾸르페락! 꾸르페락! 여어이!"

꾸르페락은 자기를 부르는 목소리를 듣고 보쒸에를 알아 보았다. 그래서 샹브르리 거리 쪽으로 대여섯 걸음을 들여놓고 "무슨 일인가?" 하고 외쳤다. 그 소리는 보쒸에의 "어디로 가는 건가?" 하는 외침소리와 엇갈렸다.

"바리케이드를 만드는 걸세." 꾸르페락이 대답했다.

"그렇다면 여기로 하게! 장소가 좋아! 여기에 만들어!"

"정말 그렇군, 레글르." 꾸르페락이 말했다.

그리고 꾸르페락의 신호와 함께 군중들은 샹브르리 거리로 쏟아져 들어왔다.

'밤'이 그랑떼르를 덮치기 시작하다

거기는 확실히 다시없는 장소였다. 거리 입구는 넓고 안으로 들어갈수록 좁은 막다른 골목이요, 꼬랭뜨 술집이 그 길목을 차지하고 있어, 몽데뚜르 거리 좌우를 모두 쉽게 차단할 수 있었다. 공격은 아무것도 가려져 있지 않은 쌩 드니 거리 정면으로부터 이쪽의 총격을 받으면서 할 수밖에 없었다. 술취한 보쒸에는 정신이 말똥말똥한 한니발과 같은 기막힌 혜안을 지니고 있었던 셈이다.

군중들이 몰려든 바람에 이 거리 일대는 공포에 사로잡혔다. 지나가던 사람들은 모조리 자취를 감추었다. 순식간에 거리 안쪽도, 오른쪽도, 왼쪽도, 상점, 일터, 대문, 창문, 덧문, 고미다락방에 채광창 크기가 각각인 겉창, 모든 것이 아래층부터 꼭대기까지 단단히 닫혔다. 겁을 집어먹은 한 노파는, 총알의 피해를 막기 위해 창문 앞 빨래 너는 장대 두 개에 요를 걸쳐 놓았다. 다만 술집만이 문을 열어놓고 있었다. 그것도 무리가 아닌 것이 군중들이 몰려들었기 때문에 어쩔 수가 없었다.

"아이구, 이를 어째! 어떡하면 좋아!"

위슐루 아주머니는 한탄을 거듭했다.

보쒸에는 꾸르페락을 맞으러 이미 아래로 내려와 있었다.

창가에 나와 있던 졸리가 외쳤다.

"꾸르페락, 우산을 갖고 왔더라면 좋았을걸. 감기 들겠어."

잠시 동안에 술집의 창살달린 진열대가 뽑히고 거리에 깔아 놓는 포석이 10칸 가량 벗겨졌다. 가브로슈와 바오렐은 앙쏘라는 석회 장수의 이륜 마차가 지나가는 것을 빼앗아 뒤집어 엎고, 그 마차에 실었던 석회를 가득 넣은 큰 통 세 개를 나란히 놓고, 그 위에 길에서 뜯어낸 돌을 쌓아올렸다. 앙졸라는 지하실의 뚜껑을 들어올리고, 위슐루 미망인의 빈 술통을 모조리 거두어다가 석회통 옆에 나란히 놓았다. 푀이는 부드러운 부채살을 채색하는 데에 익숙한 손가락으

로 두 곳에 돌을 쌓아 큰 통과 마차를 괴었다. 돌이며 그 밖의 것들
은 그 자리에서 생각해 내고 어디에선가 가져온 것이다. 이웃집 정
면을 받쳐 놓은 대들보를 몇 개씩이나 뽑아 통 위에 가로놓았다. 보
쒸에와 꾸르페락이 돌아다보았을 때는 이미 거리의 절반이 사람의
키보다도 높은 보루로 막혀 있었다. 파괴하면서도 건축하는 데에서
는 민중의 손재주를 당해낼 건 아무것도 없다.

마뜰로뜨와 지블로뜨도 한데 섞여 일하고 있었다. 지블로뜨는 건
물이 헐린 덩어리를 짊어지고 왔다갔다했다. 생기없이 보이는 지블
로뜨는 바리케이드 만드는 일을 돕고 있었다. 조는 듯한 얼굴이면서
도 손님에게 포도주를 가져다 줄 때처럼 길에서 뜯어낸 돌을 날라왔
다.

세 마리 흰 말이 끄는 승합 마차가 거리 한쪽 끝을 지나갔다.

보쒸에는 길에서 뜯어낸 돌을 타고 넘어 쫓아가서, 마부를 불러세
워 승객을 내리게 하고, 귀부인을 부축해 내려주고 마부를 돌려 보
내어 마차와 말을 끌고 돌아왔다.

“승합 마차는 꼬랭뜨 앞을 통과할 수 없다. ‘코린토스에 접근하는
것은 아무에게도 허용되어 있지 않다’니까 (라틴어를 인용함. 라틴어의 Omnibus‘만인’에 프랑스
어의 Omnibus‘승합 마차’를 비유하고, ‘코린토스’에
‘꼬랭뜨’를 비유하고 있다. ‘코린토스에서는 돈이 비싸게 먹히므로 접
근하는 것은 아무나 할 수 있는게 아니다’라는 그리스의 속담이 있다) ” 하고 보쒸에가 말했다.

수레에서 떼낸 말은, 곧 아무렇게나 제멋대로 몽데뚜르 거리로 달
려가 버리고, 옆으로 넘어진 마차는 가로의 바리케이드로 보강했다.

위슐루 아주머니는 울먹울먹하면서 2층으로 피해 들어갔다. 그녀
는 공허한 눈으로 주위를 불안하게 두리번거리면서 억누른 목소리
로 울부짖고 있었다. 그 외침은 너무 놀라서 목구멍 밖으로 감히 나
오지도 못했다.

“이 세상의 마지막이야.” 위슐루 아주머니는 중얼거렸다.

졸리는 위슐루 아주머니의 주름잡힌 빨갛고 굵은 목덜미에 키스
해 주고 나서 그랑떼르에게 말했다.

길의 까는 돌을 벗기고…… 빈 술통을 모조리 거두어다가…… 돌을 쌓아 마차
를 괴었다.

"이봐, 자네, 나는 여자의 목덜미란 한없이 섬세한 거라고 생각했었는데 말야."

그러나 그랑떼르는 취흥이 극에 달해 있었다. 마뜰로뜨가 다시 2층으로 올라오자, 그랑떼르는 그녀의 허리를 끌어안고 창문이 울릴 만큼 한참 웃어댔다.

"마뜰로뜨는 못생겼어!" 그는 떠들어 댔다. "마뜰로뜨는 추악한 꿈이다! 마뜰로뜨는 쉬메르^(환상의 괴물)이다. 이 여자가 태어난 비밀을 털어놓아야지. 대성당의 홈통 주둥이^(괴물의 얼굴 모양을 본떠서 만들어졌다)를 만들던 어떤 고딕의 피그말리온^(그리스신화 속의 조각가. 자기 자신이 만든 갈라테의 상에 반하여, 비너스에게 부탁해서 상에 생명을 불어넣어 그것을 아내로 삼았다)이 어느 날 아침 그 홈통 속에서 가장 흉한 것에 반해 버렸다. 그는 그것에 생명을 불어넣어 달라고 사랑의 신에게 부탁하여 마뜰로뜨가 태어났단 말일세. 이 여자를 좀 보게나, 동지 여러분! 티치아노가 그린 애인처럼 머리칼이 크롬산납의 빛일세. 그리고 매우 다정한 처녀일세. 이 여자가 잘 싸우리라는 것은 내가 보증하네. 친절한 처녀는 반드시 가슴속에 영웅을 숨기고 있네.

위슐루 아주머니는 어떤가 하면, 실로 용감한 할머닐세! 그분의 수염을 보게나, 그것은 주인 어른에게서 물려받은 거라네. 여자 경기병, 바로 그걸세! 그분 역시 잘 싸울 걸세. 그들 두 사람만으로도 교외에 공포를 불러일으키기에 충분할 걸세. 동지 여러분, 우리는 정부를 정복할 것이요. 마가린산(酸)과 포름산 사이에 15종류의 산이 있다는 게 진실이듯 그것은 확실한 진실이다. 아니, 그런 건 아무래도 상관없어.

여러분, 아버지는 내가 수학을 모른다고 언제나 나를 미워했네. 나는 사랑과 자유밖에는 모르네. 나는 점잖고 독실한 그랑떼르라네! 도무지 돈하고는 인연이 없어서 돈을 가져본 적이 없으니 돈의 결핍을 느껴 본 적도 없네. 그러나 만약 내가 부자였다면 가난한 사람은 깡그리 없어졌을 걸세! 세상을 깜짝 놀라게 했을 테지! 아아 ! 만약에 선량한 마음을 지닌 사람이 두둑한 돈지갑을 갖고 있다면, 만사는 잘되었을 걸세 ! 나는 로스차일드(유대인 대부호)의 재산을 가진 예수 그리스도를 상상한다 ! 그 그리스도는 얼마나 많은 선을 행할 것인가 ! 마뜰로뜨, 나에게 키스해 주게나. 너는 육감적이면서도 수줍구나. 그대는 누이동생의 키스를 부를 뺨과 애인의 키스를 요구할 입술을 갖고 있구나 ! ”

“닥쳐, 이 술통아 ! ” 꾸르페락이 말했다.

“나는 까삐뚤(뚤루즈 시 관리의 옛 호칭)이고 플로르(뚤루즈에서 매년 한 차례씩 열리던 詩花會)의 위원이란 말일세 ! ” 그랑떼르는 대답했다.

바리케이드 꼭대기에 소총을 들고 서 있던 앙졸라는 엄격하고 긴장된 아름다운 얼굴을 번쩍 쳐들었다. 독자들도 아시는 바와 같이 앙졸라에게는 스파르타 사람이나 청교도를 닮은 데가 있었다. 그는 테르모 필라이에서 레오나다스(페르시아군과 싸우고서 죽은 스파르타의 왕. 테르모 필라이는 그 옛 싸움터)와 함께 죽기도 하고 크롬웰과 함께 도르게다(크롬웰에게 정복된 아일랜드의 도시)를 불살라 버림직한 그런 사나이였다. 그는 외쳤다.

“그랑떼르 ! 술이 깰 때까지 어디 다른 데 가서 자고 오게나. 여기는 감격스러운 장소지 술주정하는 장소가 아니야. 바리케이드의 명예를 손상시키지 말게 ! ”

이 분노의 말은 그랑떼르에게 이상한 효과를 미치게 했다. 마치 그의 얼굴에 한 잔의 찬물을 끼얹은 것 같았다. 취기가 대번에 깨어난 듯했다. 그는 자리에 앉아서 창가의 식탁에 팔꿈치를 짚고, 말할 수 없는 다정한 눈빛으로 앙졸라를 바라보며 말했다.

“나는 자네를 믿고 있어. ”

“어서 가라구. ”

“여기서 자게 해 줘. ”

“딴곳에 가서 자. ” 앙졸라는 외쳤다.

그래도 그랑떼르는 역시 애정이 담긴 정다운 눈초리로 가만히 그를 보면서 말했다.

"여기서 자게 해 주게, 죽을 때까지."

앙졸라는 경멸하는 듯한 눈으로 그를 바라보았다.

"그랑떼르, 자네는 믿을 수도, 생각할 수도, 하려고 하는 일도, 살 수도, 그리고 죽을 수도 없단 말일세."

그랑떼르는 묵직한 목소리로 대꾸했다.

"이제 두고 보면 알게 돼."

그랑떼르는 여전히 알아 들을 수 없는 말을 중얼거렸으나, 이윽고 머리가 테이블 위에 떨어졌다. 느닷없이 앙졸라가 그를 거칠게 떠밀어서 한층 더 취한 경지로 내몰았다. 그럴 때면 으레 그런 결과가 나타나게 마련이지만, 그는 금세 잠들어 버렸다.

위슐루 아주머니

바리케이드를 만드느라고 열중했던 바오렐이 외쳤다.

"이젠 거리를 환히 내다보게 됐구나! 참 잘되었다."

꾸르페락은 술집의 일부를 부수면서도 안주인인 과부를 위로하려고 애썼다.

"위슐루 아주머니, 언젠가 지블로뜨가 창문에서 침대 요를 털었다고 아주머니께서 경찰조사를 받고 경범죄로 처벌되었다고 투덜거리신 일이 있었죠?"

"그랬어요, 꾸르페락. 아니! 당신은 그 식탁도 그 끔찍한 데로 끌어가려는 건가요? 그리고 말예요. 침대 요도 그랬지만, 꽃화분 하나가 고미다락방에서 한길로 떨어졌을 때도 말예요, 그걸 트집 잡고 100프랑의 벌금을 뺏겼답니다. 정말 지독해요!"

"그러니까 위슐루 아주머니, 저희들이 그 보복을 해 드리는 거예요."

그러나 위슐루 아주머니는 이렇게 해서 보복을 해주는 거라고 해도, 그것이 어째서 자기를 위한 일이 되는지 도무지 이해되지 않았다. 그녀가 화풀이할 수 있는 것은 어떤 아라비아 여자와 같은 방법뿐이었다. 그 아라비아 여자는 남편에게 뺨을 맞고 아버지한테 달려가 울면서 앙갚음해 달라고 이렇게 말했다. "아버지, 남편한테서 받은 모욕을 보복해 주세요." 아버지가 물었다. "도대체 어느 쪽 뺨을 맞았느냐?" "왼쪽 뺨이에요." 아버지는 딸의 오른쪽 뺨을 때리고 말했다. "자아, 이제 남편에게 돌아가서 말해라, 그는 내 딸을 때렸지만 나는 그의 아내를 때렸다고 말이다."

어느덧 비가 그쳤다. 새로 참가한 사람들도 있었다. 노동자들은 작업복 밑에 화약통이며 황산병을 담은 광주리며, 두서너 자루의 횃불, '국왕 탄생 축일'에 쓰다남은 등을 넣은 바구니 따위를 감추어 가지고 왔다. 탄생 축일은 바로 최근, 5월 1일이었던 것이다. 이 물건들은 포부르 쌩 땅뜨완느의 뻬뺑이라는 식료품점 주인이 보낸 것이라고 했다. 샹브르리 거리의 단 하나밖에 없는 가로등이며, 그와 마주보고 서 있는 쌩 드니 거리의 가로등, 그리고 몽데뚜르 거리, 씨뉴, 프레쉐르, 그랑드 트뤼앙드리, 쁘띠뜨 트뤼앙드리 등 인근 거리의 가로등도 모조리 부수어 버렸다.

앙졸라와 꽁브페르와 꾸르페락이 모든 것을 지휘하고 있었다. 두 곳의 바리케이드가 동시에 만들어졌다. 이 두 곳 모두 꼬랭뜨를 기점으로 직각을 이루고 있었다. 커다란 쪽은 샹브르리 거리를 막고, 또 하나는 씨뉴 거리를 향하여 몽데뚜르 거리를 막고 있었다. 이 제2의 바리케이드는 대단히 좁고, 통과 포석으로만 쌓아막았다. 거기에는 약 50명의 작업 인원이 있었고 30명 정도는 소총을 지니고 있었다. 그들은 이곳으로 오는 길에 어떤 무기 상점의 물건을 고스란히 징발해 왔던 것이다.

이 군중들만큼 기묘하고 잡다한 것은 또 없다. 한 사람은 짧은 윗도리 차림으로 기병의 군도와 두 자루의 승마용 권총을 가지고 있는

가 하면, 한 사람은 셔츠바람으로 모자를 쓰고 화약통을 옆구리에 늘어뜨리고 있었다. 또 한 사람은 회색 종이를 아홉 장 겹쳐서 가슴의 방패막이로 하고 마구를 만드는 직공용 가죽 뚫는 송곳을 갖고 있었다. "마지막 한 놈까지 무찌르고, 우리들의 총검으로 죽자!" 하고 외치는 사나이가 있었다. 그는 총검을 갖고 있지는 않았다. 또 다른 사나이는 프록코트 위에 국민군의 혁대와 탄약통을 자랑하고 있었는데, 그 탄창 뚜껑에는 빨간 털실로 '공공 질서'라고 수를 놓았다. 대부분의 소총에는 국민군의 부대 번호가 붙어 있었다. 모자도 쓰지 않고 넥타이도 매지 않은 사람들은 팔을 드러내 놓고 있었는데 그들은 창을 들고 있었다. 게다가 그들은 나이도 다르고 얼굴 생김새도 달랐다. 혈색이 좋지 않은 자그마한 청년, 볕에 그을은 부두 노동자. 그들 모두는 작업을 서두르고 서로 도우면서 성공의 가능성을 이야기하고 있었다. "새벽 3시경에나 구원대가 오겠지. 연대 하나쯤이야 문제 없을 거야. 온 빠리가 모두 들고 일어날 거니까." 무서운 화제인데도 그들의 말에는 친밀한 쾌활함이 섞여 있었다. 마치 형제 같았다. 그러나 그들은 서로 이름도 모르는 것이다. 커다란 위험은 낯모르는 사람들이 서로 우정을 갖게 하는 장점을 지니고 있다.

술집의 부엌에서는 불을 피워, 국자며 스푼이며 포크며 그밖에 모든 양은그릇을 탄환 거푸집에 넣어서 녹이고 있었다. 그리고 일하는 사이사이 술을 마셨다. 뇌관이며 산탄이 포도주잔과 섞여서 식탁 위에 흩어져 있었다. 당구대가 있는 넓은 방에서는 위슐루 아주머니와 마뜰로뜨와 지블로뜨가 저마다 공포 때문에 일그러진 모습으로, 한 사람은 멍청하고, 한 사람은 헐떡이고, 한 사람은 평소와 달리 눈이 말똥말똥해서, 헌 행주를 찢어 붕대를 만들고 있다. 세 사람의 폭도가 이 세 여성들을 돕고 있었다. 머리를 길게 기르고 콧수염과 구레나룻을 기른 세 사람의 건장한 사나이가 여공 같은 솜씨로 폭발물을 가려 놓고 있었는데 그것이 더욱 여자들을 겁먹게 했다.

꾸르페락과 꽁브페르와 앙졸라가 조금 전에 비예뜨 거리 모퉁이에서 군중 쪽으로 다가오는 것을 발견한 키 큰 사나이는 작은 바리케이드에서 작업을 하고 있었고 가브로슈는 큰 바리케이드에서 일하고 있었다. 꾸르페락이 돌아올 것을 기다리다가 마리우스 씨가 계시느냐고 묻던 청년은 모두가 승합 마차를 뒤엎던 그 무렵쯤에 자취를 감추었다.

가브로슈는 일에 열중해서 명쾌한 얼굴로 추진기 구실을 하고 있었다. 왔다갔다 올라갔다 내려갔다 다시 올라갔다 시끄러운 소리를 냈다 하면서 불꽃이 튀는 것처럼 뛰어다니고 있었다. 마치 모든 사람을 격려하기 위해서 와 있는 것 같았다. 박차를 갖고 있는 것일까? 그렇다, 분명히 그는 비참이라는 박차를 지니고 있었다. 날개를 지녔을까? 그렇다, 그는 분명히 쾌활이라는 날개가 있었다. 가브로슈는 회오리바람 같았다. 늘 그곳에 있었고 언제나 그의 목소리가 들려왔다. 또한 가는 곳마다 그가 나타났고 심지어는 공중으로도 흘러넘쳤다. 실로 놀랍도록 보편적인 존재로, 어느 한 곳에 가만히 머물 줄 몰랐다.

거대한 바리케이드는 자기 등에 가브로슈가 올라타고 있음을 느끼고 있었다. 가브로슈는 게으른 자를 자극하고, 둔한한 자를 선동하고, 피로한 자에게 기운을 불어넣고, 생각에 잠긴 자를 격려하고, 어떤 사람은 명랑하게 만들고 어떤 사람에겐 의욕을 북돋우고 어떤 사람은 화를 돋구어 주고, 전원을 활동하게 하고, 어느 학생을 노하게 하고, 어느 노동자에게는 덤벼들고, 우뚝 서고, 발을 멈추고, 또 뛰기 시작하고, 시끄러움과 노력 위를 뛰어다니고, 이쪽 사람들에게서 저쪽 사람들에게로 뛰어다니고, 중얼거리고, 잔소리를 하고, 모두에게 채찍질을 해댔다. 가브로슈는 거대한 혁명의 승합 마차에 앉은 한 마리 파리였다. 그의 작은 양팔은 끊임없이 움직이고, 그의 조그마한 폐는 끊임없이 고함을 지르고 있었다.

"기운을 내요! 길바닥 돌을 더! 통을 좀 더! 저것을! 그건 어디 있지요? 석회 반죽을 가득 부어, 내가 이 구멍을 막을 테니. 아주 작구나, 저쪽 바리케이드는. 좀 더 높여야겠는걸. 무어라도 좋으니 모조리 쌓아올려요. 옆을 더 단단히 다져, 콱 막으라구. 집을 헐어. 바리케이드를 하나 더 만들어야겠어요. 지부 아주머니네 차 마시는 방이다. 자, 유리 창문이 왔구나."

이 말을 듣자 일하던 사람들은 외쳤다.

"유리창이라구? 유리 창문을 어쩌려는 거야, 뛰베르뀔르(작은 감자)!"

"뭐라구요, 헤르뀔르(헤라클레스, 거대한 힘의 소유자. 운을 맞추어서 대꾸함)!" 하고 가브로슈는 곧바로 반격했다.

"유리 창문은 바리케이드에 그만이예요. 공격을 막을 수는 없지만 점령을 막을 수는 있거든. 야, 너희들은 병 조각을 꽂아 놓은 담장 너머로 사과를 훔쳐본 일이 없나? 유리 창문은 바리케이드 위로 기어올라가려는 국민군의 발바닥을 베어 버린단 말야. 유리는 안심이 안 되는 물건이거든요. 이봐! 이봐! 기발한 생각은 엄두를 못 내는군!"

말은 그렇게 했지만 가브로슈는 노리쇠가 떨어진 권총 때문에 화가 나 있었다. 그는 이 사람 저 사람에게 부탁하고 다녔다.

"소총 없나? 소총이 필요해요! 어째서 모두들 나한테 소총을 주지 않는 거야?"

"네게 말인가!" 꽁브페르가 말했다.

"그래요!" 가브로슈가 대꾸했다.

"어째서 안 되지요? 1830년에 샤를르 10세와 싸웠을 때는 나도 한 자루 가졌었어요!"

앙졸라는 어깨를 으쓱했다.

"어른들에게 모두 돌아가고 나면 아이들에게도 주겠네."

가브로슈는 화가 나서 돌아보면서 그에게 대답했다.

"당신이 나보다 먼저 죽으면 당신 것을 가질 거야."

"이 녀석 봐!" 앙졸라가 대꾸했다.

"이런 풋내기!" 가브로슈가 말했다.

이때 길을 잘못 접어든 듯한 멋쟁이가 거리 저쪽에서 우물쭈물하는 것을 보자 그들의 관심은 곧 그쪽으로 쏠렸다.

가브로슈는 그 사나이에게 외쳤다.

"우리 패에 끼게, 젊은 친구! 어때, 이 늙어빠진 조국을 위해 뭔가 해보지 않겠는가?"

멋쟁이는 달아나 버렸다.

준비

당시의 신문은 샹브르리 거리의 바리케이드가 '거의 난공불락의 구축물'——2층집 높이에 달하고 있었다고 보도했으나 사실은 그렇지 않았다. 6, 7피트 높이에 지나지 않았다. 그것은 전투원이 그 뒤에 숨을 수도, 장벽 전체를 내려다볼 수도 있었으며, 또 안쪽에 쌓아올려 계단 모양으로 늘어놓은 네 줄의 포석을 딛고 꼭대기로도 마음대로 올라갈 수 있도록 만들어져 있었다. 바깥쪽을 보면 바리케이드 정면은 앙쏘의 짐마차와 뒤집어 놓은 승합 마차의 바퀴에 대들보며 판자를 얽어놓고 길에 까는 돌이며 통을 쌓아올려 비끄러 매놓아 얼핏 보기에 고슴도치처럼 보이게 했다.

어른 하나가 충분히 빠져나갈 수 있을 정도의 틈새가 집들의 벽과 술집에서 가장 먼 바리케이드의 끝 사이에 있어서 밖으로는 나갈 수 있도록 되어 있었다. 승합 마차의 수레채는 똑바로 세워져서 고삐로 단단히 묶었고, 그 앞채에 비끄러 맨 붉은 깃발이 바리케이드 위에서 펄럭였다.

몽데뚜르 쪽 작은 바리케이드는 술집 건물에 가려 보이지 않았다.

한데 연결된 두 개의 바리케이드는 진짜 보루와 아주 비슷했다. 앙졸라와 꾸르페락은 프레쉐르 거리에서 중앙 시장으로 통해 있는 몽데뛰르 거리의 또 하나의 옆골목에는 바리케이드를 만들지 않는 편이 좋다고 판단했다. 아마도 될 수 있는 대로 외부와 연락을 가져야겠다고 생각한 때문이고, 또 위험하고, 지나다니기 어려운 프레쉐르 뒷길로부터 공격당할 걱정은 그다지 느끼지 않았기 때문이다.

폴라드(18세기의 군인, 병법가)라면 그의 전술 용어로 톱니형 연락호라고 이름붙였음직한 그런 모양이 되어 있는 그 방치된 출구를 제외하고, 또 샹브르리 거리에 마련된 극히 좁은 틈을 그대로 둔다면 바리케이드 내부는 술집이 툭 불거져 나와 있으므로 사방이 모두 막힌 불규칙한 네모꼴의 요새를 이루고 있었다. 큰 바리케이드 쪽 장벽과 막다른 길에 있는 높은 집들 사이엔 스무 걸음 정도의 거리밖에 없어, 그 때문에 바리케이드는 사람이 살지만 위에서 아래까지 모조리 닫아 건 그 집들을 뒷방패로 삼고 있다고 해도 좋을 법했다.

이상의 작업은 한 시간도 채 못 되는 사이에 별 지장 없이 진행되고, 얼마 되지 않는 극소수의 대담한 사람들은 그 동안에 국민군의 군모나 총검의 얼씬거림 없이 일을 끝낼 수 있었다. 폭동이 일어날 이 무렵에 아직 겁없이 쌩 드니 거리를 거니는 시민도 간혹 보였지만 모두 샹브르리 거리를 흘끗 보고 바리케이드가 눈에 띄자 황망히 달아나 버렸다.

두 개의 바리케이드가 완성되고 깃발이 꽂히자, 모두들 탁자 하나를 술집 밖으로 끌어냈다. 그리고 꾸르페락이 탁자 위에 섰다. 앙졸라가 네모난 상자를 가져오자 꾸르페락은 그것을 열었다. 상자에는 탄환이 가득 들어 있었다. 탄환을 보자, 가장 용감한 사람들 사이에선 전율이 흐르고 한순간 조용해졌다. 꾸르페락은 웃음을 띠면서 그것을 나누어 주었다.

전원이 저마다 30발씩 탄환을 받았다. 화약을 가지고 있는 사람도 많았으므로 그들은 그것과 주조한 탄환을 사용해서 또 탄환을 만들기 시작했다. 화약통은 문 옆 탁자 위에 보관해 두었다.

온 빠리를 뛰어다니며 국민군의 집합을 알리는 목소리는 계속됐지만 어느 틈엔지 단조로운 소리로밖엔 들리지 않게 되어 누구의 주의도 끌지 않게 되었다. 그 소리는 어떤 때는 멀고 어떤 때는 가깝게 기분 나쁜 파동을 전하고 있었다.

사람들은 일제히 서두르지 않고 위엄 있고 엄숙한 태도로 소총이나 기총에 총알을 장전했다. 앙졸라는 세 보초를 바리케이드 밖에 세웠다. 한 사람은 샹브르리 거리에, 또 한 사람은 프레쉐르 거리에, 다른 한 사람은 쁘띠뜨 트뤼앙드리 거리 모퉁이에.

바리케이드를 구축하자 부서를 정하고 소총을 장전하고 보초를 세웠다. 이제는 아무도 지나가지 않는 이 무시무시한 거리에 머물러서 인기척도 없이 고요하기만 한 죽은 듯한 집들에 둘러싸인 것이다. 차츰 다가드는 황혼의 그림자에 휩싸여서 무언지 모르게 비극적인 공포를 지닌 그 분위기에 고립되었다. 그들은 무장하고 더 한층 각오를 굳히며 무언가 다가오는 것이 느껴지는 어두움과 침묵 속에서 조용히 다가올 무언가를 기다렸다.

기다리면서

그렇게 기다리는 몇 시간, 그들은 무엇을 했겠는가 ?

이것은 역사의 일부이므로 말해 둘 필요가 있다.

남자들이 탄환을 만들고 여자들이 붕대를 만드는 동안, 녹인 주석을 탄환 거푸집에 붓는 동안, 납으로 가득 찬 큰 냄비가 거세게 타오르는 화톳불 위에서 그을리고 있는 동안, 보초가 무기를 들고 바리케이드 위에서 경계하고 있는 동안, 그리고 마음을 놓을 수 없는 앙졸라가 보초들을 돌아보고 있는 동안, 꽁브페르와 꾸르페락, 장 프루베르, 푀이, 보쒸에, 졸리, 바오렐, 그밖의 몇 사람은 학생들끼리 여느 때처럼 서로 잡담의 꽃을 피워 가며 한군데 모여 있었다.
그리고 성채로 바뀐 술집 한구석, 자기들이 만든 보루와 아주 가까
운 곳에서 뇌관을 달고 탄환을 잰 기병총을 의자 등받이에 기대놓
고, 이들 유쾌한 젊은이들은 마지막 순간이 임박해 있는데도 사랑의
시구를 읊기 시작했다.
　어떤 시일까 ? 그것은 이런 것이다.

　그대 기억하는가, 즐거웠던 우리 삶을.
　우리들이 함께 나눈 풋풋한 시절을.
　오직 예쁜 옷과 사랑만을
　꿈꾸던 그 시절을 !

　너와 나의 나이를 합쳐도
　마흔이 채 안되던 젊은 시절에
　조촐하고 아늑한 보금자리에는
　겨울에도 언제나 봄만 있었지.

　아름다운 날들이여 ! 마뉘엘은 거만하고
　빠리는 거룩한 향연의 연속이며
　프와는 열변을 토하고 그대 가슴에
　꽂힌 핀은 늘 내 가슴을 찔렀다네.
　　(마뉘엘은 왕정복고 시대의 대의원, 프와는 나뽈레
　　옹 휘하 장군으로 나중에 자유주의파 대의원이 됨)

　모두들 그대에게 넋을 잃고 있었지.
　찾는 사람 하나 없는 변호사인 내가
　프라도의 만찬에 함께 갔을 때
　그대의 미모,

장미꽃도 뒤돌아보았다네.

그 장미가 말하길 "오, 아름다운 소녀여 !"
향기로운 그대 ! 아름다운 머리칼은 물결치고 !
케이프 밑에 날개를 숨겼으리,
귀여운 모자는 피기 시작한 꽃봉오리같구나 !

부드러운 그대 팔 끼고 함께 거닐면
아무것도 부러울 게 없었네.
다정한 4월과 화려한 5월 같은 사이라고
행인들도 부러워했다네.

달콤한 금단의 과일을, 사랑을 먹으며
세상 밖에서 우리들은 행복했다네.
내 입술에 떠오르는 수많은 말들은
이미 그대 마음이 화답해준 것들뿐.

소르본느는 목가의 동산
나는 밤낮으로 그댈 사랑해.
하염없이 타오르는 이내 사랑은
라땡 거리를 연인의 고장이라 하네.

오오, 모베르 광장 ! 오오, 도핀느 광장 !
파릇파릇한 봄내음 가득한 오두막에서
갸냘픈 무릎으로 양말을 끌어올릴 때,
나는 다락방 창문으로 별을 본다오

탐독한 플라톤도 내 마음엔 남지 않았네.
말브랑슈나 라므네보다 더 잘
그대는 가르쳐 주었네, 하느님의 은혜를
그대가 내게 준 한 송이 꽃으로.

나 그대 따르고 그대 나를 믿었네.
오오, 그대 옷끈 매는 금빛 다락방!
아침 일찍 속옷바람으로 왔다갔다 하면서
젊은 이마 낡은 거울에 비춰보는 그대 모습!

아, 어찌 잊으랴, 그 추억을.
어둑 새벽과 푸른 하늘,
리본과 꽃과, 엷은 비단과 므와레의 그 시절을.
사랑이, 즐거운 은어를 속삭이던 그날을!

우리들의 정원은 튤립 화분.
그대는 속옷으로 창문을 가렸네.
질그릇은 내가 쓰고
그대에겐 사기 그릇 주었지.

그리고 또 둘이서 웃어 버린 큰 불행!
그대의 토시가 불타고 그대의 털목도리 없어졌네!
또 어느 날 저녁거리를 위해 팔아버린
소중한 셰익스피어의 초상화!

나는 구걸하고 그대는 베풀었네.

나는 입맞추었네, 그대의 생기있고 포동포동한 팔에.
2절판의 단떼 책을 식탁삼아
우리는 흥겹게 먹었네, 수북이 쌓인 밤을.

즐거웠던 나의 오두막에서 처음으로
그대의 불 같은 입술을 빼앗았을 때
그대 머리를 흩뜨린 채 새빨개져 뛰어나가고
창백해진 나는 하느님만 불렀지.

그대 기억하는가, 무수한 우리의 행복을
누더기로 변해 버린 저 목도리를!
아아, 얼마나 많은 탄식들이
우리들 깜깜한 가슴에서 뛰쳐나와 하늘 저 멀리 날아올랐던가!

　시간, 장소, 회상되는 청춘의 추억, 하나씩 둘씩 반짝이기 시작한 별들의 모습, 적막한 거리의 불안한 고요, 바야흐로 일어나려고 하는 냉혹한 사건의 절박감, 그것들은 앞에서도 말한 것처럼 서정 시인 장 프루베르가 어둠 속에서 나지막하게 읊조리는 이 시에 어떤 감동적인 매력을 곁들이고 있었다.
　어느덧 작은 바리케이드에는 칸데라 불이 켜지고 큰 바리케이드에는 사육제 마지막 날, 가면을 신고 꾸르띠유로 가는 마차 앞에 달려 있는 것 같은 밀초칠을 한 횃불이 하나 켜졌다. 그 횃불은 이미 말한 바와 같이 쌩 땅뜨완느에서 가져온 것이다.
　횃불은 길에 까는 돌로 삼면을 가려서 바람을 막을 우리 속에 놓여 불빛이 그대로 깃발에 비추도록 마련되어 있었다. 거리도 바리케이드도 어둠 속에 잠겨 있어서 마치 거대한 어둠침침한 등불의 강렬한 빛을 받고 있는 듯한 붉은 깃발 외에는 아무것도 보이지 않았다.

그 빛은 진한 붉은 색 깃발에 어떠한 두려움을 더해 주는 듯한 주홍색을 띠고 있었다.

비예뜨 거리에서 참가한 사나이

날은 이미 완전히 저물었지만 아무 일도 일어나지 않았다. 다만 분명치 않은 소요가 들리고 이따금 총소리가 일어났지만 그것도 드문드문 간간이, 어렴풋이 들렸다. 이토록 시간이 길어지는 것은 정부가 그 틈을 타 병력을 모으는 증거였다. 여기에 모인 50명은 6만의 적을 기다리고 있었다.

앙졸라는 무서운 사건이 일어나기 직전에 굳센 영혼을 지닌 사람을 괴롭히는 초조감에 자신이 사로잡혀 있는 것을 느꼈다. 그는 가브로슈를 만나러 갔다. 가브로슈는 아래층 홀에서, 식탁 위에 화약이 널려 있기 때문에 계산대 위에 놓인 두 개의 희미한 촛불 아래서 조심스럽게 탄환을 만들고 있었다. 그 촛불빛은 외부에 전혀 새어나가지 않았다. 폭도들은 위층에서는 절대로 불을 켜지 않도록 주의하고 있었다.

가브로슈는 이때 매우 몰두하고 있었다. 그러나 분명히 탄환에 몰두한 것은 아니었다. 비예뜨 거리에서 대열에 참가한 사나이가 아래층 홀로 들어와서 불빛이 가장 비치지 않는 식탁에 가서 앉았던 것이다. 그는 어느 틈엔가 커다란 보병총을 입수하여 그것을 두 다리 사이에 끼고 있었다. 가브로슈는 그때까지 가지가지 '재미있는' 일에 정신이 팔려 있어서 그 사나이에게 주의하지 않았다.

사나이가 들어왔을 때, 가브로슈는 그 총에 감탄하여 무의식적으로 눈길을 주었다가 그가 앉자 갑자기 일어섰다. 만약 그때까지 그 사나이를 눈여겨본 사람들이 있었다면, 그가 바리케이드며 폭도들의 여러 가지 일들을 이상하리만큼 주의해서 샅샅이 관찰하고 있다는 것을 알아냈을 것이다. 그러나 홀에 들어와서부터는 그 사나이는 무언가 깊은 생각에 잠겨 주위에서 벌어지고 있는 일들을 하나도 보고 있지 않는 것 같았다.

가브로슈는 생각에 잠겨 있는 사나이에게 가까이 가서 곁에서 잠든 사람을 깨우지나 않을까 조심하며 걸을 때처럼, 발뒤꿈치를 들고 그 주위를 돌기 시작했다. 그와 동시에 뻔뻔스럽고도 진지한, 경박하면서도 생각이 깊은, 명랑하면서도 침울한, 그의 어린아이 같은 얼굴은 이러한 의미의 갖가지 찡그린 얼굴이 되었다. 설마! 그럴 리가 있나! 잘못 본 거겠지! 꿈이야! 어쩌면? ……아니, 그렇지 않다! 역시 그렇다! 아니, 그렇지 않아!

가브로슈는 발뒤꿈치로 몸의 균형을 잡고 두 주먹을 호주머니 안에서 움켜쥐고 작은 새처럼 고개를 끄덕이며 아랫입술을 쑥 내밀고 자못 영리한 표정을 지었다. 그는 어리둥절해하며 망설이고 반신반의하였다. 그 표정은 노예 시장에서 뚱뚱한 여자들 속에서 한 사람의 비너스를 발견한 내시의 우두머리 같았고, 또 서투르기 짝이 없는 그림 가운데서 라파엘의 그림 한 점을 발견한 미술 애호가와 같았다. 가브로슈에게서 냄새를 맡는 본능도, 계책을 세우는 지능도, 모두 활동하고 있었다. 분명히 어떤 사건이 가브로슈에게 일어난 것이다.

앙졸라가 그에게 다가간 것은 그가 그처럼 한창 몰두해 있던 때였다.

"자네는 조그마하니까 눈에 잘 뜨이지 않을 걸세. 바리케이드에서 나가 집 그늘을 따라 살그머니 한 바퀴 돌고 잠깐 저쪽 거리의 동정이 어떤지 살펴서 내게 알려 주게나." 앙졸라가 말했다.

가브로슈는 허리를 폈다.

"꼬마도 무언가에 써먹을 데가 있군그래! 좋아! 갔다오지. 어쨌든 꼬마는 믿어도 좋지만 어른은 조심하는 게 좋아."

그리고 가브로슈는 고개를 들고 낮은 목소리로 비예뜨 거리에서 참가한 사나이를 가리키면서 덧붙였다.

"저기 어른이 있잖아?"

"그래서?"

"저건 개야."

"정말인가?"

"2주 전쯤에 내가 르와얄 다리에서 바람을 쐬고 있자니까 저 작자가 난간에서 나를 끌어내리지 않겠어. 귀를 잡고 말야."

앙졸라는 얼른 소년의 곁을 떠나서 가까이 있던 술통 나르는 인부에게 두서너 마디 수군거렸다. 그 노동자는 홀을 나가더니 세 동료들을 데리고 돌아왔다. 모두 어깨가 떡벌어진 네 짐꾼들은 비예뜨 거리의 사나이가 팔을 괴고 있는 식탁 뒤로 가서 상대가 알지 못하도록 살그머니 늘어섰다. 그들은 당장에라도 사나이에게 덤벼들 자세를 취했다.

그때 앙졸라가 사나이에게 다가가서 물었다.

"당신은 누구요?"

이 갑작스런 질문에 사나이는 꿈틀했다. 사나이는 앙졸라의 순진한 눈동자를 깊숙한 바닥까지 들여다보고, 그 생각을 알아낸 듯했다. 그는 말할 수 없이 건방지고 힘세고 다부진 미소를 띠었다. 그리고 위압적인 목소리로 대답했다.

"자네가 묻는 뜻은 알겠네…… 자네가 생각한 그대로일세!"

"당신은 밀정이지?"

"그 계통의 사람이지."

"이름은?"

"자베르."

앙졸라는 네 사나이에게 눈짓을 했다. 눈 깜짝할 사이에, 돌아다볼 겨를도 없이 자베르는 목덜미를 잡혀서 넘어지고 꽁꽁 묶여서 몸 수색을 당했다.

두 장의 유리 사이에 붙은 한 장의 조그맣고 둥근 카드가 자베르 품 안에서 발견되었다. 그 한편에는 프랑스 문장(紋章)과 '감시와 경계'라는 문구가 박혀 있고, 또 한편에는 '자베르 경위 52세'라고 써 있고 당시의 시경 국장 지스께 씨의 서명이 있었다.

그밖에 그는 시계와 금화가 대여섯 닢 든 지갑을 가지고 있었다. 지갑과 시계는 그에게 돌려주었다. 시계가 나온 안주머니 속을 더 뒤지자 봉투에 넣은 한 장의 종이가 나왔다. 앙졸라는 그 종이를 펴서 시경 국장의 자필로 되어 있는 다음과 같은 몇 줄의 글을 읽었다.

'자베르 경위는 정치상의 임무를 수행한 다음에는 곧 특별감시에 임하여 세느 강 오른쪽 제방 위 이예나 다리 부근에서 폭도들이 불온한 움직임을 보이고 있다는 정보가 사실인지 여부를 확인하라.'

몸수색이 끝나자 사람들은 자베르를 일으켜 세우고 양팔을 등 뒤로 돌려 맨 아래층 홀 중앙, 일찍이 술집 이름의 기원이 된 그 유명한 기둥에 붙들어 맸다.

가브로슈는 줄곧 그 자리에 있으면서 말없이 모든 일에 고개를 끄덕이고 있다가 자베르에게 다가서서 말했다.

"생쥐가 고양이를 잡은 거야."

이 모든 일은 매우 신속하게 진행되었기 때문에 술집 주위에 있는 사람들이 알게 되었을 때에는 이미 사건은 끝나 있었다. 자베르는 한 번도 고함을 치거나 하지 않았다.

자베르가 기둥에 매인 것을 보고 꾸르페락, 보쒸에, 졸리, 꽁브페르, 그밖에 두 바리케이드에 흩어져 있던 사람들이 그 자리에 달려왔다.

자베르는 기둥에 등이 옴짝달싹할 수 없을 정도로 매여 있으면서

도 평생 한 번도 거짓말을 한 적이 없는 사람답게 용감하고 태연하
게 머리를 젖히고 있었다.
　"이놈은 밀정이야."
　앙졸라는 말했다.
　그리고 자베르 쪽으로 돌아서면서,
　"바리케이드가 점령되기 2분 전에 너를 총살한다."
　자베르는 타고난 극히 건방진 어조로 대꾸했다.
　"왜 당장 그렇게 하지 않는 거냐?"
　"화약을 절약하기 위해서야."
　"그렇다면 칼로 해치우지!"
　"이봐 밀정, 우리는 심판자지 도살자는 아냐."
　앙졸라는 말했다.
　그러고 나서 앙졸라는 가브로슈에게 말했다.
　"이봐! 넌 일하러 가! 내가 말한 대로 해."
　"응, 갈께."
　가브로슈는 외쳤다.
　그리고 뛰어나가려다가 갑자기 멈춰 서면서,
　"그런데 저 작자의 총을 나한테 주세요!"
　그리고 이렇게 덧붙였다. "악사는 당신한테 맡기겠지만 클라리넷
은 내가 갖고 싶어."
　부랑아는 군대식 경례를 하고 우쭐거리면서 큰 바리케이드 틈바
구니로 빠져 나갔다.

까뷕이라는 사나이에 대한 여러 의문
　가브로슈가 나가고 얼마 안되어 바로 일어난 그 장렬하고 놀라운
사건을 생략해 버린다면 우리들이 여기서 시작하고자 하는 비장한
계획은 불완전한 것이 되고 말리라. 또 경련과 노력으로, 사회가 깔

"생쥐가 고양이를 잡은 거야."

아놓은 요 위에서 출산하려 하는 혁명과의 위대한 시간을 있는 그대로 정확하게 부각시켜 독자에게 전해줄 수 없게 될 것이다. 그래서 우리들은 그 사건을 여기에 덧붙이려 한다.

잘 알다시피 군중들은 눈사람과 비슷해서 구르는 데 따라서 여러 사람들이 몰려든다. 그들은 서로 어디서 왔느냐고 묻지 않는다. 앙졸라와 꽁브페르와 꾸르페락이 이끄는 집단에도 지나가던 사람들이 참가했는데 그 가운데 한 사람, 어깨가 닳아 떨어진 짐꾼의 윗도리를 입고 무턱대고 몸짓을 하면서 고함을 지르고 있는, 얼핏 보기에 주정꾼처럼 보이는 거친 사나이가 섞여 있었다. 그 사나이는 진짜 이름인지 별명인지 아무튼 르 까뷕이라고 불렸는데, 그를 안다는 사람들도 사실은 전혀 그에 대해 몰랐고, 곤드레만드레 취해서 또는 취한 체하고, 여러 사람들과 함께 술집 밖으로 끌어낸 탁자를 에워싸고 앉았다. 르 까뷕은 마주앉은 사람들에게 술을 따라 주면서 골똘한 생각에 잠긴 듯한 모습이었다. 그는 바리케이드 안쪽에 있는 커다란 집을 유심히 바라보는 듯했다. 그 집은 6층 건물로 쌩 드니 거리를 향하여 거리 전체를 내려다보고 있었다. 그는 갑자기 외쳤다.

"여러분! 저 집에서 총을 쏘면 어떻겠소? 저 집 창문 안에 진을 치면 어느 놈도 감히 쳐들어오지 못하겠는걸!"

"그렇군, 그러나 집이 닫혀 있는걸" 하고 술을 마시던 한 사람이 말했다.

"문을 두드리세!"

"안 열어 줄 거야."

"그럼 부수지!"

르 까뷕은 몹시 큰 문고리가 달려 있는 문 옆으로 달려가서 두드렸다. 문은 열리지 않았다. 그는 다시 한 번 두드렸다. 아무런 대꾸도 없었다. 세 번째 두드렸다. 역시 조용하기만 했다.

“누구 없소?”

르 까뷕이 고함을 쳤다.

아무런 기척도 없었다.

그러자 그는 총의 개머리판으로 문을 두드리기 시작했다. 그것은 둥근 아치형의 낮고 좁고 단단한 떡갈나무로 만든 낡은 통용문인데, 안쪽에는 철판과 철끈으로 단단히 묶여 있어서 마치 감옥 문과 비슷했다. 개머리판으로 두드려 대는 바람에 집이 울렸으나 문은 끄떡도 하지 않았다.

그러나 집안에 있던 사람들은 몹시 동요했던 모양이었다. 마침내 4층 조그마한 네모진 채광창에 불빛이 보이더니 그 창문이 열리고 촛불 하나와 머리가 희끗희끗한 노인의 조용하고도 겁에 질린 얼굴이 나타났다. 문지기였다.

문을 두드리던 사나이는 손을 멈추었다.

“당신네들, 무슨 일인가요?”

문지기는 물었다.

“문 여시오!”

르 까뷕이 말했다.

“열 수 없어요.”

“아무튼 여시오!”

“안 됩니다!”

르 까뷕은 총을 고쳐 잡고 문지기를 겨누었으나, 르 까뷕은 아래에 있었고, 더욱이 아주 어두워서 그에게는 문지기가 보이지 않았다.

“열겠어, 못 열겠어?”

“못 열겠소!”

“못 열겠다구?”

“못 엽니다. 당신…….”

문지기가 끝까지 말할 겨를도 없었다. 총은 발사되었다. 총알은 노인의 턱 밑으로 해서 목의 정맥을 뚫고 목덜미로 빠졌다. 노인은 소리도 지르지 못하고 쓰러졌다. 촛불은 떨어져 꺼지고 채광창 가장자리에 걸린 채 움직이지 않는 머리와 지붕 쪽으로 흘러가는 희끄무레한 연기 외에는 아무것도 보이지 않았다.

"그것 보라구!" 르 까뷕은 총의 개머리판을 땅바닥에 내려놓으면서 말했다.

그러나 이 한 마디를 채 하기도 전에 그는 누군가의 손이 독수리 발톱처럼 어깨에 콱 파고드는 것을 느끼고, 이렇게 말하는 소리를 들었다.

"꿇어 앉아."

살인자는 뒤돌아서 눈앞에 서 있는 앙졸라의 희고 차가운 얼굴을 보았다. 앙졸라는 권총을 손에 들고 있었다.

총소리를 듣고 앙졸라가 달려왔던 것이다. 그는 왼손으로 르 까뷕의 멱살과 작업복과 셔츠와 바지 멜빵을 한꺼번에 움켜쥐고 있었다.

"꿇어 앉아."

앙졸라가 거듭 말했다.

그리고 20세의 연약한 이 청년은 위엄에 찬 동작으로 몸집 큰 늠름한 부둣가 노동자를 한 줄기 갈대처럼 잡아 꺾어 진창 속에 무릎을 꿇게 했다. 르 까뷕은 대들려고 했으나 무언가 초인간적인 손에 눌린 것 같았다.

창백한 안색에 목을 드러내 놓고 머리칼이 흐트러진 앙졸라는 여자 같은 얼굴에 어딘지 고대의 테미스(정의의 여신)를 생각나게 하는 위엄을 띠고 있었다. 부풀어오른 콧구멍과 내리뜬 눈은 엄격한 그리스 사람의 옆얼굴에, 옛날 사람들의 사고방식으로 말한다면, 정의에 알맞는 노여운 표정과 순결의 표정을 띠고 있었다.

바리케이드 안의 모든 사람들이 달려왔으나, 이제부터 일어나는 일에 한 마디도 참견할 수 없음을 느끼고 모두 약간 떨어진 곳에 삥 둘러섰다.

르 까뷕은 짓눌린 채 버둥거리려고도 하지 않고 온몸을 떨고 있었다. 앙졸라는 그에게서 손을 떼고 시계를 꺼냈다.

"조용히 반성해라. 기도를 드려라, 그렇지 않으면 생각을 해라. 앞으로 1분 동안." 앙졸라가 말했다.

"용서해 주십시오!" 살인자는 중얼거렸다. 그리고 고개를 떨어뜨리고 무언가 분명치 않은 주문을 중얼중얼 외었다.

앙졸라는 시계에서 눈을 떼지 않았다. 1분이 지나자 시계를 안주머니에 넣었다. 그러고 나서 그는 울부짖으면서 무릎 사이에 몸을 웅크리고 있는 르 까뷕의 머리카락을 움켜쥐고 귀에 권총을 들이댔다. 더할 나위 없이 무서운 모험에 태연하게 뛰어든 많은 대담한 사람들도 놀라서 숨을 멈추고 눈을 돌렸다.

발사하는 소리가 들리고 살인자는 돌바닥 위에 쓰러졌다. 앙졸라는 몸을 일으키고 확신에 찬 엄격한 눈길로 주위를 둘러보았다.

그러고 나서 그는 시체를 발로 밀어내며 말했다.

"이걸 바깥으로 내던져라."

숨이 끊어지는 생명의 마지막 기계적인 경련으로 꿈틀거리는 처참한 한 사나이의 몸뚱이를 세 남자가 들어올려, 작은 바리케이드 너머 몽데뚜르의 뒷골목에 던졌다.

앙졸라는 골똘히 생각에 잠겨 서 있었다. 무언가 숭고한 어둠이 그의 무섭고 해맑은 얼굴 위에 천천히 퍼져갔다. 문득 그는 소리를 질렀다. 모두들 조용했다.

"여러분. 그 사나이가 한 것은 무서운 짓이오, 내가 한 짓은 심하오. 그는 사람을 죽였소. 그렇기 때문에 나는 그를 죽였소. 나는 그렇게 하지 않을 수가 없었소. 반란에는 무엇보다도 규율이 필요했기 때문이오. 반란에서 살인이란, 다른 어떤 경우보다도 더욱 큰 죄악이오. 우리는 혁명의 감시를 받고 있소. 우리는 공화제도의 사제인 것이오. 우리는 의무를 위하여 바쳐진 거룩한 제물이오. 우리의 투쟁에 한 점이라도 오점을 남겨서는 안 되오. 그래 나는 그 사나이를 심판하고 사형에 처했소. 싫었지만 하는 수 없이 그렇게 했소. 그러나 동시에 나 자신도 심판했소. 내가 나 자신에게 어떤 형벌을 내렸는가는 이제 곧 알게 될 것이오.”

귀를 기울이고 있던 사람들은 몹시 가슴을 찔린 듯했다.

“우리도 자네와 운명을 같이 하겠네.” 꽁브페르가 외쳤다.

“좋아.” 앙졸라는 말했다. “한 마디 더 하겠소. 그 사나이를 처형했을 때, 나는 필연에 복종한 것이오. 그러나 필연이란 낡은 세대의 괴물이오. 필연은 ‘숙명’이라고 불리오. 그런데 진보의 법칙은 괴물이 천사 앞에서 꺼져 없어지는 일이며, ‘숙명’이 우리 앞에 몸을 감추는 일이오. 지금은 사랑이라는 말을 하기에는 적당치 못한 때이지만 상관없소. 나는 사랑을 찬미하고 사랑을 소리 높여 부르오. 사랑이여, 그대가 미래를 짊어지고 있는 것이다. 죽음이여, 나는 그대를 이용하지만 그러나 그대를 증오한다. 여러분, 미래에는 어둠도 불의의 습격도 광포한 무지도 피비린내나는 복수도 없을 것이오. 사탄(악마의 우두머리)이 없어짐과 동시에 미카엘(천사의 하나로 신의 전사)도 없어질 것이오. 미래에는 사람이 사람을 죽이는 일이 없을 것이고, 지상은 빛나고 인류는 사랑을 알게 될 것이오. 여러분, 모든 것이 화합이요, 조화요, 빛이고, 기쁨이며, 생명일 그런 날이 올 것이오. 그날은 틀림없이 오는 것이오. 그리고 우리가 지금 죽어가는 것은, 그날을 오게 하기 위해서인 것이오.”

앙졸라는 말을 그쳤다. 그는 소녀와 같은 입술을 다시금 꼭 다물었다. 그리고 그의 손으로 피를 흘리게 한 그 자리에 대리석처럼 움직이지 않고 한동안 서 있었다. 응시하는 그의 눈초리에 압도되어서 주위에 둘러선 사람들은 목소리를 죽였다.

웅크리고 있는 르 까뷕의 머리카락을 움켜쥐고 그 귀에 권총을 들이댔다.

장 프루베르와 꽁브페르는 말없이 손을 서로 움켜쥐고 바리케이드 구석에서 서로 몸을 바싹 대고 사형 집행인인 동시에 사제이며, 수정 같은 빛인 동시에 바위이기도 한 엄숙한 그 청년을 동정어린 찬탄의 마음으로 지켜보고 있었다.

잊기 전에 말해 두겠는데, 전투가 끝나고 몇 사람의 시체가 검시장에 운반되어 소지품 검사를 받았을 때, 르 까뷕의 몸에는 경찰관의 신분 증명서가 있었다. 이 책의 작자는 이에 대해서 1832년 당시 시경 국장에게 제출된 특별 보고문을 1848년에 입수했다.

한 가지 더 덧붙이면 기묘하기는 하나 근거가 있는 경찰이 전하는 바를 믿는다면, 르 까뷕은 끌라끄수였다. 사실 르 까뷕이 죽은 뒤로 끌라끄수는 두 번 다시 사람들의 입에 오르지 않게 되었다. 끌라끄수는 실종의 어떤 흔적도 남기지 않았다. 마치 보이지 않는 세계에 녹아들어가 버린 것 같았다. 그의 생애는 어둠이었고, 그의 최후도 어두운 밤이었다.

앙졸라가 그토록 재빠르게 심판하고 종결한 비극적인 재판에 모든 폭도들이 여전히 감동하고 있었을 때, 꾸르페락은 아침에 그의 집으로 마리우스를 찾아왔던 몸집 작은 청년의 모습을 바리케이드 속에서 다시금 보았다.

제13편 마리우스 어둠 속으로 들어가다

쁠뤼메 거리에서 쌩 드니 구역으로

저녁 어둠 속에서 샹브르리 거리의 바리케이드로 가도록 부른 그 목소리가 마리우스에게는 바로 운명의 소리라고 느껴졌다. 죽음을 바라는 이때에 기회가 찾아온 것이다. 무덤의 문을 두드리고 있는 그에게 어둠 속의 손이 그 열쇠를 내밀었던 것이다. 깜깜한 절망 속에서 열리는 처절한 문은 늘 사람들의 마음을 끌어당긴다. 마리우스는 그토록 몇 번이나 자신을 지나가게 한 철책문을 밀어내고 정원에서 나왔다. 그리고 말했다. "가자!"

고통으로 마음이 미칠 듯하고, 머릿속에 아무런 확고부동한 것도 느낄 수 없고 청춘과 사랑의 도취 속에서 지낸 그 2달이 지나버린 뒤, 이제는 운명의 어떠한 유혹도 받아들일 힘이 없고 절망이 그려내는 여러 가지 몽상에 한꺼번에 짓눌린 그는 이제 단 하나의 소망밖에 없었다. 즉 결말을 서두르는 것이다. 그는 재빠르게 걷기 시작했다. 마침 자베르에게서 받은 권총을 지니고 있어 무기도 갖춘 셈이었다.

　얼핏 보였던 것 같은 그 청년의 모습은 이미 거리 속으로 사라지고 말았다.

　큰 거리에서 쁠뤼메 거리로 나온 마리우스는 에스쁠라나드(廢兵館 건물 앞의 대광장)를 가로질러 앵발리드 다리를 건너고, 다시 샹젤리제와 루이 14세 광장(현재의 꽁꼬르드 광장)을 지나서 리볼리 거리로 들어갔다. 그곳 상점들은 아직 열려 있어서, 아케이드 밑에는 가스등이 켜지고 상점에서 물건을 사는 여자들과 까폐 레떼르에서 시원한 것을 마시는 사람들과 영국 과자점에서 조그마한 케이크를 먹는 사람들의 모습도 볼 수 있었다. 다만 여러 대의 역마차가 호텔 데 프랭스와 호텔 뫼리스에서 뛰는 걸음으로 출발하는 것이 눈에 띄었다.

　마리우스는 드로르 골목에서 쌩 또노레 거리로 들어섰다. 그 근처 상점은 이미 닫혀 있었지만 상인들은 아직 채 닫히지 않은 문 앞에서 잡담을 주고 받고, 거리엔 행인들이 지나가고, 가로등엔 불이 켜지고 2층 이상의 어느 창문에도 여느 때와 마찬가지로 불빛이 보였다. 빨레 르와얄 광장에는 기병이 있었다.

　마리우스는 쌩 또노레 거리를 걸어갔다. 빨레 르와얄에서 멀어짐에 따라 불빛이 보이는 창문은 점점 적어졌다. 상점들은 문을 단단히 닫고 문 앞에 나와서 이야기하는 사람도 없었다. 거리는 어두워지고 동시에 군중들은 점점 불어났다. 왜냐하면 통행인들은 이제 하나의 집단이 되어 있었기 때문이다. 그 군중들 속에서 아무도 이야기하는 사람은 없었으나, 어떤 둔하고 깊은 소요가 들리고 있었다.

　아르브로 세끄의 분수 근처에는 여기저기에 ‘집단’이 형성되어 있었다. 그것은 움직이지 않는 음침한 무리와 같은 것이어서 마치 지나가는 사람들 사이로 흘러가는 물 속의 돌무더기처럼 보였다.

　프루베르 거리 입구에 오자 군중은 더 앞으로 나아가지 않았다. 끈질기고 육중하고 단단하게 밀집되어 거의 꿰뚫고 들어갈 수 없는 무리지은 사람들이 혼잡하게 나지막한 소리로 말을 주고받고 있었다. 거기에서는 더 이상 검은 옷이나 둥근 모자는 찾아볼 수 없었다. 윗도리, 작업복, 챙 달린 모자, 더벅머리의 꾀죄죄한 얼굴. 그런 군중이 밤 안개 속에서 막연히 동요하고 있었다. 그들의 속삭임에는 몸서리를 치고 있는 듯한 황폐한 구석이 있었다. 아무도 걷고 있지 않는데 진창을 밟는 소리가 들리고 있었다. 이 빽빽한 군중들 저쪽, 룰르 거리에도 프루베르 거리에도 쌩 또노레 거리 끝에도 촛불이 켜 있는 창문이라곤 하나도 없었다. 그 거리에는 가로등의 열이 저쪽 깊숙이까지 쓸쓸하게 드문드문 이어져 있었다. 당시의 가로등은 커다란 붉은 별을 줄에 매단 것 같았으며, 그것이 커다란 거미 같은 모양의 그림자를 돌이 깔린 길바닥 위에 늘어뜨리고 있었다. 그 거리에 사람들이 전혀 없는 것은 아니었다. 서로 맞대어 세운 총이 보이고 움직이는 총검이며 야영하는 군대가 보였다. 그러나 호기심에 끌려서 그 한계선으로 나가는 사람은 없었다. 그곳에서 교통은 끊겨 있었다. 그곳에서 군중은 끝나고 군대가 시작되고 있었다.

마리우스는 이미 아무런 목적도 없는 인간의 의지로 걸어가고 있었다. 누가 부른 것이다, 그러니까 가야만 한다. 그는 애를 써서 군중을 헤치고 군대의 야영지를 넘어 척후대를 피하고 보초의 눈을 피했다. 길을 돌아서 베띠지 거리에 이르자 다시 시장 쪽을 향했다. 부르도네 거리 모퉁이로 나오자 이미 가로등은 켜 있지 않았다.

군중들이 모여 있는 지대를 돌파한 그는 군대의 영역도 넘을 수가 있었다. 그리고 지금은 무서운 장소에 들어가 있었다. 지나가는 행인도 없고 병사도 없고 불빛도 없다. 고독, 침묵, 밤, 그리고 으스스한 냉기. 하나의 거리로 들어갈 때마다 지하실에 들어가는 듯한 기분이었다.

그는 계속 전진했다.

몇 걸음 나갔다. 누가 그의 곁을 뛰어갔다. 남자인지 여자인지 많은 사람들이었는지 그는 알 수 없었다. 그것은 순식간에 지나갔고 곧 사라져 버리고 말았던 것이다.

길을 돌아가기를 거듭한 끝에 그는 어떤 뒷골목으로 들어갔다. 뽀뜨리 거리인가싶었다. 그 뒷골목 중간쯤에서 장애물에 부딪쳤다. 그는 팔을 뻗쳐 보았다. 짐마차가 하나 뒤엎어져 있었다. 발밑 웅덩이며 진창구덩이에는 포석이 흩어지기도 하고 쌓이기도 한 것을 알 수 있었다. 그것은 만들다 만 채로 버려진 바리케이드였다. 그는 포석이 잔뜩 쌓인 곳을 타고 넘어 통행이 막혀 있는 저편으로 나갔다. 그리고는 풋돌에 되도록 바싹 붙어 집집의 벽을 따라 걸었다. 바리케이드 조금 앞까지 가자 앞에 무언가 허연 것이 얼핏 보인 듯싶었다. 가까이 다가감에 따라 그 형태는 뚜렷해졌다. 두 마리의 흰 말이었다. 오전에 보쒸에가 승합 마차에서 풀어놓은 말인데, 하루 종일 이 거리 저 거리를 무턱대고 돌아다닌 끝에 드디어 이곳에서 걸음을 멈추고, 인간이 자연의 섭리를 이해하지 못하듯 인간의 행위를 이해하지 못하는 이 짐승은, 지칠 대로 지쳤으면서도 참을성 있게 기다리고 있었던 것이다.

마리우스는 두 필의 말을 뒤로 하고 걸었다. 꽁트라 쏘시알 거리라고 생각되는 거리에 닿았을 때 한 발의 총탄이 어디선가 발사돼 난데없이 어둠을 뚫고 그의 귀밑을 '쌩' 하며 스쳐가 바로 머리 위 어떤 이발소 앞에 매달려 있는 구리쇠로 만든 면도 접시를 꿰뚫었다. 1846년까지만 해도 꽁트라 쏘시알 거리 시장에 늘어서 있는 기둥 한편 구석에서 구멍 뚫린 그 면도 접시를 볼 수가 있었다.

총탄이 발사된 것은 아직 근처에 사람이 있다는 증거였다. 그러나 그때부터 그는 아무도 만나지 못했다.

그가 걸어가는 길은 마치 어두운 계단을 내려가는 것과 같았다.

마리우스는 여전히 앞으로 나아갔다.

올빼미가 내려다본 빠리

그때 빠리의 상공을 박쥐나 올빼미의 날개에 올라타고 날아본 이가 있었다면, 눈 아래 음울한 광경이 펼쳐져 있는 것을 볼 수 있었을 것이다.

낡은 시장 일대는 시내에서 또 하나의 도시를 이룬 곳으로 쌩 드니 거리와 쌩 마르땡 거리가 관통하고 있고, 시가지의 주요 거리가 얼기설기 얽혀 있어서, 폭도들은 그것을 보루와 요새로 삼고 있었다. 그 일대를 하늘에서 내려다보면 빠리 한복판에 파인 거대한 검은 구멍 같았을 것이다. 그곳을 들여다보면 마치 심연 속을 보는 듯했다. 가로등은 파괴되었고 창문은 모조리 닫혀 있었기 때문에 빛도 생명력도 소음도 움직임도 완전히 멈춰 있었다. 은밀히 조직된 폭도들의 경계가 곳곳을 감시하고 질서를, 즉 밤의 어둠을 유지하고 있었다. 소수의 동지를 광대한 어둠에 섞어 넣어 두는 것, 그 어둠이 남모르게 간직하고 있는 가능성의 도움을 받아서 전투원 하나하나를 몇 사람씩으로 보이게 하는 것, 그것은 반란에서 빠뜨릴 수 없는 전술이다. 해가 지자 촛불을 켜 놓은 창문엔 총알이 날아들었다. 불은 꺼지고 때로는 주민들이 살해되었다. 이리하여 아무것도 움직이지 않게 되었다. 집집마다 오직 공포와 근심과 망연자실한 놀라움이 있을 뿐이고 거리에는 일종의 성스러운 전율이 흐를 뿐이었다. 창문과 집채들의 긴 행렬도, 굴뚝과 지붕이 하늘에 그리는 울퉁불퉁한 기복도, 포석이 진창과 비에 젖어 희미한 빛을 반사하는 것도 전혀 구별할 수 없었다. 그 깊은 어둠을 높은 곳에서 내려다본다면, 아마도 여기저기에 군데군데 간격을 두고 토막토막 끊어진 이상한 선이나 야릇한 건축물의 윤곽을 떠오르게 하는 무언가 어렴풋한 빛이——폐허 속을 왔다갔다하는 희미한 불빛과도 비슷한 무엇인가가——보였을 것이다. 그곳에 바로 바리케이드가 있었던 것이다. 그 밖에는 안개가 자욱이 긴 답답하고 음침한 어둠의 호수였고, 그 위에는 쌩 자끄의 탑이나 쌩 메리 성당이나 그밖에 인공적으로 거인이 되거나 밤이면 요괴처럼 보이는 광대한 두어 개의 건축물이 꼼짝도 않고 불길한 그림자처럼 솟아 있었다.

쓸쓸하고 불안한 미궁을 에워싼 주위 일대의 빠리 교통은 아직 여느 때와 같이 멈추어지지 않고 가로등도 드문드문 빛나고 있었지만 그곳을 공중에서 관찰하면 군도와 총검의 금속에서 생기는 번쩍임, 굴러가는 포차의 둔탁한 소리, 시시각각 늘어가는 말없는 군대의 집결 따위가 역력히 보였을 것이다. 그것은 폭동의 주위를 천천히 죄어 가면서 간격을 좁혀 가는 무서운 띠였다.

포위된 지구는 이제 처참한 동굴에 지나지 않았다. 그곳에는 모든 것이 잠들어 있든가, 움직이지 않는 것처럼 보였다. 그리고 지금 본 것처럼 어느 거리나 모두 어둠으로 덮여 있었다.

그것은 함정투성이의 잔인한 어둠이고, 무서운 기습에 찬 숨겨진 암흑이며, 침입하기도 무섭고 머물러 있기도 소름 끼치는 그런 장소이며, 그곳에 들어가는 사람들은 기다리는 사람들 앞에서 떨고, 기다리는 사람들은 침입해 들어오는 사람들 앞에 몸서리쳤다. 눈에 띄지 않는 전투원이 거리 구석구석마다 진을 치고 무덤 구멍 같은 함정이 밤의 짙은 어둠 속에 가려져 있었다. 모든 것은 끝나 있었다. 이제는 총부리에서 번쩍이는 불 외에는 빛을 기다릴 것이 없고 눈 깜짝할 사이에 느닷없이 나타날 죽음 외에는 아무것도 만날 것이 없었다. 어디서 죽음을 만날 것인가? 어떻게 해서? 언제? 아무도 모른다. 그러나 그것은 확실하고도 피할 수 없는 일이었다. 그곳에 전투를 벌이게끔 정해진 그 장소에, 정부와 반란군 측이, 국민군과 민중 결사가, 부르주아지와 폭도가 서로 손으로 더듬어 가면서 접근하고 있는 것이었다. 어느 쪽이고 피할 수 없는 운명은 똑같았다. 죽어서 그곳을 나갈는지 이기고 그곳을 나갈는지, 그것만이 지금 남겨진 유일한 출구였다. 너무도 험악한 정세와 너무도 강하고 엄청난 어둠 속이라 겁많은 사람일지라도 굳은 각오를 하게 되고, 또 아무리 대담한 사람일지라도 공포를 느낄 정도였다.

뿐만 아니라 어느 쪽에도 서로 똑같은 분노와 고집과 결의가 있었다. 한편에게는 전진은 곧 죽음이었으나 아무도 물러서려고 하지 않았다. 다른 편에게는 머물러 있음은 곧 죽음이었으나 아무도 달아나려고 하지 않았다.

내일은 필연적으로 결판이 나고, 승리는 둘 중 어느 편이든 차지하게 되고, 반란이 혁명이 되느냐 폭동으로 끝나고 마느냐가 정해질 것이다. 정부도 폭도도 똑같이 그런 것을 알고 있었고, 한낱 보잘것 없는 시민까지도 그것을 느끼고 있었다. 그렇기 때문에 바야흐로 모든 것이 결정되려는 그 구역의 깊이를 알 수 없는 어둠에는 고뇌와 같은 분위기가 감돌고 있었다. 때문에 큰 재난을 앞둔 침묵의 주위에는 불안한 마음이 늘어가고 있었다. 거기에는 다만 한 가지 소리밖에 들리지 않았다. 그것은 죽음의 헐떡임처럼 비통하고 저주와도 같은 위협적인 소리, 쌩 메리 성당의 경종(警鍾)이었다. 광란하고 절망하면서 어둠 속에서 탄식하고 있는 그 종소리의 외침만큼 듣는 사람을 소름끼치게 하는 것은 없었다.

흔히 있는 일이지만, 지금 인간이 행하려 하는 일에는 자연도 보조를 맞추고 있는 듯했다. 아무것도 양자의 불길한 조화를 흩뜨리지 않았다. 별들은 자취를 감추고 묵직한 구름은 음침하게 겹겹이 쌓여 땅 위를 뒤덮고 있었다. 그 죽음의 거리 위에 암흑의 하늘이 있고, 그 광대한 무덤 위에는 마치 끝없는 수의 자락을 펼친 듯했다.

아직 충분히 정치적인 면을 벗어나지 못한 전투가 이미 허다한 혁명 사건을 보아 온 이 지역에서 준비되어 갈 때, 청년층과 비밀 결사와 학교가 주의(主義)의 이름 아래, 중류 계급은 이해(利害)라는 이름 아래 서로 충돌하고 달려들어 싸우고 격투하기 위하여 쌍방에서 접근하고 있을 때, 또 저마다 위기의 마지막 순간을 재촉하고 그것을 맞으려고 할 때, 이 숙명적인 구역 밖 멀리에서는, 행복하고 번화한 빠리의 광휘 아래 숨어 있는 비참하고 낡은 빠리의 깊이를 헤아릴 수 없는 공동(空洞)의 밑바닥에서는 민중의 음산한 목소리가 은은히 신음하고 있는 것이 들렸다.

그것은 야수들의 포효와 신의 언어로 된 무섭고도 신성한 목소리, 약자를 떨게 하고 현명한 자를 경계하는 소리, 사자의 울음 소리처럼 지상에서 오는 것과 동시에 천둥 소리처럼 천상에서 오는 소리였다.

막다른 곳

마리우스는 시장까지 와 있었다.

그곳은 부근의 거리에 비해서 한결 조용하고 어둡고 또 괴괴했다. 마치 썰렁한 무덤의 고요가 땅에서 솟아올라 하늘 밑에 퍼져 있는 듯했다.

그러나 오직 한 곳 불그레한 불이 샹브르리 거리의 쌩 뙤스따슈 쪽으로 가는 길을 막고 있는 집들의 높은 지붕을 검은 배경 위에 뚜렷하게 비추어내고 있었다. 그것은 꼬랭뜨 주점의 바리케이드 안에서 타고 있는 횃불의 반사였다. 마리우스는 그 붉은 빛을 목표로 걸어갔다. 마르셰 오 쁘와레까지 오자 프레쉐르 거리의 캄캄한 입구가 어렴풋이 보였다. 그는 그 거리로 들어갔다. 저편 끝에는 폭도 측의 보초가 서 있었으나 그를 보지 못했다. 그는 자신이 찾아온 곳이 바로 가까이 있음을 깨닫고 뒤꿈치를 들고 살금살금 걷기 시작했다. 그는 이렇게 해서 독자들도 기억하다시피 앙졸라가 외부와 유일한 연락 통로로 남겨 놓은 몽데뚜르 골목의 그 짧고 좁은 길 모퉁이에 다다른 것이다. 마지막 끝의 집 모퉁이에 서서 왼편으로 머리를 내밀고 그는 몽데뚜르 거리 속을 엿보았다.

그 옆골목과 샹브르리 거리 사이의 어두운 모퉁이에 지금 그 자신

마리우스는 그 붉은 빛을 목표로 하여 걸어갔다.

이 숨어들어 널따란 그림자를 던지고 있는 조금 앞에는 희미한 불빛
이 포석 위에 비치고 있고, 주점의 일부분과 그 뒤쪽으로 일그러진
성벽 속에 깜박거리는 등불과 총을 무릎 위에 놓고 웅크리고 있는
사람의 그림자가 보였다. 그것들은 그에게서 불과 10뜨와즈 거리쯤
에 있었다. 그것은 바리케이드 내부였다.

옆골목 오른편에는 집이 늘어서 있으므로 주점의 다른 부분과 큰
바리케이드와 붉은 깃발은 그의 눈에 띄지 않았다.

마리우스는 이제 한 발짝만 내디디면 되었다. 그때 불행한 청년은
경계석 위에 걸터앉아 팔짱을 끼고 아버지를 생각했다.

그는 참으로 자랑스러운 병사였던 저 영웅 같은 뽕메르씨 대령을
생각했다. 그 대령은 공화 정부 밑에서는 프랑스 국경을 지키고, 황
제 아래서는 아시아의 경계까지 진격하고, 제노아, 알렉산드리아,
밀라노, 튜린, 마드리드, 빈, 드레스덴, 베를린, 모스끄바 같은 도
시를 보고, 유럽의 모든 전승지에 마리우스 자신의 혈관에 맥박치고
있는 것과 같은 그 피를 몇 방울 흘리고, 군의 규율과 지휘 때문에
나이보다도 빨리 백발이 되었고, 항상 가죽띠를 매고 견장을 가슴
위에 늘어뜨리고, 모표를 화약에 그을려 시커멓게 하고, 이마에 군
모 자국을 내고 임시 막사, 야영지, 야전 병원에서 한평생을 보내
고, 20년 뒤에는 뺨에 상처 자국을 남긴 채 빙긋이 웃으면서 단순하
고 평온하고 감탄할 만큼 어린아이 같은 순결한 인간이 되어서, 오
로지 프랑스를 위하여 행동했으며 프랑스를 반대하는 짓은 아무것
도 하지 않고 수많은 전쟁을 치르고 돌아왔던 것이다.

그는 생각했다. 이제 나의 날도 찾아온 것이다. 이제 나의 때도
드디어 닥쳐온 것이다.

아버지에 이어서 나도 또한 용감하고 대담하게 탄환 앞을 뛰어다
니고 가슴을 총검 앞에 내밀고, 내 스스로 피를 흘리고 적을 찾고
죽음을 찾으려고 하는 것이다. 이번에는 내가 싸울 차례다, 싸움터

로 나설 차례다. 그리고 내가 나가는 그 싸움터는 거리이며 내가 하려는 전쟁, 그것은 내란인 것이다!

마리우스는 내란이 눈앞에 깊은 심연처럼 열리는 것을 보고 그곳에 자신이 빠져들어가려 하는 것을 알았다. 그러자 그는 몸을 부르르 떨었다.

할아버지가 고물상에 팔아 버린 아버지의 장검, 대단히 아까워했던 그 긴 칼을 그는 생각했다. 그 용감하고 순결한 장검이 그의 곁을 떠나 분연히 어둠 속으로 사라져 버린 것은 차라리 잘된 일이었다. 그 장검이 그렇게 해서 없어져 버린 것은 미래를 꿰뚫어 보았기 때문이다. 폭동을, 시궁창 속의 전쟁을, 돌바닥 위의 전쟁을, 지하실의 환기 구멍에서의 사격을, 서로 뒤에서 별안간 습격하는 것을 예감했기 때문이다. 마렝고나 프리들란트의 여러 전쟁을 치른 장검을 갖고 샹브르리 거리 같은 곳에 나가기를 원하지 않았기 때문이다. 아버지와 더불어 치러낸 분투 뒤에 똑같은 일을 그 아들과 함께 할 것을 원치 않았기 때문이다!

생각컨대 그 장검이 여기에 있었다면, 그리고 자신이 그것을 죽은 아버지의 머리맡에서 가지고 와서 지금 그것을 몸에 지니고 프랑스 사람끼리 네거리에서 벌이는 이 밤의 전투를 위해서 들고 나왔다면, 아마도 그 장검은 자기의 손을 태우고 또 천사의 장검처럼 눈앞에서 불길이 오르기 시작할 것이다! 정말 그 장검이 없어져 지금 여기에 모습을 나타내지 않은 것은 참으로 다행한 일이다. 그것으로 족한 것이다. 그게 옳은 것이다. 할아버지야말로 아버지 명예의 참다운 수호자였던 것이다. 대령의 장검은 경매에 붙여지고 고물상에 팔려서 고철 속에 던져지는 편이 오늘날 조국의 옆구리를 피로 물들이는 것보다 훨씬 나을 것이다.

그렇게 생각하고 마리우스는 쓰디쓴 눈물을 흘리기 시작했다.

그것은 가슴 아픈 일이었다. 그러나 어떻게 하면 좋단 말인가?

꼬제뜨 없이 산다는 것은 도저히 불가능한 일이다. 그녀가 떠나 버린 이상 그는 죽어야 하는 것이다. 자신은 반드시 죽을 것이라고 그녀에게 맹세하지 않았던가? 꼬제뜨는 그것을 알면서도 떠난 것이다.

결국 그녀는 마리우스가 죽어도 좋다고 생각한 것이다. 꼬제뜨는 이미 그를 사랑하지 않는 것이 분명하다. 왜냐하면 그녀는 이렇게 아무런 예고도 하지 않고, 한 마디 말도 없이, 한 통의 편지도 보내지 않고 가버리지 않았는가? 더욱이 그의 주소를 알고 있으면서도 말이다! 이런 지금 더 살아서 무엇하겠는가? 무엇 때문에 더 살아간단 말인가?

그리고 또 이 무슨 일인가! 여기까지 와서 뒷걸음질치다니! 위험에 접근하고 달아난단 말인가! 바리케이드 안을 들여다보고 돌아서 버린단 말인가? "그런데 이런 건 이제 지긋지긋하다. 나는 보았다. 그것으로 충분한 것이다. 이것이 내란인 것이다. 나는 물러가야겠다." 하고 떨면서 물러선단 말인가! 자신을 기다리는 친구들을 버린단 말인가! 틀림없이 나를 필요로 할 친구들을 말이다! 다수의 군대에 비해서 극히 적은 수에 불과한 친구들을! 모든 것을 동시에 배신하잔 말인가. 사랑도 우정도 맹세까지도! 자신의 비겁함을 애국심이라고 핑계댈 것인가! 아니 그럴 수는 없다. 아버지의 영혼이 아들인 그가 꽁무니를 빼는 것을 본다면 그의 허리를 장검의 등으로 치면서 외칠 것이다. "자아, 전진하라, 비겁한 놈!" 하고.

그는 어느 쪽으로도 마음을 정하지 못하고 점점 고개를 떨어뜨렸다. 그러다 갑자기 그는 머리를 번쩍 들었다. 빛나는 신념이 다시 마음 속에서 일어난 것이다. 죽음이 다가오기 직전에 머릿속은 특히 맑아지는 법이다. 죽음이 가까워졌을 때 인간은 진실을 본다. 자신이 거기에 끼여들려고 하는 것을 느낀다. 그러한 행동의 환영은 이미 한심스런 것이 아니라 장대한 모습으로 그에게 떠올랐다. 시가전에 대한 관념은 영혼의 어떤 작용에 의하여 그의 사상의 눈앞에서 갑자기 변모했다. 몽상에서 오는 온갖 혼란된 의문이 일시에 마음에 되돌아왔으나 그는 이미 망설이지 않았다. 그는 어떤 의문에 분명히 대답했다.

첫째 아버지가 격분하는 이유는 어디에 있단 말인가? 반란이 의무의 존엄성에까지 다다를 경우가 절대로 없단 말인가? 바야흐로 시작되려고 하는 전투에 뽕메르씨 대령의 아들의 품위를 떨어뜨릴 무엇이 있단 말인가? 이미 몽미라이유나 샹뽀베르(1814년 나뽈레옹이 러시아와 프러시아의 군대를 무찌른 전승지)의 시대는 아니다. 시대는 아주 달라졌다. 신성한 국토 탈환이 문제가 아니라 성스러운 사상의 운명이 문제인 것이다. 조국은 한탄하겠지. 그러나 인류는 찬양할 것이다. 그런데 조국이 진정 한탄할 것인가? 프랑스는 피를 흘리지만 자유는 빙긋이 웃을 것이다. 그리고 자유의 이 웃음 앞에서 프랑스는 자신의 상처를 잊을 것이다. 그리고 또 사물을 한층 높은 관점에서 볼 때, 내란에 대해 어떻게 말해야 할 것인가?

내란? 그것은 무엇을 의미하는가? 외란이란 것이 있을까? 인간끼리 하는 전쟁은 모두 형제끼리의 전쟁이 아니겠는가? 전쟁의 성질은 다만 그 목적에 의해서 정해진다. 외란도 내란도 없다. 다만 불의의 전쟁과 정의의 전쟁이 있을 뿐이다.

전 인류의 대협약이 체결되는 날까지는——퇴보적인 과거에 대하여 진보적인 미래의 노력인——전쟁은 아마도 필요할 것이다. 그러한 전쟁의 무엇을 비난할 것인가? 전쟁이 치욕이 되고 검이 비수가 되는 것은 권리와 진보와 이성과 문명과 진리를 말살하는 경우뿐이다. 그런 경우 내란이든 외란이든 전쟁은 죄악이라고 한다.

그러나 정의라고 하는 신성한 한 마디를 제쳐두고 어떤 권리로 싸움의 한 형식이 또 다른 형식을 경멸할 수 있겠는가? 무슨 권리로 워싱턴의 검이 까미유 데물랭(바스띠유 감옥의 공격을 지휘한 사람)의 창을 부인한단 말인가?

외적에 대항한 레오니다스와 폭군에 대항한 티몰레온(친형인 폭군 티모파네스를 죽인 코린토스의 장군) 가운데 어느 쪽이 더 위대하단 말인가? 전자는 수호자이고 후자는 해방자이다. 도시 내부에서 일어나는 무장 봉기를 그 목적조차 묻지 않고 누구나가 모욕할 것인가? 그렇다면 브루투스도 마르셀(황태자 샤를르에게 반항한 14세기의 빠리시장)도 블란켄하임의 아르놀드(스위스 통일의 영웅 뷩켈리트의 아르놀드인지 불확실)도 꼴리니(16세기 프랑스 신교도의 장군으로 성 빠르토로메오의 학살의 희생자가 되었음)도 모두 치욕을 가하는 낙인을 찍으라. 게릴라전은 나쁜가? 시가전은 나쁜단 말인가?

어째서 그것은 암비오릭스(로마군에 대항하여 싸운 가리아의 수령)나 아르뜨벨드(14세기 플랑드르의 反프랑스 일파의 지도자)나 마르닉스(16세기 네덜란드의 스페인 왕에 대한 반란 주모자)나 뻴라즈(아랍의 침입을 막아낸 8세기 아스토리아스 왕)가 했던 전쟁과 다른가? 아니 암비오릭스는 로마에 대항했고 아르뜨벨드는 프랑스에 대항했고 마르닉스는 스페인과 싸웠고 뻴라즈는 이슬람교도에 대항하여 모두 외적을 상대했던 것이다.

그러나 왕정도 외적이다. 압제도 외적이다. 신권(왕권 신수설에 의한 군주권)도 외적이다. 외적이 침입하여 지리상의 국경을 침략하듯이 전제 정치는 정신의 국경을 침략한다. 전제 군주를 몰아내는 것도 영국 사람을 쫓아내는 것도 다 국토를 도로 찾는 일이다. 이미 항의만으로는 충분치 못하다고 할 때도 오는 것이다. 철학 뒤에는 행동이 필요하다. 발랄한 힘은 관념을 묘사한 작품을 완성한다. 쇠사슬에 묶인 프로메테우스(에스퀼로스의 희곡. 하늘의 불을 훔치고 제우스에 의하여 바위에 묶여서 독수리에게 간을 파먹힌 신)가 시작한 것을 아리스지톤(하루 모디우스와 함께 아테네의 참주 히빠르코스를 쓰러뜨렸음. 실제는 그 행동이 에스퀼로스의 희곡보다도 먼저임)이 완성했다. 백과사전은 인간의 영혼을 밝히지만 1792년 8월 10일은 사람들에게 전기를 준 것과 같다. 에스퀼로스의 뒤에는 트라지불로스(5세기말에 아테네의 민주정치를 재현했음)가 나타나고 디드로 뒤에는 당똥이 나타난다.

대중이란 지배자를 받아들이기 쉽다. 그 집단은 무감각에 빠진다. 군중들은 쉽게 하나로 뭉쳐서 복종한다. 그러니까 그들에게 충동을 주고 뒤를 밀어주고 해방의 덕을 줌으로써 그들을 질타하고 진실로써 그들의 눈을 아프게 해주고 무서운 힘으로 광명을 던져 줘야 하는 것이다. 그들도 그들 자신의 구원에 대해 다소 충격받을 필요가 있다. 그러한 눈부신 빛으로 눈이 뜨이는 것이다. 거기에서 경종이나 전쟁의 필요성이 생겨난다. 위대한 투사들이 일어나서 대담한 행위로 국민을 계몽하고 신권과 시저의 영광과 세력과 광신과 무책임한 권력이나 절대적인 존엄 등이 어둠으로 덮여 있는 이 슬픈 인류를 흔들어야 한다. 황혼빛에 휩싸인 어두운 밤의 승리에 멍청하게 정신을 빼앗기고 있는 군중들을 흔들어 주어야 한다.

전제 군주를 타도하라!

그러면 사람들은 말할 것이다. 누구를 가리켜 하는 말인가? 루이 필립을 전제 군주라고 하는 건가? 아니다. 그는 루이 16세와 같은 전제 군주는 아니다. 그들은 둘 다 역사가 보통 선량한 왕이라고 부르는 인물이다. 그러나 주의는 분할할 수 없는 것이고, 진실이 갖는 논리는 직선적이고, 진리의 특성은 아첨하는 말을 쓰지 않는 점에 있다.

그러므로 양보 따위는 있을 수 없다. 인간에 대한 온갖 침해를 막아야 한다. 루이 16세도 신권을 띠고 있고, 루이 필립도 부르봉 왕가 출신으로의 특권을 지니고 있다. 둘 다 어느 정도는 권리의 찬탈을 대표하고 있다. 그리고 일체의 왕위 찬탈을 뿌리뽑기 위해서는 그들과도 싸워야 하는 것이다. 프랑스는 항상 새로운 시대를 시작하는 나라이므로 그렇게 해야 한다. 프랑스에서 지배자가 쓰러질 때는 모든 나라에서도 지배자가 쓰러진다.

요컨대 사회적 진리를 재건하고, 왕위를 자유에게 돌려주고, 민중을 본래의 민중에게 돌려주고, 인간에게 주권을 돌려주고, 붉은 빛옷을 프랑스의 머리 위에 돌려주고, 이성과 공정을 완전한 모습으로 회복하고 각자를 그 본래의 위치로 되돌아가게 함으로써, 모든 적의 싹을 근절하고 왕권이 광대한 세계적 화합을 방해하고 있는 장애를 제거하고, 인류를 정당한 권리의 수준으로 되돌리는 것, 그 이상

올바른 대의가 또 있을까? 그 이상의 위대한 전쟁이 또 있을까? 그와 같은 전쟁이 평화를 건설하는 것이다. 편견, 특권, 미신, 허위, 착취, 권리의 남용, 폭력, 부정, 어둠 따위로 이루어지는 거대한 요새는 아직도 증오의 탑을 세우고 세계 위에 솟아 있다. 그것을 타도하지 않으면 안 된다. 괴물과 같은 거대한 덩어리를 허물어뜨려야 한다.

아우스테를리츠에서 승리한 것은 위대했으나, 바스띠유 감옥을 점령한 것은 의미있는 일이었다.

누구라도 자신에게 비추어 보면 분명한 것처럼 영혼은——이것이야말로 보편성과 통일성을 아울러 가지고 있는 신비로운 것이지만——아무리 심한 궁지에 처해서도 거의 냉정하게 추리하는 이상한 능력을 갖추고 있다. 그리고 종종 비통한 감정과 심각하고 깊은 절망이 더없이 우울한 독백의 고뇌 속에서조차 주제를 끌어내어 문제를 의논할 여지가 있을 때가 있다. 논리는 경련과 뒤섞이고, 논법의 실〔糸〕은 생각의 비통한 폭풍우 속에 끊기지 않고 떠돈다. 마리우스의 정신 상태가 바로 그러했다.

마리우스는 이러한 상념에 잠겨 기력을 잃어 가면서도 결심을 하고, 더욱이 망설이면서 자기가 하려고 하는 일 앞에 떨면서도 그의 눈은 바리케이드 내부를 방황하고 있었다. 그곳에서는 폭도들이 꼼짝도 않고 낮게 수군수군 이야기를 주고받고 있고, 기다리는 마지막 단계에 온 것을 말해 주는 야릇한 정적이 감돌았다. 그들의 머리 위 4층의 한 채광창을 올려다본 마리우스는 방관자인지 증인인지 이상하게 주의를 기울이고 있는 듯한 사람의 그림자를 보았다. 르 까뷕에게 살해된 문지기였다.

포석에 횃불이 반사되어 그 머리가 어렴풋이 보였다. 어둡고 희미한 불빛에 비친 놀란 듯 곤두선 머리카락, 부릅뜨고 응시하는 눈과 헤벌린 입, 그 모든 것이 호기심에 끌린 듯 거리 위로 몸을 기울이고 있었다. 이 얼굴보다 더 기괴한 것은 없었다. 이미 죽은 것이 이제부터 죽으려고 하는 것들을 지켜보고 있는 듯했다. 그의 머리에서 흐른 기다란 핏줄기는 붉은 실처럼 채광창에서 2층께까지 흘러 거기에서 멎어 있었다.

제14편 고상한 절망

깃발——제1막

아직 아무 일도 일어나지 않았다. 벌써 쌩 메리 성당의 종은 10시를 친 뒤였다. 앙졸라와 꽁브페르는 기총을 들고 큰 바리케이드의 틈바구니 옆으로 가서 앉아 있었다. 그들은 아무 말도 하지 않았다. 다만 희미하게 멀리서 들리는 행진 소리를 놓치지 않으려는 듯 귀기울이고 있었다.

그러자 갑자기 그 음침한 고요 속에서 밝고, 젊고, 쾌활한 노랫소리가 일어났다. 그것은 쌩 드니 거리에서 들려오는 듯한 '달 밝은 밤에'라는 오래된 민요('달 밝은 밤에' Auclair de la lune로 시작되는 민요)의 곡조를 빌려 수탉 울음 소리와 비슷한 외침으로 끝나는 노래였다.

우리는 울고 싶다
여보게 뷔조(당시 프랑스 원수)
헌병을 보내 주게

한 마디 하고 싶네
푸른 빛 외투에
군모 쓴 그 암탉
여기는 교외로세 !
꼬꼬 꼬끼요 !
(뷔조는 프랑스 원수로 7월 왕정의 열광적 지지자. 골의 수탉은)
(7월 왕정의 표지로 그 군대를 암탉에 비유해서 야유하고 있음)

두 사람은 손을 서로 움켜쥐었다.

"가브로슈야. " 앙졸라는 말했다.

"우리에게 신호를 보내고 있는 거야. " 꽁브페르가 말했다.

급히 뛰어오는 발소리가 쓸쓸한 거리의 정적을 깨뜨리면서 누군가 곡예사보다도 가볍게 몸을 날려 승합 마차 위로 기어오르더니, 가브로슈가 숨을 헐떡이며 바리케이드 안으로 뛰어들어왔다.

"내 총을 ! 놈들이 오고 있어. "

전류가 흐르듯이 전율이 일시에 온 바리케이드 안을 휩싸고 사람들이 총을 찾는 소리가 들렸다.

"내 기총을 줄까 ? " 앙졸라가 가브로슈에게 물었다.

"큰 총이 필요해. " 가브로슈가 대답했다.

그리고 가브로슈는 자베르의 총을 들었다.

두 사람의 보초도 후퇴해서 거의 가브로슈와 동시에 돌아왔다. 거리 맨 끝에 서 있던 보초와 쁘띠뜨 트뤼앙드리에 서 있던 보초였다. 프레쉐르 옆골목의 보초는 그 자리에 남아 있었다. 부근의 다리와 시장 쪽은 아무런 움직임이 없다는 증거였다.

샹브르리 거리 쪽은 깃발을 비추고 있는 불빛의 반사로 포석 몇 개가 희미하게 보일 뿐이었으나, 폭도들의 눈에는 안개 속에 어렴풋이 열려 있는 커다란 현관처럼 비쳤다.

모두 각자의 전투 위치에 자리잡았다.

앙졸라, 꽁브페르, 꾸르페락, 보쒸에, 졸리, 바오렐, 그리고 가브로슈를 포함한 43명의 폭도들은, 큰 바리케이드 속에서 무릎을 꿇고 장벽 꼭대기와 같은 높이로 머리를 내밀고, 포석 사이를 총구멍으로 하여 소총이며 기총을 늘어놓고 긴장하여 입을 다물고 언제라도 발사할 자세를 갖추고 있었다. 6명은 푀이의 지휘 아래 꼬랭뜨의 2층 창문에 진을 치고 총을 겨누고 있었다.

다시 몇 분인가 지났다. 이윽고 정연하고 묵직한 여러 사람의 발자국 소리가 쌩 뢰 교회 쪽에서 분명하게 들렸다. 그 발소리는 처음에는 희미하게, 다음에는 뚜렷하게, 다음에는 묵직하고 우렁차게 울리면서 조용하고 무시무시하게 계속 천천히 다가왔다. 그 이외에는 아무런 소리도 들리지 않았다. 마치 기사의 석상이 걷는 듯한 정적과 울림이었으나, 그 석상의 발소리에는 하나의 유령과 동시에 많은 군중을 상상하게 하는 무언가 알 수 없는 거대하고 무수한 울림이 있었다. 마치 무시무시한 1개 연대의 석상이 행진하는 소리를 듣는 것 같았다. 그 발소리는 가까이 다가왔다. 더욱더 가까이 다가왔다. 그리고 멈추어 섰다.

거리 맨 끝에서 수많은 사람의 숨소리가 들리는 것 같았다. 그러나 아무것도 보이지 않았다. 이 짙은 어둠 저 너머로 제대로 보이지도 않는, 바늘처럼 가느다란 금속 빛만이 무수히 희끗대고 있었다. 마치 사람들이 잠을 자려고 금방 눈을 감았을 때 떠오르는 인광(燐光)과도 같은 희뿌연 빛조각처럼, 금속 빛들이 어지럽게 흩어지기 시작했다. 그것은 횃불의 먼 반사광에 비추어진 총검과 총신이었다.

다시금 한동안 멈추었다. 쌍방이 모두 상대가 먼저 나올 것을 기다리는 양. 갑자기 그 어둠 밑바닥에서 하나의 목소리가, 사람이 보이지 않는만큼 더욱 불쾌한, 마치 어둠 그 자체가 말을 했는가 싶을 정도의 목소리가 외쳤다.

"누구냐?"

동시에 총을 겨누는 금속성 소리가 들렸다.

앙졸라는 우렁차게 대답했다.

"프랑스 대혁명이다!"

"발사!" 하고 그 목소리가 외쳤다.

일시에 불빛이 번쩍이고 거리에 있는 집들의 정면을 새빨갛게 물들였다. 마치 용광로의 문이 갑자기 열렸다가 닫힌 것처럼.

굉장히 큰 폭음이 바리케이드 위에서 울려 퍼졌다. 붉은 깃발은 넘어졌다. 그 일제 사격은 참으로 격렬하고 조밀했기 때문에 붉은 기의 깃대를, 다시 말해서 승합 마차의 앞채 끝을 꺾어 버린 것이다. 건물 박공에 맞았다가 튀어 날아온 총알이 바리케이드 안으로 뛰어 들어 여러 사람에게 상처를 입혔다.

그 최초의 일제 사격은 사람들의 간담을 서늘케 했다. 적의 공격은 맹렬하여 아무리 용감한 사람이라도 겁먹을 정도였다. 상대는 적어도 1개 연대쯤 되는 것이 틀림없었다.

"동지들, 화약을 허비하지 말라. 놈들이 거리에 들어오기를 기다렸다가 반격해야 한다."

꾸르페락이 소리쳤다.

"우선 깃발을 다시 세우자." 앙졸라가 말했다. 그는 마침 자기 발밑에 떨어져 있던 깃발을 주워 올렸다.

밖에서는 꽂을대를 총에 밀어넣는 소리가 들렸다. 적의 군대가 다시 총을 장전하고 있는 것이다. 앙졸라는 말을 계속했다.

"누구 용기 있는 사람 없는가? 바리케이드 위에 깃대를 다시 세울 사람은 없는가?"

아무도 대답하지 않았다. 틀림없이 다시금 바리케이드를 겨누고 있을 것이 뻔한 지금 그 위에 올라가는 것은 죽음과 다름 없는 일이었다. 아무리 용감한 사람이라도 자신에게 죽음을 선고하기는 망설여지는 법이다. 앙졸라 자신도 부르르 몸을 떨었다. 그는 거듭 말했다.

"아무도 나올 사람 없나?"

깃발——제2막

그들이 꼬랭뜨 주점에 도착해서 바리케이드를 구축하기 시작했을 때 마뵈프 영감에게 주의하는 사람은 아무도 없었다. 그러나 마뵈프 영감은 폭도들 곁에서 떠나지 않았다. 그는 술집 1층에 들어가 계산대 뒤에 앉아 있었다. 그곳에서, 말하자면 그는 자신 속에 풀썩 주저앉아 있었던 것이다. 그는 이미 아무것도 보지 않고 아무것도 생각하지 않는 듯했다.

꾸르페락이나 그밖의 사람들이 두어 번 가까이 와서 위험을 알리고 물러가도록 권했으나 그 말도 들리지 않는 것 같았다. 남이 말을 걸지 않을 때엔 그의 입은 마치 누구에게 대답이라도 하는 듯 우물거리고 움직였지만, 남이 말을 걸라치면 그 입술은 굳어 버리고 눈은 생기를 잃어버리는 것이었다. 바리케이드가 공격당하기 몇 시간 전부터 그는 줄곧 똑같은 자세를 흩뜨리지 않고 두 주먹을 무릎 위에 얹고, 깊은 못 속을 들여다보는 양 고개를 앞으로 숙이고 있었다. 어떠한 것도 그 자세를 흩뜨릴 수는 없었다. 그의 마음은 바리케이드 안에 있다고만 볼 수 없었다. 전원이 제각기 전투 위치로 돌아가자 이미 아래층 홀에는, 기둥에 매여 있는 자베르와 군도를 빼들고 자베르를 감시하는 한 폭도와 마뵈프밖엔 없었다. 공격받은 순간 폭발음에 놀란 마뵈프 영감은 흠칫 몸을 떨고 나서 간신히 정신을 차린 듯 불쑥 일어나서 홀을 가로질러 갔다. 그리고 앙졸라가 "아무도 나올 사람 없나?" 하고 되풀이했을 바로 그때, 이 노인의 모습이 술집 입구에 나타났다.

마뵈프 영감의 출현은 사람들에게 동요를 일으켰다. 누군가가 외쳤다.

“저분은 투표자(루이 16세의 사형에 찬성 투표를 한 사람)다! 국민의회 의원이다! 민중의 대표자다!”

아마도 마뵈프 영감은 이 외침도 듣고 있지 않았을 것이다.

마뵈프 영감은 곧장 앙졸라에게로 다가갔다. 폭도들은 무언가 종교적인 외경심을 느끼고 그에게 길을 내주었다. 마뵈프 영감은 어리둥절하여 뒤로 물러서는 앙졸라의 손에서 깃발을 뺏어 들었다. 그리고 아무도 말리거나 도우려 하기 전에 80고개를 넘어선 이 노인은 머리를 건들거리면서도 확고한 걸음걸이로 바리케이드 안에다 포석으로 만들어 놓은 계단을 천천히 오르기 시작했다. 이 모습이 너무나도 침통하고 위대한 광경이어서 주위의 사람들은 다같이 외쳤다.

“모자를 벗어라!”

그가 올라가는 한 계단 한 계단은 실로 무섭게 느껴졌다. 백발의 노쇠한 얼굴, 벗겨져 올라가고 주름이 파인 넓은 이마, 움푹 들어간 눈, 놀란 듯 벌어진 입, 붉은 깃발을 쳐들고 있는 늙은 팔, 그것들이 어두운 그림자 속에 나타나서 피처럼 붉은 횃불의 불빛 속에 커다랗게 떠올랐다. 마치 1793년의 망령이 공포 시대의 깃발을 들고 땅밑에서 나온 것을 보는 듯싶었다.

마뵈프 영감이 마지막 계단 위에 올라섰을 때, 비틀거리는 무시무시한 이 유령이 보이지 않는 1200개의 총을 앞에 두고 온갖 잡동사니를 쌓아올린 산더미 위에 올라가서 죽음보다도 더욱 굳센 것처럼 죽음 앞에 늠름하게 섰을 때, 바리케이드 전체는 어둠 속에서 초자연적인 거대한 형상을 나타냈다. 다만 기적의 주위에서만 생겨나는 그러한 침묵이 그곳에 있었다.

그 침묵 한복판에서 노인은 붉은 기를 흔들면서 외쳤다.

“대혁명 만세! 공화국 만세! 사랑! 평등! 그리고 죽음!”

바리케이드 안의 사람들은 황급히 기도를 드리는 사제의 중얼거림과 같이 낮고 재빠른 속삭임을 들었다. 아마도 거리 저편 끝에서

해산 권고를 하고 있는 경찰서장의 목소리일 것이다. 이어서 "누구냐?" 하고 고함치던 저 깨진 종소리와 같은 목소리가 다시 외쳤다.

"물러가라!"

마뵈프 영감은 창백하고 격분한, 혼란스럽고 비통한 결의로 눈을 빛내면서 깃발을 머리 위에 쳐들고 거듭 외쳤다.

"공화국 만세!"

"발사!" 하는 목소리가 들렸다.

다시금 산탄 같은 일제 사격이 바리케이드 위로 집중되었다.

노인은 풀썩 무릎을 꿇고 주저앉더니 다시 몸을 일으켜 세웠으나 깃발을 떨어뜨리고 뒤로 나둥그러지면서 포석 위에 몸을 길게 뻗고 팔짱을 낀 채 한 장의 널조각처럼 쓰러졌다.

피가 얕은 냇물처럼 몸 밑에서 흘러나왔다. 주름진 얼굴은 창백하고 슬픈 듯이 하늘을 올려다보고 있었다.

사람들에게 자기 몸을 지킬 것조차 잊게 만드는, 저 본능을 초월한 감동이 폭도들을 사로잡았다. 그들은 존경에 찬 두려움을 안고 시체 옆으로 다가갔다.

"시역자(루이 16세를 처형한 국민의회 의원들)들은 실로 대단하군!" 앙졸라가 말했다.

꾸르페락은 앙졸라의 귀에 입을 대고 말했다.

"이건 자네에게만 말해 두겠네. 감격을 식히고 싶지 않으니까 말일세. 이 노인은 왕의 시역자도 아무것도 아닐세. 난 이 사람을 알고 있어. 마뵈프 영감이라고 하네. 어쩐 일로 그랬는지 나는 모르겠네. 착한 늙은이야. 머리를 보게나."

"머리는 늙었지만 마음은 브루투스일세."

앙졸라가 대꾸했다.

그러고 나서 앙졸라는 목소리를 높였다.

"여러분! 이것은 노인이 청년들에게 보여 준 본보기요. 우리들이 망설이고 있을 때 그가 왔소! 우리들이 뒷걸음질칠 때 그는 앞으

로 나아갔소! 이것이야말로 늙음 앞에 떠는 사람들이 공포 앞에
떠는 사람들에게 주는 가르침이오! 이 노인은 지금 조국 앞에 존
귀한 분이 되었소. 그는 장엄한 죽음으로 영생을 얻은 것이오!
자, 이 유해를 모십시다. 우리는 각자 생존해 있는 자신의 아버지
를 지키듯 죽은 이 노인을 지킵시다. 우리들 속에 이분이 계심으
로 해서 부디 바리케이드를 적에게 빼앗기지 않도록 합시다!"
침통하고 굳센 찬성의 속삭임이 이 말에 뒤따랐다.
앙졸라는 몸을 굽혀 노인의 머리를 들어올려 우악스럽게 그 이마
에 키스했다. 그러고 나서 두 팔을 벌리게 하고 마치 아프지 않도록
마음을 쓰는 듯 세심한 주의로 시체를 다루면서, 윗도리를 벗기고
몇 군데나 뚫려 있는 피투성이의 구멍을 모두에게 가리키며 말했다.
"자, 이제 이것이 우리의 깃발이오."

가브로슈에겐 앙졸라의 기총이 더 좋았을 것을

사람들은 마뵈프 영감의 유해 위에 위슐루 아주머니의 길고 검은
숄을 덮었다. 6명의 남자가 총을 엮어 들것을 만들어서 그 위에 유
해를 놓고 모두 모자를 벗고 장중하고 느린 걸음으로 주점 아래층
홀의 커다란 탁자 위로 옮겼다.
그들은 자신들이 지금 하고 있는 엄숙하고 신성한 일에 완전히 마
음을 빼앗겨서 그들이 처해 있는 위험한 상황을 잊고 있었다.
여전히 태연하게 있는 자베르의 곁을 시체가 지날 때 앙졸라는 말
했다.
"너도 이제 멀지 않았어!"
그동안 소년 가브로슈는 맡은 부서에서 떠나지 않고 계속 망을 보
고 있었는데, 문득 몇 사람인가의 그림자가 살금살금 바리케이드로
다가오는 것을 본 듯했다. 별안간 그는 외쳤다.
"조심해!"

꾸르페락, 앙졸라, 장 프루베르, 꽁브페르, 졸리, 바오렐, 보쒸에가 모두 주점에서 뛰쳐나갔다. 실로 위태로운 순간이었다. 빽빽하게 들이댄 총검이 바리케이드 위에서 번쩍번쩍 물결치고 있었다. 키가 큰 시의 경비병들이 일부는 승합 마차를 타고 넘고, 일부는 바리케이드의 틈바구니로 돌입해서, 뒤로 물러서면서도 달아나려고 하지 않는 가브로슈에게 다가서고 있었다.

정말 위험한 순간이었다. 강물이 제방 높이까지 불어올라 막 제방의 틈바구니에서 새기 시작하는 저 홍수 때의 최초의 무서운 한순간이었다. 1초만 늦었더라도 바리케이드는 점령당하고 말 참이었다.

바오렐은 맨 먼저 들어온 경찰대원에게 달려들어 기총을 들이대고 단 한 발에 쏘아 죽였다. 그러나 뒤따른 경찰대원이 총검으로 바오렐을 찔러 죽였다. 꾸르페락은 다른 병사에게 걸려 넘어져서 “이리로 와주게!” 하고 외치고 있었다. 한층 키가 큰 거인 같은 병사가 총검을 내밀고 가브로슈에게 다가가고 있었다. 가브로슈는 조그만 양팔에 자베르의 커다란 총을 안고 용감하게 거인을 노리며 방아쇠를 당겼다. 그러나 총알이 나오지 않았다. 자베르는 탄알을 재어두지 않았던 것이다. 경찰대원은 웃음을 터뜨리고 총검을 소년 위로 번쩍 치켜들었다.

그러나 그 총검이 가브로슈의 몸에 닿기 전에 총은 병사의 손에서 털썩 떨어졌다. 한 발의 총알이 경찰대원의 이마 한복판에 명중했던 것이다. 그는 벌렁 나자빠졌다. 다시 두 번째 총알이 꾸르페락에게 덤벼들었던 병사의 가슴 한복판을 뚫고 그를 포석 위에 쓰러뜨렸다.

그것은 순간 바리케이드 안에 들어온 마리우스가 쏜 것이었다.

화약통

마리우스는 줄곧 몽데뚜르 거리 모퉁이에 숨어서 마음을 정하지 못한 채 떨면서 전투가 벌어지는 형세를 지켜보고 있었다. 그러나

뒤따른 경찰대원이 총검으로 바오렐을 찔러 죽였다.

심연의 부름이라 일컫는 저 신비롭고 숭고한 유혹에 끝내 거역할 수가 없었다. 절박한 위기 앞에서, 마뵈프 영감의 죽음이라는 저 처참한 수수께끼를 보고 바오렐의 죽음과 "이리로 와주게!" 하고 외치는 꾸르페락과 위협당하고 있는 저 소년과, 구해내야 할, 또는 복수해야 할 친구들을 보자 망설임은 모두 다 사라져 버려 마리우스는 권총 두 자루를 손에 쥐고 싸움 속으로 뛰어들었다. 한 발로 가브로슈를 구하고 두번째 총알로 꾸르페락을 구했다.

사격 소리와 부상한 병사들의 고함소리를 듣고 공격군은 방어 진지로 기어올라왔다. 이제 그 꼭대기에는 경찰대원이며 제1선의 현역병이며 교외의 국민병들이 총을 움켜쥐고 상반신을 내밀고 떼를 지어 있는 것이 보였다. 그들은 이미 보루의 3분의 2 이상을 덮고 있었지만 무언가 함정이 있을 것을 두려워해서인지 망설이며 보루 안으로 뛰어들지는 않았다. 마치 사자굴이라도 들여다보는 듯 어두운 바리케이드 안을 들여다볼 뿐이었다. 횃불의 불빛은 총검과 털모자와 불안해하는 초조한 얼굴 윗부분만을 비추고 있을 뿐이었다.

마리우스는 이제 무기가 없었다. 실탄을 다 쏘아버린 권총을 던져버렸다. 그러나 아래층 홀 문 옆에 화약통이 놓여 있는 게 눈에 띄었다.

마리우스가 그쪽을 엿보면서 돌아섰을 때 한 병사가 그를 겨누었다. 그 겨냥이 마리우스 위에 멈춰지려는 순간 어떤 손이 총신의 끝을 누르고 총구멍을 막았다. 옆에서 비로드 바지를 입은 한 젊은 노동자가 달려든 것이다. 총알은 발사되어 막고 있는 손을 뚫고, 또 노동자의 몸도 뚫은 모양이었다. 노동자는 맥없이 쓰러졌지만 마리우스는 맞지 않았다. 이러한 것은 포연 속에서 생긴 일이어서 흘끗흘끗 보였을 뿐 분명히 보이지는 않았다.

아래층 홀로 들어가려던 마리우스도 그것을 거의 깨닫지 못했다. 다만 자기를 향했던 총구멍과 그것을 막은 손이 어렴풋이 보였고,

또 총소리만 들었다. 그러나 그런 경우 눈에 띄는 것은 어른거리다가 순식간에 사라져 버리고 말아, 무엇 하나 유심히 볼 수 없는 것이다. 다만 자신은 더욱 깊은 어둠 속으로 밀려가는 것을 막연하게 느낄 뿐, 모든 것이 구름처럼 희미하게 보이는 것이다.

폭도들은 급습을 받으면서도 두려워하지 않고 진용을 가다듬었다. 앙졸라는 "기다려! 무턱대고 쏘지 마!" 하고 외쳤다. 처음 혼란 속에서는 실제로 자칫 잘못하면 자기 편끼리 상처를 입힐 우려가 있었다. 대부분의 사람들은 2층의 창문이나 다락방 창문에 올라가서 공격군을 내려다보고 있었다. 그 중에서도 특히 용감한 사람들은 앙졸라, 꾸르페락, 장 프루베르, 꽁브페르와 함께 대담하게 안쪽 집들을 방패삼아 몸을 드러내 놓고 바리케이드 위에 몰려 있는 병사들과 경찰대원들을 마주 보고 있었다.

이러한 일은 허둥거림 없이, 혼전에 앞선 기이한 엄숙 속에서 일어났다. 쌍방은 모두 총구를 들이대고 대치한 채 서로 목소리가 들릴 만큼 접근해 있었다. 그리하여 이제 막 불꽃이 튀려는 순간 보병 근무장과 커다란 견장을 단 한 장교가 칼을 뻗치고 말했다.

"무기를 버려라!"

"발사!" 앙졸라가 말했다.

양편에서 동시에 사격 소리가 일어나고 모든 것은 포연 속에 가려졌다. 매캐하고 숨막히는 연기 속에서 죽어가는 사람들과 부상한 사람들이 약하디약한 신음 소리를 내고 있었다.

연기가 사라지고 보니 쌍방의 전투원은 수가 줄어 있었으나 여전히 자리를 지킨 채 묵묵히 다시 총알을 장전하고 있었다. 갑자기 우레 같은 목소리가 울리며 외쳤다.

"물러가라, 바리케이드를 폭파시킬 테다!"

모든 사람이 소리나는 쪽을 돌아보았다.

마리우스는 아래층 홀로 들어가서 화약통을 들고는 연기와 보루 가득히 차 있는 어두운 안개를 이용하여, 횃불을 켜놓고 포석이 둘러쳐진 곳까지 바리케이드를 따라서 살그머니 다가왔다. 그리고 횃불을 뽑아들고 그 자리에 화약통을 내려놓고 포석 몇 장으로 밑부분을 치자 화약통은 대번에 밑바닥이 뽑혀나갔다. 이 모든 것을 마리우스는 약간 몸을 구부렸다가 일으키는 사이에 해치웠다. 그리고 지금 모든 사람, 국민병도, 경찰대원도, 장교도, 병사도, 바리케이드 저편 끝에 둥그렇게 뭉쳐서, 마리우스가 포석 더미에 한 발을 올려놓고 횃불을 들고 있는 모습을, 마지막 결의에 빛나는 그 얼굴을 지켜보고 있었다. 마리우스는 망가진 화약통이 보이는 그 무시무시한 포석 더미 쪽으로 횃불을 들이대고 무섭게 외쳐댔다.

"물러나라! 그렇지 않으면 바리케이드를 폭파시킬 테다!"

80세가 넘은 노인에 이어서 바리케이드 위에 나타난 마리우스, 그는 늙은 혁명의 망령 뒤에 나타난 젊은 혁명의 환영이었다.

"폭파시켜 봐라! 너도 없어질걸!" 한 상사가 말했다.

마리우스는 대답했다.

"물론 나도 함께다."

마리우스는 횃불을 화약통 가까이로 가져갔다.

그러나 그때 이미 장벽 위에는 아무도 없었다. 공격군은 사상자와 부상자를 내버려 둔 채 한꺼번에 개미 흩어지듯 거리 저편 끝으로 물러가서 다시 어둠 속으로 사라져 버렸다. 그야말로 앞을 다투는 도주였다.

바리케이드는 해방되었다.

장 프루베르의 시구의 끝

사람들은 마리우스를 에워쌌다. 꾸르페락은 그의 목을 얼싸안았다.

"자네였군그래!"

그는 횃불을 화약통에 가까이 가져갔다.

"정말 다행이었네!" 꽁브페르가 말했다. "참 잘 와 주었어!" 보쒸에가 말했다.

"자네가 오지 않았다면 난 죽었을 거야!" 꾸르페락은 다시 말을 이었다.

"아저씨가 안 오셨다면 난 뻗을 뻔했어요!" 가브로슈도 덧붙였다.

마리우스는 물었다.

"대장은 어디 있나?"

"그건 자넬세." 앙졸라가 말했다.

마리우스는 하루 종일 머릿속이 화로 속처럼 뜨거웠으나 지금은 회오리바람처럼 혼란스러웠다. 더욱이 자신의 내부에 있다고만 생각했던 회오리바람이 이젠 외부에서 자신을 휩쓸어 가는 것처럼 느껴졌다. 이미 생명에서 아주 멀리 떨어져나온 것 같았다. 기쁨과 사랑으로 빛나던 두 달이 갑작스럽게 이 무서운 낭떠러지에 다다랐다는 것, 꼬제뜨가 없어져 버린 것, 이 바리케이드 공화국을 위해 쓰러진 마뵈프 영감, 게다가 자기 자신이 폭도의 대장이 된 것, 그 모든 것들이 마치 기괴한 악몽처럼 느껴졌다. 지금 자기를 에워싸고 있는 모든 것이 현실이라는 것을 깨닫기에는 정신적 노력이 필요했다. 가장 절박한 일은 불가능한 일이고, 또 예측할 수 없는 일이야말로 항상 예측하지 않으면 안 된다는 것을 깨닫기에는 마리우스는 아직 인생을 그다지 알지 못했다. 그는 마치 이해할 수 없는 연극을 보듯이 자기 자신의 연극을 보고 있었다.

그와 같은 몽롱한 안개 속에 젖어 있었으므로 마리우스는 자베르를 알아보지 못했다. 자베르는 기둥에 묶인 채 바리케이드 공격이 일어나는 동안 고개 한번 꼼짝 않고, 주위에 소용돌이치는 반란을 순교자와 같은 인내와 심판자와 같은 위엄으로 지켜보고 있었다. 마리우스는 그를 거들떠보지도 않았다.

그동안 공격군은 아무런 움직임도 보이지 않았다. 다만 거리 끝에서 행진을 하기도 하고 다시 모여들기도 하는 발소리가 들렸지만 명령이 내리기를 기다리고 있는지, 아니면 다시 그 함락시키기 어려운 보루에 돌입하기 전에 원병을 기다리고 있는지 쳐들어오지 않고 있었다. 폭도들은 보초를 세우고 또 몇 사람의 의학생들은 부상자들을 치료하고 있었다.

붕대와 탄약통을 올려놓은 두 개의 식탁과 마뵈프 노인의 시체가 있는 식탁을 제외하고는 모든 식탁을 주점 밖으로 끌어냈다. 그것으로 바리케이드를 보강하고, 텅 빈 아래층 홀에는 위슐루 아주머니와 하녀들의 침대요를 펴놓았다. 그 요 위에는 부상자들을 뉘었다. 주점에서 사는 가엾은 세 여인은 도대체 어찌되었는지 아무도 알지 못했다. 나중에야 지하 창고 안에 숨어 있는 그녀들을 발견했다.

이윽고 어떤 비통한 감동이 해방된 바리케이드의 기쁨을 어둡게 했다.

점호를 하고 보니 한 명이 빠졌다. 누가? 가장 귀중한 사람, 가장 용감한 사람 장 프루베르가 없는 것이다. 부상자 속을 찾아보았으나 없었다. 사상자들 속을 뒤져 보았으나 그곳에도 역시 없었다. 포로가 되었음에 틀림없었다.

꽁브페르가 앙졸라에게 말했다.

"놈들은 우리 친구를 납치한 걸세. 그러나 우리도 놈들의 앞잡이를 잡고 있어. 자넨 무슨 일이 있더라도 기어코 이 밀정놈을 죽일 생각인가?"

"암" 앙졸라는 대답했다. "그러나 장 프루베르의 생명이 더 소중해."

이 의논을 아래층 홀, 자베르가 묶여 있는 기둥 옆에서 하고 있었다.

"좋아." 꽁브페르가 말했다. "내가 지팡이 끝에 손수건을 붙들어

매고 사자가 되어 포로 교환의 담판을 하러 가겠네.”
“저것 좀 들어봐!”
앙졸라가 꽁브페르의 팔에 손을 얹으면서 말했다.
거리 끝에서 총이 딸가닥거리는 소리가 심상치 않게 들렸다.
그러자 씩씩한 고함소리가 들렸다.
“프랑스 만세! 미래 만세!”
틀림없는 프루베르의 목소리였다.
순간 불빛이 번쩍이고 총소리가 울렸다.
주위는 다시금 고요해졌다.
“그를 죽였구나.” 꽁브페르가 외쳤다.
앙졸라는 자베르를 노려보면서 말했다.
“네놈의 패들이 지금 너를 총살한 거야.”

삶의 고통에 이은 죽음의 고통

이러한 싸움의 한 가지 특징은 바리케이드는 언제나 거의 정면에서 공격받는다는 것이며, 일반적으로 공격군은 복병을 경계해서인지 아니면 구불구불한 길 속으로 빠져들 것을 염려해서인지 적진의 등 뒤를 공격하기를 피한다. 그러므로 폭도측의 주의력은 모두 큰 바리케이드 쪽으로 향해 있었다. 그곳이 언제나 위협받을 확실한 지점이고 반드시 그곳에서 전투가 다시 벌어질 것이 분명했다. 그러나 마리우스는 문득 작은 바리케이드 쪽이 마음에 걸려서 그곳으로 갔다. 그곳엔 아무도 없었고 다만 포석 사이에서 흔들리는 등불만이 지키고 있을 뿐이었다. 뿐만 아니라 몽데뚜르 옆골목도 쁘띠뜨 트뤼앙드리 거리와 씨뉴 거리와의 갈림길도 깊은 정적에 싸여 있었다.

마리우스가 한 바퀴 돌아보고 되돌아가려 했을 때, 가냘픈 목소리가 어둠 속에서 그의 이름을 부르는 것이 들렸다.
“마리우스!”

그는 몸이 오싹했다. 분명히 그것은 두 시간 전에 쁠뤼메 거리의 철책 너머에서 그를 불렀던 목소리였다. 그러나 지금 그 목소리는 다 죽어 가는 숨소리로밖에는 생각되지 않았다.

그는 주위를 둘러보았으나 사람의 그림자는 보이지 않았다. 마리우스는 잘못 들은 거겠지 생각하고, 자기 정신이 둘레의 이상한 현실에 덧붙인 환각이려니 생각했다. 그는 바리케이드의 움푹한 곳에서 나오려고 한 걸음 내디뎠다.

"마리우스!" 그 목소리는 되풀이되었다.

이번에는 의심할 여지가 없었다. 분명히 들었다. 그는 유심히 찾아보았으나 역시 아무것도 보이지 않았다.

"당신 발밑이에요."

목소리가 말했다.

마리우스가 몸을 구부리고 살펴보니, 어떤 그림자가 자기 쪽으로 기어오고 있었다. 그 그림자는 포석 위를 기고 있었다. 마리우스에게 말을 건 것은 그 그림자였다.

등불 빛이 작업복과, 찢어진 허술한 비로드 바지와, 맨발과, 피의 웅덩이 비슷한 것을 비추고 있었다. 마리우스는 어렴풋이 창백한 얼굴이 자기 쪽을 향해 일어나며 말하는 것을 보았다.

"제가 누군지 아시겠어요?"

"모르겠는데."

"에뽀닌느예요."

마리우스는 얼른 몸을 굽혔다. 과연 그 불행한 소녀였다. 그녀는 남장을 하고 있었다.

"어떻게 여기에? 여기서 무얼하고 있소?"

"전 이제 죽어요."

고뇌에 짓눌린 사람들까지도 퍼뜩 정신을 차리게 하는 말과 사건이 세상에는 있는 법이다. 마리우스는 깜짝 놀라 부르짖었다.

"상처를 입었군그래! 잠깐 기다려요, 내가 홀로 옮겨 줄 테니. 치료를 받아야지. 상처는 심하오? 아프지 않도록 하려면 어떡하면 좋겠소? 어디가 아프오? 아, 그러나 도대체 뭣하러 여기엔 왔소?"

그렇게 말하고 마리우스는 에뽀닌느의 몸 밑으로 팔을 집어넣어 안아 일으키려고 했다.

안아 일으킬 때 그녀의 손을 건드렸다.

에뽀닌느는 가냘픈 신음소리를 냈다.

"아프게 했소?" 마리우스가 물었다.

"조금."

"손을 건드렸을 뿐인데."

에뽀닌느는 자기 손을 마리우스의 눈앞으로 들어올렸다. 손바닥 한복판에 검은 구멍이 난 것을 마리우스는 보았다.

"어떻게 된 거요?" 마리우스는 말했다.

"뚫렸어요."

"뚫리다니!"

"네."

"무얼로?"

"총알에."

"어쩌다가?"

"당신 보았어요? 당신을 노리던 총 말예요."

"아, 보았소! 그리고 총구멍을 막은 손도."

"그건 제 손이었어요."

마리우스는 몸을 떨었다.

"그게 무슨 어리석은 짓이야, 가엾게도! 그러나 참 다행이군. 그것뿐이라면 아무것도 아니오. 자, 침대에 옮겨 주리다. 치료를 해 줄 테니까. 손을 꿰뚫은 것만으로는 죽지 않아."

그는 에뽀닌느의 몸 밑으로 팔을 집어넣어 안아 일으키려고 했다.

그러자 에뽀닌느는 중얼거렸다.

"총알은 손을 뚫고 등으로 나갔어요. 소용없어요, 저를 여기서 옮기는 건. 전 오히려 당신의 치료를 받는 편이 의사에게 보이는 것보다 훨씬 좋아요. 내 곁에, 이 돌 위에 앉아 주세요."

마리우스는 그녀가 하라는 대로 했다. 에뽀닌느는 마리우스의 무릎 위에 머리를 올려놓고 그를 보지 않은 채 말했다.

"아, 어쩌면 이렇게 기분이 좋을까! 아주 편안해요! 보세요, 이젠 괴롭지 않아요."

에뽀닌느는 한동안 잠자코 있다가 힘껏 고개를 돌려 마리우스를 바라보았다.

"마리우스 씨, 저는 당신이 그 정원에 들어가시는 걸 싫어했어요. 하지만 바보였어요. 그 집을 당신에게 가르쳐 준 건 저였으니 말예요. 그리고 사실 저는 좀더 잘 생각했어야 했어요. 당신 같은 젊은 남자 분은……."

에뽀닌느는 말을 끊었다. 그리고 마음속에 우울한 생각이 떠오른 모양이었으나 그것을 억누르고 침통한 미소를 띠면서 말했다.

"당신은 저를 못생겼다고 생각하셨지요, 그렇죠?"

에뽀닌느는 말을 계속했다.

"당신은 이젠 살아나지 못할 거예요! 이제는 아무도 바리케이드에서 나가지 못해요. 당신을 이곳으로 불러들인 것은 저예요! 당신은 이제 머지않아 죽어요. 저는 그걸 바라고 있어요. 그런데도 누군가가 당신을 겨누는 것을 보았을 때 전 그 총구멍에 손을 댔어요. 우습죠! 하지만 전 당신보다 먼저 죽고 싶었던 거예요. 그 총알을 맞고 여기까지 기어왔어요. 아무도 저를 보지 않았고 아무도 도와주지 않았어요. 전 당신을 기다렸어요. 그리고 생각했죠. 그분은 오시지 않을지도 몰라 하고요. 아, 알아주세요. 아까부터 나는 이 작업복을 물어뜯으면서 정말 괴로워했어요! 하지만 이

젠 아무렇지도 않아요. 기억하세요? 제가 당신의 방에 들어가서
당신의 거울을 들여다보았던 그날 일을? 그리고 큰 거리에서 날
품팔이 여자들 앞에서 당신을 만났던 날을 말예요. 새가 지저귀고
있었어요! 그렇게 오래된 일도 아녜요. 당신은 제게 5프랑을 주
셨지만 전 당신의 돈도 싫다고 했죠. 당신, 그 돈 주웠나요? 당
신도 부자가 아닌걸요. 나중에야 그 돈 주우란 말을 하지 않았던
걸 깨달았어요. 맑게 갠 날이어서 춥지 않았어요. 생각나세요?
마리우스 씨? 아아, 전 행복해요! 모두 죽어가는 거예요.”

그녀는 실성한 듯하면서도 진지하고 침통했다. 찢어진 작업복 사
이로 드러난 젖무덤이 봉긋이 엿보였다. 이야기를 하면서 뚫어진 손
을 가슴 위에 올려놓고 있었는데, 가슴에도 구멍이 하나 뚫려 있어
서 이따금 그곳에서 포도주가 쏟아져 나오듯이 피가 솟았다.

마리우스는 그 불행한 소녀를 깊은 동정심을 가지고 지켜보고 있
었다. 별안간 그녀가 말했다.

“아아! 또 시작되었어요. 아, 숨막혀!”

에뽀닌느는 작업복을 움켜쥐고 물어뜯었다. 그녀의 다리는 포석
위에서 굳어 가고 있었다.

그때 쁘띠 가브로슈의 수탉 같은 소리가 바리케이드 안에 울려 퍼
졌다. 소년은 총알을 재기 위해 탁자 위에 올라앉아 당시 매우 유행
했던 노래를 쾌활하게 부르고 있었다.

라파이예뜨를 보자마자
헌병은 되뇌네
달아나! 달아나라! 달아나라고!

에뽀닌느는 몸을 일으켜서 귀를 기울이더니 중얼거렸다.
“그애예요.”

그리고 마리우스 쪽을 되돌아보며 말했다.

"동생이 와 있어요. 그애가 보면 안돼요. 책망을 할 테니까요."

"동생이라고?" 마리우스는 물었다. 그는 지금 더없이 가슴 아프고 괴로운 심정으로 아버지가 유언으로 남긴 떼나르디에 집안에 대한 의무를 생각하고 있었다.

"동생이라니, 누구?"

"조그만 애가 있었죠?"

"지금 노래하는 애?"

"네."

마리우스는 몸을 움직였다.

"아아, 가지 마세요!" 에뽀닌느는 말했다. "이제 얼마 남지 않았어요!"

그녀는 거의 윗몸을 일으키고 있었다. 목소리는 극히 낮았고, 더욱이 딸꾹질로 자주 끊어지곤 했다. 이따금 죽음의 헐떡임이 말을 가로막았다. 그녀는 자신의 얼굴을 마리우스의 얼굴에 되도록 가까이 가져갔다. 그리고 이상한 표정을 띠고 말을 덧붙였다.

"들어주세요, 당신을 속이고 싶지 않아요. 내 호주머니에 당신에게 드리는 편지가 어제부터 들어 있어요. 우체통에 넣어 달라고 어떤 사람이 부탁했어요. 하지만 난 넣지 않았어요. 보내고 싶지 않았는걸요, 당신에게. 하지만 당신은 틀림없이 그 때문에 나를 원망하실 거예요. 그렇죠? 자, 편지를 꺼내세요."

에뽀닌느는 구멍 뚫린 손을 떨면서 마리우스의 손을 잡았다. 그러나 이미 고통은 느끼지 않는 것 같았다. 그녀는 작업복 호주머니에 마리우스의 손을 넣도록 했다. 마리우스는 거기에 과연 편지가 한 장 들어 있음을 느꼈다.

"꺼내세요." 에뽀닌느는 말했다.

마리우스는 편지를 꺼냈다. 그녀는 만족과 동의를 나타냈다.

"자, 그 대신 약속해 주세요……."

갑자기 그녀는 입을 다물었다.

"무엇을?" 마리우스는 물었다.

"약속해 주세요!"

"약속하지."

"약속해 주세요. 제가 죽으면 제 이마에 키스해 주시겠다고. 죽더라도 그것은 알 테니까요."

에뽀닌느는 다시금 마리우스의 무릎 위에 머리를 떨어뜨리고 눈을 감았다. 그리고 마리우스는 이 불쌍한 영혼이 이미 떠나가 버린 줄 알았다.

에뽀닌느는 움직이지 않았다. 영원히 잠들었다고 마리우스가 생각한 순간에, 문득 그녀는 죽음의 깊은 그림자가 깊이 어린 눈을 천천히 뜨고 이미 저 세상에서 울려오는 듯한 부드러운 음성으로 말했다.

"그리고 저, 마리우스 씨, 전 당신을 조금 사랑했었던가봐요."

에뽀닌느는 다시 한번 미소를 지으려고 하다가 그대로 숨을 거두었다.

거리 측정에 능숙한 가브로슈

마리우스는 약속을 지켰다. 그는 차디찬 땀방울이 맺혀 빛나고 있는 창백한 이마에 키스했다. 그것은 꼬제뜨에 대한 배신은 아니었다. 그것은 불행한 영혼에게 주는 다정한 고별이었다.

에뽀닌느가 준 편지를 받았을 때 마리우스는 몸을 떨지 않을 수 없었다. 그는 곧 중대한 의미가 그 편지에 들어 있음을 느꼈다. 당장에라도 읽어보고 싶었다. 사람의 마음이란 그런 것이었다. 불행한 소녀가 눈을 감자마자 마리우스는 그 종이 쪽지를 펴보려고 했다. 그는 에뽀닌느의 몸을 살그머니 땅 위에 내려놓고 자리를 떴다. 그 편지를 시체 앞에서 읽어서는 안될 것 같았다. 그는 아래층 홀로 들어가서 촛불 앞으로 다가갔다. 편지는 조그맣게 접어서 여자다운 아름다운 솜씨로 봉해져 있었다. 겉봉에는 여자의 필체로 이렇게 씌어 있었다.

'베르리 거리 16번지 꾸르페락 씨 댁 마리우스 뽕메르씨 님'
마리우스는 봉투를 뜯었다.

'사랑하는 님이여! 아버지께선 곧 출발하신다 합니다. 우리는 오늘 밤 롬므 아르메 거리 7번지로 갑니다. 일주일 뒤에는 런던으로 가게 됩니다. 꼬제뜨 6월 4일'

꼬제뜨의 필적을 마리우스가 아직 잘 모를 만큼 그들의 사랑은 순진했다.

이제까지의 경과를 간단히 요약할 수 있다.

에뽀닌느가 모든 것을 꾸몄던 것이다. 6월 3일 저녁부터 그녀는 두 가지 생각을 품었다. 쁠뤼메 거리의 집에 대한 자기 아버지와 그밖에 불한당들의 계획을 좌절시키고, 마리우스를 꼬제뜨로부터 떼어놓는 일이 그것이었다. 에뽀닌느는 지나가던 한 부랑배와 누더기 옷을 바꾸어 입었다. 부랑배가 재미있어하면서 여자 옷을 입고 있는 사이에 에뽀닌느는 남장을 했다. 샹 드 마르스에서 장 발장에게 '거처를 옮기시오'라고 의미심장하게 경고를 한 것은 에뽀닌느였다.

과연 장 발장은 집으로 돌아오자 꼬제뜨에게 말했다.

"오늘 밤 출발해서 우선 뚜쌩과 함께 롬므 아르메 거리로 가도록 하자. 다음 주에는 런던으로 가야겠다."

꼬제뜨는 갑작스런 일에 놀라 서둘러 마리우스에게 짧은 편지를 썼다. 그러나 편지를 어떻게 우체통에 넣으면 좋을지 몰랐다. 꼬제뜨는 혼자서는 외출하지 않았고, 또 그렇다고 해서 뚜쌩에게 부탁하

에뽀닌느는 다시 한번 미소를 지으려고 하다가 그대로 숨을 거두었다.

면 놀라서 틀림없이 편지를 포슐르방 씨에게 보일지도 모른다.

이렇게 불안 속에 있을 때 꼬제뜨는 철책 너머에 있는 남장한 에뽀닌느를 발견했다. 에뽀닌느는 이 무렵에 자주 정원 주위를 서성거렸다. 꼬제뜨는 마침내 '그 젊은 노동자'에게 말을 걸고 5프랑의 돈과 편지를 건네 주며 "이 편지를 곧 겉봉에 쓰인 곳으로 전해주세요" 하고 부탁했다. 에뽀닌느는 편지를 호주머니에 넣었다.

다음날 6월 5일 그녀는 마리우스를 만나러 꾸르페락의 집으로 갔다. 편지를 전하기 위해서가 아니라, 질투심을 품은 사랑을 지닌 사람이라면 누구나 이해할 수 있듯이 '상태를 보기 위해서'였다. 그곳에서 그녀는 마리우스를, 아니면 하다못해 꾸르페락이라도——역시 '상태를 보기 위해서'——기다렸다.

"우리는 바리케이드로 간다" 하고 꾸르페락이 말했을 때 한 가지 생각이 그녀의 마음을 스쳐갔다. 어차피 죽을 바에는 그 죽음에 몸을 던지고 마리우스도 함께 가게 하리라. 에뽀닌느는 꾸르페락을 따라가서 바리케이드가 구축되어 있는 장소를 확인하고, 편지는 자기가 갖고 있으니 마리우스는 아직 아무것도 모르고 있으므로 해가 지면 틀림없이 저녁마다 만나는 밀회 장소로 가리라 확신하고, 쁠뤼메 거리로 가서 마리우스를 기다리다가 그를 바리케이드로 오란다고 하는 말을 친구 대신 전한다 하여 불러냈다.

에뽀닌느는 마리우스가 꼬제뜨를 만나지 못했을 때의 절망을 기대했던 것이다. 그 예상은 적중했다. 에뽀닌느는 곧 샹브르리 거리로 되돌아왔다. 그곳에서 그녀가 한 일은 조금 전에 본 그대로이다. 에뽀닌느는 사랑하는 사람을 죽음의 동반자로 만들어 놓고 "이제는 아무도 이 사람을 뺏어 갈 수 없겠지!" 하며 질투심에 불타는 비극적인 기쁨을 가슴에 안고 죽어 간 것이다.

마리우스는 몇 번이나 꼬제뜨의 편지에 입술을 댔다. 그녀는 역시 자기를 사랑하고 있는 것이다! 그는 순간적으로 이제는 죽을 필요가 없다고 생각했다. 그러나 뒤이어 다시 생각했다. '아니, 꼬제뜨는 떠난 것이다. 그녀의 아버지는 꼬제뜨를 영국으로 데리고 가고 나의 할아버지는 결혼을 받아들이지 않는다. 불행한 숙명에는 아무런 변함도 없다.' 마리우스와 같은 몽상가는 때로 이런 극도의 번민 속에서 자포자기하게 된다. 삶의 괴로움은 견디기 어렵고 죽음이 오히려 손쉬운 것이다.

그때, 그는 수행해야 할 두 가지 의무가 남아 있음을 생각했다. 즉 꼬제뜨에게 자신의 죽음을 알리고 마지막 고별을 할 것과, 저 불쌍한 소년, 에뽀닌느의 동생이며 떼나르디에의 아들인 저 소년을 다가오는 파멸에서 구출하는 것이다.

그는 조그만 수첩을 몸에 지니고 있었다. 꼬제뜨에 대한 사랑을 써 모은 기록이 들어 있는 수첩이다. 그는 그곳에서 종이 한 장을 뜯어내어 연필로 다음과 같이 몇 줄을 적었다.

'우리들의 결혼은 불가능해졌습니다. 나는 할아버지께 허락해 주실 것을 간절히 말씀드렸으나 거절당했습니다. 나는 아무것도 가진 게 없고 당신도 마찬가집니다. 나는 당신 집으로 달려갔습니다만 당신을 만날 수가 없었습니다. 내가 당신에게 약속했던 것을 잊지 않으셨겠죠. 나는 그것을 지키겠습니다. 나는 죽으렵니다. 당신을 사랑합니다. 당신이 이 편지를 읽으실 때 나의 영혼은 당신의 곁에 가서 당신에게 미소지어 보일 겁니다.'

그 편지를 봉할 방법이 없었으므로 그는 다만 종이를 넷으로 접어 그 위에 다음과 같은 주소를 적었다.

'롬므 아르메 거리 7번지 포슐르방 씨 댁, 꼬제뜨 포슐르방'

편지를 접자 그는 잠깐 생각에 잠기다가 다시 수첩을 꺼내어 같은 연필로 첫장에 다음과 같이 썼다.

'내 이름은 마리우스 뽕메르씨. 내 시체를 마레 지구 피유 뒤 깔베르 거리 6번지 나의 조부 질노르망 씨에게 보내주시오.'

마리우스는 수첩을 윗도리 주머니에 넣고 나서 가브로슈를 불렀다. 가브로슈는 마리우스의 목소리를 듣자 자못 기쁘고 충성스런 얼굴을 하고 달려왔다.

"나를 위해서 심부름 한 가지 해주겠니?"

"네, 뭐든지! 정말이에요! 아저씨가 아니었더라면 난 이미 저 세상에 갔을걸요."

"이 편지를 말이야."

"네."

"이걸 줄 테니 지금 곧 바리케이드에서 나가거라(가브로슈는 불안스러운 얼굴로 귀를 긁기 시작했다). 그리고 내일 아침 여기 적힌 롬므 아르메 거리 7번지의 포슐르방 씨 댁 꼬제뜨 양에게 이 편지를 전해 다오."

용감한 소년은 대답했다.

"하지만 말예요! 그 동안에 바리케이드를 점령당하면 나는 여기에 없었던 게 될 것 아녜요?"

"이런 상태라면 바리케이드는 아무리 보아도 내일 아침까지는 공격받지 않을 거다. 내일 정오 때까지는 절대로 점령되지 않아."

공격군이 바리케이드에 준 새로운 유예는 확실히 오래 끌었다. 이러한 유예는 야간 전투에는 흔히 있는 일이고 그러한 유예가 있은 뒤에는 반드시 한층 더 치열한 전투가 벌어지는 법이다.

"그렇다면 내일 아침 이 편지를 전하러 가면 어때요?"

가브로슈가 말했다.

"그러면 너무 늦다. 아마 바리케이드는 포위되고 어느 거리도 막혀 버려서 갈 수 없을 거다. 지금 곧 가거라."

가브로슈는 대꾸할 말이 없어서 결단을 내리지 못하고 우울한 듯이 귀를 긁고 있었다. 그러더니 가브로슈는 갑자기 작은 새처럼 민첩하게 편지를 받아들었다.

"좋아요." 소년은 말했다.

가브로슈는 한 가지 생각이 있어서 그렇게 결심했으나 말은 하지 않았다. 마리우스가 또 반대하지나 않을까 두려웠던 것이다.

그 생각이란 이런 것이었다.

'아직 한밤중은 되지 않았다. 롬므 아르메 거리는 멀지 않으니까 지금 곧 편지를 전하러 가자. 알맞은 시간에 곧 돌아올 수 있겠지.'

제15편 롬므 아르메 거리

수다스러운 압지

도시의 동란도 영혼의 격동에 비하면 무어 그리 대단하겠는가? 한 인간은 한 도시의 민중보다도 더욱 커다란 깊이를 가지고 있다. 장 발장은 마침 그때 무서운 번민에 사로잡혀 있었다. 온갖 심연이 그의 내부에서 다시 입을 벌리고 있었다. 장 발장도 빠리와 마찬가지로 무서운 어둠의 혁명 어귀에서 떨고 있었다. 불과 몇 시간 사이에 그렇게 되어 버린 것이다. 그의 운명과 양심은 갑자기 어둠에 덮여 버렸다. 그에게도 빠리와 마찬가지로 두 개의 원칙이 마주 보고 있다고 할 수 있었다. 즉 흰 천사와 검은 천사가 심연에 걸려 있는 다리 위에서 서로 맞붙어 싸우려 하고 있는 것이다. 어느 쪽이 상대를 떨어뜨릴 것인가? 어느 쪽이 이길 것인가?

바로 이 6월 5일의 전날, 장 발장은 꼬제뜨와 뚜쌩을 테리고 롬므 아르메 거리로 옮겼다. 그곳에서는 뜻하지 않은 사건이 그를 기다리고 있었다.

꼬제뜨는 쁠뤼메 거리를 떠날 때, 다소 저항해 보았었다. 두 사람이 함께 생활한 뒤 처음으로 꼬제뜨의 의지와 장 발장의 의지는 분명하게 나뉘어 충돌까지는 아니더라도 대립되었다. 한편에는 반대가 있었고 다른 한편에는 고집이 있었다. 알지 못하는 사나이가 장 발장에게 던진 '옮기시오' 하는 느닷없는 충고는 그를 몹시 완고하고 불안하게 만들었다. 그는 경찰에 실마리를 잡혀서 추적당하고 있는 거라 생각했다. 꼬제뜨는 양보할 수밖에 없었다.

두 사람 다 입을 굳게 다물고 한 마디도 하지 않은 채 제각기 자신의 걱정에 잠겨 롬므 아르메 거리에 도착했다. 장 발장은 너무 걱정이 되어서 꼬제뜨의 슬픔이 보이지 않고, 꼬제뜨 역시 너무 슬퍼서 장 발장의 근심이 보이지 않았다.

장 발장은 뚜쌩까지 데리고 갔다. 그때까지는 외출하는 경우 이런 일은 한 번도 없었다. 그는 아마도 쁠뤼메 거리에는 다시 돌아오지 못할 거라고 생각했지만, 그렇다고 뚜쌩을 남게 할 수도, 그녀에게 비밀을 털어놓을 수도 없었다. 게다가 뚜쌩은 충실하고 믿을 만하였다. 주인에 대한 하인들의 배신은 호기심에서 비롯되는 것이다. 그러나 뚜쌩은 마치 장 발장의 하녀가 되기 위하여 태어난 듯 호기심이 전혀 없었다. 그녀는 떠듬거리면서 바르느빌르 농사꾼의 말 그대로 사투리로 말하는 것이다.

"나야, 이런 사람이드라고. 그저 내 헐 일뿐이 모른당게. 딴 걸랑 내 알 바 아니드라고."

쁠뤼메 거리를 떠난 것은 거의 야반도주와 같아서 장 발장은 꼬제뜨가 '허리에 찬 주머니'라고 이름 붙인 향기로운 조그만 가방 외에는 아무것도 들고 나오지 않았다. 물건이 잔뜩 든 몇 개의 짐가방을 나르자면 짐꾼이 필요할 것이다. 짐꾼이란 뒤에 증인이 된다. 그래서 바빌론느 거리의 문에 역마차를 한 대 오게 해서 그것을 타고 떠났다.

뚜쌩은 얼마되지 않는 속옷이며 옷가지며 약간의 화장품을 보통 이에 싸가지고 갈 것을 간신히 허락받았다. 꼬제뜨는 편지지와 압지만을 들고 나왔다.

장 발장은 되도록 감쪽같이 행방을 감추기 위해 해가 진 뒤에 쁠뤼메 거리의 집을 떠나기로 했다. 때문에 꼬제뜨는 마리우스에게 짧은 편지를 쓸 겨를이 있었다. 그들은 완전히 어두워진 뒤에야 롬므 아르메 거리에 도착했다. 그리고 말없이 잠자리에 들었다.

롬므 아르메 거리의 집은 뒤켠에 서 있는 3층 건물로 침실 둘과 식당, 식당에 이어진 부엌, 그리고 뚜쌩에게 배당된 접는 침대가 있는 다락으로 되어 있었다. 동시에 응접실로도 쓰이는 식당은 두 개의 침실 사이에 있었다. 실내에는 필요한 도구가 다 갖추어져 있었다.

사람은 공연히 걱정하는가 하면, 어리석게도 마음을 놓는다. 인간의 본성이란 그런 것이다. 장 발장의 불안도 롬므 아르메 거리로 옮기고 나니 곧 엷어져서 차츰 기분이 좋아져 갔다.

사람의 마음에 기계적으로 작용해서 불안을 가라앉게 하는 그런 장소가 있다. 어두컴컴한 거리, 침착한 주민, 장 발장은 그러한 낡은 빠리의 뒤안길에서 형용할 수 없는 평화로움이 스며드는 것을 느꼈다. 그 뒤안길은 극히 좁아서 두 개의 말뚝에 두꺼운 널빤지를 가로질러 마차를 차단하고, 시끄러운 도시 한복판에 있으면서도 귀머거리에 벙어리 같은 데다가, 대낮에도 어둠침침하고 노인처럼 잠자코 있는, 좌우의 100년이 넘은 높은 집들 사이에서 희로애락의 감정을 느끼지 않게 돼 있는 것 같았다. 그 거리에는 망각의 공기가 감돌고 있었다. 장 발장은 안도의 숨을 크게 내쉬었다. 그가 이런 곳에 있는 것을 어떻게 발견해 내겠는가?

장 발장이 우선 유의한 것은 '허리에 찬 주머니'를 자기 곁에 두는 일이었다.

그는 푹 잘 잤다. 밤은 지혜를 준다지만 또한 마음을 가라앉힌다고도 할 수 있다. 이튿날 아침 그는 유쾌한 기분으로 눈을 떴다. 그는 식당을——실제로는 보기 흉한 방으로 가구라곤 낡고 둥근 테이블 하나와, 비스듬히 거울이 달려 있는 낮은 찬장과, 헐어 빠진 팔걸이의자 하나와, 뚜쌩의 짐이 쌓여 있는 의자가 몇 개 있을 뿐이었다——그래도 기분좋은 방이라고 느꼈다. 뚜쌩의 보퉁이 틈으로 장 발장의 국민군 제복이 보였다.

꼬제뜨는 뚜쌩에게 수프 한 그릇을 방으로 갖다 달라고 했을 뿐 저녁때까지 얼굴을 내밀지 않았다.

5시경에 이삿짐을 정리하느라고 부산하게 왔다갔다하던 뚜쌩이 식당 테이블 위에 찬 닭고기를 내놓았으나, 꼬제뜨는 아버지에 대한 예의로 자리에 나와 앉아 보기만 했을 뿐 먹지는 않았다.

그리고 나서 꼬제뜨는 여전히 두통이 낫지 않는다는 핑계로 장 발장에게 저녁 인사를 하고 자기 침실로 들어가 버렸다. 장 발장은 닭의 죽지 하나를 맛있게 먹고 나서 식탁에 팔꿈치를 괴자, 차츰 차분하게 가라앉은 기분이 되어 다시 안도감을 되찾아갔다.

조촐하게 저녁을 먹는 동안에 그는 뚜쌩이 이런 말을 더듬거리는 것을 두서너 번 어렴풋이 들었다.

"나리, 난리가 났다는구먼요. 빠리 한복판에서 싸움을 한대요."

그러나 장 발장은 마음속으로 이 일 저 일을 깊이 생각하고 있었기 때문에 그 말에 전혀 주의를 기울이지 않았다. 사실 그는 듣고 있지도 않았다.

장 발장은 일어나서 더욱 차분해진 마음으로 창문에서 문으로, 문에서 창문으로 걷기 시작했다.

마음이 놓임과 동시에 유일한 근심거리인 꼬제뜨의 생각이 다시 머릿속에 되살아났다. 아까 말하던 두통이 걱정스러워서가 아니다. 그것은 대단치도 않은 신경의 발작으로 젊은 처녀들에게 흔히 있는 불쾌감이고 일시적인 우울증이어서 하루나 이틀 지나면 나을 것이다. 그는 오히려 먼 장래를 생각하고 있었다. 그것도 언제나처럼 곰곰이 차분한 마음으로 생각하고 있었다.

요컨대 행복한 생활이 다시금 시작되는 데에 아무런 장애도 없는 것처럼 여겨졌다. 어떤 때에는 모든 것이 불가능해 보였으나 또 어떤 때는 모든 것이 지극히 용이하게 보이는 것이다. 지금 장 발장은 그런 행복한 한때에 있었다. 그러한 때는 언제나 불행 뒤에 찾아온다. 마치 밤이 지난 뒤에 낮이 오는 것과 같이 천박한 학자들이 반립(反立)이라 부르는 것, 즉 자연의 밑바탕을 이루고 있는 계승과 대비의 법칙에 따르는 것이다. 이 조용한 거리에 피난함으로써 장 발장은 오래 전부터 그를 불안하게 했던 모든 근심거리에서 해방될 수 있었다. 지금까지 많은 암흑을 보아온 그는 이제 조금쯤 푸른 하늘을 볼 수 있게 되었다. 아무런 어려움 없이 무사히 쁠뤼메 거리를 떠난 것만으로도 이미 좋은 징조였다.

몇 달 동안이라도 빠리를 떠나서 런던으로 가 있는 것도 아마 현명한 방법이리라. 그렇다, 꼭 가자. 꼬제뜨만 옆에 있어 준다면 프랑스에 있든 영국에 있든 나쁠 게 뭐 있겠는가? 꼬제뜨야말로 그의 모국이었다. 그는 꼬제뜨만으로 충분히 행복했다. 그 자신은 아마도 꼬제뜨의 행복에 그다지 충분하지 않으리라는, 예전에 그의 초조감과 불면증의 원인이었던 그 생각이 이제는 마음에 떠오르지도 않았다. 그는 과거의 모든 고민에서 회복되어 완전한 낙관 속에 잠겨 있었다. 꼬제뜨가 곁에 있는 이상, 자신의 것이라고 생각되었다. 이것은 누구나 경험하는 착각이다. 그는 마음속으로 갖가지 안이한 공상을 그려보면서 꼬제뜨와 함께 영국으로 떠날 계획을 세웠다. 그리고 몽상이 펼쳐 놓는 앞날을 전망하면서 어디에서고 자신의 행복이 이루어지는 것을 마음 속에 그려보고 있었다.

이렇게 생각하면서 방안을 천천히 거니는 동안에 그의 눈에 이상

한 것이 띄었다. 그가 마침 찬장 위에 비스듬히 세워진 거울 앞에
왔을 때 그 거울 속에서 다음과 같은 몇 줄의 글이 눈에 띄었고 분
명히 읽을 수 있었다.

　'사랑하는 님이여! 아버지께선 곧 출발하신다고 합니다. 우리
는 오늘 밤엔 롬므 아르메 거리 7번지로 갑니다. 일주일 뒤에는
런던으로 가게 됩니다. 꼬제뜨 6월 4일.'

장 발장은 깜짝 놀라 걸음을 멈추었다.
　꼬제뜨는 이곳에 도착했을 때 압지를 끼운 노트를 찬장 위 거울
앞에 놓은 채, 너무나도 상심한 나머지 까맣게 잊어 버리고 그것이
활짝 펴져 있는 것을 깨닫지 못했다. 펴 놓은 곳은 어제 꼬제뜨가
사연을 쓴 뒤 편지의 잉크를 말리려고 눌렀던 곳이었다. 그 편지의
사연은 전날 쁠뤼메 거리를 지나가던 젊은 노동자에게 급히 부탁했
던 것이다. 글씨는 압지 위에 고스란히 남아 있었다. 거울은 그 글
씨를 비추었던 것이다.
　그 결과는 기하학에서 말하는 이른바 대칭형이 되어 압지에 거꾸
로 박힌 글씨가 거울 속에서 다시 올바른 위치로 되돌아가서 본래의
방향을 나타내고 있었다. 그래서 장 발장은 어제 꼬제뜨가 마리우스
에게 써 보낸 편지의 내용을 그대로 본 것이다. 별로 이상스러울 것
도 없었지만 그는 벼락을 맞은 것 같았다.
　장 발장은 거울 앞으로 다가갔다. 몇 줄의 글을 다시 읽었으나 믿
어지지 않았다. 그 글씨들은 번갯불 빛 속에 나타난 것만 같았다.
이것은 착각이다. 있을 수 없는 일이다. 현실이 아니다.
　그러나 차츰 그의 지각이 또렷해졌다. 꼬제뜨의 압지를 가만히 바
라보자 차츰 현실감이 되살아났다. 그는 압지를 집어들고 "이거군"
하고 말했다. 그리고 압지에 스며들어 있는 몇 줄의 글씨를 열심히

살펴보았다. 글씨는 거꾸로 되어 있어 기묘한 낙서처럼 보여 아무런 의미도 찾을 수 없었다. 그래서 그는 "이런 건 아무 의미도 없다. 여기에는 아무것도 씌어 있지 않다" 하고 자기 자신에게 말했다. 그리고 형용할 수 없는 안도감으로 가슴 가득히 숨을 들이마셨다. 무서운 순간에 그 누가 그러한 어리석은 기쁨을 맛보지 않겠는가? 영혼은 모든 환영을 완전히 쫓아버리지 않는 한, 절망에 몸을 맡기지 않는다.

장 발장은 압지를 손에 든 채, 터무니없이 기뻐하고 그를 속인 착각을 생각하며 하마터면 웃음까지 터뜨릴 뻔하면서 그것을 바라보고 있었다. 그러자 갑자기 그의 시선은 다시 거울 위에 떨어지고, 그곳에 비친 환영을 다시 보았다. 몇 줄의 글씨는 무정하게도 뚜렷하게 나타나 있었다. 이번에는 미몽이 아니었다. 환영도 두 번 나타나면 현실이다. 손으로 만질 수 있었다. 거울에 반영되어 올바르게 된 글씨였다. 그는 알았다.

장 발장은 비틀거리며 압지를 손에서 떨어뜨리고, 찬장 옆의 낡은 팔걸이의자에 쓰러지듯 주저앉아 고개를 떨어뜨리고, 눈을 흐리멍덩하게 뜨고 착란에 빠졌다. 틀림없는 일이다, 이 세상의 광명은 영원히 사라졌다. 꼬제뜨는 이 편지를 누군가에게 써보낸 것이다 하고 그는 생각했다. 그러자 자신의 영혼이 다시금 무서운 모습으로 되돌아와서 어둠 속에서 낮게 신음하는 소리를 들었다. 우리 안에 가두어 둔 자기 강아지를 사자의 먹이로 만들 수는 없다. 뺏어와야 한다!

괴이하고도 슬픈 일이지만 그때 마리우스는 아직 꼬제뜨의 편지를 받아 보지 못했었다. 우연은 마리우스를 배신하여 그 편지가 제대로 전달되기 전에 장 발장에게 건너가 버린 것이다.

장 발장은 오늘날까지 어떠한 시련에도 져 본 적이 없었다. 그는 가지가지 무서운 시련을 겪어 왔다. 불운의 길목이란 길목은 모조리

그가 마침 찬장 위에 비스듬히 세운 거울 앞에 왔을때……

제15편 롬므 아르메 거리 1835

지나왔다. 처절한 운명은 모든 수단과 사회적 박해를 가하며 그를 덮쳐왔다. 그러나 그는 어떠한 것 앞에서도 물러나거나 굴하지 않았다. 부득이한 경우가 아니면 어떤 곤경도 달게 받았다. 간신히 회복한 인권을 희생하고, 자유도 버리고, 목숨을 걸고, 모든 것을 잃고, 모든 것을 참아내고, 그러면서도 언제나 공정하고 욕심없이 금욕을 지켜왔기 때문에, 때로는 순교자같이 자신을 돌보지 않는 것이나 아닌가 생각할 정도였다. 그의 양심은 갖은 역경의 습격에 익숙해져서 이제는 영원히 난공불락인 것 같았다. 그러나 지금 그의 양심을 들여다보면 매우 약해져 가고 있음을 인정하지 않을 수 없다.

즉 운명이 가한 오랜 심문에서 그가 받은 온갖 고문 가운데 이번 고문이 가장 무섭고 견디기 힘든 것이었다. 일찍이 이처럼 무참한 고문 기구에 접해 본 일이 없었다. 그는 온갖 내적 감각의 이상한 동요를 느꼈다. 미지의 신경이 곤두서는 것을 느꼈다. 아아, 마지막 시련이란, 아니 유일한 시련은 사랑하는 사람을 잃는 일이다.

불쌍한 장 발장은 물론 아버지로서 꼬제뜨를 사랑하고 있었다. 그러나 앞서도 지적했던 것처럼 홀아비 생활의 쓸쓸함은 그 부성애에 온갖 애정을 심어 주었다. 그는 꼬제뜨를 딸처럼 사랑하고, 어머니처럼 사랑하고, 누이동생처럼 사랑했다. 그리고 또 이제까지 애인이나 아내를 가져본 적이 없으므로, 어떠한 지불 거절도 받아들이지 않는 채권자 같은 본성에 의하여, 모든 감정 가운데서 가장 강력한 그 부성애의 감정은 다른 여러 감정과 섞여 있었다. 애매하고, 무지하고, 맹목적으로 순결하고, 무의식적이고, 천국 같고, 천사 같고, 신성해서 감정이라기보다는 오히려 본능에 가깝고, 본능보다는 느껴지지도 보이지도 않는 인력에 더 가까웠다. 그러나 진실된 것이었다. 이른바 사랑이라는 것도 꼬제뜨에 대한 그의 넓고 큰 애정 속에 놓일 때에는 마치 어두운, 아직 사람의 발이 닿지 않은 산중의 금광맥이 숨겨져 있는 것과 같았다.

이미 앞에서 말한 마음의 상태를 상기해 주기 바란다. 어떠한 결혼도 그들 사이에는 있을 수 없었다. 설사 영혼의 결혼일지라도. 그렇지만 그들의 운명이 결부돼 있음은 분명하다. 꼬제뜨가 없었다면, 다시 말해 한 아이가 없었다면 장 발장은 그 길고 긴 인생 속에서 사랑할 수 있는 것을 아무것도 알지 못하고 지냈을 것이다. 계속해서 일어나는 정열이나 사랑은, 겨울을 넘긴 나뭇잎이나 50고개를 넘긴 사람에게서 흔히 볼 수 있듯이, 거무스름한 녹색 위에 연한 녹색을 빚어내 주지만 그의 마음에는 전혀 그런 현상은 일어나지 않았다. 요컨대 여태까지 되풀이 말했듯이 모든 내적 융합은——서로 모여서 하나의 높은 덕이 된 이 총체는——장 발장을 꼬제뜨의 아버지가 되게 했다. 장 발장 내부에 숨어 있는, 할아버지와 아들과 오빠와 남편이 뒤섞인 이상한 아버지, 모성애마저도 가지고 있는 아버지, 꼬제뜨를 사랑하고 꼬제뜨를 숭배하는 아버지, 이 아이를 오로지 광명으로 삼고 집으로, 가족으로, 조국으로, 그리고 천국으로 삼고 있는 아버지였다.

그러므로 지금 모든 것이 끝나 버렸음을 알았을 때, 꼬제뜨가 자기의 손에서 빠져나가 달아나 버리려고 함을 알았을 때, 믿었던 것이 구름 같고 물 같음을 알았을 때, 그리고 다른 남자가 꼬제뜨의 마음을 사로잡고 있고 다른 남자가 그녀의 평생 소망이며 사랑하는 사람이 되어, 자기는 그저 아버지에 지나지 않으며 없는 거나 다름없다는 견딜 수 없는 증거를 보았을 때, 그로서는 의심할 여지가 없다고 생각했을 때, "저 아이는 내 손이 닿지 않는 곳으로 가버리는 것이다!" 하고 생각했을 때, 그가 느낀 고통은 견딜 수가 없었다. 여태껏 온갖 짓을 다 해온 결과가 이렇게 되다니! 아, 이 무슨 일이란 말인가! 자기는 이제 아무것도 아니라니! 그렇게 생각하자 그는 격심한 반항심으로 온 몸을 떨었다. 머리카락의 뿌리 속까지 이기심이 뭉게뭉게 일어나는 것을 느꼈다. 자아가 이 사나이 마음의 깊은 심연에서 무섭게 포효했다.

내적인 붕괴라는 게 있다. 절망적인 확증이 인간의 마음을 꿰뚫을 때, 그것은 어떤 심오한 요소를 분리시키고 깨뜨려 부순다. 그 요소는 때로 인간의 본질이 될 만큼 중요하다. 고통이 그러한 단계에 달할 때 양심의 모든 힘은 한꺼번에 무너진다. 그야말로 치명적인 위기이다. 우리 인간 가운데서 평소와 다름없는 마음을 지니고 의무를 굳게 지키면서 그런 위기에서 탈출할 수 있는 사람은 거의 없다. 고뇌의 한계를 넘었을 때에는 아무리 덕이라 해도 흔들리게 마련이다. 장 발장은 다시 압지를 집어 들고 다시금 사실을 확인했다.

그는 몸을 구부린 채 화석처럼 되어 부정할 수 없는 몇 줄의 글씨를 가만히 응시하고 있었다. 그리고 영혼의 내부가 모두 붕괴되는 것이 아닌가 생각될 만큼 의혹의 구름덩이가 마음 속에 솟아올랐다.

장 발장은 그 계시를, 공상의 확대경을 통해서 겉으로는 태연한 척하면서 살펴보았으나 마음속은 처절했다. 인간의 침착성도 세워 놓은 동상 같은 냉혹에 도달할 때에는 무서운 형상을 띠기 때문이다.

그는 자신이 깨닫지 못하는 사이에 운명이 내디딘 무서운 발자취를 돌아다보았다. 지난해 여름의 걱정. 극히 어리석은 해결로 얼버무린 그 걱정을 상기했다. 그는 다시금 심연을 보았다. 역시 똑같은 일이었다. 다만 장 발장은 그 심연의 가장자리에 있는 것이 아니라 그 밑바닥에 떨어져 있었다.

비통하게 가슴을 찌르는 분노는 미처 깨닫기도 전에 이미 그곳에 떨어져 있었던 것이다. 자기는 여전히 태양을 보고 있는 줄 알았는데 어느 틈에 인생의 모든 빛은 사라져 버렸던 것이다.

그의 직감은 주저하지 않았다. 몇 가지 사정과 날짜와 시간, 그리고 꼬제뜨의 얼굴이 때로는 붉어졌다 파래졌다 하던 그 변화, 이런 것들을 맞추어 보고 그 사나이라고 생각했다. 절망한 인간의 추측은 결코 빗나가지 않는 신비로운 활이다. 그는 처음부터 마리우스를 맞혔다. 이름은 알지 못했으나 어떤 남자인가는 곧 짐작이 갔다. 억누를 수 없이 되살아나는 기억 속에 뤽상부르 공원을 거닐던 낯선 배회자, 거리에서 사랑을 찾아 다니는 그 하찮은 사나이가, 사랑의 노래에 나오는 것 같은 그 건달이, 그 어리석은 파렴치한이 분명히 보였다. 아버지 사랑을 받으며 아버지 곁에 있는 처녀에게 추파를 던져오는 행위는 파렴치가 아니고 무엇이겠는가?

이러한 사태 밑바닥에 그 청년이 숨어 있고, 모든 것은 그 사나이에게서 비롯되었다는 것을 분명히 확인했을 때, 거듭난 인간이며 그토록 줄곧 영혼을 숭고하게 하려고 수양을 쌓았던 인간이며, 인생의 모든 것, 비참한 모든 것, 불행의 모든 것을 사랑으로 해결하기 위해 그토록 노력을 거듭했던 인간 장 발장은 자신의 마음에 눈을 돌리자 거기에 하나의 괴물이, 즉 증오가 웅크리고 있는 것을 보았다.

커다란 고통은 심신을 때려눕힌다. 살아갈 용기를 빼앗는다. 그러한 고통에 빠진 인간은 무언가 자기한테서 빠져 나가는 것을 느낀다. 그러한 고통은 젊었을 때는 비통한 일이고 만년에는 처참한 일이다. 아아, 피는 뜨겁고, 머리는 검고, 불꽃이 횃불 위에 타오르는 것처럼 머리가 꼿꼿이 몸통 위에 서고, 운명의 두루마리는 아직도 두껍고, 희망 있는 사랑에 가득 찬 마음은 더욱 강한 고동소리를 전하고, 과거를 보상하기에 충분한 앞날이 있고, 온갖 미소, 온갖 미래, 온갖 지평이 눈앞에 있고, 생명력이 팽창해 있는 그런 때에도 절망은 무서운 것이어늘, 하물며 세월이 갈수록 창백해지면서 황망히 사라져 가는 노년, 무덤 위의 별이 보이기 시작하는 인생의 황혼기에는 그 절망이 어느 만큼이겠는가?

그가 깊은 생각에 잠겨 있노라니까 뚜쌩이 들어왔다. 장 발장은 일어나서 물었다.

"어느 쪽인지 알겠소?"

뚜쌩은 깜짝 놀라 이렇게 대답하는 수밖에 없었다.

"네 ? "

장 발장은 말을 이었다.

"아까 나더러 싸움이 벌어졌다고 하지 않았소 ? "

"아 ! 그것 말씀요 ? 그건 쌩 메리 쪽이에요. "

우리에게는 자신도 모르는 사이에 가장 깊은 생각의 밑바닥에서 일어나는 무의식적인 충동이 있다. 아마도 그런 충동에 이끌렸으리라. 장 발장은 5분 뒤에 이미 거리에 나와 있었다.

그는 모자도 쓰지 않고 집 문 앞에 있는 경계석 위에 앉아 있었다. 벌써 한밤중이었다.

등불을 미워하는 부랑아

그로부터 얼마만큼 시간이 흘렀을까 ? 그 비통한 명상의 간만(干滿)은 어땠을까 ? 그는 다시 일어섰겠는가, 굴복한 채로 있었겠는가 ? 짓눌려 버릴 만큼 녹초가 되어 버렸을까 ? 다시 한번 일어서서 무언가 확고한 것에 양심의 발을 올려 놓을 수 있었는가 ? 아마 그 자신, 그 가운데 어느 것이었다고 말할 수 없었을 것이다.

거리는 조용했다. 이따금 황망히 집으로 돌아가는 불안스러워 보이는 시민도 간혹 있었으나 그는 거의 쳐다보지도 않았다. 위험이 임박했을 때에는 누구나 자신의 일만을 생각한다. 불을 켜는 사람은 여느 때와 마찬가지로 7번지 앞문 정면에 있는 가로등에 불을 켜고 가버렸다. 이 불빛 그늘 속에 있는 그를 아무도 산 사람이고는 하지 않을 것이다. 장 발장은 앞문의 경계석에 앉아 얼음 귀신처럼 꼼짝도 하지 않았다. 절망하면 결빙(結氷)도 생기는 법이다. 멀리서 경종 소리며, 폭풍과 같은 요란한 소리가 어렴풋이 들려왔다. 폭동에 휩쓸린 요란한 종소리 속에 쌩 뽈 성당의 큰 시계가 둔중하고 유유히 11시를 쳤다. 인간은 요란한 경종을 울리지만 신(神)은 유유히 시간의 종을 친다. 그러나 시간의 경과는 장 발장에게 아무런 영향도 미치지 못했다. 장 발장은 여전히 움직이지 않았다. 그렇게 11시가 조금 지났을 무렵, 갑자기 일제 사격 소리가 시장 쪽에서 울려 퍼지고 다시 더욱 격렬한 사격 소리가 뒤따랐다. 아마도 조금 전에 본 것처럼, 마리우스가 격퇴시킨 샹브르리 거리의 바리케이드를 공격하는 소리였을 것이다. 밤의 정적으로 한층 더 광포하게 울리는 두 차례의 일제 사격 소리를 듣고 장 발장은 몸을 떨었다. 그는 소리가 나는 쪽을 바라보며 몸을 일으켰다. 그러나 다시 경계석 위에 털썩 주저앉아, 팔짱을 끼고, 고개는 다시금 천천히 가슴 위로 떨어졌다.

그는 다시 암흑 속의 상념에 잠겼다.

갑자기 그는 눈을 들었다. 누가 거리를 걸어오는지 발소리가 바로 가까이에서 들렸다. 가로등 불빛에 바라보니 자르쉬브로 나가는 거리 쪽에 창백하고 어리고 쾌활해 보이는 얼굴 하나가 보였다.

가브로슈가 롬므 아르메 거리에 막 다다른 것이다. 가브로슈는 위를 쳐다보며 무언가 찾는 모양이었다. 그는 분명히 장 발장을 봤으나 그에게 눈길을 멈추려고 하지 않았다.

가브로슈는 위를 올려다보다 아래를 둘러보았다. 그는 발돋움하여 집집마다 아래층의 문과 창문을 더듬었으나 모두가 닫혀 빗장이나 열쇠가 채워져 있었다. 그렇게 단단히 닫혀 있는 대여섯 집의 전면을 모조리 살펴보고 나서 가브로슈는 어깨를 움츠리며 혼자 뇌까렸다.

"흥, 제기랄!"

그러고 나서 그는 다시 위를 올려다보기 시작했다.

장 발장은 조금 전까지의 심경이었다면 아무하고도 말도 않고 대답도 하지 않았을 테지만, 지금은 그 소년에게 어쩐지 말을 걸어보고 싶었다.

"꼬마야, 무슨 일이냐?"

"배가 고픈 거야." 가브로슈는 짤막하게 대답했다. 그리고 덧붙였다. "꼬마는 당신이에요."

장 발장은 안주머니를 뒤져서 5프랑짜리를 한 닢 꺼냈다. 그러나 할미새처럼 동작이 날쌘 가브로슈는 어느새 돌을 한 개 집어들고 있었다. 그는 가로등을 보았던 것이다.

"요런. 아직 여기에 등불이 켜 있군. 규칙 위반이야, 내가 부숴버려야지."

그렇게 말하고 그는 가로등에 돌을 던졌다. 유리는 요란한 소리를 내며 깨져 흩어졌다. 맞은편 집 커튼 아래 쭈그리고 있던 시민들은 외쳤다.

"이크, 93년이 왔구나!"

가로등 불은 몹시 흔들리더니 꺼졌다. 거리는 갑자기 어두워졌다.

"이젠 됐다, 이 늙은 거리야! 밤의 모자를 써야지."

가브로슈는 말했다.

그러고는 장 발장을 돌아보며 말을 이었다.

"저기 길 끝에 있는 터무니없이 큰 건물을 뭐라 하죠? 자르쉬브 인가? 저 굵은 기둥을 뽑아서 멋진 바리케이드를 만들면 좋겠는 걸."

장 발장은 가브로슈에게 다가갔다.

"가엾게도 배가 고픈 게로군."

그는 나직이 혼잣말로 중얼거렸다.

그리고 소년의 손에 5프랑짜리 돈을 쥐어주었다.

가브로슈는 어마어마한 큰 돈에 놀라 얼굴을 들었다. 어둠 속에서 하얗게 반짝이는 돈을 들여다보았다. 5프랑짜리 화폐에 대해선 전부터 소문을 들어 알고 있었다. 그 평판은 듣기만 해도 즐거웠다. 그런데 지금 바로 가까이에서 보고 소년은 황홀해졌다. "어디 호랑이 좀 봐야지." 소년이 말했다.

소년은 한참 동안 넋을 잃고 돈을 들여다보았다. 이윽고 장 발장 쪽으로 돌아서서 돈을 내밀며 의젓하게 말했다.

"부자 어른, 난 가로등을 부수는 게 더 좋아. 이 사나운 짐승은 집어넣어요. 난 매수되지 않아요. 이 호랑이는 발톱이 다섯 개나 있지만 나를 할퀼 수는 없어."

"너 어머니가 계시냐?" 장 발장이 물었다.

가브로슈는 대답했다.

"글쎄, 당신보다 많을 거야."

"그렇다면 네 어머니를 위해서 받아 두어라."

장 발장은 다시 말했다.

가브로슈는 마음이 움직였다. 게다가 말하고 있는 남자가 모자를 쓰지 않은 것을 보고 마음을 놓았다.

"그럼 돈을 주고 가로등을 부수지 못하게 하려는 게 아니었군?"

"부수고 싶거든 네멋대로 부수렴."

"당신은 좋은 분이야." 가브로슈는 말했다.

그리고 5프랑짜리 화폐를 주머니에 넣었다.

더욱 마음이 놓인 가브로슈가 덧붙여 말했다.

"이 거리에서 사시나요?"

"그런데, 왜 그러지?"

"7번지가 어딘지 가르쳐 주세요."

"7번지는 어째서?"

그러자 소년은 입을 다물었다. 좀 지나치게 말하지 않았나 싶었다. 가브로슈는 손톱으로 힘껏 머리를 쓱쓱 긁으면서 다만 이렇게 대답했다.

"아아, 여기군요."

문득 어떤 생각이 장 발장의 머리에 떠올랐다. 고민은 그러한 투시력을 갖추고 있다. 그는 소년에게 말했다.

"난 지금 편지를 기다리는데, 네가 전하러 온 게 아니냐?"

"당신요? 당신은 여자가 아닌걸." 가브로슈는 말했다.

"편지는 꼬제뜨 양한테로 되어 있지?"

"꼬제뜨? 그래요, 그거 비슷한 이름 같았어요."

가브로슈는 중얼거렸다.

"자, 그 편지는 내가 전하게 되어 있다. 이리 다오."

장 발장은 말했다.

"그러면 당신은 내가 바리케이드에서 심부름 온 걸 아시는군요?"

"물론 알구말구." 장 발장은 말했다.

가브로슈는 돈을 넣은 쪽과는 다른 호주머니에 손을 집어넣어 넷으로 접은 종이를 꺼냈다.

그러고 나서 그는 거수경례를 했다.

"급한 공문서에 경례! 이건 임시 정부에서 온 거니까."

가브로슈는 말했다.

"이리 다오." 장 발장이 말했다.

가브로슈는 종이를 머리 위로 올렸다.

"이것을 사랑의 편지쯤으로 생각해선 안돼요. 여자에게 보낸 거지만 민중에게 보낸 거요. 우리 남자들은 싸우고 있지만 여성을 존경하지. 낙타에게 수탉을 붙여주는 사자들이 있는 그런 상류사회와는 다르니까."

"어서 이리 주려무나."

"요컨대, 당신은 좋은 분이라고 나는 보았어요."

가브로슈는 계속했다.

"자, 어서."

"자요."

그는 장 발장에게 종이를 주었다.

"빨리 가져다줘요, 뭐라고 하는지 모르는 아저씨. 기다리실 테니까요. 쇼제뜬가 뭔가 하는 아가씨가요."

가브로슈는 자기가 운을 맞추어 한 말에 만족했다.

장 발장은 말했다.

"회답은 쌩 메리로 하면 되겠지?"

"웬걸요. 당치도 않은 소릴. 이 편지는 샹브르리 거리의 바리케이드에서 온 거예요. 나는 그리로 다시 가야 해요. 그럼 안녕."

그렇게 말하고 가브로슈는 가버렸다. 아니 조롱에서 달아난 새처럼 말하고 가브로슈는 왔던 길 쪽으로 날아갔다. 어둠 속에 구멍이라도 뚫려 있는 양 총알처럼 날쌔게 사라졌다. 롬므 아르메의 뒤안길은 다시 고요하고 쓸쓸해졌다. 그림자와 꿈을 한몸에 숨긴 그 이상한 소년은 눈 깜짝할 사이에 새까만 집들을 둘러싼 안개 속에 섞여 어둠 속 연기처럼 사라져 버렸다. 몇 분 뒤 유리창 깨지는 소리와 길바닥 위로 부서지는 가로등의 요란한 소리가 나서, 다시 또 느닷없이 시민들의 잠을 깨게 하고 화나게 했으나, 그런 소리가 없었다면 소년은 어둠 속에 안개같이 스러져 버렸는가 싶을 정도였다. 그것은 숌므 거리를 지나가던 가브로슈의 짓이었다.

꼬제뜨와 뚜쌩이 잠든 사이에

장 발장은 마리우스의 편지를 들고 집으로 들어갔다.

그는 먹이를 움켜쥔 부엉이처럼 어둠에 만족하면서 손으로 더듬어 계단을 올라가서 방문을 살그머니 열었다가 다시 가만히 닫은 뒤, 무슨 소리가 나지 않나 잠시 귀를 기울여 여러 모로 보아 꼬제뜨와 뚜쌩이 잠든 듯한 낌새를 확인하자, 퓌마드 등에 성냥개비를 집어 넣어 불을 켜려고 했으나 도무지 잘 되지 않아 서너 개비를 허비했다. 그의 손은 떨리고 있었다. 그의 거동은 마치 도둑질이나 하는 것 같았다. 가까스로 촛불을 켜자 그는 테이블 위에 팔꿈치를 괴고 종이를 펴서 읽었다.

격정에 사로잡힌 사람은 아무것도 읽을 수가 없다. 들었던 종이를 땅바닥에 내동댕이쳐 마치 잡아온 짐승처럼 잡아 누르고, 조르며, 분노의 손톱을, 혹은 미칠 듯한 기쁨의 손톱을 그 속에 세우는 것이다. 그는 한달음에 글말미로 달려갔다가 다시 서두로 뛰어왔다. 격정으로 흥분해서 대충 요점만을 이해하고 어느 한 점을 움켜쥐면 나머지는 사라지고 말았다. 마리우스가 꼬제뜨에게 준 짧은 글 가운데 장 발장은 다음의 말밖에는 보이지 않았다.

'나는 죽습니다. 당신이 이 편지를 읽을 무렵 나의 영혼은 당신 곁에 있을 겁니다.'

이 몇 줄을 읽고 그는 심한 현기증을 느꼈다. 마음 속에 일어난 감정의 변화에 짓눌린 듯 한참 동안 그대로 우두커니 서서 놀라움을 느끼면서 마리우스의 편지를 바라보고 있었다. 미운 인간이 죽어 가는 통쾌한 장면이 눈앞에 그려졌다.

장 발장은 내심으로 무서운 환성을 질렀다. 이것으로 만사는 끝났다. 결말은 기대 이상으로 빨리 왔다. 그의 운명의 장애물이 되어 있던 바로 그 사나이가 사라져 가고 있다. 그놈은 스스로 멋대로 사라져 가고 있다. 장 발장이 아무런 손도 쓰기 전에, 아무런 죄도 저지르기 전에 '그 사나이'는 죽어 가고 있다. 아니 벌써 죽어 있을지도 모른다.

이렇게 생각하자 그의 격정은 추측을 하기 시작했다. 아니, 그놈은 아직 죽지 않았다. 편지는 분명히 내일 아침에 꼬제뜨가 읽을 것을 생각하고 쓴 것이다. 11시부터 12시 사이 두 차례의 일제 사격 소리가 들린 뒤로는 아무 소리도 나지 않았다. 바리케이드는 새벽까지는 본격적인 공격을 받지 않을 것이다. 그러나 어쨌든, 마찬가지다. '그 사나이'는 일단 전투에 참가한 이상 살아날 길은 없다. 톱니바퀴에 휩쓸려 들어간 것이다. 장 발장은 살아난 듯한 느낌이었다. 이제는 또다시 꼬제뜨와 둘만이 남게 되리라. 싸움은 끝났다. 장래는 다시 양양하게 열려 왔다. 자기는 이 편지를 호주머니 속에 넣어 두기만 하면 된다. 꼬제뜨는 그 사나이가 어떻게 되었는지 언제까지고 모르리라.

"일이 되어 가는 대로 내버려 두면 된다. 그 사나이는 도저히 빠져나올 수 없을 것이다. 아직은 죽지 않았다 해도 머지않아 죽을 게 틀림없다. 이 얼마나 다행한 일이냐!"

그런 것을 속으로 중얼거리자 장 발장은 침울해졌다. 그는 아래로 내려가서 문지기를 깨웠다.

약 한 시간 뒤에 장 발장은 국민군 제복을 입고 무장을 하고 나섰다. 문지기가 가까운 곳에서 쉽사리 그의 몸차림에 필요한 것을 찾아다 주었던 것이다. 그는 장전한 총과 탄약이 잔뜩 들어 있는 탄창을 가지고 있었다. 그는 시장 쪽을 향했다.

가브로슈의 지나친 열의

그 사이에 하나의 사건이 가브로슈에게 일어나고 있었다.

가브로슈는 일부러 숌므 거리의 가로등에 돌을 던져 깨뜨린 뒤, 비에이유 오드리에뜨 거리로 접어들어 '고양이 새끼 한 마리'도 얼씬하지 않는 것을 보고, 그 기회를 타서 알고 있는 노래를 모조리 부르기 시작했다. 그의 발걸음은 노래 때문에 늦어지기는커녕 점점 더 빨라졌다. 모두 잠이 들었는지 아니면 공포 때문인지 쥐 죽은 듯 고요한 집들을 따라가며, 마음을 태우는 이런 노래를 마구 불러대기 시작했다.

울타리 안에서 새들이 쑤군대네
아딸라는 바로 어제 바로 어저께
러시아 사나이와 달아났다네

　아가씨들 어디로 가는 거지 ?
　　롱 라

요놈의 수다쟁이 삐에로 녀석아
창문너머로 날 불러낸걸
그리도 떠들고 다니다니 !

　아가씨들 어디로 가는 거지 ?
　　롱 라

더할 나위없이 사랑스런 여자애들
나를 취하게 만드네
그 독기에 오르필라 (당시의 유명
한 독물학자)

　아가씨들 어디로 가는 거지 ?
　　롱 라

좋더라 다정한 말 사랑의 싸움
아네스도 파멜라도 모두 좋더라
나에게 불을 질러 몸을 살라버린 리즈여 !

　아가씨들 어디로 가는 거지 ?
　　롱 라

그 옛날 쉬제뜨와 제일라를 감싸주던
가리개를 보았을 때 그 주름 사이로
내 영혼 녹아 버렸네

　　아가씨들 어디로 가는 거지 ?
　　　롱 라

어둠 속에 빛나는 사랑이여
장미꽃 너울을 롤라에게 씌워
나의 가슴 애타게 하려느냐

　　아가씨들 어디로 가는 거지 ?
　　　롱 라

거울 앞에 마주 앉아 치장하는 잔느여
언젠가 날아간 내 마음을
잔느 그대는 갖고 있겠지

　　아가씨들 어디로 가는 거지 ?
　　　롱 라

그날 밤 카드릴을 추고 나오다
별들에게 스텔라를 가리키면서
나는 말하였지 "보라, 이 여인을"

　　아가씨들 어디로 가는 거지 ?
　　　롱 라

가브로슈는 노래를 부르면서 사뭇 손짓 몸짓을 했다. 몸짓은 후렴을 지탱한다. 다양하게 변하는 그의 표정은 구멍뚫린 셔츠가 강한 바람에 나부끼는 것보다 더 괴상망측하게 온갖 변덕스러운 상을 만들었다. 다만 불행하게도 그는 혼자인데다가 밤중이었으므로 아무도 보아 주지 않았고 또 보이지도 않았다. 세상에는 묻혀 있는 이런 보물도 있는 것이다.

갑자기 가브로슈는 노래를 뚝 그쳤다.

"노래는 이 정도로 해두자." 그는 말했다.

그의 고양이 같은 눈은, 어떤 집 대문 안쪽에서, 그림에서 앙상블이라고 불리는 것을 발견한 것이다. 즉 하나의 인물과 하나의 정물을 본 것이다. 정물이란 다름아닌 손수레였고, 인물이란 그 속에서 잠자고 있는 오베르뉴 부근의 시골뜨기였다.

손수레의 손잡이는 포석 위에 내려놓여 있고 오베르뉴 사나이의 머리는 수레 앞부분의 판자 위에 기대어 있었다.

몸뚱이는 비스듬히 기울어진 수레 위에 웅크리고 있었고, 두 다리는 땅바닥에 닿아 있었다.

가브로슈는 이런 사람들의 습성을 잘 알고 있는만큼 그 사나이가 술에 곯아떨어져 있다는 것을 알아차렸다. 그는 너무 술을 많이 먹고 취해, 깊은 잠에 떨어져 있는 어느 변두리의 짐꾼이었다.

'이렇게' 가브로슈는 생각했다. '여름 밤이란 편리한 데가 있구나. "오베르뉴 사나이 수레 속에 잠들다"로군. 그렇다면 나는 수레를 공화국을 위해 징발하고 오베르뉴 사나이는 왕정에 맡기기로 하자.'

그의 머리에서는 다음과 같은 번갯불이 번쩍 빛났다.

"이 수레를 우리 바리케이드에 올려놓으면 금상첨화겠는걸."

오베르뉴 사나이는 코를 골고 있었다.

가브로슈는 살그머니 수레를 뒤에서 잡아당기고 오베르뉴 사나이를 앞에서, 다시 말해 발을 잡고 끌었다. 그리하여 1분 뒤에는 태평한 오베르뉴 사나이는 포석 위에 기다랗게 뻗었다. 수레는 해방되었다.

뜻밖의 경우에 부딪치는 데 익숙해 있는 가브로슈는 항상 온갖 것을 몸에 지니고 있었다. 그는 호주머니를 뒤져서 한 장의 종이 쪽지와 어떤 목수에게서 뺏은 붉은 색연필 토막을 꺼냈다.

그는 이렇게 썼다.

'프랑스 공화국'은
그대의 수레를 받았음.

그리고 서명했다. '가브로슈'

쓰기를 마치자 여전히 코를 골고 있는 오베르뉴 사나이의 비로드 조끼에 종이쪽지를 넣고 수레채를 두 손으로 잡고 시장 쪽을 향하여 전속력으로 밀면서 의기양양 내달렸다.

그것은 무모한 짓이었다. 왕립 인쇄소에는 초소가 있었다. 가브로슈는 그것을 미처 생각지 못했다. 그 초소는 교외의 국민군들이 주둔하고 있었다. 지금껏 심상치 않은 분위기가 그 분대를 동요하게 하여 몇 사람인가 야전 침대 위에서 머리를 들고 있었다. 연속해서 깨진 가로등 두 개, 목청껏 부른 그 노래, 이런 것들은 해가 지기만 하면 자려고 일찍부터 촛불을 꺼버리는 거리의 겁많은 주민들을 놀라게 하기에 충분했다.

한 시간 전부터 가브로슈는 그 평온한 지구에서 마치 병 속의 날벌레 같은 소동을 벌이고 있었던 것이다. 교외 부대의 중사는 귀를 기울이며 기다리고 있었다. 그는 신중하고 조심스러운 남자였다.

미친 사람이 끄는 듯한 요란한 수레 소리에 중사는 가만히 앉아 있을 수가 없어서 마침내 그 정체를 확인하려고 마음먹었다.

"저 소리라면 아마 1개 부대는 되겠는걸! 어디 살그머니 가보
자." 그는 중얼거렸다.

분명히 '무정부파의 뱀들'이 우리에서 나와 거리에서 날뛰고 있음
에 틀림없다. 그렇게 생각한 중사는 가만히 발소리를 죽여 초소 밖
으로 나갔다.

수레를 밀어 가브로슈는 비에이유 오드리에뜨 거리에서 나오려던
찰나, 느닷없이 군복과 군모와 깃털 장식과 소총에 부딪쳤다. 그래
서 그는 발을 멈추었다.

"아, 난 또 누구라고. 안녕하시오? 군인 아저씨." 가브로슈는 말
했다.

그의 놀라움은 잠시였다.

"어디 가는 거냐, 떠돌이 녀석?" 중사가 외쳤다.

"동지, 난 아직 당신을 부르주아라고 하지 않았는데 어째서 당신
은 사람을 그렇게 모욕하시오?" 가브로슈는 말했다.

"어디 가는 거야, 이 망할 녀석아?"

"여보시오. 당신은 틀림없이 어제까지는 재치 있는 분이었겠는데
오늘 아침부터 직업을 바꾼 모양이군요."

"어디를 가느냐 말이야, 이 부랑아 놈아?"

가브로슈는 대답했다.

"당신은 퍽 점잖은 말투를 쓰시는군요. 아무리 봐도 나이에 어울
리지 않는데. 그 머리카락을 팔아 버리면 좋겠군요. 모두 500프
랑은 벌 수 있겠소."

"어딜 가는 거야? 어디 가는 거냐 말야? 어디 가냐고 묻잖아,
이 녀석아?"

가브로슈는 말했다.

"말씀이 아주 더러운데. 젖을 먹을 때엔 입을 좀 깨끗하게 씻어야
만 하겠어요."

중사는 총검을 들이댔다.

"말하지 않겠나? 어딜 가느냐 말이다, 이 불한당 녀석아?"

"대장 나리, 우리 부인께서 산기가 있어 의사를 부르러 가는 거요." 가브로슈가 말했다.

"전투 개시!" 중사가 소리쳤다.

자신을 위험 속에 끌어넣은 것을 방패로 삼아 탈출하는 것이야말로 강자의 솜씨이다. 가브로슈는 대뜸 모든 정세를 알아차렸다.

가브로슈는 수레채를 두 손으로 잡고 시장 쪽을 향하여 전속력으로 밀면서 의기양양 달렸다.

그를 위험에 빠뜨린 것은 수레였다. 그를 보호하는 것도 수레가 할 일이었다.

중사가 가브로슈에게 덤벼들려는 순간 수레는 총알처럼 힘껏 내밀려서 미친 듯이 중사에게로 굴러갔다. 중사는 배 한복판을 맞고 도랑 속에 나둥그러지며 총은 공중을 향해 발사되었다.

중사의 고함소리에 와르르 쏟아져 나온 초소의 병사들은 이 총소리를 신호로 무턱대고 마구 일제 사격을 했다. 그러고는 다시 총을 장전하여 또 발사했다.

그 동안 가브로슈는 정신없이 왔던 길로 뛰어가 그곳에서 대여섯 구획 떨어진 곳에 이르러서야 걸음을 멈추고 숨을 헐떡거리면서 앙 팡 루즈 거리 모퉁이에 있는 경계석 위에 앉았다. 그는 귀를 기울였다.

잠시 숨을 돌리고 나서 가브로슈는 총성이 맹렬하게 들리는 쪽을 향하여 왼손을 코 높이로 들고 오른손으로 뒷머리를 두드리면서 왼손을 서너 번 앞으로 내밀었다. 이것은 빠리의 부랑아들이 프랑스적 야유를 몽땅 줄여놓은 최고의 몸짓인데, 벌써 반 세기나 계속되는 것을 보면 분명히 효과가 있는 모양이다.

그러나 이 장난기 어린 마음은 문득 씁쓰레한 생각으로 혼란해졌다.

"그렇군. 정말 울음을 터뜨리기도 하고, 배를 움켜쥐고 기뻐서 펄쩍 뛰기도 했지만 이거 길을 잃고 말았는걸. 돌아서 가는 수밖엔 없겠군. 시간에 알맞게 바리케이드에 도착하면 좋겠는데!"

그래서 가브로슈는 또 달리기 시작했다. 달리다가 "아니, 대체 여기가 어디람?" 하고 말했다.

가브로슈는 서둘러 이 거리 저 거리로 뛰면서 아까 부르던 노래를 다시 부르기 시작했다. 노래 소리는 차츰 어둠 속으로 멀어져 갔다.

허나 감옥들은 아직도 남아 있다오
그런 질서라면
내가 입다물게 해 주리오

  아가씨들 어디로 가는 거지 ?
    롱 라

누군가 나인핀스 (아홉 개의 핀을 세워 놓고 공을 굴려 쓰러뜨리는 실내경기) 놀이 안하겠는가 ?
엄청나게 큰 공이 굴러가면
낡아빠진 세상은 온통 깨지리

  아가씨들 어디로 가는 거지 ?
    롱 라

이 후덕한 늙어빠진 사람들아
루브르 궁의 빌어먹을 왕위를
지팡이를 휘둘러 때려 부수자꾸나

  아가씨들 어디로 가는 거지 ?
    롱 라

우리들은 철문을 부숴버렸지
그제서야 샤를르 10세도
위험을 느끼고 내 목을 쳤다네

  아가씨들 어디로 가는 거지 ?
    롱 라

위병들의 발포 소동은 그대로 가라앉지 않았다. 수레는 포획되고 주정꾼은 포로가 되었다. 수레는 빼앗기고 주정꾼은 나중에 공범자로 군법회의에서 한동안 심문을 받았다. 그때의 검사는 그 기회에 사회 방위에 대한 지칠 줄 모르는 그의 열성을 증명했다.

가브로슈의 모험은 땅쁠 구역 사람들에게 오래도록 전해 내려왔고, 마레 구역의 나이든 시민들에게 가장 무서운 추억의 하나가 되어 그들 기억 속에는 '왕립 인쇄소 초소의 야습'이라는 이름이 붙었다.

제5부 장 발장

JEAN VALJEAN

제1편 시가전

쌩 땅뜨완느 바리케이드 뒤 땅쁠 바리케이드

사회적인 병폐를 관찰하는 사람이 우선 손꼽게 되는 가장 중요한 두 개의 바리케이드는 이 책의 이야기가 벌어지는 시대와는 아무런 관계도 없다. 그 두 바리케이드는 서로 다른 모습으로 무시무시한 사태를 상징하며, 다같이 유사 이래 가장 큰 시가전인 1848년 6월의 숙명적인 반란이 벌어졌을 때 땅에서 솟구치듯 갑자기 출현했다.

어떤 주의 주장을 부정하고, 자유와 평등과 박애에 반대하며, 보통선거를 반대하고, 만인에 의한 만인의 정부까지도 반대하면서 스스로의 고민과, 실의와, 결핍과, 흥분과, 빈곤과, 독기와, 무지와, 암흑의 밑바닥으로부터 절망하는 위대한 사람들이라고 할 수 있는 천민들은 항의의 소리를 지르고, 하층민들은 일반 민중에 도전하는 사태가 때때로 일어난다.

불량배들은 대중의 권리를 공격하고, 오클로크라씨(위대한 정치)는 데모스(민중)에게 반항하는 것이다.

이것이야말로 비통한 싸움이다. 그 광란 속에서도 어느 정도의 정당성이 있고, 사사로운 싸움에는 자살 행위가 포함되어 있기 때문이다. 그리고 부랑자니, 천민이니, 우매한 무리니, 하층민 따위의 모욕적인 단어들은 비참하게도 고통받는 자들의 죄보다는 통치하는 자들의 죄를, 즉 무산자들의 죄보다는 통치자들의 죄를 입증하는 것이다.

그러므로, 우리들은 그러한 단어에 대해 고통과 경의를 느끼지 않을 수가 없다. 왜냐하면 철학은 그와 같은 단어의 의미 속에서 비참함과 함께 종종 많은 위대함을 발견하기 때문이다. 아테나는 우매한 무리였다. 부랑자는 네덜란드를 건설했고, 하층민들은 한 번뿐이 아니라 여러 번 로마를 구출했다. 또 천민들은 예수 그리스도의 뒤를 따랐다.

때때로 하층 사회의 위대함을 지켜보지 않은 사상가는 없다.

아마도 성 제롬이 생각했던 것도 바로 그러한 천민이었을 것이다. 그가 '도시의 찌꺼기야말로 이 세상의 법이다'라는 저 신비로운 말을 했을 때, 그는 사도(使徒)들이며 순교자를 낳은 그 모든 빈민들이며, 부랑아며, 비참한 사람들을 염두에 두었던 것이다.

고통 때문에 피를 흘리는 이 군중들의 분노, 스스로의 생명과도 같은 주의에 반대하는 그 폭력, 법에 항거하는 폭력, 이런 것들이 민중의 쿠데타이며, 그것은 마땅히 저지되어야 한다. 성실한 인간은 그것을 저지하기 위해 헌신하고, 군중에 대한 사랑 때문에 오히려 군중과 싸운다. 그러나 대항하면서도 군중을 용서해야 한다고 느끼는 것이다! 저항하면서도 그 군중을 존경하는 것이다! 그야말로 자기가 해야 할 바를 하면서도 아주 가끔은 자기의 발목을 낚아채듯 알 수 없는 불안의 그림자를 느끼는 것은 그 때문이다. 인간은 고집한다. 또 응당 고집하지 않으면 안된다. 하지만 고집을 부리면 본심은 만족하지만 가슴 한 구석은 씁쓸하다. 그러니 의무를 수행하면서도 찢어질 듯한 슬픔이 교차하는 것이다.

　1848년 6월의 폭동은——서둘러 이 이야기를 해둬야겠다——특수한 사건이어서 역사 철학 속에서 다른 것과의 비교가 거의 불가능하다. 우리가 앞에서 설명한 모든 말은, 신성한 노동권에 대한 주장과 자신의 권리를 요구한 이 특이한 폭동을 문제삼을 경우 제외시켜야 한다. 이 폭동을 사람들은 진압하지 않을 수 없었다. 그것은 의무였다. 왜냐하면 그 폭동은 공화국을 공격했기 때문이다. 그러면 근본적으로 1848년 6월이란 무엇이었던가? 그것은 민중의 자기 자신에 대한 반항이었다.

　주제를 잃지 않는 한 이야기는 탈선되지 않는다. 그래서 잠시 동안 독자의 주의를, 지금 말한 정말로 특이한 두 개의 바리케이드, 이 반란의 특색을 나타나게 한 바리케이드에 대하여 돌리게 함을 이해하기 바란다. 이 두 가지 바리케이드야말로 1848년 6월의 반항적 특성을 보여주는 것이다.

　그 중 하나는 쌩 땅뜨완느 성채의 담 밖에 있는 입구를 막고 있었고, 다른 하나는 뒤 땅쁠 성채의 담 밖을 방어하고 있었다. 빛나는 6월의 창공 아래 그 두 개의 무시무시한 내란의 걸작품인 바리케이드가 솟아 있는 것을 눈앞에 직접 본 사람들은 평생토록 그것을 잊지 못할 것이다.

　쌩 땅뜨완느의 바리케이드는 괴물 같았다. 높이는 4층 건물 정도나 되었고 폭은 700피트에 달하고 있었다. 성채의 담 밖에 있는 넓은 입구인, 세 개의 거리를 한 모퉁이에서 다른 모퉁이까지 막고 있었다. 움푹 패고, 잘리고, 톱니 모양이고, 토막나고, 커다란 파열구가 총을 쏠 수 있는 구멍이 되어 있고, 그것들이 저마다 보루를 이루고 있는 여러 개의 돌더미로 받쳐져 여기저기 돌출부가 내밀어져 있고, 뒤에는 큰 집 두 채가 돌출되어 있었는데, 이미 7월 14일(1789년)의 무대가 되었던 그 무서운 장소 안쪽에 거대한 제방처럼 솟아 있었다. 그 주된 바리케이드 저편, 거리 안쪽에는 19개의 작은 바리케이드가 겹쳐져 있었다. 그것은 보기만 해도 고뇌가 스스로 죽음을 바라는, 저 마지막 순간에 달한 죽음의 커다란 고통을 그 성채 담 밖에서 느낄 수 있었다.

그 바리케이드는 무엇으로 만들어졌는가?

7층 건물 세 채를 일부러 허물어서 만든 것이라고 어떤 사람은 말했다. 또 어떤 사람은 온갖 분노가 낳은 기적의 산물이라고 말했다. 그것은 모든 증오의 건조물이 지닌 처참함을 띠고 있었다. 폐허의 양상이었다.

누가 바리케이드를 세웠는가 하고 물을 수 있다면, 누가 그것을 파괴했는가 하고 물을 수도 있다. 바리케이드는 즉흥적인 흥분의 산물이었다.

보라! 저 문을! 저 철책을! 저 차양을! 저 문턱을! 저 부서진 화로를! 저 금간 냄비를! 모든 것을 드러내라! 모든 것을 던져 넣어라! 모든 것을 밀어내라! 굴려라, 파헤쳐라, 벗겨 버려라, 뒤엎어라, 무너뜨려라! 바리케이드는 포석과 깨진 돌과 들보와 철봉과 걸레 조각이며 유리의 파편, 짚이 빠진 의자, 양배추의 속대, 누더기, 그리고 저주의 합작이었다.

바리케이드는 위대하고도 왜소했다. 혼돈스런 것들이 즉석에서 만든 깊은 심연이었다. 좁쌀만한 것들 옆에 놓인 커다란 덩어리, 뜯어진 벽 조각에 깨진 화분도 있었다. 모든 파편의 위협적인 융화였다. 시지프는 그곳에 바위를 던져 넣었고, 욥은 유리병 조각을 던져 넣었다. 요컨대 참으로 무시무시한 것이었다. 그것은 거지들의 아크로폴리스였다. 뒤집힌 짐마차가 그 경사진 면을 울퉁불퉁하게 만들고 있었다. 거대한 이륜 마차 하나가 차바퀴의 굴대를 위로 뻗치고 옆으로 내던져져서 그 여러 가지가 뒤섞여 있는 정면에 상처 자리처럼 보이게 했다. 마치 야만스러운 건축 기사들이 공포에 장난을 덧붙이려 한 듯, 사람의 힘으로 잡동사니 산의 꼭대기까지 끌어올려서 지금은 끌어당길 말도 없는 채를 공중에 있는 말에게라도 내밀고 있는 것 같았다. 그 거대한 퇴적물, 폭동의 더미는 보는 사람에게 모든 혁명의 펠리온 산 위에 오싸 산을 겹쳐 놓은 것을 연상케 했다.

1789년 위에 올려놓은 1793년, 8월 10일(1792년) 위에 겹쳐진 공화(共和) 열월(熱月) 9일(1794년 7월 27일), 1월 21일(1793년) 위에 겹쳐진 공화 무월(霧月) 18일(1799년 11월 9일), 공화 초월(草月)(1795년 5월) 위에 겹쳐진 공화 장월(檣月)(1795년 10월), 1830년 위에 겹쳐진 1848년들이었다. 그곳은 그만한 노력을 할 만한 가치 있는 장소이고, 그 바리케이드는 바스띠유 감옥이 모습을 감춘 바로 그 장소에 나타나기에 손색이 없었다. 만일, 대양이 방파제를 만든다면 아마 꼭 이렇게 구축할 것이다. 미친 듯이 물결치는 파도가 그 기형의 장애물에 달라붙어 있었다. 성난 파도란 무엇인가? 바로 하층의 군중들이었다. 그 앞에 서면 마치 돌처럼 굳어버린 힘찬 함성을 보는 듯했다.

이 바리케이드 위에서 벌이 윙윙거리는 소리가 들리는 듯했다. 마치 엄청난 검은 벌의 대군이 벌집에서 윙윙거리는 것 같았다. 가시덤불이었는지? 바커스 제삿날이었는지? 요새였는지? 현혹하는 날갯짓으로 구축한 듯했다. 그 각면보(角面堡) 속에는 쓰레기더미가 있고, 그 퇴적물 더미에는 올림포스의 전당(殿堂)이 있었다. 그 절망에 찬 혼란 속에는 지붕의 서까래, 벽지가 붙은 고미다락방의 벽 조각, 파괴된 잡다한 물건 속에 포탄을 막으려고 세워진 유리가 온전히 붙어 있는 창틀 벽에서 뜯어낸 벽난로, 옷장, 테이블, 의자, 요란하게 뒤죽박죽이 되어 있는 큰 혼잡, 그리고 거지조차도 돌아보지 않을 만큼 분노와 허무를 동시에 내포한 헤아릴 수 없는 남루한 잡동사니가 있었다. 그것은 민중의 누더기, 나무와 쇠붙이와 구리와 돌로 된 누더기 같았으며, 또 쌩 땅뜨완느가 거리의 그 비참한 생활의 먼지를 바리케이드로 만들어서 그것을 거대한 빗자루로 쓸어 입구에 막아 놓은 것 같았다.

목 자르는 작두 비슷한 쇠붙이, 풀어진 쇠사슬, 교수대처럼 그대로 가름나무가 붙어 있는 판자틀, 부서진 굴대에서 수평으로 튀어나온 수레바퀴, 그러한 것들이 그 무정부 상태의 건축물에 민중들이 참고 견디어 온 오랜 고통의 어두운 그림자를 곁들이고 있었다. 쎙 땅뜨완느의 바리케이드는 온갖 것을 무기로 삼고 있었다. 내란이 사회의 머리 위에 던질 수 있는 모든 것이 그곳에서 나오고 있었다. 그것은 전투가 아니라 분노의 발작이었다. 그 각면보를 지키고 있는 기총들은 그 총 속에 섞여 있는 몇 개의 구식 산탄총과 더불어, 사기 그릇 조각이나 뼈다귀, 윗도리 단추나 더욱이 구리의 독 때문에 위험한 탄환이 되는 침실의 탁자 다리에 붙어 있는 바퀴까지도 마구잡이로 쏘아댔다.

그 바리케이드는 제정신을 잃고 있었다. 말로 표현할 수 없는 울부짖음이 구름 속까지 치솟았다. 때로는 군대에 도전하면서 군중과 폭풍 같은 광란 속에 뒤덮일 때도 있었다. 타오르는 듯한 얼굴들이 그 꼭대기까지 뒤덮여 있었다. 개미 떼 같은 무리가 그곳에 넘치고 있었다. 그 꼭대기에는 총, 사벨, 곤봉, 도끼, 창, 총검으로 가시가 돋친 듯했다.

커다란 붉은 깃발 하나가 바람에 펄럭이고 있었다. 호령소리, 진격의 노래, 북소리, 부녀자들이 울부짖는 소리, 허기진 사람들의 공허한 웃음소리가 들려왔다. 그 바리케이드는 정상을 벗어나 활기에 넘쳐 있고, 마치 천둥치는 검은 구름처럼 번갯불을 번쩍이고 있었다. 혁명 정신으로 시작된 검은 구름이 그 꼭대기를 덮고 있었는데 신의 목소리와 흡사한 민중의 소리가 울려퍼지고 있었다. 터무니없이 허물어진 쓰레기더미에서 이상하게 장엄한 공기가 새어 나왔다. 그것은 쓰레기더미였고 또한 시나이 산이었다.

앞서 말한 대로 그 바리케이드는 대혁명의 이름으로 혁명을 공격한 게 아니고 무엇이랴. 그 바리케이드는 우연이었고, 무질서였고, 동요였고, 오해였으며, 입헌 의회를, 민중의 주권을, 보통 선거를, 국민을, 공화국을 적으로 삼았다. 그것은 '라 마르세예즈(프랑스 국가)'에 도전하는 '까르마뇰(프랑스 혁명가)'이었다.

무모한 도전이었지만 용맹스러웠다. 왜냐하면 이 역사 깊은 성채는 영웅같았기 때문이다.

성채의 울타리와 각면보는 서로 돕고 있었다. 성채 울타리는 각면보에 의지하고, 각면보는 성채 울타리를 거점으로 삼고 있었다. 넓은 바리케이드는 아프리카 장군들의 전술까지도 깨뜨릴 낭떠러지처럼 펼쳐져 있었다. 그 동굴, 그 혹, 그 돌출물, 그 솟아오른 것들이 얼굴을 찡그리고 화약 연기 밑에서 비웃고 있었다. 산탄은 형체도 없이 사라지고, 포탄은 헛되이 그 속에 떨어져 삼켜지고, 탄환은 그저 구멍을 뚫는 것에 불과했다. 혼돈된 것들에 포격한들 무엇하겠는가? 더없이 잔인한 전쟁 광경에 익숙한 여러 연대들도 산돼지처럼 털을 곤두세우고, 산처럼 거대한 그 야수와 같은 각면보를 불안한 눈으로 지켜볼 따름이었다.

그곳에서 1킬로미터 가량 떨어진 샤또도 분수 가까이의 큰길로 나가는 땅뻘 거리의 모퉁이에 서서, 달르마뉴 상점의 진열창이 튀어나온 돌출부 밖으로 대담하게 머리를 내밀고 보면, 멀리 운하 저편 벨르빌르의 언덕길을 올라가는 거리 중간, 언덕 윗쪽 지점에 3층 집 높이의 이상한 장벽이 보였다. 그 벽은 좌우의 집들을 연결하는 것 같았는데 마치 거리를 갑자기 막아 버리기 위해서 가장 높은 벽을 꺾어 놓은 것처럼 보였다. 그러나 그 벽은 사실상 길에 까는 포석으로 만들어져 있었다. 반듯하고 규칙적이며, 냉엄하고, 수직으로 되어 있고, 자로 재서 먹줄로 선을 긋고, 추를 매달아 곧게 쌓아올린 벽 같았다. 시멘트는 사용되지 않았으나, 그렇다고 해서 로마식 벽처럼 건축상의 견고함에는 결함이 없었다. 그 높이로 보아 그 안의 깊이도 상당할 것으로 여겨졌다. 꼭대기는 수학적으로 땅바닥과 평행을 이루고 있었다. 잿빛 표면 군데군데에 거의 눈에 띄지 않을 만큼 검은 실과 같은 총구멍 줄들이 보였고, 그 총구멍 사이는 일정한 간격으로 뚫려 있었다.

거리에는 인적이라곤 없었다. 창이며 문들은 모조리 닫혀 있었다. 그리고 안쪽 깊숙이 솟은 장벽이 그 거리를 막다른 골목으로 만들었다. 벽은 조용하고 요지부동이었다. 아무도 보이지 않고 아무 소리도 들리지 않았다. 외치는 소리도, 물건 소리도, 숨소리도 들리지 않았다. 마치 무덤 속 같았다.

6월의 눈부신 태양이 그 무서운 곳에 빛을 쏟고 있었다.

그것은 땅뺄 성채 울타리 밖에 있는 바리케이드였다.

그 지역에 발을 들여놓고 그것을 바라보면, 제 아무리 대담한 사람이라도 그 신비로움 앞에서 깊은 생각에 잠기지 않을 수가 없었다. 그것은 균형잡히고, 꼭 들어맞게 끼워지고, 기왓장을 엎어 놓은 듯 나란히 놓여 있어서 직선적이고, 좌우 틀이 꽉 짜여 있었지만 음산한 분위기가 있었다. 그곳에는 과학적인 이론과 암흑이 가득찼다. 그 바리케이드의 우두머리는 기하학자이거나 아니면 유령일 거라고 느껴졌다. 사람들은 그것을 바라보고, 낮은 소리로 말을 주고받았다.

이따금 병사나 장교, 또는 민중의 대표인 대의원이 대담하게 그 쓸쓸한 대로를 가로지르려 하면, 날카롭고 희미한 바람을 끊는 소리에 그 통행인은 부상당하거나 죽어 쓰러졌다. 다행히 모면한 경우에는 어딘가 닫힌 덧문이나 돌벽 사이, 또는 회반죽한 벽 사이에 탄알이 박히는 것을 보았다.

때로는 머스켓 총탄도 있었다. 그것은 바리케이드에 있던 많은 사람들이 두 개의 무쇠로 만든 가스 관의 한 끝을 베 오라기와 진흙으로 막아서 두 자루의 작은 총대를 만들었기 때문이다.

쓸데없이 화약을 낭비하는 일은 없었다. 총알은 거의 명중했다. 시체가 여기저기에 구르고 피가 흥건히 포석 위에 괴어 있었다. 작가는 한 마리의 흰 나비가 거리 여기저기를 날던 것을 기억하고 있다. 여름은 어느 곳에서도 평소와 다름 없었다.

부근의 집 대문 아래에는 부상자들로 들끓고 있었다. 거기서는 모습이 보이지 않는 그 무엇엔가의 표적이 되고 있음을 스스로 느끼고, 분명히 총맞아 죽을 것 같았다.

땅뺄 성채의 울타리 밖, 입구에서 운하의 아치형 다리 모양의 나귀 등처럼 솟아오른 장소 뒤에는 공격 종대의 병사들이 모여 그 음침한 각면보를, 그 요지부동의 물체를, 죽음의 그림자가 어른대는 그 비정한 곳을 엄숙하면서도 충실히 감시하고 있었다. 몇 사람은 배를 깔고 엎드려서 모자가 보이지 않도록 조심하면서 다리의 굴곡 꼭대기까지 기어올라갔다.

용감한 몽떼나르 대령은 몸을 떨면서 그 바리케이드를 찬탄하고 있었다.

“참으로 잘 만들었군요!” 하고 어떤 대의원에게 말했다. “포석이 비어져 나온 곳은 아무데도 없습니다. 마치 도자기처럼 매끈매끈하군요.”

이때 한 발의 탄환이 그의 가슴에 매달려 있는 십자 훈장을 꿰뚫었다. 대령은 쓰러졌다.

“비겁한 놈들!” 하고 누군가가 말했다. “얼굴을 내밀어 보라! 모습을 보여라! 겁쟁이 놈아! 숨어만 있지 말고 나와라!”

80명이 지키던 땅뺄 성채 울타리 밖의 바리케이드는 만 명의 공격을 받으면서 사흘을 견뎠다. 나흘째가 되자 공격측은 잣차와 콘스탄틴의 경우와 같은 전법으로 집집마다 구멍을 뚫고 지붕을 따라 올라가서 바리케이드를 점령했다. 80명의 ‘비겁자’는 한 사람도 도망

치려 하지 않았다. 그들은 조금 뒤에 이야기할 우두머리 바르뗄르미
만이 탈출하고, 모두 그곳에서 전사했다.

쌩 땅뜨완느의 바리케이드는 천둥 소리처럼 요란하게 울렸고 땅
쁠의 바리케이드는 침묵 그것이었다. 이 두 개의 각면보 사이에는
잔인함과 처참함의 차이가 있었다. 하나는 사나운 짐승의 입이었고
다른 하나는 가면과 같았다.

이 대규모적이고 어두운 6월의 반란이 하나의 분노와 하나의 수
수께끼로 되어 있었다고 한다면, 전자의 바리케이드 속에서는 용을,
후자의 바리케이드 배후에서는 스핑크스를 느낄 수 있었다.

이 두 요새는 꾸르네와 바르뗄르미라는 두 사나이에 의해서 구축
된 것이다. 꾸르네는 쌩 땅뜨완느의 바리케이드를 만들고 바르뗄르
미는 땅쁠의 바리케이드를 만들었다. 양쪽의 바리케이드는 그것을
구축한 사람의 모습을 지니고 있었다.

꾸르네는 키가 큰 남자였다. 넓은 어깨, 붉은 얼굴, 억센 손에 용
감하고 성실한 영혼과 진지하고 무서운 눈을 가지고 있었다. 또 대
담하고, 정력적이며, 화를 잘 내고, 격렬한 성품이었다. 인간으로서
는 더없이 진실이 넘쳤으나, 전투원으로서는 더없이 무서웠다. 전
쟁, 투쟁, 격투는 그에게 어울리는 분위기였으며 그를 기분좋게 만
들어 주는 것이었다. 예전에 해군 장교였던 그의 거동이나 목소리만
들어도 그가 대양에서 왔다는 것, 폭풍우에 휩쓸리면서 살아왔다는
것을 짐작할 수 있었다. 그는 바다 위의 큰 회오리 바람을 육지 위
의 전투에 불어 넣었다. 신성(神性)을 제외하고, 당똥 속에 헤라클
레스적인 것이 있었던 것처럼, 천재성(天才性)을 제외한다면 꾸르
네 속에는 당똥적인 요소가 있었다.

바르뗄르미는 깡마르고, 허약하고, 창백하며, 말이 없는 이른바
불우한 부랑아였다. 어느날, 한 순경에게 따귀를 맞은 것을 큰 원한
으로 생각하고 그 순경을 노리고 기다렸다가 살해했다. 그래서 17

80명이 지키는 뒤 땅뿔 바리케이드는 만 명의 공격을 받으면서 사흘을 견뎠다.

살에 감옥에 들어갔다. 그는 곧 석방되자 이 바리케이드를 만들었던 것이다.

뒷날, 그들은 함께 추방되어서 런던으로 망명했는데 어떤 일에서였는지, 바르뗄르미는 꾸르네를 살해했다. 처절한 결투였다. 그 뒤 얼마 안 있다가 야릇한 치정 관계에 얽혀들어서 프랑스 재판은 정상 참작의 여지를 인정했지만, 영국의 재판은 사형을 인정하여 결국 바르뗄르미는 교수형을 받았다.

완벽한 지성과 강직한 성품의 인물이었고 위대한 인간일 수도 있는 이 불행한 인간은 불합리한 사회 제도, 물질적 결핍과 정신적 암흑 때문에 프랑스 감옥에서 출발하여 영국의 교수대에서 생애를 마친 것이다. 바르뗄르미는 어떤 경우에도 단 한 가지 깃발만을 내걸었다. 그것은 검은 깃발이었다.

심연 속에서나 이야기할 밖에

16년이란 세월은 폭동을 위한 지하 교육 기간으로서는 상당히 긴 기간이므로 1848년 6월은 1832년 6월보다도 폭동에 대해서 더 많은 지식을 갖추고 있었다. 따라서 샹브르리 거리의 바리케이드는 지금 묘사한 두 개의 거대한 바리케이드에 비하면 하나의 시작에 불과했고 태아에 불과했다. 그러나 당시로선 두려워할 만한 것이었다.

마리우스는 아무 일에도 마음을 쓰지 않고 있었으므로, 폭도들은 앙졸라의 감시 아래 어둠을 타서 활동했다. 바리케이드는 수리되었을 뿐 아니라 전보다도 증축되었다. 높이도 2피트나 높아졌다. 작은 자갈밭 가운데 세워진 철구조물은 마치 꽂아 놓은 창 같았다. 온갖 종류의 파괴된 부스러기들을 여기저기서 날라다가 덧붙였기 때문에 외형은 점점 더 복잡했다. 각면보의 내부는 벽처럼, 외부는 가시덤불처럼 교묘하게 개조되었다.

성벽처럼 위로 올라갈 수 있는 자갈밭의 계단도 다시 축조되었다.

모두들 바리케이드를 수리하고, 술집 아래층의 홀을 정리하고, 주방을 야전 병원으로 만들어 부상자들을 치료하고, 마룻바닥이며 탁자 위에 흩어져 있는 화약을 모아 탄환이나 탄약통을 만들고, 붕대를 만들고, 적이 떨어뜨리고 간 무기를 분배하고, 각면보 내부를 청소하고, 파편을 주워 모으고, 시체를 치웠다.

시체는 아직도 그들이 차지하고 있는 몽데뚜르 골목 안에 놓여 있었다. 그곳의 자갈밭은 그 뒤 오랫동안 빨갛게 물들어 있었다. 사상자 가운데는 시골 출신의 국민병 넷이 끼어 있었다. 앙졸라는 그들의 군복을 벗겨서 보관해 두도록 했다.

앙졸라는 두 시간 동안 모두 잠을 자도록 권했다. 앙졸라의 권고는 명령이었으나 서너 명만이 그 명령에 따랐다. 푀이는 술집 맞은편 벽에 이런 글귀를 새기면서 그 두 시간을 보냈다.

민중 만세!

그 글씨는 돌에 못으로 새겼는데, 1848년까지도 아직 그 벽 위에 그대로 남아 있었다.

술집의 세 여자들은 휴전 상태를 틈타 밤 사이 모습을 감추고 다시 돌아오지 않았다. 그래서 폭도들은 더 마음이 홀가분해졌다. 그녀들은 어딘가 근처 인가로 피신했던 것이다.

부상자의 대부분은 아직도 싸울 능력과 의지를 지니고 있었다. 야전 병원이 된 주방의 이불이나 짚더미 위에는 다섯 명의 중상자가 누워 있었다. 그 중 두 사람은 시민병이었다. 시민병은 우선적으로 치료를 받았다.

아래층 홀에는 천으로 덮여 있는 마뵈프와 기둥에 묶여 있는 자베르밖에 남아 있지 않았다.

"여기가 시체실이야." 하고 앙졸라는 말했다.

촛불 하나로 희미하게 비추어진 그 홀 안에는 안쪽 깊숙이 시체를 안치한 탁자가 기둥 뒤에 가름대처럼 놓여 있고, 서 있는 자베르와 가로놓여 있는 마뵈프는 마치 커다란 십자가처럼 어렴풋이 보였다.

합승 마차의 채찍은 총을 맞아서 끝이 부러져 버렸지만, 아직 깃발을 걸 만큼의 길이는 남아 있었다.

자신이 한 말은 꼭 실행한다는 지도자다운 자질을 가진 앙졸라는 전사한 노인의 구멍 뚫린 피투성이 옷을 깃대에 붙들어 매었다.

일체 식사는 할 수 없었다. 빵도 고기도 없었다. 바리케이드 안의 50명 남자는 그곳에 와서 16시간 사이에 술집에 남아 있던 빈약한 음식물들을 먹어치워 버린 것이다. 어느 때가 되면 완강하게 저항하던 바리케이드 사람들도 메뒤즈 호의 뗏목처럼 무력하게 되기 마련이다. 그들은 굶주림을 참을 수밖에 없었다. 그들은 자신의 욕심이나 이기심을 극복해야 하는 비장한 6월 6일을 맞고 있었다. 그날 쌩 메리의 바리케이드에서 빵을 달라는 폭도들에 둘러싸인 잔느가, "먹을 것을!" 하고 외치는 그들 전투자들에게 "뭐라구요! 지금이 3시예요. 4시에는 우린 죽을 거요." 하고 대답했던 것이다.

이미 먹을 것이 없기 때문에 앙졸라는 마실 것을 금했다. 포도주를 금지하고 브랜디를 조금씩 나누어 주었다.

술집 지하 창고에서 소중하게 밀봉된 술병을 15병이나 발견했다. 앙졸라와 꽁브페르가 그것을 검사해 봤다. 꽁브페르는 지하실에서 나오면서 말했다.

"향료품 장사하던 위슐루 영감의 옛날 밑천이야."

"그건 진짜 포도주임에 틀림없어" 하고 보쒸에가 말했다. "그랑떼르가 잠들어 있길 다행일세. 그가 깨어 있었다면 병이 남아나기 어려웠을걸."

여러가지 불평도 있었으나 앙졸라는 15병의 마개를 뗄 것을 허락하지 않고 아무도 손을 대지 못하게 해서 신성한 것으로 여겨지

그 홀 안에는 시체를 안치한 탁자가 기둥 뒤에 가름대처럼 놓여 있고, 서 있는
자베르와 가로놓여 있는 마뵈프는 마치 커다란 십자가처럼 어렴풋이 보였다.

도록 모조리 마뵈프 노인이 누워 있는 탁자 밑에 놓게 했다.

오전 2시경에 점호를 했다. 아직 37명이 있었다.

날은 차차 밝기 시작하고 있었다. 자갈밭으로 둘러싸인 상자 속에 켜져 있던 횃불도 지금 막 꺼버린 참이었다. 거리에서 동떨어진, 조그마한 안마당 같은 바리케이드 내부는 어둠에 둘러싸여 새벽녘의 어렴풋한 어둠속에서 파괴된 배의 갑판과도 같은 모습을 드러내고 있었다. 왔다갔다하는 전우들은 검은 그림자처럼 움직였다. 그 무시무시한 어둠의 소굴 위쪽에는 높은 집들이 푸르스름하게 떠올라 보였고, 맨 꼭대기에는 굴뚝이 희끄무레하게 보였다. 하늘은 희지도 푸르지도 않은 미묘하고 매혹적인 몽롱한 색조를 띠고 있었다. 새들이 즐겁게 지저귀면서 그 하늘을 날고 있었다. 바리케이드의 배경이 되어 있는 높은 집들은 동쪽을 향해 있었으므로 지붕에 장밋빛 광선을 받고 있었다. 4층 창문에는 어제 죽은 노인의 잿빛 머리카락이 아침 바람에 나부끼고 있었다.

"누군지 횃불을 꺼 주어서 고맙군" 하고 꾸르페락이 푀이에게 말했다. "횃불이 바람에 일렁이는 게 못마땅했어. 꼭 겁을 먹고 있는 것 같았어. 횃불 빛은 비겁자의 지혜와도 같아. 떨리기 때문에 도무지 밝게 비치지도 못하니 말이야."

새벽은 새들과 함께 사람들의 정신도 눈뜨게 한다. 모두가 이야기하기 시작했다.

졸리는 물받이 위를 어슬렁거리는 고양이 한 마리를 보고 거기에서 철학을 끌어냈다. "고양이란 뭔가?" 하고 그는 외쳤다. "하나의 수정물(修正物)이지. 하느님이 쥐를 만들어 놓고 나서, '내가 실수했군' 하고 고양이를 만드신 걸세. 고양이, 그것은 쥐의 정오표(正誤表) 같은 거야. 쥐에다 고양이를 합쳐야 비로소 천지창조의 교정(校正)이 되는 거지!"

꽁브페르는 학생들과 노동자에 둘러싸여 장 프루베르, 바오렐, 마뵈프에 대해서, 심지어 르 까뷕 같은 죽은 사람에 대해 이야기하고 있었으며, 또 앙졸라의 엄숙한 비극에 대해서도 이야기했다.

꽁브페르는 말했다.

"하르모디우스와 아리스토게이톤, 브루투스, 케레아스, 스테파누스, 크롬웰, 샤를로뜨, 꼬르데, 쌍드, 이들은 모두 죽이고 난 후에 고통의 순간을 가졌단 말이야. 우리 인간의 마음이란 참으로 상처받기 쉽고 인생이란 참 불가사의한 거야. 공덕(公德)을 위한 살인에서조차, 심지어 해방이나 구제를 위해 살인을 하기에 이르렀다 하더라도, 한 인간을 죽였다는 양심적인 가책은 인류에게 공헌했다는 기쁨보다 훨씬 큰 법이야."

그리고 이런저런 이야기가 오고갔는데, 이윽고 장 프루베르의 시(詩)에 관한 이야기 다음에, 빌길리우스의 작품인 《게오르지크》의 여러 번역자들을 비교한 다음, 말필라트르가 번역한 몇 구절을, 그 중에서도 특히 시저의 죽음에 대한 유명한 문장을 지적하면서 로를 꾸르낭을 드릴르와 비교했다. 그리고 이 시저라는 한 마디에서 화제는 다시 브루투스에게로 되돌아갔다.

"시저는," 하고 꽁브페르가 말했다. "정당하게 죽은 거야. 키케로는 시저에게 가혹하게 말했지만 그건 정당한 일이었어. 그 가혹한 말은 절대로 혹평이 아니야. 조일루스가 호메로스를 욕하고, 메비우스가 빌길리우스를 욕하고, 비제가 몰리에르를 욕하고, 교황이 셰익스피어를 헐뜯고, 프레롱이 볼떼르를 욕한 것은 예로부터의 증오의 표현이야. 천재는 욕을 먹고 위인은 다소 혹평을 받게 마련이지. 그러나 조일루스와 키케로는 달라. 키케로는 사상에 의한 심판자인 거야. 마치 브루투스가 칼에 의한 심판자인 것처럼. 나는 후자의 심판, 즉 칼을 비난하지. 그러나 옛날엔 칼의 심판을 인정했거든. 명령을 어기고 루비콘 강을 건넌 시저는 민중으로부터 나온 여러 가지 권위를 마치 자기가 만든 것처럼 사람들에게 주고 원로원에 나타나지도 않고 유트로프스가 말했듯이, 왕처럼 그리고 폭군같이 행동했지. 그는 위대한 인간이었기 때문에 그런만큼 불행하기도 했고 행복하기도 했지. 교훈은 위인인 경우 높고 원대한 것이었으니까. 그러나 그가 받은 스물세 군데의 상처는 사람들이 그리스도의 이마에 뱉은 침만큼 나를 감동시키지 못해! 시저는 원로들의 손에 살해되었지만, 그리스도는 하인들에게 뺨을 얻어 맞은 거야. 모욕이 심할수록 사람들은 하느님을 느끼게 되는 법이지."

보쒸에는 이야기하는 사람들을 포석더미 위에서 내려다보면서 기총을 들고 외치고 있었다.

"오, 시다테네움, 미리누스, 프로발린트여! 에안티드의 미의 여신이여! 아아, 그 누가 나에게 로리움이나 에다프테온의 그리스인처럼 호메로스의 시구를 읊을 수 있는 능력을 줄 것인가?"

양지와 음지

앙졸라가 정찰을 하러 나갔다. 그는 처마 밑을 따라서 몽데뚜르 골목길을 빠져 나갔다.

폭도들은 희망에 차 있었다. 지난 밤의 습격을 쉽게 물리친 솜씨에 자신이 생겨서 새벽의 공격도 처음부터 문제시하지 않았다. 오히려 습격을 기다리며 미소까지 띠고 있었다. 자신들의 명분과 함께 성공할 것을 믿어 의심치 않았다. 게다가 지원군은 틀림없이 올 것이다. 그들은 그것을 믿고 있었다. 싸우는 프랑스 사람의 저력의 하나인, 저 매우 낙관적인 승리의 예감에 의하여 그들은 바야흐로 시작되려고 하는 하루를 세 번의 확실한 단계로 나누어 생각하고 있었다. 즉 오전 6시에 '미리 손을 써 놓았던' 1개 연대가 귀순해 올 것이고, 정오에는 전 빠리가 봉기하고 저녁 무렵엔 혁명이 일어날 것이다.

전날부터 잠시도 쉬지 않고 울리는 쌩 메리의 경종 소리가 지금도 들려 오고 있었다. 그것은 또 하나의 큰 바리케이드인 잔느의 바리케이드가 아직도 버티고 있다는 증거였다.

그런 모든 희망은 벌집 속의 벌들이 싸우는 날개 소리와도 흡사한 일종의 쾌활하고 무서운 속삭임이 되어 이 무리에서 저 무리로 옮겨 갔다.

앙졸라가 다시 모습을 보였다. 그는 밖의 어둠 속을 몰래 독수리처럼 한 바퀴 돌고 온 것이다. 그는 팔짱을 끼고, 한 손은 입에 대고, 한동안 유쾌한 이야기에 귀를 기울이고 있었다. 그러고는 밝아 오는 새벽의 뿌연 빛 속에서 신선한 장밋빛 모습으로 그는 말했다.

"빠리의 모든 군대가 움직이고 있소. 그 3분의 1은 이 바리케이드로 공격해 올 거요. 거기에는 국민군도 포함되어 있소. 나는 보병 제5연대의 군모와 국민군 제6연대의 깃발을 보았소. 이곳은 한 시간 후에 공격받을 거요. 민중들은 어제는 들끓었지만 오늘 아침엔 꼼짝도 하지 않소. 이제는 아무것도 기다릴 것이 없고, 아무것도 희망할 게 없소. 이제는 성채 밖의 울타리도 연대도 없소. 우리는 고립된 것이오."

이 말은 여기저기 몰려 있는 사람들의 웅성거리는 소음 위에 떨어져서, 폭풍우를 예고하는 빗방울이 벌집 위에 떨어진 결과를 빚었다. 모두들 굳게 입을 다물었다. 죽음의 날갯짓 소리가 들리는 듯한, 뭐라 말로 표현할 수 없는 침묵의 한순간이었다.

그 순간은 짧았다. 군중의 가장 어두운 안쪽에서 앙졸라에게 외치는 소리가 들렸다.

"좋소, 바리케이드를 20피트로 높이고 모두 여기 끝까지 남아 있습시다. 여러분, 시체가 되어 대항합시다. 민중이 공화주의자를 버리더라도 공화주의자는 민중을 버리지 않는다는 것을 보여 줍시다."

이 말은 모든 사람들의 생각을, 개인적인 불안의 답답한 구름을 날려버렸다. 그리고 열광하는 환호성을 받았다.

이 이야기를 한 사나이의 이름은 끝내 알 수 없었다. 그는 작업복을 입은 사나이였고, 이름없는 사나이였고, 잊혀진 사나이였으며, 지나가는 영웅이었다. 인류의 위기나 사회의 개벽에는 언제나 섞여서 때가 오면 의젓한 태도로, 결정적인 한 마디를 하여 번갯불 속에서 민중과 신을 대표한 뒤, 다시 암흑 속으로 모습을 감추는 익명의 위인이 있었다.

이런 굳은 결의가 1832년 6월 6일의 분위기 속에 짙게 감돌고 있었으므로, 거의 같은 시각에 쌩 메리의 바리케이드에서는 폭도들이 역사에도 남아 있고 재판 서류에도 기록된 이와 같은 고함을 지르고 있었다.

"원군이 오건 말건 상관없다! 마지막 한 사람까지 여기에 남아 싸우다 죽자!"

이것으로도 알 수 있듯이 두 개의 바리케이드는 사실상 고립되어 있었으나 마음은 서로 통하고 있었다.

다섯이 줄고 하나가 불어나다

'시체의 대항'을 외친 이름 모를 사나이가 영혼이 통하는 말을 끝냈을 때, 모든 사람들의 입에서 이상하게도 만족스러운 무서운 외침소리가 쏟아져 나왔다. 그 뜻은 비장했고 어조는 의기양양했다.

"전사 만세! 전원 이곳에 끝까지 남자."

"어째서 전원이야?" 하고 앙졸라가 말했다.

"전원이야, 전원!"

앙졸라는 계속했다.

"위치도 좋고, 바리케이드는 견고하오. 30명이면 충분하오. 왜 40명을 모두 희생한단 말요?"

사람들은 대꾸했다.

“아무도 떠나기가 싫기 때문이오.”

“여러분,” 하고 앙졸라는 외쳤다. 그 목소리는 거의 분노 때문에 떨리고 있었다. “공화국은 인원이 넉넉하지 못하오. 쓸데없이 허비할 수 없소. 허세는 낭비요. 어떤 사람에게 있어서 떠나는 것이 의무라면 그 의무도 다른 의무처럼 달성하여야 하오.”

주체성이 강한 인간인 앙졸라는 사람들의 불만스런 태도를 보고 언성을 높였다. 그는 오만하게 말했다.

“30명만 남는 것이 두려운 사람은 그렇게 말하시오.”

불평 소리는 한층 더 심해졌다.

“첫째,” 하고 군중들 속에서 한 목소리가 튀어나왔다. “떠난다는 것은 말로는 쉽소. 그러나 바리케이드는 포위되어 있소.”

“시장 쪽은 포위되지 않았소” 하고 앙졸라는 말했다. “몽데뚜르 거리는 자유롭소. 그러니까 프레쉐르 거리를 거쳐서 이노쌍 시장으로 나갈 수 있소.”

“그리고 거기서,” 하고 그 무리들 속의 다른 목소리가 대꾸했다.

“붙들리기 십상이오. 보병이나 교외병의 전방부대와 부딪칠 거요. 놈들은 노동복을 입고 테 없는 모자를 쓴 사나이가 지나가는 것을 보고, 어디서 왔느냐? 바리케이드에서 온 놈이 아닌가 하고 심문하겠죠. 그리고 화약 냄새를 풍기면 총살할 거요.”

앙졸라는 그 말에 대답하지 않고 꽁브페르의 어깨에 손을 얹고 둘이서 아래층 홀로 들어갔다.

그들은 곧 나왔다. 앙졸라는 보관했던 네 벌의 군복을 양손 가득히 안고 있었다. 꽁브페르는 혁대와 군모를 들고 뒤따라 나왔다.

“이 군복을 입으면,” 하고 앙졸라가 말했다. “병사들 속에 섞여서 도망갈 수 있을 거요. 네 사람 몫이오.”

그렇게 말하고 포석이 벗겨진 땅바닥에 네 벌의 군복을 던졌다.

결의를 굳힌 군중 가운데서는 조그만 동요도 볼 수 없었다. 꽁브페르는 입을 열었다.

"자," 하고 그는 말했다. "조금은 연민의 정을 가져야 하오. 지금 무엇이 문제인지 아시오? 여자가 문제인 거요. 어떻소? 아내가 있는 사람은 없소? 아이가 있는 사람은 없소? 발로 요람을 흔드는 많은 애들이 매달려 있는 어머니가 있는 사람은 없소? 어머니의 젖을 한 번도 못 본 사람이 있다면 손을 들어 주오. 아아! 여러분들은 죽기를 바라고 있소. 나도, 여러분에게 이야기하고 있는 나 자신도 그것을 바라고 있소. 그러나 나는 나의 주위에서 비탄에 잠겨 팔을 비트는 여자의 환상을 보고 싶지 않소. 죽는 것은 마음대로요. 그러나 남을 죽게 해선 안되오. 여기서 여러분이 행하려는 자살은 숭고한 거요. 그러나 자살은 좁은 범위에서 한정되어야지 넓게 파급되어서는 안되오. 만약 가까운 사람에게까지 확대되면 자살도 살인으로 불리게 되는 거요. 금발의 어린애를 생각해 보시오. 그리고 백발의 노인을. 좀 들어 보시오. 바로 조금 전에 앙졸라가 내게 이야기했는데, 씨뉴 거리의 한 6층 모퉁이에 촛불이 비치는 초라한 창문이 눈에 띄었다고 하오. 창문 유리에, 밤새도록 자지 않고 누군가를 기다리는 듯한 늙은 여인의 머리 그림자가 흔들리며 비치는 걸 봤다는 거요. 여러분 가운데 누군가의 어머니인지도 모르오. 자, 떠나주오. 그런 사람은 서둘러 어머니에게 말씀드리러 가시오. '어머니, 접니다!'라고. 아무것도 근심할 것 없소. 이곳의 일은 조금도 염려할 필요 없소. 자기의 노동으로 가족을 부양하는 사람은 함부로 목숨을 내던질 권리가 없소. 그것은 가족을 버리는 행위요. 또 딸을 가진 사람도, 누이동생이 있는 사람도, 그녀들 걱정을 안 한단 말요? 여러분은 죽을 거요, 여러분은 죽소. 그건 좋소, 그러나 내일은 어찌되겠소?

먹을 것이 없는 어린 딸, 그건 무서운 일이오. 남자는 구걸을 하고 여자는 몸을 팔게 되오. 아아, 저 얌전하고 상냥하고, 사랑스러운 아가씨들을. 꽃 모자를 쓰고 노래하고, 재잘거리며 온 집안을 순결로 가득 채우고, 살아 있는 향기와도 같고, 지상에서 처녀의 순결로 하늘에 있는 천사들의 존재를 증명하는 아가씨들. 저 잔느, 저 리즈, 저 미미. 여러분의 축복이며 자랑인 저 사랑스럽고 찬양해야 할 정숙한 아가씨들. 아아, 그녀들이 굶주리게 되오! 뭐라고 해야 좋겠소? 이 세상엔 몸을 파는 인육 시장이란 게 있소. 그리고 이미 죽어서 망령이 되어 버린 여러분의 손이 그녀들의 주위에서 저지하려 해도 그녀들이 그곳에 들어가는 것을 막을 수는 없소!

통행인으로 가득 찬 거리에서 목덜미를 드러내 놓고 진흙칠한 여자들이 서성거리는 상점 앞을 상상해 보시오. 그 여자들도 전에는 순결했었소. 누이동생이 있는 사람은 누이동생을 생각하시오. 빈곤, 매춘, 경찰서, 쌩 라자르 감옥, 그러한 곳에, 그야말로 화사하고 아름다운 처녀들이, 저 5월의 라일락꽃보다도 신선한 순결과 아름답고 연약한 보물들이 떨어져 갈 것이란 말요.

아아, 여러분이 죽어 버린다면! 아, 여러분이 없어진다면! 여러분은 그것으로 족할 거요. 민중을 왕권으로부터 탈취하려고 스스로 택한 일이오. 그러나 여러분은 딸을 경찰의 손에 넘겨주는 것이오. 여러분, 조심하시오. 동정심을 가지시오.

여자들, 불행한 여자에 대해서 세상에선 그다지 생각지 않는 관습이 있소. 여자들이 남자들과 같은 교육을 받지 못한 것을 기화로 책을 읽히지 않고 사색을 방해하여 정치에 관심을 갖지 못하게 하오. 그녀들이 오늘 저녁 시체 수용소에서 여러분의 시체를 찾아내는 불행을 안겨 주지 않도록 하는 게 어떻소? 가족이 있는 사람은 잘 생각하고 우리들과 악수를 나누고 떠나, 우리에게 이 일을 맡겨 주었으면 좋겠소. 떠나는 데 용기가 필요하다는 것은 잘 아오. 그건 어려운 일이오. 그러나 어려운 일인만큼 가치가 큰 것이오.

이렇게 말하는 사람도 있을 거요. '난 총을 들고 있다, 나는 바리

케이드 안에 있다, 그러니까 하는 수 없다, 그러니 남기로 하자' 라
고 말요. 그러나 여러분, 내일이라도 날이 있소. 그 내일에 여러분
은 살아 있지 않더라도 여러분의 가족은 살아 있을 거요. 얼마나 고
통이 크겠소! 한 건강하고 귀여운 어린애가 있다고 합시다. 뺨은
사과 같고, 한두 마디 서투른 말을 하기도 하고, 재잘거리고, 이야
기도 하고, 키스하면 신선한 냄새를 풍기는 아이가 말요. 그 아이가
버림을 받았을 때 어떻게 되겠소?

난 그런 아이를 하나 본 일이 있소. 아주 작은, 요만한 애였소.
그애 아버지가 죽은 거요. 가엾어서 가난한 사람들이 그애를 데려다
길렀지만, 그들도 먹을 것이 없는 사람들이었소. 아이는 언제나 배
가 고팠소. 겨울이었는데 아이는 울지 않았소. 그 아이가 일년 내내
불이라곤 때어 보지도 않은, 누런 진흙으로 연통의 틈을 막은 난로
옆으로 가는 것을 이따금 보았소. 아이는 조그만 손가락으로 그 흙
을 조금씩 뜯어서 먹었던 거요. 숨이 가쁘고 얼굴은 파리하고 다리
는 축 늘어지고 배는 부어 있었소. 한 마디도 말을 하지 않았소. 말
을 걸어 보아도 대답을 하지 않았소. 그애는 죽었소. 넥케르의 구호
원에 실려가서 죽었소.

나는 그애를 거기서 보았소. 난 마침 그 병원의 조수였지요. 자
아, 여러분 가운데 아버지 된 사람이 있다면, 튼튼한 손으로 어린아
이의 조그마한 손을 잡고 일요일에 산책을 하는 행복한 아버지가 있
다면, 지금 이야기한 그 아이가 내 자식이라고 생각해 보시오. 그
불쌍한 아이를 나는 잊을 수 없소. 지금도 눈에 보이는 것 같소. 해
부대 위에 벗겨진 채 뉘어 있을 때 그 갈빗대는 무덤을 덮은 풀 속
의 흙더미처럼 피부에서 튀어나와 있었소. 위 속에서 진흙 같은 것
이 나왔고, 이 사이에는 재가 가득했었소.

자, 양심을 돌이켜보고 마음에 물어봅시다. 통계에 의하면 고아의
사망률은 55퍼센트에 달하고 있소. 거듭 말하지만 문제는 아내며,

어머니며, 어린 딸이며, 꼬마들이오. 여러분 자신에 대한 말인 줄 아오? 여러분이 모두 용감하다는 것을 잘 알고 있소. 그렇고말고요! 여러분이 대의(大義)를 위해서 목숨을 내던지는 기쁨과 명예를 지니고 있다는 것을 잘 아오. 여러분 스스로가 유익하고 당당히 죽는 거라고 느끼고 있으며, 한 사람 한 사람이 승리의 몫을 소중하게 생각한다는 것도 잘 알고 있소. 훌륭한 일이오! 그러나 여러분은 이 세상에 혼자 있는 게 아니오. 생각해 줘야 할 사람들이 얼마든지 있소. 이기주의자가 되어서는 안되오."

모두들 어두운 얼굴을 하고 고개를 숙였다.

가장 숭고한 순간에 나타나는 모순된 인간의 마음! 꽁브페르는 이렇게 말했으나 그 자신은 고아가 아니었다. 그는 남의 어머니를 생각하면서도 자신의 어머니는 잊고 있었다. 그리고 죽을 작정이었다. 그야말고 그는 '이기주의자'였다.

마리우스는 아무것도 먹지 않고, 몸이 달아서 모든 희망을 차례차례로 잃어가는 괴로움에 좌초되어 더없이 음울한 조난자가 되었다. 그는 격정에 쫓겨 최후가 다가온 것을 느끼면서 인간 스스로가 감수하는 마지막 시간 직전에 반드시 찾아오는 저 환각적인 마비 속으로 점점 빠져들고 있었다.

생리학자라면 이때의 그를 대상으로 하여 과학적으로 잘 알려져 있고 분류되어 있는 그 열성 흡수(熱性吸收)에 의한, 육체적 쾌감과 같은 고통에 대한 증세가 점점 커가는 징후를 연구할 수 있었을 것이다. 절망에도 황홀감이 숨겨져 있다. 마리우스는 그러한 상태에 있었다. 그는 모든 것을 방관하고 있었다. 이미 말한 것처럼 눈앞에서 일어나고 있는 일도 그에게는 먼 곳의 일처럼 여겨졌다. 전체는 분명하게 보였지만, 그 세부적인 것은 전혀 보이지 않았다. 오가는 사람들의 모습을 마리우스는 불꽃 속에서 보고 있었다. 사람들의 목소리도 심연의 밑바닥에서 들려오는 듯했다.

그러나 이같은 현상은 마리우스의 정신을 작동시켰다. 그 정경 속에는 날카로운 바늘처럼 가슴을 찌르는 게 있어 그의 눈을 뜨게 했다. 마리우스는 죽으리라는 일념밖에는 없었다. 그러나 지금, 음울한 몽유 상태 속에서 자신을 희생함으로써 누군가를 구출하는 것은 금지되어 있지 않다고 생각했다.

마리우스는 음성을 돋구었다.

"앙졸라나 꽁브페르의 말이 옳소" 하고 그는 말했다. "쓸데없는 희생은 삼가야 되오. 나는 두 사람의 의견에 찬성이오. 급히 서둘러야 하오. 꽁브페르는 결정적인 말을 했소. 여러분 가운데는 가족이, 어머니나 아내나 누이동생이나 아이들이 딸려 있는 사람이 있을 거요. 그런 사람은 대열 밖으로 나오시오."

아무도 움직이지 않았다.

"결혼한 사람과 가족을 부양하는 사람은 열 밖으로 나오시오!" 하고 마리우스는 거듭 말했다.

그의 권위는 컸다. 앙졸라는 바리케이드의 지도자였으나 마리우스는 그 바리케이드의 구출자였다.

"나는 그것을 명령하오!" 하고 앙졸라는 외쳤다.

"나는 여러분에게 간청하오" 하고 마리우스는 말했다.

그때 꽁브페르의 말에 감동하고, 앙졸라의 명령에 동요되고, 마리우스의 간곡한 부탁에 마음이 움직여서 용사들은 서로 이름을 지적하기 시작했다.

"정말 그렇소" 하고 한 젊은이가 나이 지긋한 사나이에게 말했다. "당신은 한 가족의 아버지요. 나가시오."

"아니, 나보다는 자네일세" 하고 그 사나이는 대답했다. "자네는 두 누이동생을 돌보고 있잖나."

이상한 싸움이 시작되었다. 모두 묘지의 문에서 밀려나지 않으려는 싸움이었다.

“서둘러야 해.” 꾸르페락이 말했다. “15분 뒤엔 때가 늦습니다.”

“여러분,” 앙졸라가 뒤를 이었다. “여기는 공화국이오. 보통 선거가 모든 것을 결정하오. 여러분 자신이 떠나야 할 사람을 지명하시오.”

사람들은 그 말에 복종했다. 몇 분 뒤에 다섯 명이 전원일치로 지명되어 열 밖으로 나왔다.

“다섯 명이군!” 마리우스가 외쳤다.

군복은 네 벌밖에 없었다.

“그럼 한 사람 남아야겠군.”

다섯 명이 이구동성으로 말했다.

이번에는 서로 남으려는 싸움이, 서로 다른 사람이 남아서는 안될 이유를 끌어냈다. 고결한 싸움이 시작되었다.

“자네에겐 자네를 사랑하는 아내가 있지 않은가.”

“자네에겐 늙으신 어머니가 계셔.”

“어머니도 아버지도 없는 자네의 어린 세 동생은 어떻게 할 건가?”

“자넨 다섯 아이의 아버질세.”

“자넨 살아야 할 권리가 있어. 아직 열일곱 아닌가? 죽기엔 너무 일러.”

그 위대한 혁명의 바리케이드는 영웅주의의 집결지였다. 이상한 일이 여기서는 당연한 일로 여겨졌다. 그들은 서로 꼼짝도 하지 않았다.

“빨리 하시오.” 꾸르페락은 되풀이했다.

누군가가 한 무리 속에서 마리우스에게 외쳤다.

“당신이 남을 사람을 지명해 주시오.”

“그게 좋겠소.” 다섯 명이 말했다. “골라 주십시오. 당신의 명령에 따르겠소.”

마리우스는 이제 아무것도 자신을 감동시키지 않을 것이라고 생각하고 있었다. 그러나 지금 죽어야 할 한 사람을 선택해야 한다고 생각하자 온몸의 피가 심장으로 역류했다. 그때까지도 창백해져 있던 마리우스는 더욱 새파랗게 질렸다.

마리우스는 자기에게 미소짓고 있는 다섯 사람 쪽으로 갔다. 그들은 모두 테르모필라이의 역사 이야기에서 볼 수 있었던 저 불꽃을 눈에 가득 담고 그에게 외쳐댔다.

"나를! 나를! 나를!"

마리우스는 어처구니없어 그들을 세어 봤다. 역시 다섯 명이었다. 이어서 그의 눈길은 네 벌의 군복 위에 떨어졌다. 그 순간 다섯 번째의 군복이 마치 하늘에서 떨어진 듯 다른 네 벌의 군복 위에 던져졌다. 다섯 번째 사나이는 구출된 것이다.

마리우스는 눈을 들었다. 포슐르방 씨가 보였다. 장 발장은 방금 바리케이드 안으로 들어왔던 것이다.

사람들에게서 들었는지 본능에서인지 아니면 우연으로인지 그는 몽데뛰르 골목으로 해서 왔다. 국민병 복장을 한 덕분에 쉽사리 통과할 수 있었다.

폭도측이 몽데뛰르 거리에 세웠던 보초는, 단 한 사람의 국민병 때문에 경보를 울릴 책임은 없었다. 그래서 그는 '지원병이겠지, 아니면 항복자든가' 하고 생각하면서 그대로 거리를 통과시켰다. 자기가 그런 일로 감시의 의무를 소홀히 하거나, 맡은 자리를 떠나기엔 너무나 중대한 때였다.

장 발장이 각면보 안에 들어섰을 때는 아무도 그를 알아보지 못했다. 모든 사람들의 눈은 선택된 다섯 명과 네 벌의 군복 위에 쏠려 있었다. 장 발장은 모든 것을 보고 듣고 나자 잠자코 자기 옷을 벗어 그것을 쌓여 있는 네 벌의 군복 위에 던졌던 것이다.

사람들의 감격은 이루 형용할 수 없을 정도였다.

그 순간 다섯 번째 군복이 마치 하늘에서 떨어진 듯 네 벌의 군복 위에 던져졌다.

"저건 누구지 ?" 보쓔에가 물었다.

"저분은, " 하고 꽁브페르가 대답했다. "남을 살려 주는 분이지. "

마리우스는 엄숙한 목소리로 덧붙였다.

"내가 아는 분이오. "

이 한 마디로 모두들 만족했다. 앙졸라는 장 발장에게 몸을 돌리면서 말했다.

"잘 와 주셨습니다. "

그리고 다시 덧붙였다.

"아시는 바와 같이 우리는 모두 죽을 각오입니다. "

장 발장은 아무 대답도 하지 않고 그가 구해낸 폭도가 그의 군복을 입는 것을 도와 주었다.

바리케이드 위에서 보이는 지평선

이런 위급한 순간에 이런 비정한 장소에서 표출된 상태에는, 앙졸라의 침통함을 초월하는 단결심과 그같은 심리의 극대화가 있었다.

앙졸라의 마음은 혁명 정신으로 충만되어 있었다. 그러나 절대자일지라도 불완전하듯이 그에게도 결점이 있었다. 즉 쌩 쥐스뜨 같은 행동적인 요소가 강한 반면, 아나카르시스 클로츠 같은 이성적인 면이 부족했다. 그래도 그의 정신은 'ABC의 벗'이라는 비밀 결사에서 꽁브페르의 사상으로부터 큰 영향을 받았다. 최근들어 그는 독단적인 사고방식으로부터 점차적으로 탈피하여 폭넓은 진보적 목표를 지향하게 되었다. 위대한 프랑스 공화국을 광대한 인류 공화국으로 바꾸어 놓는 것이 가장 이상적인 최후의 혁신이라고 인정하게 되었다. 다만 현실적인 방안에 대해서는 심각한 상황 아래 있기 때문에, 수단 역시 과격한 것이어야 한다고 여기고 있었다. 이 점에서 그의 생각은 확고부동했다. 그리고 그는 '93'[1793]년이라는 한 마디에 요약되는 저 서사시적인 무서운 유파에 속해 있었다.

지금 앙졸라는 포석을 쌓아올린 계단 위에 서서 기총의 총구에 한 쪽 팔꿈치를 짚고 있었다. 그는 깊은 생각에 잠겨 있었다. 그리고 이따금 어떤 숨결을 느끼는 듯 부르르 몸을 떨었다. 죽음이 있는 곳 에는 귀신이 점쟁이 책상을 진동시키는 것과 같은 징조가 나타나는 것이다. 영혼의 눈길이 가득찬 그의 눈에서는 불꽃 같은 빛이 넘쳐 쏟아지고 있었다. 문득 앙졸라는 고개를 들었다. 그의 금발머리는 별을 박아넣은 검은 마차에 탄 천사의 머리처럼 뒤로 휘날렸다. 그 것은 마치 불꽃 빛을 휘날리는 성난 사자의 갈기와도 같았다. 앙졸 라는 외쳤다.

"여러분, 여러분은 미래를 마음속에 상상해 보았소? 도시의 거리 에는 빛이 넘쳐 흐르고, 집집마다 초록빛 나뭇가지가 우거지고, 모든 국민들은 형제 자매가 되며, 정직한 사람이 되고, 노인은 아 이들을 귀여워하고, 과거는 현재를 사랑하고, 사상가는 완전한 정 신적 자유 속에 살며, 신앙을 가진 사람은 완전한 평등 속에 살 고, 하늘이 종교가 되며, 하느님이 직접 사제가 되고, 인간의 양 심이 제단이 되고, 증오는 없어지고, 공장이나 학교에도 우애의 정이 넘치고, 형벌과 포상이 명확해지고, 모든 사람에게 일거리가 있고, 권리가 있고, 평화가 있고, 피를 흘릴 일도, 전쟁도 없어지 며 모든 어머니들은 행복해지는 거요! 물질을 정복하는 것이 첫 걸음이요, 이상을 실현하는 것이 둘째 걸음이오. 발전이라는 것이 무엇을 남겼는지 생각해 보시오.

일찍이 최초의 인류는 물 위에서 으르렁대는 괴상한 뱀, 불을 뿜는 괴상한 용이며, 독수리의 날개와 호랑이의 발톱을 가지고 날 아다니는 공중의 괴물 새 등등 인간보다 강한 짐승들이 눈앞에 지 나가는 것을 공포에 떨면서 지켜보고 있었소. 그러나 이윽고 인간 은 지혜라는 신성한 함정을 파서 드디어 그 괴물들을 사로잡고 말 았소.

우리는 괴상한 뱀을 정복했소. 그것이 큰 배인 기선이라는 거요. 우리는 괴상한 용을 정복했소. 그것이 기관차라는 거요. 우리는 다시 괴상한 새를 정복하려 하고 있소. 아니 이미 그것을 손아귀에 쥐고 있소. 그것은 경기구(輕氣球)라 불리고 있소. 이 프로메테우스적인 일을 완수하고 이들 세 가지 고대 괴물들을 인간의 의지대로 다룰 수 있는 날, 인간은 물과 불과 바람을 지배하게 되고, 다른 생명 있는 만물에 대해서 일찍이 고대의 신들이 인간에 대하여 가지고 있던 것 같은 존재가 될 것이오. 용기를 내시오, 그리고 전진합시다! 여러분, 우리는 어디로 갈 것입니까? 정부구실을 할 과학을 향하여, 유일하게 대중의 힘이 되는 필연적인 권력을 위하여, 상벌 규정을 만들어 명확하게 적용하는 자연의 법칙을 향하여, 해가 솟아오르는 것과 같은 진리의 새벽을 향하여 가는 것이오. 우리들은 여러 민족의 단결을 향하여 가는 것이고, 인간의 단결을 향하여 가는 것이오. 여기엔 거짓이나 남에 대한 해악이 용서될 수 없소. 진실에 의하여 통치되는 현실, 이것이 목표요. 문화가 그 심판의 법정을 유럽의 꼭대기에, 그리고 머지않아 저 대륙의 중앙에 위대한 지혜의 의회에서 회의를 개최하게 될 것이오. 이와 비슷한 일이 일찍이 한 번 있었소. 고대 그리스의 연방 회의의 대표는 1년에 두 번, 한 번은 신의 땅인 델포이에서, 또 한 번은 영웅의 땅인 테르모퓔라이에서 회의를 열었소. 머지않아 유럽도 그 연방 회의의 대표를 갖게 될 것이고, 지구 전체도 그 대표를 갖게 될 것이오. 프랑스는 이 숭고한 미래를 잉태하고 있소. 이것이 바로 19세기가 잉태하고 있는 것이요. 그리스가 구상한 밑그림은 프랑스에 의해 충분히 완성될 만한 가치가 있소.

잘 들으라, 푀이여. 자네는 용감한 노동자, 민중을 대표하는 인간, 세계의 민중을 대표하는 인간일세. 나는 그대를 존경하네. 그렇다, 그대는 미래를 정확하게 내다보고 있네. 그렇다, 그대의 행동은 옳아. 푀이, 그대에겐 아버지도 어머니도 없었다. 그대는 인의(仁義)를 어머니로 하고 권리를 아버지로 삼았네. 자넨 이곳에서 죽으려고 하네. 말하자면 승리를 원하고 있네.

여러분, 오늘 일이 어떻게 되건, 승리를 얻게 되건 패배하건 우리가 완수하려는 것은 혁명이오. 화재가 온 도시를 환하게 비추듯이 혁명이 전 인류를 비추어줄 것이오. 그럼 우리는 어떤 혁명을 할 것인가? 아까도 말했듯이 '진실'의 혁명이오. 정치적 견지에서 보면 원칙은 단 하나, 즉 인간에 대한 인간의 주권인 것이오. 자기에 대한 자기의 주권을 '자유'라고 부르오. 주권이 두 개나 여러 개 서로 결합되는 곳에 '국가'가 시작되는 것이오. 그러나 그 결합에는 어떠한 권리의 포기도 포함하지 않소. 개인적인 주권은 만인 공동의 권리를 위해서 어느 정도 자기를 양보해야 하오. 그 분량은 만인에게 동등하오. 각자가 만인에 대하여 행하는 그 동등한 양보를 '평등'이라고 부르오.

공동의 권리란 각자의 권리 위에 빛나는 만인을 위한 보호일 뿐인 것이오. 이 각자에 대한 만인의 보호를 '우애'라고 부르오. 한 곳으로 모이는 그 모든 주권의 교차점을 '사회'라 하오. 이 교차는 하나의 연결이므로 그 교차점은 하나의 매듭이오. 거기서 사회적 관계라는 게 생기는 것이오. 어떤 사람은 그것을 사회적 계약이라고도 하오. 어떻게 말하건 마찬가지요. 약속이란 말은 어원적으로도 관계라는 관념으로 만들어진 것이오. 여기서 평등이라는 것을 이해해 둡시다. 왜냐하면 자유를 정점이라고 한다면 평등은 그 밑변이기 때문이오. 평등이란 높이가 같은 식물을 말하는 것이 아니오. 키 큰 풀잎이나 키 작은 떡갈나무로 만들어진 사회가 아니오. 서로 거세하려는 질투의 이웃 관계가 아니오. 그것을 일반적으로 말하면, 모든 능력이 동등한 기회를 갖게 되는 것을 말하며, 정치적으로 말하면 모든 투표가 동등한 무게를 갖는 것이고, 종교적으로는 모든 양심이 동등한 권리를 가지는 일이오.

평등은 하나의 기관을 갖고 있소. 그것은 돈이 들지 않는 의무 교육이오. 초보적 권리, 우선 거기서부터 출발해야 하오. 초등학교 교육을 만인에게 의무적으로 실시하고 중학교를 만인에게 개방할 것, 이것이야말로 마땅한 법률이오. 동등한 학교에서 평등 사회가 이루어지는 것이오. 그렇소, 교육 문제가 중요하오! 광명을! 모든 것은 광명에서 나와서 광명으로 돌아가오.

여러분, 19세기는 위대하오. 그러나 20세기도 행복할 것이오. 그곳에는 낡은 역사와 닮은 것이 아무것도 없을 것이오. 오늘날처럼 정복, 침략, 왕위 찬탈, 무력에 의한 각 국민간의 대립, 여러 국왕간의 정략적 결혼에 따른 문화적 장해, 세습적인 폭력 정치를 계속시키는 왕자의 탄생, 국제 회의에 의한 민중 분할, 왕조의 붕괴로 인한 국가의 분열, 어둠 속의 두 마리 염소처럼 끝이 보이지 않는 다리 위에서 뿔을 마주대고 싸우는 두 개의 종교 분쟁 같은 것도 이제는 두려워할 필요는 없을 것이오. 굶주림도, 착취도, 빈곤으로 인한 매춘 행위도, 파업으로 당면하게 되는 비참한 생활고도, 교수대도, 칼도, 전쟁도, 또 사건의 숲 속에서 나타나는 날치기도 다시는 두려워할 필요가 없을 것이오. 이제 비참한 사변은 아무데도 없다고 사람들은 말할 것이오. 사람들은 행복해질 거요. 지구가 그 법칙을 지키듯이 인류는 인류의 법칙을 지킬 것이오. 인간의 영혼과 하늘의 별 사이에서는 조화를 되찾을 것이오. 별이 태양의 주위를 돌듯이 인간의 영혼은 진리의 주위를 돌 것이오. 벗들이여, 우리가 살고 있는 이 시대, 내가 여러분에게 이야기하고 있는 이 시대는 암흑의 시대인 것이오. 그러나 이것이야말로 미래를 획득하기 위해 우리가 지불해야 할 당연한 보상금이오. 혁명은 하나의 세금이오. 오오! 이리하여 인류는 해방되고 훌륭하게 위로받을 것이오! 우리들은 이 바리케이드 위에서 그것을 인류에게 단언하오. 사랑의 외침소리는 높은 희생정신이 아니면 어디서 나올 수 있겠소?

　형제들이여. 여기는 생각하는 자와 괴로워하는 자가 서로 결합되는 곳이오. 이 바리케이드는 포석이나 대들보나 쇠부스러기로 만들어진 것이 아니오. 사상(思想)의 무더기와 고통의 무더기인 두 퇴적물로 되어 있는 것이오. 이곳에서 비참함과 이상(理想)이 서로 만날 것이고, 낮은 여기서 밤을 포용하며 이렇게 말할 것이오, '나는 그대와 함께 죽고, 그대는 나와 함께 재생하는 것이오'라고. 온갖 고통을 끌어안는 데서 굳은 신념이 솟구쳐 나오는 거요. 괴로움이 여기에 굳은 고통을 가져왔고, 사상은 그 불멸의 역사를 실어 오고 있소. 그 고통과 불멸은 융합되어서 머지않아 우리들의 죽음을 이룩해 줄 것이오. 형제들이여, 이곳에서 죽는 자는 미래의 광명 속에서 죽는 것이오. 우리들은 새벽에 떠오르는 태양 빛으로 가득찬 무덤 속으로 들어가는 것이라오."

앙졸라는 입을 다물었다기보다는 말을 멈추었다. 그의 입술은 아직도 자기 자신에게 무언가 말을 계속하는 듯 소리없이 움직이고 있었다. 그렇기 때문에 모두들 주의를 집중하고 다시금 그의 이야기를 들으려고 그를 지켜보았다. 박수 갈채는 일어나지 않았으나 속삭임 소리는 오래 계속되었다. 말은 입김과 같아서 그것을 받아들이는 사람들의 지성적인 전율은 나뭇잎이 흔들리는 것과 흡사하다.

초조한 마리우스, 말 없는 자베르

마리우스의 가슴속은 과연 어떠했는가 이야기하기로 하자.

　그의 심리적 상태를 상기해 주기 바란다. 조금 전에 표현했듯이 모든 것은 이미 그에게 있어 환상에 불과했다. 그의 판단력은 혼란에 빠져 있었다. 거듭 말했지만 마리우스는 죽어 가는 사람 위에 펼쳐지는 커다란 날개 그늘에 있었다. 그는 무덤 속에 들어간 것처럼 느끼고, 이미 인생의 벽 저편으로 나간 것 같았으며, 살아 있는 사람들의 얼굴을 이미 죽은 사람의 눈으로밖에 보고 있지 않았다.

포슐르방 씨가 어떻게 이곳에 왔는지, 왜 왔는지, 무엇하러 왔는지? 마리우스는 그런 의문조차 품지 않았다. 더구나 인간의 절망에는 묘한 요소가 있어 그 스스로는 물론, 다른 사람까지도 기정사실화해버린다. 현재의 그에게는 모든 사람이 죽으러 오는 것이 당연하게 생각되었다.

다만 마리우스는 고통스러울 만큼 꼬제뜨를 생각했다.

또한 포슐르방 씨도 그에게 말도 걸지 않고 거들떠보지도 않았으며, 마리우스가 소리를 높여 "내가 잘 아는 분이오"라고 했을 때도 그 목소리를 듣는 것 같지 않았다.

마리우스는 포슐르방 씨의 그러한 태도에 오히려 마음이 놓였다. 솔직한 느낌을 말한다면 그를 즐겁게 하는 듯 했다. 마리우스는 포슐르방 씨에 대해 '도무지 정체를 파악할 수 없고 위압적인 그 수수께끼의 인물에게 말을 건넨다는 것은 절대로 불가능한 일이다'라고 느끼고 있었다. 더욱이 꽤 오랫동안 보지 못했기 때문에 소심하고 조심성 깊은 마리우스로서는 더욱 말을 건넬 수가 없었다.

지명된 다섯 사나이는 몽데뚜르 옆 골목을 지나 바리케이드를 빠져나갔다. 그들은 정말 국민병과 똑같은 모습을 하고 있었다. 그 중의 한 사람은 울면서 떠나갔다. 바리케이드를 떠나기 전에 그들은 그곳에 남은 사람들과 포옹했다.

삶의 길로 돌려보내어지는 다섯 명이 출발해 버리자, 앙졸라는 죽음을 선고받은 한 사람 생각이 떠올랐다. 앙졸라는 아래층 홀로 들어갔다.

자베르는 기둥에 묶인 채 깊은 생각에 잠겨 있었다.

"뭐, 원하는 건 없나?" 앙졸라가 물었다.

자베르는 대답했다.

바리케이드를 나서기 전에 그들은 남은 사람들과 포옹했다.

“언제 나를 죽일 텐가?”

“기다려, 지금 우리는 탄약이 아무리 많아도 모자랄 지경이니까.”

“그럼 물이나 주게” 하고 자베르는 말했다.

앙졸라는 손수 물을 떠다가 묶여 있는 자베르에게 주어 마시게 했다.

“이젠 됐나?” 앙졸라가 말했다.

“이 기둥은 거북하군.” 자베르는 대답했다. “여기서 밤을 새우게 한 건 너무 무정하오. 마음내키는 대로 묶는 것은 좋지만 탁자 위에 뉘어 주어도 좋을 텐데, 이 사람처럼 말요.”

그러면서 그는 고갯짓으로 마뵈프 씨의 시체를 가리켰다.

독자들도 기억하고 있듯이 홀 안쪽에는 탄환을 만들기도 하고 녹이는 데 쓰였던 커다랗고 긴 탁자가 있었다. 탄약은 다 만들어져 있었고, 화약도 다 써버렸기 때문에 그 탁자는 비어 있었다.

앙졸라의 명령으로 네 명의 폭도가 자베르를 기둥에서 풀었다. 푸는 동안 또 한 사람의 폭도가 그의 가슴에 총검을 대고 있었다. 뒤로 두 손을 묶인 채 발에는 교수대에 올라가는 사람처럼 15인치밖에 걸음을 뗄 수 없을 정도의 가늘고 튼튼한 회초리 끈을 맸다. 그러고는 홀 안쪽의 탁자 옆까지 걷게 해서 그 위에 눕히고 몸통 가운데를 단단히 졸라맸다.

어떤 짓을 해도 탈주할 수 없도록 단단히 맨 데다가, 더욱 완전히 하기 위해 한 가닥의 밧줄을 목에 걸고 감옥에서 마르땡갈르라고 불리는 그런 방법으로 묶었다. 그 방법은 목에 건 뒤에 배 위에서 밧줄을 둘로 나누어 양쪽 다리 사이로 꿰어서 두 손을 마주 얽어매는 것이다.

자베르가 묶이는 동안 한 사나이가 홀 입구에 서서, 이상하게도 주의깊게 그를 지켜보고 있었다. 그 사나이의 기다란 그림자를 알아보고 자베르는 고개를 돌렸다. 눈을 들고 보니 장 발장이었다. 자베르는 전율도 느끼지 않고 거만하게 눈을 내리깔고 이렇게 말할 뿐이었다. "그랬었군."

악화된 상황

밤이 지나고 새벽이 되었다. 그러나 창문 하나 열리지 않았고 어느 문도 단단히 닫혀 있었다. 새벽이었지만 깨어난 것은 아무것도 없었다. 바리케이드를 향한 샹브르리 거리 끝에는 이미 말했듯이 군대가 후퇴한 뒤여서 지금은 자유롭게 보였으나 음침한 정적에 휩싸여 사람들이 지나다니고 있었다. 쌩 드니 거리는 테바이의 스핑크스 거리처럼 잠잠했다. 하얗게 햇볕을 받고 있는 네거리에는 숨쉬는 것이라곤 하나도 없었다. 인적 없는 시가지의 밝음처럼 불길한 느낌을 주는 것은 없다.

보이는 것이라곤 아무것도 없지만 소리는 들렸다. 약간 떨어진 곳에 수상한 움직임이 일어나고 있었다. 위기가 닥쳐오고 있는 것은 확실했다. 전날 밤처럼 보초가 돌아왔다. 다만 이번에는 보초 전원이 돌아온 것이다.

바리케이드는 맨처음 공격 때보다 강화되어 있었다. 다섯 사나이가 떠난 뒤에 더욱 높이 쌓아놓았던 것이다.

시장 일대를 감시하던 보초의 의견에 따라, 앙졸라는 배후에서 기습당할 것을 염려하여 중대한 결심을 했다. 그때까지 자유롭게 터져 있던 몽데뚜르 옆골목의 좁은 길을 막아버렸다. 그 때문에 또다시 몇 채의 집에 있던 포석들을 운반했다. 이리하여 바리케이드는 앞쪽의 샹브르리 거리, 왼편의 씨뉴 거리와 쁘띠뜨 트뤼앙드리 거리, 오른편의 몽데뚜르 거리, 이렇게 세 길과 통하는 통로를 차단했기 때문에 그야말로 거의 난공불락이 되었다. 분명히 그들은 결정적으로 갇히고 만 것이다. 바리케이드는 세 곳의 정면을 가지고 있었으나 나갈 곳은 한 군데도 없었다.

“요새는 요새지만 꼭 쥐덫 같이 생겼군!” 꾸르페락은 웃으면서 말했다.

앙졸라는 주점 문 앞에 포석을 높게 쌓아올리게 했다.

“너무 많이 쌓아올렸군” 하고 보쒸에가 말했다.

공격받을 것이 틀림없는 쪽이 너무나 고요했기 때문에 앙졸라는 각각 전투 위치로 가도록 지시했다.

전원에게 정해진 양의 브랜디가 배급되었다.

습격에 대비하는 바리케이드만큼 묘한 광경은 없다. 각자가 무대에 설 때처럼 자기 자리를 골라 잡는다. 몸을 기대거나 팔꿈치를 괴거나 어깨로 밀어낸다. 포석을 쌓아서 특별한 자리를 만드는 사람도 있다. 벽 모퉁이는 위험하다고 해서 멀리한다. 이 좁은 모퉁이에서 탄환을 피할 수 있다면서 몸을 숨기기도 한다. 왼손잡이는 유리했다. 다른 사람들에게는 불편한 자리를 차지할 수 있기 때문이다. 대개는 궁둥이를 밑에 깔고 앉은 자세로 전투대열에 참여하려고 한다. 편하게 적을 죽이고 기분좋게 죽기를 원하기 때문이다. 1848년 6월의 처참한 싸움이 벌어졌을 때, 어떤 테라스 위에서 싸웠던 놀랄 만한 사격 솜씨를 지닌 한 폭도는 안락의자를 놓고 앉아 있었는데, 총알이 그 의자에 앉아 있는 그에게 명중했다.

지휘자가 전투 준비를 명령하자마자 모든 무질서한 움직임은 중지되고, 의견이 하나로 일치되면서 동료간의 사소한 갈등도 분화 행동도 사라졌다. 머릿속에 있는 생각은 오직 하나로 집중되고 적의 습격을 기다리는 마음으로 바뀌었다. 위험이 닥치기 전까지의 바리케이드는 혼돈 상태에 있지만 위험 속에서는 규율적이 된다. 위급한 분위기가 질서를 만드는 것이다.

앙졸라가 2연발의 기총을 들고 전투할 장소를 정하자 모든 사람들은 일시에 침묵했다. 달가닥거리는 낮고 메마른 소리가 포석 벽을 따라 여러 군데서 섞여 울렸다. 그것은 총탄을 장전하는 소리였다.

그리고 그들의 태도는 전에 없이 고매하고 자신에 차 있었다. 고도의 희생 정신은 신념을 굳힌다. 그들은 이미 희망을 포기했지만 절망을 갖고 있었다. 절망이 때로는 승리를 가져다 주는 마지막 무기가 된다고 빌길리우스가 말한 바 있다. 가장 좋은 수단은 최후 순간의 마지막 결심에서 생겨난다. 죽음이라는 배에 올라타는 것은 때로는 난파를 모면하는 방법이 되기도 하고, 관 뚜껑이 구조의 널빤지가 되기도 한다.

전날 밤과 마찬가지로, 모든 사람들의 신경은 이제 날이 밝아 분명하게 보이기 시작한 거리 끝을 향하고 있다기보다는 거의 빨려들고 있었다.

기다리는 시간은 길지 않았다. 떠들썩한 소리가 다시금 쌩 뢰 거리 쪽에서 분명히 들려왔다. 그러나 그것은 최초의 공격 때와는 움직임이 전혀 달랐다. 쇠사슬 소리, 거대한 집단이 움직이는 소리, 포석 위를 구르는 청동소리, 일종의 장엄한 소음, 그것들은 어떤 무시무시한 무쇠의 무기가 가까워지는 것을 예고하는 소리였다. 많은 이해관계와 사상이 잘 유통되도록 하기 위해 건설된 거리, 전차 바퀴의 무서운 회전을 위해서 만들어진 것이 아닌 평화로운 옛 거리에 큰 진동이 일어난 것이다.

거리의 끝에 집중된 모든 전투원들의 시선이 일시에 긴장했다. 대포 하나가 나타났다.

포병들이 포차를 밀고 다가왔다. 포문은 발사대 속에 있었다. 앞수레는 떼어져 있고 두 명의 포수가 포가를 떠받치고 네 명이 바퀴 옆에 붙어 있었다. 불이 붙어 화약심지가 타는 연기가 보였다.

"발사!" 하고 앙졸라가 외쳤다.

온 바리케이드는 불을 내뿜었고 사격은 맹렬했다. 눈사태와도 같은 연기가 포차와 병사들을 뒤덮고 그 모습을 가려 버렸다. 몇 초 뒤에 연기가 사라지자 대포와 병사들은 다시 모습을 나타냈다. 포수들은 천천히 정확하게 덤비지 않고 포차를 바리케이드 정면으로 돌려놓고 있었다. 한 사람도 총에 맞지 않았다. 이윽고 포수장은 포구를 올리기 위해 대포 끝에 올라가서 마치 망원경을 별에게 맞추는 천문학자와 같은 침착한 태도로 조준을 맞추기 시작했다.

"잘한다, 포수들!" 보쒸에가 외쳤다.

바리케이드의 모든 사람들은 일제히 손뼉을 쳤다. 잠시 후 포차는 거리 한복판에 도랑을 타고 앉듯이 단단히 놓이고 발사 준비를 갖추었다. 무시무시한 포구가 바리케이드를 향하여 입을 벌리고 있었다.

"자, 한바탕 하자!" 꾸르페락이 말했다. "무지한 놈들, 손가락으로 퉁기고 나더니 주먹다짐이로군. 군대는 우리에게 코끼리 발 같은 어마어마한 힘으로 덤벼오는군. 이번엔 바리케이드도 상당히 흔들리겠는걸. 소총은 스칠 뿐이지만 대포는 덮칠 거야."

"80밀리짜리 포군그래. 신형 청동포야" 하고 꽁브페르가 말을 거들었다. "저 포문은 동과 주석이 100대 10의 비율을 초과하면 폭발하기 쉬워. 주석이 많으면 약해져서 포문 속에 구멍과 틈이 생기게 마련일세. 그것을 예방하고 무리하게 장전하기 위해선 14세기 때의 방법으로 되돌아가서 테를 끼울 필요가 있을 걸세. 즉 이어댄 곳이 없는 강철테를 많이 끼워서 포문을 바깥쪽에서 보강하는 걸세. 하긴 지금은 되도록 그와 같은 결점을 고치고 있지만 말일세. 즉 탐지기를 이용하면 어디에 구멍이나 파인 곳이 있는가를 알아내는 걸세. 그러나 가장 좋은 방법은 그리보발이 개발한 동성기(動星器)일세."

"16세기에는," 하고 보쒸에가 말참견을 했다. "포신 안쪽에 나선 모양의 홈을 팠었지."

"그렇지," 꽁브페르가 대답했다. "그렇게 하면 탄도력(彈道力)은 증가되지만 사격의 정확성은 줄어. 게다가 가까운 거리일 때는 탄도가 생각하는 대로 똑바로 나가지 않고 포물선이 커져서, 중간에 있는 물체를 맞힐 수 있을 만큼 똑바로 날아가지 않게 되지. 그렇지만 중간에 있는 물체를 맞히는 게 전투에 필요한 일이어서, 그 중요성은 적에게 접근해서 사격을 서두를 때에는 더욱더 커지네. 16세기 때, 나선 모양의 홈을 판 대포의 탄도곡선 결점은 장전이 약한 데 있었지. 그런데 약한 장전은 이 종류의 병기에서, 이를테면 포가의 보전을 위한 탄도학상의 필요성에서 생긴 일이야. 요컨대 대포라는 이 폭군은 바라는 대로 무엇이나 다 되는 건 아닐세. 힘에는 커다란 약점도 있는걸세. 포탄은 한 시간에 6천 리밖에 날지 못하지만 광선은 1초 동안에 70만 리를 달리네. 이것이 그리스도가 나뽈레옹보다 훌륭한 점일세.”

“다시 총을 재어” 하고 앙졸라가 말했다.

포탄에 바리케이드의 돌담은 어떻게 될 것인가? 포격에 구멍이 날 것인가? 거기에 문제가 있었다. 폭도들이 총에 다시 장전을 하는 동안에 포병들도 포탄을 재고 있었다. 불안감이 각면보 안에 깊숙이 감돌았다. 대포가 발사되고 폭음이 울려퍼졌다.

“다녀왔습니다!” 라는 쾌활한 목소리가 들렸다.

포탄이 바리케이드에 떨어짐과 동시에 가브로슈가 안으로 뛰어들어왔다. 그는 씨뉴 거리 쪽에서 와서 쁘띠뜨 트뤼앙드리의 작은 길 쪽을 바라보고 있는 보조 바리케이드를 쉽게 타고 넘어왔던 것이다.

가브로슈는 포탄 이상으로 바리케이드 안을 웅성거리게 만들었다.

포탄은 산더미 같은 잡다한 파편 속에 파묻히고 말았다. 겨우 합승 마차의 바퀴를 하나 파괴하고 앙쏘의 낡은 짐수레를 부수었을 뿐이었다. 그것을 보고 바리케이드 안의 사람들은 웃음을 터뜨렸다.

“계속해라!” 하고 보쒸에는 포병대를 향해서 고함쳤다.

대포의 위력

모두들 가브로슈를 둘러쌌다. 그러나 그는 전혀 이야기를 할 겨를이 없었다. 마리우스가 몸을 떨면서 그를 옆으로 불러냈다.

"뭣하러 되돌아왔어?"

"뭐라구요?" 하고 소년은 반문했다. "그럼 당신은요?"

그렇게 말하고는 사내다운 뻔뻔스러운 태도로 마리우스를 뚫어지게 쳐다보았다. 가브로슈의 두 눈은 확신에 가득차 커다랗게 빛나고 있었다. 엄격한 말투로 마리우스가 말했다.

"누가 돌아오라고 했어? 편지는 제대로 전했나?"

가브로슈는 그 편지에 대해서는 약간 꺼림칙한 기분이 없지도 않았다. 바리케이드에 돌아오는 것을 서둘렀기 때문에 편지를 전했다기보다 귀찮아서 처치해 버린 격이 된 것이다. 모르는 남자에게 얼굴도 확인하지 않고 다소 경솔하게 편지를 내맡긴 것을 인정하지 않을 수 없었다. 사실 그 남자는 모자를 쓰지 않았지만, 그런 사실은 이유로서 불충분했다. 요컨대 이 문제에 대해서는 그는 내심 양심이 가책되어 마리우스의 꾸지람을 두려워했다. 그는 곤경에서 빠져나가기 위해 가장 간단한 방법을 선택했다. 즉 지독한 거짓말을 한 것이다.

"편지는 문지기에게 주고 왔어요. 그 부인은 벌써 자던걸요. 깨면 편지를 받을 거예요."

마리우스는 그 편지를 보낼 때 두 가지 목적을 가지고 있었다. 그 한 가지는 꼬제뜨와 작별하는 일이며, 또 하나는 가브로슈를 구하는 일이었다. 그는 바라던 일을 절반만으로 만족하지 않으면 안되었다.

편지를 전하는 것과 포슐르방 씨가 바리케이드에 나타난 것, 이 대조가 그의 머리속에 떠올랐다. 그는 가브로슈에게 포슐르방 씨를 가리키며 물었다.

"저 사람을 알겠니?"

"몰라요." 가브로슈는 말했다.

가브로슈는 사실 조금 전에 말했듯이 어둠속에서 장 발장을 보았을 뿐이었다.

마리우스는 마음속에 일어나려 했던 막연하고 불안한 억측은 이것으로 씻은 듯 사라졌다. 그는 포슐르방 씨의 정치적 의견을 알고 있었던가? 포슐르방 씨는 아마도 공화주의자일 테지. 그렇다면 이 전투에 그가 참가한 것은 당연한 일이다.

그 사이에 가브로슈는 벌써 바리케이드 저쪽 끝으로 가서 "내 총!" 하고 외치고 있었다. 꾸르페락은 그에게 총을 돌려주었다.

가브로슈는 소위 그가 부르는 '동지'에게 바리케이드가 포위된 사실을 알렸다. 여기까지 오는데 무척 힘이 들었다는 것이다. 제일선 대대가 쁘띠뜨 트뤼앙드리에 걸어총을 하고 씨뉴 거리 쪽을 감시하고 있었다. 맞은쪽에서는 경찰 대원이 프레쉐르 거리를 점령하고 있었다. 그리고 정면에는 군대의 주력부대가 있었다.

이상의 정보를 전하면서 추가하여 말했다.

"내가 허락할 테니 놈들을 혼내 주어."

한편 앙졸라는 자기의 총쏘는 자리에서 귀를 기울이며 전투 상황을 살피고 있었다.

공격측은 아마도 아까의 포격이 그다지 만족스럽지 못했는지 다시 그것을 반복하지 않았다.

제일선 보병의 1중대가 거리 끝에서 포차 뒤에 자리를 잡았다. 그들 병사들은 포석을 벗겨 거기에 높이 18인치쯤의 바리케이드에 대항할 수 있는 장벽과 같은 작고 낮은 흉벽을 구축했다. 그 흉벽의 왼쪽 모퉁이에는 쌩 드니 거리에 집결했던 교외병 대대의 종대 선두가 보였다.

경계에 임하고 있던 앙졸라는 탄약차에서 산탄 상자를 끌어내리는 듯한 소리를 들었다. 또 포수장이 조준을 바꾸어 포구를 약간 왼쪽으로 비스듬히 눕히는 것을 보았다. 다음에 포수들은 대포를 포탄에 재기 시작했다. 포수장은 손수 불방망이를 들고 화문에 갖다댔다.

"머리를 숙여라, 벽에 붙어라!" 하고 앙졸라가 외쳤다. "전원 바리케이드에 붙어서 주저앉아!"

가브로슈가 도착했을 때, 전투 위치를 떠나서 주점 앞에 흩어져 있던 폭도들은 한꺼번에 바리케이드 안으로 달려들어왔다. 그러나 앙졸라의 명령이 하달되기도 전에 대포는 무시무시한 신음 소리와 함께 발사되었다. 과연 산탄(霰彈)이었다.

탄환은 각면보의 갈라진 틈을 향해서 발사돼, 그곳의 벽 위에 튀어오르고 일시에 사방으로 흩어져 두 사람을 죽이고 세 사람에게 부상을 입혔다. 만약 사격이 계속된다면 바리케이드는 더 이상 견디어 내지 못할 것이다. 산탄은 날아들고 있었다. 낭패한 속삭임이 일었다.

"아무튼 제이탄을 막읍시다"라고 앙졸라가 말했다.

그러고는 기총의 위치를 내려 지금 막 대포 뒤쪽에 웅크리고 앉아 조준을 하고 있는 포수장을 겨냥했다.

그 포수장은 잘생긴 포병 중사로, 젊고 금발의 부드러운 얼굴이었지만, 공포의 무기도 만들 수 있고 결국에는 전쟁을 없애 버릴 수 있는 숙명적인 무서운 병기를 다룰 만큼 유능한 모습을 지니고 있었다.

꽁브페르는 앙졸라의 곁에 서서 그 젊은이를 관찰하고 있었다.

"유감이야!" 하고 꽁브페르는 말했다.

"이런 살육이야말로 저주받을 일이야! 안 그런가, 여보게? 국왕이라는 게 없어지면 이제 전쟁도 없어질 거야. 앙졸라, 자넨 총으로 저 중사를 겨누고 있지만, 저 청년을 잘 알 수 없을 거야! 참으로 호감가는 청년 아닌가. 용감하고 생각도 깊은 것 같아. 상당한 교육도 받았을 거야. 저런 포병대의 젊은이에게는 아버지도 있고, 어머니도 있고, 가족도 있고, 아마 애인이 있는지도 몰라. 스무댓 살이나 됐을까? 자네의 형제인지도 모르지."

"자네 말대로야." 앙졸라는 말했다.

"그래," 하고 꽁브페르가 대답했다. "또 내 형제이기도 하지. 여보게, 죽이지 말게."

"내게 맡겨. 해야 할 일은 해야 해."

그리고 눈물 한 방울이 천천히 앙졸라의 대리석 같은 뺨에 흘러내렸다.

동시에 그는 기총의 방아쇠를 당겼다. 섬광이 스쳤다. 포수는 빙그르르 두 번 돌더니 두 팔을 앞으로 벌리고 마치 공기를 빨아들이듯 고개를 들더니 포차 위에 옆으로 쓰러져서 피가 곧게 뿜어오르는 것이 보였다. 탄환은 가슴을 꿰뚫었던 것이다. 그는 죽었다.

공격하는 쪽은 그를 운반하고 후임자로 대치해야만 했기 때문에 몇 분 동안의 시간을 벌 수 있었다.

옛 밀렵자 솜씨 1796년 유죄선고에 영향을 준 사격

바리케이드 안에서는 의견이 분분했다. 포격이 다시 시작되려 하고 있었다. 그 산탄 세례를 받으면 15분도 견디지 못할 것이다. 무슨 수를 쓰든지 그 공격의 위력을 줄일 필요가 있었다. 앙졸라는 이런 명령을 내렸다.

"여기를 이불로 덮는 것이 좋겠어."

"이불은 없어." 꽁브페르가 말했다. "부상자가 다 누워 있다네."

장 발장은 혼자 우두커니 소총을 무릎 사이에 놓고 주점 모퉁이의 표석(標石) 위에 앉아서 그때까지 주위에서 일어난 것에 상관하지 않았다. 전투원들이 주위에서 "아무짓도 하지 않은 포수로군" 하는 소리도 들리지 않는 듯했다.

그러던 그가 앙졸라의 명령을 듣고 일어섰다.

군중들이 샹브르리 거리에 모여들었을 때 한 노파가 총알이 날아올 것을 예상하고 이불을 창문 앞에 내걸었던 것을 독자들은 기억할 것이다. 그 창문, 고미다락방의 그 창문은 바리케이드의 조금 바깥쪽에 있는 7층 건물의 지붕 위에 나 있었다. 이불은 가로 놓여 있는데, 밑은 두 개의 바지랑대가 받치고 위는 양쪽이 동아줄로 매달려 있었다. 멀리서 보아 두 가닥의 끄나풀 같은 그 동아줄은 고미다락방 창틀에 박힌 못에 붙들어 매어져 있었다. 바리케이드에서 볼 때 공중에서 그 두 가닥의 줄은 가느다란 머리카락처럼 뚜렷이 보였다.

"누가 2연발 기총을 빌려주게나." 장 발장은 말했다.

때마침 자기의 기총에 총알이 장전된 앙졸라가 그것을 내밀었다. 장 발장은 고미다락방을 겨누어서 발사했다. 이불을 매달고 있는 밧줄이 한 가닥 끊겼다. 이불은 이제 한 가닥의 끈에 걸쳐 있을 뿐이었다. 장 발장은 두 발째를 쏘았다. 두 번째 동아줄은 고미다락방의 창유리를 쳤다. 이불은 두 바지랑대 사이를 미끄러져서 길 위에 떨어졌다. 바리케이드에서는 박수갈채가 터졌다. 모두들 외쳤다.

"이불이 생겼다."

"그래," 꽁브페르가 말했다. "그런데 누가 가지러 가지?"

이불은 사실 바리케이드 밖에, 방어군과 공격군 사이에 떨어진 것이다. 그런데 포병 중사의 죽음에 격분한 병사들은 조금 전부터 쌓아올린 포석의 선 뒤에 엎드려서 후임자가 새로 임명될 때가지 부득이 침묵을 지켜야 하는 대포를 대신해서 바리케이드를 향하여 사격하고 있었다. 그러나, 폭도들은 탄약을 절약하기 위하여 그 일제 사격에 응하지 않았다. 총탄은 바리케이드에 맞고 부서졌다. 그러나 거리는 날라오는 총탄으로 무시무시한 상태였다.

장 발장은 바리케이드의 틈바구니를 지나 거리에 들어서자, 빗발치는 탄환 속을 뚫고 이불 옆으로 가서 그것을 주워올려 등에 업고 바리케이드로 되돌아왔다. 그는 손수 그 이불로 바리케이드의 갈라진 틈바구니를 막았다. 그는 그것을 포병들이 눈치채지 못하도록 벽

이불은 두 바지랑대 사이를 미끄러져서 길 위에 떨어졌다.

에 갖다 대었다.

일이 끝나자 모두들 산탄을 기다렸다. 아니 기다릴 것도 없었다.

대포는 폭음을 울리며 산탄 한 덩어리를 토해냈다. 그러나 이번에는 튀어오르지 않았다. 산탄은 이불 때문에 힘이 꺾였다. 예상한 대로의 효과를 얻었다. 바리케이드 사람들은 무사했다.

"동지여." 앙졸라가 장 발장에게 말했다.

"공화국은 당신께 감사드립니다."

보쒸에는 감탄하고 깔깔 웃었다. 그는 외쳤다.

"이불이 이처럼 위력을 지니고 있다니, 참으로 어처구니없는데! 맹렬하게 부딪쳐 오는 놈을 부드럽게 받아내서 이기는구나. 아니 어쨌든 대포를 맥 못추게 하는 이불에 영광 있으라!"

여명

그 무렵 꼬제뜨는 잠에서 깨어났다.

그녀의 방은 좁고 청결하고 조촐하였는데, 동쪽을 향해 좁고 긴 창문이 하나 뒤뜰에 열려 있었다.

꼬제뜨는 지금 빠리에서 일어나고 있는 일을 전혀 모르고 있었다. 전날 밤은 밖에 나가지 않았었고, 뚜쌩이 "소동이 일어났어요" 하고 말했을 때는 이미 자기 방에 들어가 있었다.

꼬제뜨는 몇 시간이지만 푹 잘 잤다. 그녀는 달콤한 꿈을 꾸었다. 아마 그녀의 작은 침대가 눈처럼 새하얗던 것도 도움이 됐으리라. 마리우스인 듯한 누군가가 빛에 싸여서 자기에게 나타났다. 그녀는 눈에 햇빛을 느끼고 눈을 떴다. 처음에는 아직 꿈의 연속처럼 느껴졌다.

그 꿈에서 깨어나 먼저 한 첫 생각은 상쾌하다는 일이었다. 꼬제뜨는 마음이 안정되는 것을 느꼈다. 그녀는 몇 시간 전의 장 발장과 마찬가지로 절대로 불행을 원치 않는 그런 영혼의 반동 상태를 겪고

있었다. 왠지는 모르지만 온갖 힘을 기울여서 희망을 갖기 시작했
다. 그러다가 가슴이 죄는 듯이 답답해졌다. 오늘로 사흘째 마리우
스를 만나지 못했다. 그러나 그분은 틀림없이 내 편지를 받아 보았
겠지. 내 주소를 알았을 거야. 게다가 그처럼 영리한 분이니까 어떻
게 하든지 여기까지 와주시겠지 하고 생각했다. 그것도 반드시 오늘
오전중이겠지. 벌써 해가 완전히 뜬 것 같지만 햇빛은 수평으로 비
치고 있어 아직 꽤 이르다고 그녀는 생각했다. 그러나 마리우스를
맞기 위해서는 일어나야만 했다.

　그녀는 마리우스 없이는 살아갈 수 없다는 것을, 그리고 또 마리
우스는 틀림없이 온다고 믿고 있었다. 아무도 그렇지 않다는 말을
못할 것이다. 이미 그것은 확실한 사실인 것이다. 사흘 동안이나 괴
로워한 것이 무서울 만큼 지긋지긋했다. 마리우스가 사흘 동안이나
딴 곳에 있다니, 하느님도 무심했다. 그러나 지금은 그토록 잔인한
짓궂은 장난도 지나가 버린 시련이 되었다. 마리우스는 오고 있을
것이다. 더욱이 좋은 소식을 갖고 올 것이다. 이것이 청춘이라는 것
이다. 청춘은 곧 눈물을 닦아 준다. 청춘은 고뇌를 쓸데없는 것이라
고 생각하고 받아들이지 않는다. 청춘은 어떤 미지의 세계에 대해
제공되는 미래의 미소이고, 그 미지의 세계는 청춘 자기 자신이다.
행복은 청춘에 있어서 자연적인 것이다. 그것의 숨결은 마치 희망으
로 만들어진 것과 같은 것이다.

　그뿐이랴. 꼬제뜨는 마리우스가 하루만이라고 약속한, 그가 못 오
는 이유를 뭐라고 했는지 또 어떻게 설명을 덧붙였는지, 도저히 생
각나지 않았다. 땅에 떨어뜨린 동전이 얼마나 교묘하게 숨어 버리는
지, 얼마나 훌륭하게 모습을 감추어 버리는지 누구나가 알 것이다.
마찬가지로 관념 속에는 그같은 짓궂은 장난 같은 것이 있는 것이
다. 그러한 관념이 한 번 머리 한 구석에 숨어 버리면 만사는 끝장
이다. 그것은 다시는 발견되지 않는다. 기억하려 해도 되돌아오게

할 수는 없다. 꼬제뜨는 기억해 내려고 애써 보았으나 허사인 것에
약간 짜증스러웠다. 마리우스가 한 말을 잊다니, 그래서는 안되는
일이고 미안한 일이라고 생각했다.

그녀는 침대에서 내려와서 영혼과 육체를 깨끗하게 재계(齋戒)하
는 심정으로 기도하고 아름답게 화장했다.

필요하다면 독자들을 결혼한 신방으로 안내할 수는 있지만 처녀
의 방으로는 안내할 수 없다. 시구(詩句)로도 어려운 일이거늘 산
문으로는 더욱 묘사가 어렵다.

처녀의 방은 아직 단단히 도사리고 있는 꽃의 내부인 것이다. 그
림자 속의 흰 빛이다. 태양의 빛이 들기 전에는 사람이 들여다보아
서는 안되는 꼭 다문 백합의 은밀한 방인 것이다. 봉오리로 있는 동
안 여성은 신성하다. 이불을 걷어 젖히고 드러나는 때묻지 않은 침
대, 스스로도 두려운 그 황홀한 반나체, 실내화 속으로 살그머니 숨
어 버리는 하얀 발, 그 거울이 마치 남의 눈이기라도 한 양 거울 앞
에서 얼른 감추어지는 젖무덤, 가구들이 덜거덕거리는 소리나 마차
의 지나가는 소리에도 놀라서 화다닥 끌어올려져 어깨를 감추는 슈
미즈, 매어진 리본, 꼭 끼어 있는 훅, 꼭 붙들어맨 끈, 깜짝 놀라는
그 전율, 추위와 부끄러움으로 생기는 잔 소름, 갖은 움직임으로 불
러 일으켜지는 기묘한 두려움, 조금도 겁낼 일이 없는데도 날벌레의
엷은 날개처럼 차분하지 못한 불안, 새벽녘의 구름처럼 차례차례 변
색되는 매혹적인 의복의 주름, 그 모든 것들을 이야기하기에는 부적
당하고 열거하는 것만으로 충분하다.

사람의 눈은 젊은 처녀 앞에서 별이 떠오를 때보다 더 경건해야만
한다. 손이 닿을 수 있는 가능성이 있는 만큼 눈은 한층 두려운 마
음을 가져야 한다. 복숭아의 솜털, 매실 껍질의 털가루, 방사상(放
射狀)의 눈의 결정, 가루에 덮인 나비의 날개 같은 것들도 스스로
순결하다는 것을 모르는 소녀의 순결에 비하면 하찮은 것이다. 젊은

처녀는 꿈 꾸고 있는 것에 불과하므로 아직 하나의 뚜렷한 실상(實像)은 아니다. 그 침실은 이상적인 어둠침침한 분위기 속에 숨겨져 있다. 분별없는 눈은 그 넓고 희미한 빛을 거칠게 만든다. 거기에서는 바라본다는 것도 모독이 된다.

그러므로 우리는 꼬제뜨의 잠에서 깨어나는 달콤한 사랑의 흩뜨러진 법석을 눈감아 주기로 하자.

동방의 이야기에 의하면, 장미꽃은 신의 손으로 희게 만들어졌지만, 그 봉오리가 막 피려고 할 때 아담이 들여다보았기 때문에 수줍어서 붉어졌다고 한다. 우리는 젊은 처녀와 꽃을 존중하기 때문에 그것들 앞에서 말이 없어짐을 느낀다.

꼬제뜨는 재빨리 옷을 입고 머리를 풀어서 잘 빗었다. 그 무렵의 여성들은 가발 같은 것을 써서 굽슬굽슬하게 하거나 동글게 말아 올리거나 봉긋하게 부풀려 심을 넣거나 하지 않았기 때문에 머리를 빗는 것은 극히 간단했다. 그것이 끝나자 그녀는 창문을 열고, 길가의 어느 한 편이나, 집 모퉁이든가 포석의 구석이든가 마리우스를 기다릴 수 있을 만한 장소는 없을까 하고 여기저기를 둘러보았다. 그러나 바깥은 아무것도 내다볼 수가 없었다. 뒤뜰은 상당히 높은 돌벽으로 둘러싸여서 몇몇 집의 정원이 보일 뿐이었다. 꼬제뜨는 그 정원들이 보기 싫게 느껴졌다. 난생 처음으로 꽃들이 밉다고 느껴졌다. 네거리의 도랑 한끝이 조금이라도 보이는 것이 지금의 그녀에게는 훨씬 고마웠다. 그녀는, 마리우스라면 하늘로도 날아올 수 있다고도 생각했는지, 하늘을 우러러보았다.

갑자기 그녀는 쓰러져서 울었다. 마음이 변덕스러워서가 아니다. 희망의 실이 무거운 괴로움으로 탁 끊어진 것이다. 그것이 지금 그녀의 심정이었다. 그녀는 막연히 뭔지 모를 두려움을 느꼈다. 사실 모든 것이 허공을 감돌고 있었다. 그녀는 아무런 확신도 가질 수 없다고 생각하고 서로 만나지 못하는 것은 서로를 잃는 것이라고 생각했다. 그러자 마리우스가 하늘로 와 주리라는 생각은 이제 조금도 즐거운 일이 아니고 슬프게 여겨졌다.

그러자 이런 우울한 마음이 으레 그렇듯이 곧 차분한 마음으로 되돌아가 희망과 무의식적이지만 하느님을 믿는 미소가 되살아났다.

집안 사람은 아직 자고 있었다. 시골과 같은 고요가 감돌고 있었다. 어느 덧문도 열려 있지 않았다. 문지기의 방도 닫혀 있었다. 뚜쌩은 아직 일어나지 않았기 때문에 아버지도 주무시고 계시다고 자연스럽게 꼬제뜨는 생각했다. 그녀는 몹시 고민했음에 틀림없었다. 왜냐하면 그녀는 아버지가 심술궂다고 생각하고 있었기 때문이다. 그러나 지금은 마리우스가 찾아올 가망성이 있었다. 그러한 광명이 사라져 버리리라는 것은 절대로 생각할 수 없다. 그녀는 기도를 드렸다. 이따금 상당히 먼 곳에서 둔한 진동음이 들려왔다. 그래서 꼬제뜨는 이렇게 아침 일찍부터 문을 열었다 닫았다 하는 건 이상하다고 생각했다. 그것은 바리케이드를 공격하는 대포 소리였다.

꼬제뜨 방의 창문 밑 몇 피트 되는 벽에 붙어 있는 낡고 시커먼 처마 밑에 제비 둥지가 하나 있었다. 그 제비 둥지의 봉긋한 부분은 처마 끝에서 약간 나와 있기 때문에 위에서 그 조그마한 낙원 속을 내려다볼 수 있었다. 어미 제비는 날개를 새끼 제비 위에 부채처럼 벌리고 있었고, 아비 제비는 날아갔다가 곧 주둥이에 무언가 먹을 것과 키스를 물고 돌아왔다. 아침 해는 그 행복한 무리를 금빛으로 물들이고 번식하라는 위대한 자연법칙이 미소를 띠고 엄숙하게 그곳에 있었으며, 그 부드러운 신비는 아침의 광명 속에 꽃피고 있었다.

꼬제뜨는 머리에 아침 햇살을 받고 영혼은 환상에 잠겨서, 마음속은 사랑으로, 밖은 서광으로 빛나면서 자신도 모르게 몸을 구부려, 자신이 지금 마리우스를 생각하고 있다는 사실조차 느끼지 못하면서 그 제비들을, 그 가족들을, 그 수컷과 암컷을, 그 어미와 새끼들

위에서 그 조그마한 낙원 속을 내려다볼 수 있었다.

을, 제비 둥지가 처녀에게 주는 깊은 곤혹감을 느끼면서 지켜보기
시작했다.

사람을 죽이지 않는 사격

공격군의 포화는 계속되고 있었다. 소총의 일제 사격과 산탄이 번
갈아 덮쳤지만 실제로 커다란 피해는 없었다. 꼬랭뜨 주점의 정면
윗부분만이 피해를 입었다. 2층 창문과 고미다락방의 창문은 산탄
을 맞고 수많은 구멍이 뚫려 점점 형태가 허물어져 갔다. 그곳에 자
리잡고 있던 전투원들은 옆으로 물러나야만 했다. 그러나, 이것은
바리케이드 공격의 전술이어서 오래도록 쏘아대는 것도, 폭도측을
응전에 끌어들여 탄약을 다 써버리게 하기 위한 것이었다. 폭도들의
사격이 뜸해지고 이제는 탄환도 화약도 떨어져 버렸다는 것을 알았
을 때 돌격하자는 것이었다. 그러나 앙졸라는 그 계략에 빠지지 않
았다. 바리케이드는 전혀 반격하지 않았다.

일제 사격이 있을 때마다 가브로슈는 혀로 볼을 불룩하게 만들어
서 거만스럽게 그들을 경멸했다.

"좋아, 좋아" 하고 가브로슈는 말했다. "헝겊을 찢어주게. 우리
는 붕대가 필요하니까."

꾸르페락은 산탄의 효과가 전혀 없음을 놀려 대며 대포를 향해 말
했다.

"끈덕지군그래, 아저씨들."

전쟁중에도 무도회에서처럼 사람은 호기심을 일으킨다. 아마도 각
면보가 지니는 침묵에 공격군은 불안해져 무슨 뜻밖의 사건이 생기
지 않았나 하고 두려워하는 듯했다. 그래서 포석더미 담 저편을 살
피면서, 응하지도 않고 사격을 받는 그 태연한 장벽 뒤에서 일어나
고 있는 일이 궁금했던 모양이다. 폭도들은 돌연히 가까운 지붕 위
에서 햇빛에 반짝이는 하나의 철모를 보았다. 소방병 하나가 높은

굴뚝에 기대서서 이쪽을 엿보는 모양이었다. 그 눈길은 바로 위에서 바리케이드 안을 똑바로 내려다보고 있었다.

"이거 귀찮은 감시병인걸."

앙졸라가 말했다.

장 발장은 앙졸라의 기총을 돌려주었으나 자신의 소총을 가지고 있었다.

한 마디 말도 없이 그는 소방병을 겨누고, 그리고 1초 뒤에 소방병의 철모는 총알에 퉁겨 요란한 소리를 내며 길 위로 떨어졌다. 놀란 병사는 허둥지둥 사라졌다.

두 번째 정찰병이 그 자리에 나타났다. 이번에는 장교였다. 재빠르게 다시 총을 잰 장 발장은 다시 나타난 장교를 겨누었고 그의 철모를 병사의 철모가 떨어진 곳에 퉁겨 떨어뜨렸다. 장교는 더 이상 머무르지 않고 총총히 물러갔다. 이것으로 이쪽의 충고가 통한 셈이었다. 다시는 아무도 지붕 위에 나타나지 않았다. 상대는 바리케이드를 살필 것을 단념했다.

"왜 그 사나이를 죽이지 않나요?"

보쒸에가 장 발장에게 물었다.

그러나, 장 발장은 대답하지 않았다.

질서의 편을 드는 무질서

보쒸에가 꽁브페르의 귀에 대고 속삭였다.

"저 사람은 내 질문에 대답을 하지 않았어."

"사격으로 선심을 쓰는 사람이야."

꽁브페르가 말했다.

이미 옛날 이야기가 되어 버렸지만 그 시대의 사실을 아직 기억하고 있는 사람들은, 교외의 국민병이 폭동에 대해서 용감하게 싸운 것을 알고 있을 것이다. 그들은 그 중에서도 특히 1832년 6월의 전투에서 완강하고 대담했다. 폭동으로 가게를 휴업해야만 했던 빵땡, 베르뛰, 혹은 귀네뜨 부근의 음식점 주인 가운데는 자기 카바레가 텅 빈 것을 보고 분격하여, 교외 음식점의 질서를 유지하기 위해 결국 전사한 사람도 있었다. 부르주아적이면서도 동시에 영웅적이었던 그 시대에는 다양한 사상에 자기 몸을 희생하려는 용감한 사람과, 어떤 이익을 위해 스스로를 고집하는 용사도 있었다. 동기의 비굴함이 행동의 용감성을 감소시키지 않았다.

화폐의 감소가 축적되자 은행가들도 '라 마르세예즈'를 노래했다. 그들은 계산대를 위해서 서정시적(敍情詩的)으로 피를 흘렸다. 그리고 국민들은 조국의 극히 작은 축도인 상점을 스파르타적인 열정으로 지켰다.

근본적으로, 이상에서 말한 진실 속에는 극히 진지한 것 이외에 아무것도 숨겨진 것이 없다. 즉, 사회의 각 요소가 평등적인 영역 속에 들어가기 전, 먼저 투쟁의 영역에 들어갔던 것이다.

무엇보다도 이 시대의 한 가지 특징은 착실한 한 당파에 대하여 적절할지 모르지만, 정부주의(政府主義) 속에 혼합된 무정부주의였다는 것이다. 사람들은 규율도 없으면서 질서를 지키려고 했다. 국민군의 모 대령의 명령 아래 돌연 임의로 집합의 북소리가 울렸다. 어떤 대위는 개인적인 감격으로 전투에 뛰어들기도 하고, 어떤 국민병은 '자기 나름의 생각으로', 더욱이 자기 개인의 이익을 위해서 싸우고 있었다. 위기의 순간인 '소란' 속에서 병사는 사령관의 명령보다는 자기의 본능에 따랐다. 질서 있는 군대 속에 진짜 단독 행동의 병사가 많았다. 어떤 자는 파니꼬처럼 칼로, 또 어떤 자는 앙리 퐁프레드처럼 펜으로 활동했다.

문명은 불행하게도 그 당시 신념에 가득찬 집단보다 이해 관계로 모여 있는 집단 때문에 위험한 상태에 있었고, 또 처해져 있다고 모두가 믿었다. 문명은 경고의 소리를 외치고 있었다. 사람들은 저마다 자신을 중심으로 선두에 서서 문명을 지키고 돕고 옹호했다. 누구나가 사회구제의 책임을 모두가 자각하고 있었다.

열광은 때로 상대방을 잔인하게 무찔러 죽이기에 이르렀다. 국민군의 어떤 중대는 그 사사로운 권리로 군법 회의를 구성하고 포로가 된 한 폭도를 5분 만에 재판하고 처형했다. 장 프루베르를 죽인 것도 그런 종류의 즉석 재판이었다. 잔인한 사형법(私刑法)에 대하여는 어느 당파도 다른 사람을 비난할 권리를 가지고 있지 않았다. 왜냐하면 그것은 유럽의 군주국도 아메리카의 공화국도 다 적용하고 있었기 때문이다. 이 사형법은 당시 많은 오해를 내포하고 있었다. 폭동이 있던 어느 날, 뽈 에메가르니에라는 한 젊은 시인이 르와얄 광장에서 병사의 총칼에 쫓기다가 6번지의 대문 안으로 피해서 가까스로 위기를 모면했다.

병사들은 이렇게 외치고 있었다.

"저기 쌩 시몽 주의자가 또 한 놈 있다!"

그래서 그를 죽이려고 했던 것이다. 그런데 그는 다만 쌩 시몽 공작의 《회상록》 한 권을 겨드랑이에 끼고 있었던 것이다. 한 국민병이 그 책에서 '쌩 시몽'이라는 단어를 보기만 한 것으로 "사형이다!" 라고 소리쳤던 것이다.

1832년 6월 6일 교외에서 온 국민병 일대는 조금 전에 이름이 나왔던 파니꼬 대위의 지휘 아래 멋대로 변덕을 부리다가 샹브르리 거리에서 큰 피해를 입었다. 이 사실은 실로 기묘하지만, 1832년의 반란 뒤에 열린 법정 신문에서 확인되었다. 파니꼬 대위는 성미가 급하고 대담한 소시민으로 질서 있는 용병 대장이라고 부를 만한 사나이였다. 지금 말한 바와 같은 광신적이고 굽힐 줄 모르는 정부주의자였는데, 때를 기다리지 않고 발포하고 싶은 심정, 즉 자기 혼자서, 자기 중대만으로 바리케이드를 점령하고 싶은 야심에 혈안이 되어 있었다. 붉은 깃발에 이어 낡은 옷이 올라간 것을 검은 깃발로 잘못 판단하고 흥분한 그는 장군이나 부대장을 큰소리로 비난했다. 회의를 열고 있던 장군들은 결정적인 공격의 시기는 아직 오지 않았다고 판단하고 그들 중 한 사람의 말대로 ‘반란을 부글부글 끓게’ 두려고 했던 것이다. 그러나 그는 바리케이드는 완전히 ‘익어’ 버렸다고 생각하고 완전히 ‘익은’ 것은 떨어지는 게 당연했으므로 공격을 시도하려고 했다.

그는 그와 똑같이 과감한 병사들을, 어떤 목격자의 말에 의하면 ‘열광적인 병사’들을 지휘하고 있었다. 그의 중대가 바로 시인 장 프루베르를 총살한 중대로, 거리 모퉁이에 배치된 대대의 선두 부대였다. 전혀 생각지도 않았던 때에 대위는 그의 부하들을 바리케이드로 돌진하게 했다. 그 행동은 전략보다는 방자한 태도로 행해졌는데 파니꼬 중대에 큰 손실을 안겨주었다. 거리의 3분의 2도 채 이르기 전에 바리케이드로부터 일제 사격을 받았다. 선두를 달리고 있던 네 명의 가장 대담한 병사들이 각면보 바로 밑에서 총격을 받았다. 그리고 용감한 국민병의 무리는 용맹스러웠지만 군인의 강인성이 없었기 때문에 얼마간 망설이다가 15구의 시체를 포석 위에 남긴 채 퇴각하지 않으면 안 되었다. 그 순간의 망설임이 폭도들에게 총을 다시 장전할 겨를을 주어, 두 번째의 맹렬하기 짝이 없는 일제 사격이 피난처인 거리 모퉁이에 다다르기 전에 중대를 덮쳤다. 한때 중대는 양군의 사격전 사이에 끼어서, 또 명령이 없었기 때문에 사격을 중지하지 않았던 포병의 연발되는 산탄 세례를 받았다. 대담하고 무모한 파니꼬도 그 산탄으로 죽은 전사자 중 한 사람이었다. 그는 대포에 의해서, 즉 질서에 의해서 살해되었다.

진지했다기보다 광란적인 그 공격은 앙졸라를 격분시켰다.

“바보자식들!” 하고 그는 말했다. “쓸데없이 자기 부하들을 죽이고 우리 탄약을 없애게 하는군. 아무 소용도 없는데 말야.”

앙졸라는 폭동군의 진짜 장군 같은 말을 했는데 실제로 그러했다.

반란군과 진압군은 대등한 무기로 싸우는 것은 아니었다. 반란군은 곧 소모되는 것으로서 쏠 탄약도 적었고 희생되는 전투원도 극히 적었다. 빈 탄약통 하나, 전투원 하나 죽어도 보충할 도리가 없다. 한편 진압군은 군대를 가지고 있어서 인원도 아깝지 않고, 뱅센^(병기창 화약고)이 있어 탄약도 문제될 게 없었다. 진압군은 바리케이드 인원만큼의 연대가 있고, 바리케이드의 탄약통만큼 병기고를 보유하고 있다. 그러므로 반란은 일 대 백의 싸움이어서 마침내 바리케이드는 분쇄되고 말 것이다. 다만 혁명이 돌연 일어나서 천사의 불꽃의 검을 전운의 저울 위에 던진다면 모르지만.

그러한 경우가 있기도 하다. 그때 모든 것은 일어서고, 포석은 뒤끓고, 민중의 각면보가 도처에 생겨나고, 빠리는 더없는 전율을 느끼고, '신성한 그 무엇'이 나타나고, 8월 10일(1792년)이 하늘에 떠오르고, 7월 29일(1830년)이 공중에 떠오르고, 신기한 광선이 비치고, 커다랗게 열렸던 권력의 입은 닫혀지고, 사자 같은 군대는, 그의 눈앞에 예언자 프랑스가 말없이 서 있는 것을 본다.

지나가는 광명

하나의 바리케이드를 지키는 감정과 정열의 혼돈 속에는 온갖 것이 있다. 용기가 있고 청춘이 있고 명예에 관한 기개가 있고 감격이, 이상이, 확신이 있으며, 도박꾼들의 열정이 있고, 그리고 그 중에서도 특히 간헐적인 희망이 있다.

그 한때 희망의 막연한 전율의 하나가, 가장 의외일 때에 샹브르리의 바리케이드를 꿰뚫었다.

"들어 보시오." 계속해서 경계하고 있던 앙졸라가 느닷없이 외쳤다. "빠리가 눈을 뜬 것 같소."

분명히 반란은 6월 6일 아침, 한두 시간 동안에 얼마큼 기운을 되찾았다. 쌩 메리의 집요한 경종 소리는 망설이고 있던 사람들을 격려했다. 쁘와리에 거리와 그라빌리에 거리에 바리케이드가 만들어져 가고 있었다. 쌩 마르땡 개선문 앞에서는 한 청년이 기총을 들고 혼자서 1개 중대의 기병을 공격했다. 엄폐물도 없는 큰 거리 한복판에서 그는 땅에 한쪽 무릎을 짚고 총을 어깨에 대고, 방아쇠를 당겨서 중대장을 쓰러뜨리고 나서 "이제 우리를 괴롭히는 또 한 놈이 줄었다" 하면서 뒤를 돌아보았다. 그 순간 그는 군도에 맞아 쓰러졌다.

쌩 드니 거리에서는 한 여자가 블라인드를 내린 창문 뒤에서 시의 경비대를 저격했다. 한 발씩 쏠 때마다 블라인드의 널빤지가 흔들리는 것이 보였다. 14살 난 소년이 호주머니에 탄약을 잔뜩 집어 넣고 꼬쏜느리 거리를 걷다가 체포되었다. 많은 초소가 습격되었다. 베르땡 프와레 거리의 입구에서 전혀 예기치 않았던 치열한 소총 사격이 흉갑기병 1개 연대를 맞혔다. 연대의 선두에는 까베냐끄 드 바라뉴 장군이 앞장서 진군하고 있었다. 쁠랑슈 미브레 거리에서는 집집마다 지붕 위에서 군대를 향해서 낡은 접시 조각이며 살림도구 등을 마구 던졌다. 그것은 좋지 못한 징조였다. 이 사실이 쑬뜨 원수에게 보고되었을 때, 이 옛 나뽈레옹의 참모였던 그는, 쉬셰가 싸라고쓰 공격 때에 한 말을 생각해 내고 깊은 생각에 잠겼다.

"할머니들이 우리 머리 위에 요강을 붓게 되면 우리도 마지막이다."

폭동이 국부적인 것이라고 생각되던 바로 그때, 돌연 나타난 여러 곳의 징조, 기운을 되찾은 그 분노의 열, 빠리의 문밖이라 부르고 교외의 잔뜩 쌓아올린 연료더미 위에서 여기저기로 튀어 옮는 불티, 그 모든 것들이 군의 지휘관들을 불안하게 했다. 그들은 막 불붙기 시작한 불을 끄려고 애썼다. 그러한 조그만 불을 꺼버리기까지 모뷔에나 샹브르리, 쌩 메리 등의 바리케이드 공격은 연기되었다. 마지막에 이것들만을 목표로 해서 단번에 분쇄하기 위해서였다. 부대마다 큰 거리를 소탕하고 작은 거리를 정찰하면서, 평온하지 않은 거리거리를 주의깊게, 천천히, 혹은 일제히 기습했다. 군대는 총을 쏘는 사람들이 있는 집들의 문을 부수었다. 동시에 기병의 행동대가 큰 거리의 군중들을 분산시켰다. 그런 진압은 소요를 야기시키고, 군대와 민중과의 충돌에 으레 뒤따르는 굉장한 소란을 일으켰다. 그것이야말로 앙졸라가 포성과 총성 소리 사이사이에 들은 바로 그 소리였다. 게다가 들것에 실려서 지나가는 부상자들을 거리 앞쪽에서 보고 꾸르페락에게 말했다.

"저 부상자들은 우리 당의 사람들이 아냐."

희망은 오래 계속되지 않았다. 광명은 재빨리 사라져 버렸다. 반 시간도 채 못되어서 공중에 떠돌던 것은 사라졌다. 마치 천둥 소리 없는 번갯불 같았다. 폭도들은 버려진 채 저항하는 사람들에게 민중의 무관심이 던져주는 납처럼 무거운 덮개와도 같은 것이 다시금 자기들 위에 떨어지는 것을 느꼈다.

윤곽만이 희미하게 그려진 것처럼 보이던 전반적인 움직임은 실패로 끝났다. 이제는 육군 대신의 주의와 장군들의 전략은 바야흐로 남아 있는 4개의 바리케이드 위에 집중되었다

태양이 지평선 위에 솟아올랐다.

한 폭도가 앙졸라에게 물었다.

"모두 배고파합니다. 정말 이대로 굶어서 죽는 겁니까?"

여전히 그의 총구멍 앞에 팔꿈치를 짚고 있던 앙졸라는 거리 끝에서 눈을 떼지 않고 시인하듯 고개를 끄덕여 보였다.

앙졸라 애인의 이름

꾸르페락은 앙졸라 곁의 포석 위에 앉아서 대포에다 대고 계속 욕을 하고 있었다. 산탄이라는 포탄의 어두운 구름이 무서운 소리를 내며 스쳐갈 때마다 야유를 퍼부으면서 그것을 맞았다.

"목소리를 망치겠어, 이 늙은 망나니야. 쓸데없이 고함만 쳐도 소

용 없어. 오히려 걱정이 되는군. 천둥은커녕 기침 소리 같군.”

그 말을 듣고 주위 사람들이 웃어댔다.

꾸르페락과 보쒸에는 위험에 처했음에도 불구하고 북돋아주는 용감성을 발휘해서, 스카롱 부인처럼 농담으로 배를 불려주고, 또 포도주 대신 사람들에게 쾌활한 기분을 나누어 주고 다녔다.

“앙졸라는 훌륭해.”

보쒸에는 말했다.

“태연하게 버티고 있는 용기는 정말 훌륭해. 독신이니까 아마 조금 비관적인 때가 있을지 몰라. 앙졸라는 자기가 위대하니까 애인이 생기지 않는다고 불평하고 있어. 우리들은 모두 우리를 바보로 만들거나 용감하게 만들어 주는 애인을 하나나 둘쯤은 갖고 있지. 호랑이처럼 사랑을 하면 적어도 사자처럼 싸울 수가 있지. 그것은 아가씨들에게 속은 데 대한 복수의 한 가지 방법이거든. 롤랑은 앙젤리끄에 대한 화풀이를 위해 전사했어. 우리의 용맹은 모두 여자들로부터 비롯된 거야. 여자가 없는 남자는 격철이 없는 권총과 같아. 그런데 앙졸라에게는 여자가 없어. 사랑을 하지 않는데도 용맹하고 과감하거든. 얼음처럼 차고 불처럼 용감한 사나이란 좀처럼 있을 수 없는 일이야.”

앙졸라는 듣고 있지 않았다. 그러나 만약 누군가가 곁에 있었다면, 낮게 ‘파트리아’^(조국) 하고 중얼거리는 것을 들었을 것이다.

보쒸에가 아직도 웃고 있을 때 꾸르페락이 외쳤다.

“또 왔군!”

그리고 손님이 온 것을 알리는 접대원 같은 목소리로 덧붙였다.

“80밀리 포라고 합니다.”

과연 새로운 인물이 막 등장한 참이었다. 그것은 제2의 포문이었다. 포병들은 재빨리 조종하여 제2의 포차를 제1의 포차 옆에 고정시켰다. 그것으로 바리케이드의 최후는 짐작이 갔다.

잠시 후 재빨리 조작된 두 포문은 정면에서 일제히 각면보를 포격하기 시작했다. 제일선 보병이며 교외 부대의 일제 사격이 포병대를 엄호했다.

조금 떨어져서 다른 포성이 울려 오고 있었다. 두 포문이 샹브르리 거리의 각면보를 덮침과 동시에 다른 두 포문이 쌩 드니 거리와 오브리 르 부셰 거리에 자리를 잡고 쌩 메리의 바리케이드에 포탄을 퍼붓고 있었다. 네 개의 대포가 음산한 메아리를 서로 주고받고 있었다. 그 음산한 전투견들의 짖어대는 소리는 서로 호응하고 있었다.

지금 샹브르리 거리의 바리케이드를 공격하는 대포는 두 문이 있는데 그 중의 하나는 산탄을, 다른 하나는 유탄을 쏘고 있었다.

유탄을 쏘는 포문은 약간 높이 조준되어 탄환이 바리케이드 맨 위쪽 모퉁이 끝에 맞도록 겨누어져 있어, 꼭대기를 파괴하고, 포석을 분쇄하고, 그것을 산탄의 파편처럼 폭도들 위에 뿌렸다.

이 사격의 목적은 전투원들을 각면보 꼭대기에서 내쫓고 그 내부에 집중시키려는 것이다. 즉 돌격 준비였다. 전투원을 유탄으로 바리케이드 위에서 또는 산탄으로 술집 창문에서 쫓아 버리기만 하면, 공격군은 저격되지 않고, 눈치 채이지 않게 거리 안으로 돌입하여, 전날 밤처럼 돌연 각면보를 기어올라가서, 그리고 운이 좋으면 기습으로 점령할 수가 있을 것이다.

"저 귀찮은 포차를 조금 침묵시킬 필요가 있어" 하고 앙졸라는 외쳤다. "포병을 쏘아라!"

모두들 준비를 갖추고 있었다. 참으로 오랫동안 침묵을 지켜 오던 바리케이드는 미친 듯이 불을 뿜었다. 일고여덟 번의 일제 사격이 일종의 분노와 환희로 계속되었다. 거리는 앞이 보이지 않을 만큼 연막이 가득 찼다. 몇 분 뒤 불꽃의 섬광이 오락가락 달리는 그 안개 속에서 포병의 3분의 2가 포차 밑에 쓰러져 있는 것이 희미하게 보였다. 쓰러지지 않은 포병들은 엄숙하게 침착성을 갖고 포차를 계속 조작하고 있었다. 그러나 포화는 훨씬 속도가 느려졌다.

"잘 됐어. 성공이야" 하고 보쒸에는 앙졸라에게 말했다.

앙졸라는 고개를 가로저으며 대답했다.

"성공인지 어떤지는 앞으로 15분 뒤면 결정되네. 그러나 그때는 이 바리케이드 안엔 탄약통이 10개밖에 남지 않을 걸세."

가브로슈가 이 말을 들은 모양이다.

밖으로 나간 가브로슈

꾸르페락은 문득 누군가가 바리케이드 밑, 총알이 비오듯 하는 바깥 거리에 있는 것을 발견했다.

가브로슈였다. 주점에서 술병을 담는 데 쓰는 바구니를 들고 바리케이드의 갈라진 틈으로 해서 밖으로 나가, 보루 옆에 쓰러져 있는 국민병들의 탄약통에서 탄약을 꺼내어 태연하게 바구니에 채우고 있었다.

"뭘 하는 거야, 거기서?"

꾸르페락이 물었다.

가브로슈는 고개를 들었다.

"바구니를 채우고 있어요."

"아니, 너 산탄이 보이지 않니?"

가브로슈는 대답했다.

"왜요, 비오듯 하는데요? 그래서 어쨌다는 거죠?"

꾸르페락은 고함을 쳤다.

"들어와!"

"금방 돼요."

가브로슈는 말했다. 그리고 깡총 뛰어서 거리로 나갔다.

파니꼬의 부대가 퇴각하는 도중 시체를 버리고 갔다는 것을 기억

보루 옆에 쓰러져 있는 국민병들의 탄약통에서 탄약을 꺼내어 태연하게 바구니
에 채우고 있는 것이다.

할 것이다. 20구 가량의 시체가 거리의 포석 위에 여기저기 즐비하게 늘어져 있었다. 가브로슈에게는 20여 개의 탄약통이었다. 바리케이드를 위해서는 20개의 보충 탄약통이었다.

화약연기는 안개처럼 거리에 감돌고 있었다. 깊은 절벽 사이의 낭떠러지에 내려앉은 구름을 본 일이 있는 사람이라면, 두 줄로 늘어서 있는 높은 집들로 말미암아 한층 더 짙어진 자욱한 검은 연기를 상상할 수 있을 것이다. 초연은 서서히 올라가고 끊임없이 다시 들어찼다. 그래서 주위는 차츰 어두워지고 대낮의 햇빛조차도 창백하게 보였다. 거리의 양 끝에 있는 쌍방의 전투원들은——거리 길이는 극히 짧았지만——거의 상대편을 알아볼 수 없었다.

그 어둠은 바리케이드를 공격하려는 지휘관들이 바라던 바였고 계산에 넣고 있던 기회였으나, 가브로슈에게도 역시 다행이었다.

그 연막 속에 섞여서, 몸집이 작은 덕택에 가브로슈는 들키지 않고 거리로 상당히 앞에까지 진출할 수 있었다. 그리고 우선 7, 8개의 탄약통을 대단한 위험 없이 빼앗아냈다.

가브로슈는 엎드려서 기고, 뛰고, 바구니를 입에 물고, 몸을 틀고, 미끄러지고 꿈틀거리며, 시체에서 시체로 타고 넘어다니면서 원숭이가 호두를 까듯이 탄약통이며 탄약 주머니 속에 든 것을 끄집어냈다.

바리케이드에서는, 아직 꽤 가까이에 있는 가브로슈에게 아무도 감히 되돌아오라고 단호하게 외치지 않았다. 적의 주의력을 끌까 두려웠던 것이다.

어느 하사의 시체를 뒤져 화약통을 발견했다.

"목이 마를 때를 위해서" 하고 가브로슈는 말하면서 그것을 주머니에 집어 넣었다.

너무 앞으로 나갔기 때문에 초연이 걷혀 적에게 보이는 지점까지 나가 버렸다. 그 때문에 포석의 방벽 뒤에 나란히 숨어 있는 제일선의 저격병과 거리 모퉁이에 집결해 있는 저격 국민병들은 돌연 연기 속에 움직이고 있는 무언가를 발견하고 서로 손가락질을 했다.

가브로슈가 경곗돌 옆에 쓰러져 있는 상사에게서 탄약을 벗겨내고 있을 때 한 발의 총알이 날아와 그 시체에 맞았다.

"헤이!" 가브로슈는 외쳤다. "자기네 시체들을 또 죽이는군."

두 발째의 총알이 바로 옆의 포석에 맞아서 불꽃을 날렸다. 세 발째가 그의 바구니를 뒤엎었다. 가브로슈는 그쪽을 바라보고 탄환이 국민병에게서 날아오는 것임을 알았다.

가브로슈는 불쑥 몸을 일으켜 버티고 서서 머리칼을 바람에 날리며 두 손을 허리에 대고 총을 쏘고 있는 국민병 쪽을 노려보며 노래를 불렀다.

  얼굴이 못생겼더군, 낭떼르 놈들은
  그것은 볼떼르의 탓.
  머리가 나쁘더군, 빨레조 놈들은
  그것은 모두 루소의 탓

그러고 나서 가브로슈는 바구니를 주워 올려 쏟아져 있던 탄약을 하나 남김없이 바구니에 넣고, 총알이 날아오는 쪽으로 전진하면서 다른 탄약통을 탈취하러 갔다. 그때 네 발째의 총알이 날아왔으나 빗나갔다. 가브로슈는 노래했다.

  공중인이 아니라네, 나는
  죄는 볼떼르의 탓.
  나는 참새, 작은 참새라네,
  죄는 모두 루소의 탓.

다섯 번째 탄환도 그에게 제3절을 노래부르게 하는 일밖엔 하지
못했다.

　　쾌활하기 짝이 없네, 내 성격은
　　죄는 바로 볼떼르의 탓.
　　초라하기 짝이 없네, 내 옷차림은
　　죄는 모두 루소의 탓.

　이런 상태가 한동안 계속되었다.
　무시무시하면서도 유쾌했다. 가브로슈는 사격을 받으면서도 사격
을 놀려대고 있었다. 그는 몹시 즐기고 있는 듯했다. 마치 참새가
사냥꾼을 주둥이로 쪼아대는 것과 같았다. 그는 총알이 날아올 때마
다 노래를 1절씩 부르는 것으로 대답했다. 적은 끊임없이 그를 겨냥
했지만 총알은 번번이 빗나갔다. 국민병들과 현역병들도 웃으면서
그를 겨누고 있었다. 그는 엎드렸다가 다시 몸을 일으키고, 문 한쪽
구석에 숨었다가 다시 튀어나가고, 숨었다가 다시 나타났다. 또 달
아났다가 다시 되돌아오고, 산탄을 놀려대는 시늉을 하며, 그러면서
도 탄약을 탈취하여 차례차례로 탄약통을 쏟아 바구니를 채웠다. 폭
도들은 불안으로 숨을 헐떡이며 그를 눈으로 쫓고 있었다. 바리케이
드는 떨고 있었으나 당사자는 노래를 부르고 있었다. 그는 소년이
아니었다. 그렇다고 어른도 아니었다. 그것은 이상한 부랑아 요정이
었다. 대접전에서의 불사신의 난쟁이라고도 할 수 있었다. 탄환이
그를 쫓았으나 그는 탄환보다 날쌨다. 그는 죽음과 함께 당치도 않
은 무서운 숨바꼭질을 하고 있었다. 도깨비의 얼굴이 가까이 다가올
때마다 부랑아는 손가락으로 퉁기고 있었다.
　그러나 한 발의 총알이 그때까지의 탄환보다도 정확하게 겨누어
졌던지, 아니면 가장 음험했던지, 마침내 도깨비불 같은 소년을 잡

아 버리고 말았다. 가브로슈가 비틀거리다가 쓰러지는 것이 보였다. 온 바리케이드 안의 사람들이 신음소리 같은 외침을 올렸다. 그러나 그 난쟁이에게는 안테우스(쓰러져 땅바닥에 닿자 다시 목숨이 되살아난다는 거인)가 있었다. 부랑아가 포석에 쓰러지는 것은 거인이 땅에 쓰러지는 것과 같다. 가브로슈가 쓰러진 것은 다시 일어서기 위한 것에 불과했다. 그는 그 자리에 주저앉았다. 기다란 한줄기의 피가 뺨으로 흘러 내리고 있었다. 그는 두 팔을 허공에 쳐들고 총알이 날아온 방향을 지켜보며 노래를 시작했다.

> 나는 쓰러졌네, 땅바닥에.
> 죄는 볼떼르의 탓.
> 나는 코를 처박았네, 도랑 속에.
> 죄는 모두 루소의……

가브로슈는 끝을 맺지 못했다. 같은 사격수가 쏜 제2탄이 그의 노래를 잘라 버렸다. 이번에는 그의 얼굴이 포석 위에 축 처지고 다시는 움직이지 않았다. 그 위대한 어린 넋은 날아가고 만 것이다.

어떻게 형이 아버지 노릇을 하는가

바로 그때 뤽상부르 공원에는——사변을 보는 눈은 곳곳에 돌려져야 하기 때문에 말하겠는데——두 어린애가 손을 맞잡고 있었다. 한 아이는 7살 정도이고 또 한 아이는 5살 정도였다. 비에 젖었기 때문에 그들은 햇빛이 비치는 작은 길을 걷고 있었다. 나이먹은 아이가 나이 어린 아이의 손을 잡고 있었다. 둘 다 남루한 옷을 입고 핏기가 없었다. 마치 야생의 작은 새처럼 보였다.

작은 아이가 말했다. "배고파."

나이 많은 아이는 벌써 어느 정도 보호자다운 태도로 왼손에 동생의 손을 잡고 오른손에 가느다란 나뭇가지를 들고 있었다.

공원 안에는 그들 둘뿐이었다. 인적이 없고 철책문은 폭동으로 인한 경찰의 조치로 닫혀 있었다. 그곳에서 야영하던 군대는 전투에 불려 나갔다.

그 아이들은 어떻게 그곳에 오게 됐을까? 어느 파출소에서 틈을 타 도망친 것일까? 또는 이 근처의 앙페르 문이나 롭세르바뜨와르(천문대) 언덕이나 아니면 '그들은 강보에 싸여 있는 갓난아이(어린 그리스도)를 발견했다'고 씌어 있는 박공이 솟아 있는 근처 네거리, 아니면 광대들의 바라크가 있어서 그곳에서 도망쳐 나온 것일까? 또는 어젯밤 문을 닫는 시간에 문지기의 눈을 피해서 사람들이 신문 같은 것을 읽는 저 감시 초소에서 하룻밤을 보냈는지?

사실 그들은 떠돌아다니고 있었으며 얼핏 보기에 자유롭게 보였다. 떠도는 몸으로 자유롭다는 것, 그것은 버려졌다는 것이다. 그 가엾은 두 어린 아이들은 집이 없었던 것이다.

이 두 아이는 가브로슈가 언젠가 돌보아준 애들이었음을 독자도 기억할 것이다. 떼나르디에 집안의 아이들로 마뇽에게 빌려주어 질노르망 씨의 친자식처럼 되어 있었으나, 지금은 뿌리 없는 나뭇가지에서 떨어진 나뭇잎처럼 바람부는 대로 땅 위를 떠돌아다니는 신세가 되어 있었다.

마뇽네 집에 있던 시절, 깨끗해서 질노르망 씨에 대한 선전물이었던 그들의 옷도 지금은 누더기가 되어 버렸다.

그들은 그 뒤, 경찰이 빠리의 길거리에서 발견하고 수용했다가 다시 놓쳤다가 발견하곤 하는 '기아'의 통계표 속에 끼어 있었다.

그 불쌍한 아이들이 이 공원에 들어오게 된 것은 그날의 소동 덕분이었다. 만약 공원지기의 눈에라도 띄었다면 누더기를 걸친 그들은 쫓겨났을 것이다. 가난한 어린애는 공원 안에 들어가지 못한다. 그러나 그들도 꽃을 볼 권리가 있다는 것을 잊지 말아야 할 것이다.

그는 두 팔을 허공에 쳐들고 총알이 날아온 방향을 지켜보며 노래를 시작했다.

그들은 철문이 닫혀 있었기 때문에 그곳에 있을 수 있었다.

그들은 규칙을 어기고 있었다. 공원에 몰래 기어들어와서 그곳에 머물러 있었기 때문이다. 철문이 닫혔다고 감시인의 임무가 없어지는 것이 아니고, 경비를 계속하게 되어 있지만 그러나 역시 경비를 늦추고 쉬게 마련이다. 게다가 공원지기들도 세상의 소요에 마음이 걸려서 이미 공원에 주의하지 않았으므로 그들 위반자를 보지 못했던 것이다.

그 전날엔 비가 왔고, 그날 아침에도 한 줄기 내렸다. 그러나 6월의 소나기는 대수로운 것이 못 된다. 폭풍우가 지난 한 시간 뒤면 언제 비가 내렸던가 할 정도로 말끔히 개어 버린다.

하지가 가까운 지금, 한낮의 햇볕은 살을 찌르는 것 같다. 그것은 모든 것을 덮친다. 그것은 집요하게 대지에 달라붙어 수분을 빨아낸다. 태양은 목이 타는 것 같았다. 저녁에 쏟아지는 소나기는 한 잔의 음료에 불과했다. 한 줄기의 비는 곧 말라 버리고 만다. 오전중에 억수같이 쏟아졌어도 오후에는 또다시 모든 게 먼지로 뒤덮인다.

비에 씻기고 햇빛에 닦인 나뭇잎의 초록만큼 아름다운 것은 없다. 그것은 무더위 속의 청량한 맛이다. 정원이나 목장의 나무뿌리는 물을 머금고 꽃은 햇빛을 받아 향로처럼 모든 향기를 한번에 내뿜는다. 온갖 것이 웃고 노래하며 몸을 내민다. 사람들은 달콤한 도취감을 느낀다. 초여름은 한동안 낙원이고 태양은 사람들의 마음을 한가롭게 해준다.

세상에는 그 이상 아무것도 바라지 않는 사람이 있다. 푸른 하늘을 바라보며, "이것으로 충분하다!" 하는 태평한 사람, 자연의 경이에 몰두하여 자연을 찬미하는 나머지, 선과 악에 대해 무관심해지는 몽상가, 한가하게 인간사를 잊어버리는 명상가, 나무 그늘에서 꿈을 꿀 수가 있는 데도 불구하고, 남의 굶주림이나, 목마름이나, 겨울에 가난한 사람이 헐벗은 것을 보는 것이나, 어린아이의 등뼈의 임파성 만곡(淋巴性彎曲, 꼽추)이나, 더러운 침대, 다락방, 지하 감옥, 그리고 추위에 떠는 소녀의 누더기옷 등을 일일이 근심하는 인간을 이해할 수 없다는 우주의 명상가. 그들은 모두 평화롭지만 혹독하고 박정하고 무자비한 마음이 차 있는 정신의 소유자이다.

이상한 일이지만 무한한 것만으로도 그들에게는 충분한 것이다. 인간의 가장 큰 욕구인 포용할 수 있는 유한한 것을 그들은 모른다. 진보를 가능하게 하는 유한이며, 그 숭고한 작용을 그들은 생각지 않는다. 무한과 유한과의 인간적이고도 신적인 결합에서 생기는, 확실치 못한 것을 그들은 보지 못한다. 광대 무변한 것을 대하기만 하면 그들은 미소짓는다. 결코 환희를 맛볼 수 없지만 항상 황홀해 있다. 무엇엔가 빠지는 것, 그것이 그들의 삶인 것이다. 인류의 역사도 그들에게는 그저 사소한 일에 지나지 않는다.

'모든 것'은 그곳에 포함되어 있지 않다. 참다운 '모든 것'은 밖에 있다. 인간 따위의 하찮은 일에 마음을 써서 무엇하겠는가? 인간은 괴로워하고 있다. 과연 그런지도 모른다. 그러나 떠오르는 알데바란별을 바라보게나. 어머니에게 젖이 없든, 갓난아이가 죽어가든 내 알 바 아니다. 그러나 어쨌든 현미경에 나타나 보이는 전나무의 백목질의 테가 만드는 이 훌륭한 장미 모양의 무늬를 들여다보게나! 무엇보다도 아름답다는 벨기에의 말린 산(産) 레이스를 이것과 비교해 보게나! 그러나 사상가는 사랑을 잊고 있는 것이다.

하늘의 황도대는 그들을 사로잡아 우는 아이들을 보는 것마저 허락치 않는 것이다. 신은 그들의 영혼을 가리고 있다. 그것은 비소함과 동시에 위대한 정신의 일종이다. 호라티우스는 그런 사람 중의 하나이고 괴테도 그 중 한 사람이며 라 뽕뗀느도 그렇다. 그들은 무한을 쫓는 그야말로 훌륭한 이기주의자이며 인간의 고통에 대한 냉정한 방관자여서 날씨만 좋으면 폭군 네로는 안중에도 없고, 태양에 눈을 뺏겨서 화형대를 깨닫지 못하고, 사람이 단두대에 세워지는 것을 오직 빛의 작용을 탐구하기 위하여 구경하고, 외침도, 흐느껴 우는 소리도, 죽음의 헐떡임도, 경종 소리도 듣지 않고, 5월이 있는 이상 모든 것이 좋고 붉게 물드는 황금빛의 구름이 머리 위에 떠 있는 한 만족하다고 말하고, 빛나는 별빛과 새들의 노래가 다할 때까지는 행복한 마음으로 있으리라 여기고 있는 것이다.

그들은 기쁨으로 얼굴을 빛내는 암흑 속 사람들이다. 그들은 자신이 한심스러운 인간이라고는 조금도 생각지 않는다. 그러나 분명히 그들은 불쌍하게 여겨야 할 존재이다. 눈물을 흘리지 않는 자는 진실을 모른다. 눈썹 밑에 눈을 갖지 않고 이마 한복판에 별을 지니고 있는 밤과 낮으로 동시에 되어 있는 그들이야말로 불쌍한 동시에 찬미해야 할 사람들이다.

그러한 사상가의 무관심은 어떤 사람들의 말로는 고매한 철학에서 오는 것이라고 한다. 그런지도 모른다. 그러나 그 고매함 속에는 불구자와 같은 점이 있다. 사람은 불멸임과 동시에 절름발이일 수도 있다. 불카누스 신이 그 예이다. 사람은 인간 이상일 수 있으며 또한 인간 이하일 수 있다. 자연 가운데는 광대한 불완전성이 있다. 태양이 장님이 아니라는 것을 누가 안단 말인가?

그렇다면 글쎄 무엇을 믿어야 한단 말인가! '태양이 허위라고 누가 감히 말할 수 있을까?' 그렇다면 천재도 '존귀한 인간'도 별과 같은 사람도 과오를 범할 수 있단 말인가? 아득히 높은 곳에, 꼭대기에, 맨 끝에, 하늘 꼭대기에 있는 자, 지상에 많은 빛을 보내는 자, 그의 눈이 거의 보이지 않는가, 잘 보이지 않는가, 전혀 안 보이는가? 그렇다면 절망적이 아니겠는가? 아니, 그렇다면 태양 위에는 대체 무엇이 있단 말인가? 이른바 신이 있는 것이다.

1832년 6월 6일, 오전 11시경 뤽상부르 공원은 쓸쓸하고 인기척이 없었지만 매혹에 차 있었다. 여러 가지 형으로 심어진 나무와 화단의 꽃은 빛 속에 눈이 부실 만큼 찬란하고 서로 향기를 풍기고 있었다. 나뭇가지들은 정오의 햇빛에 취해서 서로 포옹하는 양 보였다. 큰 단풍나무에서는 멧새가 떠들어 대고, 참새들은 자랑스럽게 재재거리고, 검은 딱따구리는 너도밤나무의 나무 줄기를 기어오르면서 나무 껍질의 구멍을 부리로 딱딱 찍었다. 화단엔 백합꽃이 정통적인 왕위를 누리듯 피어 있었다. 가장 존엄한 향기는 흰 빛에서 풍겨지는 향기다. 카네이션의 콕 찌르는 향기도 감돌고 있었다. 마리드 메디치가 사랑한 새는 옛날 그대로 큰 나무의 숲 속에서 사랑을 속삭이고 있었다. 태양은 꽃으로 만들어진 불꽃처럼 튤립을 금빛과 붉은 빛으로 빛나게 하고 타오르게 했다. 튤립 주위에는 꿀벌이——불길처럼 피는 그 꽃들의 불꽃처럼——날아다니고 있었다. 모든 것이, 다시 쏟아질 비조차도 우아하고 명랑했다. 그 비도 꽃을 침범한다고는 하지만 은방울꽃이나 인동덩굴을 위해서는 좋은 비이므로 조금도 걱정스럽지 않았다. 제비는 낮게 날면서 사랑스럽게 주위를 놀라게 했다. 그곳에 있는 것은 행복을 마시고 생명은 좋은 향기를 뿜고 주위의 자연은 모두 순진함과 구제와 보호와 온정과 애무와 여명을 발산하고 있었다. 하늘에서 내려오는 사상은 어린아이의 조그마한 손에 입맞춤할 때의 감촉처럼 부드러웠다.

나무 밑 나체의 흰 조각들은 빛의 반점이 박혀진 그림자의 옷을 입고 있었다. 그들의 여신은 태양의 누더기에 싸여 있었다. 태양은 팔방에서 그녀들에게 광선의 화살을 쏘아 대고 있었다. 커다란 연못 주변은 타는 듯이 땅바닥이 바싹 말라 있었다. 그래도 다소 바람이 불어 여기저기에 잔 먼지를 말아올리고 있었다. 지난해 가을부터 남겨졌던 얼마의 누런 낙엽이 즐거운 듯이 쫓기면서 장난치는 듯 하였다.

풍부한 빛은 무언가 마음을 가라앉혀 주는 힘을 지니고 있었다. 생명과 수액과 열과 증기가 넘쳐 있어서 천지 만물 밑에 그 원천의 광대함을 느낄 수 있었다. 사랑이 스며 있는 숨결 속에, 반사와 반영과의 교차 속에, 그 놀라운 광선의 방출 속에, 유동하는 황금의 끝없는 유출 속에, 무한한 것의 낭비가 느껴졌다. 그리고 불빛 뒤에 서는 무수한 별을 지어내신 하느님을 은밀히 느낄 수 있었다.

　모래를 깔았기 때문에 진흙의 얼룩이라곤 아무데도 없고, 비가 왔기 때문에 흙먼지는 조금도 일지 않았다. 풀숲은 막 씻어낸 듯해서 꽃 모양을 하고 땅에서 튀어나온 온갖 비로드, 사땡, 에나멜, 황금은 꽃 모양으로 땅에서 솟아 나와 한 점의 더러움조차 없었다. 그 호화로움은 청결 그것이었다. 행복한 자연의 침묵이 공원을 가득 채우고 있었다. 보금자리 속에 들어앉은 비둘기의 울음소리, 벌떼의 날개 소리, 바람부는 소리 같은 무수한 음악이 들려오고 있었다. 계절의 조화가 전체를 하나의 우아한 융화 속에 완성하고 있었다.

　봄이 다가왔다 물러감이 적당한 질서 속에 행해지고 있었다. 라일락은 생명을 다해 가고 자스민이 피려 하고 있었다. 어떤 꽃은 철이 늦은 듯했고 어떤 곤충은 좀 이른 듯했다. 유월의 전위(前衛)인 붉은 나비들이 후위(後衛)인 5월의 흰 나비와 화합하고 있었다. 플라타너스는 새 껍질을 보이고 있었다. 미풍이 너도밤나무의 거목에 물결치는 움직임을 주고 있었다. 그야말로 장관이었다. 근처 병사에 있는 한 노병이 철문에서 공원 속을 들여다보며 말했다. “정장으로 차려 입은 봄이로군.”

　온 자연이 아침 식사를 하고 있었다. 천지 만물이 식탁에 앉아 있었다. 바로 식사 시간이었다. 커다란 푸른 식탁보가 하늘에 쳐지고 큰 초록빛의 식탁보가 땅에 펼쳐졌다. 태양은 휘황하게 빛나고 있었다. 신은 만물의 식사를 돌보고 있었다. 생명 있는 것들은 모두 저마다의 사료나 모이를 먹고 있었다. 산비둘기는 대마 열매를 차지하고, 되새는 좁쌀을 차지하고, 방울새는 별꽃을 차지하고, 울새는 벌레를 발견하고, 꿀벌은 꽃을 찾아내고, 파리는 미생물을 발견하고, 깊은 산의 멧새는 파리를 발견했다. 서로 잡아먹는 일도 다소 있었다. 그것은 선에 악이 섞이는 신비다. 그러나 배가 고픈 것은 하나도 없었다.

버림받은 두 아이는 커다란 분수 옆에 와 있었다. 그런데 너무도 눈부신 주위의 빛에 당황하여 어딘가에 숨으려고 했다. 그것은 비록 비인간적이라 할지라도 모든 장대한 것을 대했을 때의 불쌍한 자나 약한 자의 본능이었다. 그래서 그들은 백조의 집 뒤에 숨어 있었다. 여기저기에서 이따금 바람에 실려 고함 소리, 왁자한 소요, 불규칙하고 요란한 총소리, 바람 소리 사이사이에 막연히 둔한 포성이 들리고 있었다. 시장 쪽으로 늘어선 집들의 지붕 위에는 연기가 자욱했다. 사람을 부르는 듯한 종소리가 멀리서 들려 왔다.

그 아이들은 그 소리가 들리지 않는 모양이다. 동생은 이따금 낮은 목소리로 되풀이했다.

"배고파."

두 아이와 거의 동시에 다른 두 사람이 분수 가까이로 걸어왔다. 50살 가량의 노인이 6살쯤 난 사내아이의 손을 잡고 있었다. 아마 부자간인 듯했다. 6살짜리 사내아이는 커다란 빵과자를 들고 있었다.

당시 마담 거리나 알페르 거리 등 세느 강변을 따라 서 있는 집들은 뤽상부르 공원의 열쇠를 가지고 있어서 셋방살이 하는 사람들은 철문이 닫혀 있을 때도 드나들 수 있었다. 그 뒤에 폐지된 관대한 조치였다. 그 부자도 아마 그러한 집에서 나왔을 것이다.

두 가엾은 아이는 그 '신사'가 오는 것을 보고 조금 더 안쪽으로 숨었다.

그 사람은 중류 계급의 사람이었다. 언젠가 이 큰 분수 옆에서 "너무 뛰면 안 된다" 하고 아들에게 타이르는 것을 사랑에 들뜬 마음으로 마리우스가 들은 일이 있는 그 사람인지도 모른다. 그 사람은 친절해 보였으나 좀 거만한 듯한 태도였고, 그 입은 다무는 일없이 언제나 미소를 띠고 있었다. 그 기계적인 미소는 턱뼈가 나온 데다 피부가 얇아서 생기는 미소여서 마음보다는 이를 보이고 있다는 편이 좋을 것이다. 아이는 뜯어먹다 만 빵과자에 벌써 배가 부른 모양이었다. 아이는 폭동 때문에 국민병의 복장을 하고 있었으나 아버지는 조심성있게 평상복을 입고 있었다.

부자는 백조 두 마리가 떠 있는 연못 옆에 발을 멈추었다. 그 중류 시민은 백조에 대해서 특별히 친밀감을 품고 있는 듯했다. 그는 백조와 같은 걸음걸이를 한다는 의미에서 백조를 닮았었다. 한데 지금 백조는 헤엄을 치고 있었다. 헤엄은 백조의 중요한 재능이었다. 그 모습은 근사했다.

만약에 두 가련한 애들이 귀를 기울이고 있었다면, 또 사물을 이해할 수 있는 나이에 달해 있었다면, 그들은 진중한 한 인간의 말을 들을 수 있었을 것이다. 아버지는 아들에게 말했다.

"현명한 사람은 적은 것에 만족하며 산다. 나를 보렴. 나는 화려한 것을 좋아하지 않는다. 아무도 내가 돈이나 보석으로 마구 장식한 옷을 입은 것을 본 적이 없지. 그런 허식은 잘못된 마음을 가진 사람이 하는 짓이다."

그때 강한 고함 소리가 시장 쪽에서 종소리와 소란 속에 뒤섞여 들려왔다.

"저건 뭐야?" 아이가 물었다.

"축제 때문이야." 아버지는 대답했다.

문득 그는 초록빛 백조의 집 뒤에 서 있는 누더기를 걸친 두 아이들을 보았다.

"저것이 시초지." 그는 말했다. 그리고 잠깐 입을 다물었다가 덧붙였다.

"무정부주의가 이 공원에 들어와 있구나."

그 사이에 아들은 빵과자를 뜯어 먹다가 그것을 뱉더니 갑자기 울기 시작했다.

"왜 우는 거냐?" 아버지가 물었다.

"배가 고프지 않아." 아이가 말했다.

아버지의 미소가 유난히 눈에 띄었다.

"배가 부르더라도 과자 한 개쯤은 먹을 수 있어."

"이 과잔 싫어. 딱딱해."

"먹기 싫으냐?"

"응."

아버지는 백조를 가리켰다.

"저 새들한테 던져 주렴."

어린아이는 망설였다. 과자가 먹기 싫다고 하여 과자를 반드시 남에게 주어야 할 이유는 없었다.

아버지는 말을 계속했다.

"인정이 있어야 해. 동물을 가엾게 여겨야 한다."

그리고 아들에게서 과자를 빼앗아서 그것을 연못 속에 던졌다. 과자는 가까운 연못 수면 위에 떨어졌다. 백조는 저쪽 연못 한가운데서 무언가 찾고 있었다. 그러나 중류 시민도 과자도 쳐다보지 않았다.

중류 시민은 과자가 헛되이 될 것 같아서, 그 무익한 손실에 안달이 나서 맹렬한 신호로 몸짓을 해 보였기 때문에 겨우 백조의 주의력을 끌었다.

백조는 무언가 떠 있는 것을 발견하고 마치 배처럼 연못가를 향하여 빵과자 쪽으로 천천히 하얀 동물에 어울리는 태연한 위엄을 보이면서 헤엄쳐 왔다.

"씨뉴(백조)는 씨뉴(암호)를 아는구나."

중류 시민은 자신의 기지를 기뻐하며 말했다.

그때 멀리서 들려 오던 소란한 소리가 다시 갑자기 커졌다. 이번

에는 불길한 소리로 들려왔다. 특히 무언가를 뚜렷하게 말해 주는
바람이 불어왔다. 그 순간, 불어온 바람은 북소리며 고함소리며 일
제 사격 소리며 경종과 대포 사이를 오가는 침통한 응답의 울림 등
을 실어왔다. 그것과 호흡을 맞추는 듯 검은 구름이 갑자기 태양을
가렸다.

백조는 아직 빵과자에까지 와 있지 않았다.
"돌아가자" 하고 아버지는 말했다. "뛸르리 궁을 공격하는구나. "
그는 다시 아들의 손을 잡았다. 그러고 나서 말을 이었다.
"뛸르리 궁에서 뤽상부르 공원까지는 왕족과 귀족들 사이의 거리
밖엔 떨어져 있지 않다. 이제 총알이 비오듯 쏟아질 거다. "
그는 구름을 보았다.
"게다가 또 비가 올 것 같구나. 하늘까지 한몫을 하는군. 분가한
집의 운명은 정해졌군. 자, 빨리 돌아가자. "
"백조가 빵과자 먹는 걸 보고 싶어요. "
어린애가 말했다.
"그건 경솔한 짓이다. "
아버지는 대답했다. 그리고 그는 자기의 어린 시민을 데리고 갔
다. 아들은 백조에게 미련이 남아서 여러 가지 모양으로 심어 놓은
꽃밭에 가려져서 보이지 않게 될 때까지 연못 쪽을 돌아보았다.

그러는 동안, 백조와 동시에 두 떠돌이 아이들이 빵과자에 접근했
다. 빵과자는 물 위에 떠 있었다. 동생은 빵과자를 보고 있었고 형
은 사라져 가는 시민을 바라보고 있었다.

아버지와 아들은 마담 거리 쪽 나무가 우거진 꼬불꼬불한 오솔길
로 들어서서 커다란 계단을 올라갔다.

그들의 모습이 보이지 않게 되자 형은 얼른 둥그런 연못 가장자리
에 배를 깔고 엎드렸다. 오른손으로 가장자리를 짚고 당장 물에 떨
어질 만큼 몸을 내어밀어 왼손에 가진 가느다란 막대기를 과자 쪽으

형은 얼른 둥그런 연못 가장자리에 배를 깔고 엎드려서……

로 뻗쳤다. 백조는 경쟁자를 보고 서둘렀다. 그러나 가슴을 내민 작
은 낚시꾼에게는 오히려 다행이었다. 백조 앞에서 둥근 물결이 일어
빵과자를 어린아이의 막대기 쪽으로 조용히 밀어주었다. 백조가 가
까이 왔을 때 막대기는 과자에 닿았다. 아이는 철썩 물을 때려서 빵
과자를 끌어당기고, 백조를 위협하고, 빵과자를 움켜쥐고, 그리고
몸을 일으켰다. 과자는 젖어 있었다. 그러나 그애들은 배도 고팠고
목도 말랐다. 형은 빵과자를 큰 것과 작은 것 두 쪽으로 나누어서
작은 쪽은 자기가 갖고 큰 쪽은 동생에게 주면서 말했다.
  "자아, 이걸 총 속에 집어 넣으렴(총은 뱃속)."

  '죽은 아버지는 머지않아 죽을 아들을 기다린다'
  마리우스는 바리케이드에서 뛰쳐나갔다. 꽁브페르가 뒤를 따랐다.
그러나 이미 늦었다. 가브로슈는 죽어 있었다. 꽁브페르는 탄약 바
구니를 나르고 마리우스는 가브로슈의 시체를 운반했다.
  아아! 그는 생각했다. 이 아이의 아버지가 나의 아버지에게 해주
었던 일을 지금 그 아들에게 돌려주고 있구나. 다만 떼나르디에는
나의 아버지가 살아 있을 때 메고 왔으나 나는 그의 죽은 아이를 메
고 오는구나.
  가브로슈를 안고 각면보에 돌아왔을 때 마리우스는 소년과 마찬
가지로 얼굴이 피투성이가 되어 있었다. 가브로슈를 안아 일으키려
고 몸을 굽혔을 때 총알 한 발이 그의 머리를 스쳤던 것이다. 그는
그것을 알아차리지 못했다.
  꾸르페락은 자기 넥타이를 끌러 마리우스의 이마를 동여매어 주
었다.
  사람들은 가브로슈를 마뵈프가 누워 있는 탁자 위에 눕히고, 두
시체 위에 검은 숄을 씌웠다. 그것으로 노인과 아이의 몸은 충분히
덮여졌다.

꽁브페르는 들고 돌아온 바구니의 탄약을 모두에게 분배했다. 한 사람당 15발씩이었다.

장 발장은 여전히 자리를 뜨지 않고 경곗돌 위에 가만히 앉아 있었다. 꽁브페르가 그에게 15발의 탄환을 내밀자 그는 고개를 저었다.

"정말 보기드문 괴짜야."

꽁브페르는 낮은 목소리로 앙졸라에게 말했다.

"이 바리케이드에 있으면서도 싸우려 하지 않다니."

"그렇다고 바리케이드를 지키지 않는 것도 아니지."

앙졸라는 대답했다.

"영웅에도 괴짜가 있군."

꽁브페르는 말했다.

꾸르페락이 그 말을 듣고 덧붙였다.

"마뵈프 노인과는 종류가 다르군."

특기해야 할 일은 바리케이드를 공격하고 있는 사격이 그 내부를 거의 혼란케 하지 않는다는 것이다. 이러한 싸움의 회오리바람을 단 한 번이라도 뚫고 지난 적이 없는 사람은, 그 동란에 섞여 있는 이상하게도 고요한 순간을 감히 상상할 수가 없을 것이다. 사람들은 왔다갔다하고 지껄여대고 장난을 하고 여기저기 서성거리고 있다. 어떤 사람은 한 전투원이 산탄이 쏟아지는 속에서 "우린 여기서 홀아비들만이 아침 식사를 하고 있는 것 같군" 하고 말하는 것을 들었다. 샹브르리 거리의 각면보 내부는 무척 조용했다. 온갖 변화, 온갖 국면이 다 나와 있었다. 또는 다 나오려고 했다. 상황은 위기에서 곧 험악해지고, 그 험악은 차츰 절망적으로 되어 가려고 했다. 사태가 암담해짐에 따라서 영웅적인 빛이 차츰 바리케이드를 붉게 물들여 갔다. 앙졸라는 엄숙하게 바리케이드를 지배하고 있었다. 마치 음산한 정령 에피도타스에게 빼어든 칼을 바치는 한 젊은 스파르타 인 같은 태도였다.

꽁브페르는 앞치마를 배에 두르고 부상자들을 돌보고 있었다. 보쒸에와 푀이는, 가브로슈가 하사의 시체에서 탈취한 화약통의 화약으로 탄약을 만들고 있었다.

보쒸에는 푀이에게 말했다.

"우리는 머지않아 다른 행성으로 가는 승합 마차에 타려 하고 있지."

꾸르페락은 앙졸라 옆에 잡아 놓은 포석들 위에 자신의 길들인 단장이며 소총, 두 자루의 기병용 권총 등 가지고 있는 모든 병기를, 젊은 처녀가 재봉 상자를 정리하듯이 정성들여 가지런히 정리해 놓았다.

장 발장은 말없이 무뚝뚝하게 정면 벽을 지켜보고 있었다. 한 노동자는 위슐루 아주머니의 커다란 밀짚모자를 끈으로 머리 위에 붙들어 매고 "일사병이 무서워서요" 하고 뇌까리고 있었다.

액스의 꾸구르드의 젊은이들은 지금 사투리를 마지막으로 해두려는 듯이 동료들끼리 쾌활하게 서로 말을 주고받고 있었다. 졸리는 위슐루 과부의 거울을 떼어다가 제 혀를 살펴보고 있었다. 몇몇의 전투원들은 서랍 속에서 거의 곰팡이 슨 빵조각을 발견해 내고 정신없이 그것을 뜯어먹고 있었다. 마리우스는 죽은 아버지가 머지않아 자기에게 무어라고 할 것인가 생각하니 불안스러워졌다.

밥이 되어 버린 독수리

여기서 바리케이드 특유의 심리적 사실을 하나 말해 두겠다. 이 놀라운 시가전을 특징지어 주는 것을 하나라도 놓쳐서는 안 되기 때문이다.

지금 말한 것 같은 내부의 정적이 어느 정도이든, 그 안에 있는 사람들에게 바리케이드는 역시 하나의 환상에 지나지 않았다.

내란에는 묵시록적인 신비가 있다. 미지의 온갖 안개가 그들의 잔인한 불길에 섞여 있다. 혁명은 스핑크스이다. 바리케이드를 빠져나온 사람은 누구든 꿈속을 빠져나온 듯한 느낌을 갖는다.

우리들이 마리우스에 대해 이야기했듯이, 또는 이제 곧 서술하고자 하는 그 결과처럼, 그런 곳에서 사람들이 절감하는 것은 사실 목숨이 아니다. 바리케이드 밖으로 나가면 이미 자기가 무엇을 보았는지 모른다. 무서웠지만 그것이 무엇이었는지 알지 못한다. 인간의 얼굴을 가진 투쟁의 관념에 에워싸여 있었던 것이다. 머리를 미래의 빛 속에 집어넣고 있었던 것이다. 시체가 가로놓이고, 유령이 우뚝 서 있었다. 시간은 거대하며 영원한 것 같았다. 사람은 죽음 속에 살아 있었던 것이다. 여러 가지 망령이 지나갔다. 그것은 무엇이었을까? 피묻은 손도 보았다. 귀청을 찢을 것 같은 굉장한 소란도 있고, 무서운 침묵도 있었다. 떠들어대는 벌어진 입도 있었고, 말없이 벌려진 입도 있었다. 사람은 연기 속에, 아마도 어둠 속에 있었는지도 모른다. 헤아릴 길 없는 깊은 곳에서부터 스며 나오는 처참한 것에 닿는 듯한 기분이다. 손톱 속에 낀 무언가 붉은 것이 보였다. 더 이상 생각나지 않았다.

그럼 여기서 샹브르리 거리로 되돌아가자.

돌연 두 차례 일제 사격의 틈 사이에, 때를 알리는 먼 종소리가 들렸다.

"정오군." 꽁브페르가 말했다.

열두 번째의 종이 채 끝나기 전에 앙졸라는 벌떡 일어나서 바리케이드 위에서 터질 것 같은 목소리로 외쳤다.

"포석을 집 안으로 날라 와. 창문 가와 다락방 창문에 그것을 대 놓아. 반은 총을 쏘고, 나머지 반은 포석을 날라. 1분도 헛되이 해선 안돼!"

도끼를 어깨에 멘 소방병의 일대가 거리 끝에 전투 태세로 나타난 순간이었다.

그것은 한 종대의 선두에 불과했다. 물론 그 종대는 공격 종대였다. 왜냐하면 바리케이드의 파괴를 명령받은 소방병은 항상 바리케이드에 돌입할 것을 명령받은 병사들의 앞에 서 있어야 하기 때문이다.

끌레르몽 똔네르 전하가 1822년에 '목에 맨 줄을 조른 것'이라고 불렀던 위기의 순간이 닥쳐오고 있었다.

앙졸라의 명령은 즉시 실행되었다. 배와 바리케이드는 탈출이 불가능한 유일한 두 전투장이었다. 1분도 채 못되어서 앙졸라가 꼬랭뜨의 입구에 쌓아 놓게 했던 포석의 3분의 2는 2층과 다락방으로 운반되고, 2분이 경과하기 전에 그 포석은 교묘하게 쌓여서 2층의 창문과 다락방의 채광창을 절반 가량 막았다. 건축 책임자 푀이는 군데군데 몇몇 틈을 만들어 총신을 내밀 수 있게 했다. 그 창문의 방비는 산탄 발사가 멈추어졌기 때문에 쉽게 할 수 있었다. 그러나 지금 2개의 포문은 습격하기 좋은 구멍이 아니면 좁은 틈이라도 뚫기 위해 장벽 중앙에 유탄을 쏘아 대고 있었다.

마지막 방어전에 쓰일 포석이 지정 장소에 배치되었을 때, 앙졸라는 마뵈프의 시체가 놓인 탁자 아래 있던 병을 모두 2층으로 운반하게 했다.

"도대체 누가 그걸 마셔 ? " 하고 보쒸에가 물었다.

"놈들이지" 하고 앙졸라가 대답했다.

그러고 나서 모두들 아래층 창문을 굳게 닫고, 밤에 주점 문을 안에서 잠그는 데 사용하는 쇠빗장을 언제라도 꽂을 수 있도록 했다. 요새는 완전해졌다. 바리케이드는 성벽이 되었고 주점은 성탑이 되었다.

남은 포석으로 사람들은 바리케이드의 틈새를 막았다.

바리케이드 방위군은 항상 탄약을 절약해야 했고, 또 공격군은 그런 사실을 잘 알고 있으므로 일부러 상대를 초조하게 만드는 술책을 써서, 그럴 시기도 아닌데 사격 속에 뛰어들지만, 그것도 진짜라기보다는 그렇게 보이기 위한 것이어서 태연하게 행동하는 것이었다. 공격 준비는 언제나 일정하게 느린 속도로 진행되고, 그런 다음에 번개처럼 쳐들어온다.

그 느린 준비 시간 동안에 앙졸라는 모든 것을 다시 살펴보고 완전하게 할 수가 있었다. 이토록 용감한 사람들이 죽는 데에는 그 죽음 또한 위대한 것이어야 한다고 그는 생각하고 있었다.

그는 마리우스에게 말했다.

"우리 둘은 우두머리일세. 나는 안에서 마지막 명령을 내리겠네. 자네는 밖에서 감시해 주게."

마리우스는 바리케이드의 꼭대기에 올라가서 감시를 했다. 앙졸라는 독자들도 기억하고 있듯이 야전 병원이 되어 있는 주방의 입구를 못질하게 했다.

"부상자들에게까지 화를 입혀선 안돼" 하고 그는 말했다.

그는 아래층 홀로 가서 짤막한, 그러나 매우 침착한 목소리로 마지막 명령을 내렸다. 푀이는 귀를 기울이고 모든 사람을 대표해서 그것에 대답했다.

"2층 계단을 잘라 버릴 도끼를 몇 개 준비해. 도끼는 있나?"

"있어" 하고 푀이가 말했다.

"몇 자루?"

"보통 도끼 두 자루하고, 소 잡는 도끼 한 자루일세."

"좋아. 싸울 수 있는 사람은 25명이야. 총은 몇 자루 있나?"

"서른 넷."

"여덟 자루가 더 있군. 그 여덟 자루도 똑같이 장전해서 손 가까이에 두어. 군도와 권총은 혁대에 차라. 20명은 바리케이드로 가라. 6명은 다락방과 2층 창문에 숨어서 포석의 총구멍으로 공격

군을 겨누어 쏘고. 일을 할 수 있는 사람은 한 사람도 가만 있어
선 안돼. 이제 곧 공격의 북이 울리면 아래층의 20명은 바리케이
드로 달려가라. 먼저 도착한 사람부터 좋은 자리를 잡아라."
그와 같은 배치가 끝나자 그는 자베르 쪽을 돌아보고 말했다.
"너에 대해서도 잊지 않았어."
그러고 나서 탁자 위에 권총 하나를 놓고 덧붙였다.
"마지막에 이곳을 나가는 자가 이 밀정의 머리를 쏘기로 한다."
"여기서?" 하고 한 목소리가 물었다.
"아니, 이런 놈의 시체를 우리 시체와 함께 해선 안돼. 몽데뚜르
거리의 작은 바리케이드는 타고 넘을 수 있는 높일세. 4피트밖에
안되니까. 이 사나이는 묶여 있으니 그곳까지 데리고 가서 거기서
처형하는 게 좋아."
그때 앙졸라보다 더 태연한 자가 한 사람 있었다. 그것은 자베르
였다. 거기에 장 발장이 나타났다. 그는 지금까지 폭도의 무리에 섞
여 있었다. 장 발장은 앞으로 나가서 앙졸라에게 물었다.
"당신이 지휘자요?"
"그렇소."
"당신, 아까 내게 감사했었지요?"
"공화국의 이름으로. 이 바리케이드는 두 사람이 구해냈소. 마리
우스 뽕메르씨와 당신이오."
"당신은 내가 그 보상을 받을 가치가 있다고 생각하시오?"
"물론이오."
"그렇다면 한 가지 요구하리다."
"무엇이오?"
"저 사나이를 내 손으로 쏘게 해주시오."
자베르는 고개를 들어 장 발장을 보며 보일 듯 말듯하게 몸을 움
직이더니 말했다.

"당연하지. "

앙졸라는 벌써 자신의 기총에 탄환을 장전하고 있었다. 그는 주위를 둘러보았다.

"이의 없소 ? "

그렇게 말하고 그는 장 발장을 돌아보았다.

"그럼 밀정을 데려가시오. "

장 발장은 사실상 그렇게 해서 탁자 끝에 앉으면서 자베르를 자기 것으로 만들었다. 그는 권총을 움켜쥐고, 그리고 딸그락하는 희미한 소리로 장전된 것을 알았다. 거의 동시에 나팔소리가 들렸다.

"적의 습격이다 ! " 하고 바리케이드에서 마리우스가 외쳤다.

자베르는 그의 독특한 소리 없는 웃음으로 웃기 시작하더니 폭도들을 뚫어지게 쳐다보면서 입을 열었다.

"너희들은 나 이상 안전하지 못할걸. "

"전원 밖으로 ! " 앙졸라가 외쳤다.

폭도들은 소란스럽게 뛰쳐나갔다. 나갈 때, 그들은 등 뒤로 —— 이런 표현을 용서해 주기 바란다——자베르의 말을 받았다.

"그럼, 곧 또 만납시다 ! "

장 발장의 복수

장 발장은 자베르와 둘이 남게 되자 포로의 몸을 묶어 탁자 밑에 비끄러맸던 동아줄을 풀었다. 그리고 일어서라는 눈짓을 했다. 자베르는 쇠사슬에 묶인, 정부의 권위가 집중되어 있는, 무어라 이해할 수 없는 미소를 띠면서 일어섰다.

장 발장은 말고삐를 쥐고 자베르를 끌고가듯 배 아래 띠를 묶은 자베르를 뒤따라오게 하면서 천천히 주점 밖으로 나갔다. 자베르는 발도 묶여 있어 잔걸음으로밖에 걸을 수 없었기 때문에 느릿하게 따라 걸어갔다.

장 발장은 권총을 들고 있었다. 두 사람은 이렇게 해서 바리케이드 안의 네모진 빈터를 지나갔다. 폭도들은 절박한 공격에 정신을 뺏겨서 이쪽으로 등을 돌리고 있었다.

다만 마리우스만은 바리케이드 왼쪽 끝에 혼자 자리잡고 있었기 때문에 그들이 지나가는 것을 볼 수 있었다. 사형수와 집행인 한 쌍은 마리우스가 떠올리고 있는 죽음의 빛으로 비추어졌다.

장 발장은 묶인 자베르에게, 몽데뚜르 옆골목의 작은 방벽을 타고 넘게 했다. 꽤 귀찮은 일이었지만 그 사이에 잠시도 손을 늦추지 않았다. 그 방벽을 타고 넘자 골목길에는 그들 두 사람만이 있게 되었다. 아무도 그들을 보고 있지 않았다. 집의 모퉁이가 그들을 폭도들의 눈에서 가리고 있었다. 바리케이드에서 끌어낸 시체가 바로 거기에 무시무시한 더미를 이루고 있었다.

그 시체더미 한복판에서 창백한 얼굴에 흐트러진 머리, 구멍이 뚫린 손과 반쯤 드러난 여인의 가슴이 보였다. 에뽀닌느였다.

자베르는 여자의 시체를 곁눈으로 자세히 살펴보더니 매우 침착하게 작은 목소리로 중얼거렸다.

"낯익은 계집애로군."

그러고 나서 그는 장 발장 쪽으로 몸을 돌렸다.

장 발장은 권총을 겨드랑이에 끼고, 시선을 똑바로 자베르에게 쏟았다.

"자베르, 나요."

자베르는 대답했다.

"복수해라."

장 발장은 안주머니에서 나이프를 꺼내어 그것을 폈다.

"단도로군!" 하고 자베르는 외쳤다. "하긴, 그게 자네한테 어울리는군."

장 발장은 자베르의 목에 걸려 있는 십자로 묶인 밧줄을 자르고,

다음에는 손목에 걸려 있는 밧줄을 끊고, 그리고 몸을 구부려 발을 묶은 가느다란 줄을 끊었다. 그리고 몸을 일으키면서 말했다.

"당신은 자유요."

자베르는 쉽게 놀라지 않았다. 그러나 충분히 자제하고 있었음에도 불구하고 충격을 누를 수가 없었다. 그는 어리둥절해서 입을 벌린 채 움직이지 않고 서 있었다.

장 발장은 말을 계속했다.

"나는 여기서 빠져나갈 수 있으리라고 생각지 않소. 그러나 만일 빠져나갈 수 있다면, 나는 포슐르방이라는 이름으로 롬므 아르메 거리 7번지에 살고 있겠소."

자베르는 입을 약간 벌리고 호랑이처럼 얼굴을 찌푸리며 입속으로 중얼거렸다.

"조심해."

"가시오" 하고 장 발장은 말했다.

자베르가 다시 뇌까렸다.

"포슐르방이라고 했지, 롬므 아르메 거리의?"

"7번지요."

자베르는 낮은 목소리로 되풀이했다.

"7번지."

자베르는 자기의 윗도리 단추를 끼우고 양 어깨에 군인같이 힘을 주고, 뒤로 돌아서자 팔짱을 끼고, 한 손을 턱에 괴고, 그리고 시장 쪽으로 걷기 시작했다.

장 발장은 그를 눈으로 쫓았다. 대여섯 걸음을 가자 자베르는 뒤 돌아보며 장 발장에게 외쳤다.

"당신은 나를 괴롭히는군. 차라리 나를 죽여 주시오."

자베르는 자신이 장 발장에게 이제 반말을 하지 않는 것을 깨닫지 못했다.

“어서 가시오” 하고 장 발장은 말했다.

자베르는 느린 걸음으로 멀어져 갔다. 잠시 뒤에 그는 프레쉐르 거리 모퉁이로 돌아갔다.

자베르가 보이지 않게 되자 장 발장은 권총을 하늘로 향하여 쏘았다. 그리고 나서 그는 바리케이드로 돌아와서 말했다.

“해치웠소.”

그 사이에 이런 일이 있었다.

마리우스는 안의 일보다도 밖의 일이 더 근심이 되어서 아래층 홀의 어둠침침한 안쪽에 묶여 있던 밀정을 그때까지 주의해서 보지 않았었다.

그러나 그 밀정이 죽기 위해서 바리케이드를 타고 넘어가는 것을 밝은 대낮에 보았을 때, 그는 언젠가 본 적이 있는 얼굴이라고 여겼다. 어떤 기억이 문득 마음에 되살아났다. 마리우스는 뽕뜨와즈 거리의 경위와 그에게서 받아 자신이 이 바리케이드에서 사용하고 있는 두 자루의 권총을 생각해 냈다. 그리고 얼굴뿐만 아니라 이름도 생각해 냈다.

그러나 그 기억은 그의 온갖 상념과 마찬가지로 희미하고 혼란스러웠다. 그는 스스로 단정을 내린 것이 아니라 의문을 일으켰던 것이다. “저 사나이는 자베르라고 내게 말했던 그 경위가 아닐까?”

그 사나이를 위해서 아직 조정할 겨를은 있지 않을까? 그러나 우선 첫째로 그 사람이 분명히 자베르인지 아닌지를 알 필요가 있었다.

마리우스는 마침 바리케이드의 저편 끝에 와서 자리잡은 앙졸라에게 말을 걸었다.

“앙졸라!”

“뭔가?”

“저 사나이의 이름이 뭐지?”

"당신은 자유요."

"누구 말인가?"
"경찰관 말일세. 그의 이름을 아나?"
"물론, 제 입으로 말해 주었어."
"뭐야?"
"자베르."
마리우스는 일어섰다.
그때 권총 소리가 났다. 장 발장이 돌아와서 외쳤다.
"해치웠소."
마리우스의 마음 속에는 검은 오한이 일었다.

죽은 자도 옳고 산 자도 잘못은 없다

바리케이드에서 임종의 고통이 드디어 시작되려 하고 있었다.

모든 것이 최후의 순간처럼 비장한 분위기를 조성하고 있었다. 하늘에 떠도는 무수한 신비로운 소리, 보이지 않는 거리거리에서 행동하기 시작한 밀집한 군대의 입김, 때때로 높아지는 기병들이 질주하는 소리, 행진하는 포병대의 무거운 진동, 빠리의 미로 안에서 교차되는 총화와 포화, 겹쳐진 지붕 위에 감도는 황금빛 전쟁의 연기, 듣는 사람으로 하여금 막연히 떨게 하는 멀리서 들려 오는 아득한 고함 소리, 곳곳에 번쩍이는 위협적인 섬광, 이제는 흐느끼는 음조를 띤 쌩 메리의 경종, 계절의 온화함, 태양과 구름으로 가득 찬 하늘의 빛, 햇빛의 아름다움, 집들의 무서운 침묵.

그도 그럴 것이 어제부터 샹브르리 거리를 끼고 늘어서 있는 집들은 두 개의 장벽으로 바뀌어져 있었던 것이다. 현관문은 닫히고 창문도 닫히고 덧문까지도 닫혀 있었다.

현대와 지극히 판이했던 그 당시, 너무 오랫동안 계속된 상태나 군주가 제정한 헌법이나 법치국이란 미명을 민중이 내팽개치려고 희망하는 시기가 올 때, 만인의 분노가 공기 중에 퍼질 때, 시가 포

석을 벗기기를 동의할 때, 반란이 그 암호를 중류 계급의 사람들의
귀에 소곤거리고 미소짓게 할 때, 그때 폭동의 감정에 사로잡힌 주
민들은 전사의 후원자가 되고, 집들은 즉석 요새가 되는 데 협력했
던 것이다. 그러나 정세가 무르익지 않았던 때에는, 반란이 결정적
인 동의를 얻지 못했던 때에는, 군중들이 행동하기를 거부할 때에
는, 전투원들은 버림받고 도시는 반항의 주위에서 사막으로 바뀌고,
사람들의 마음은 냉정해지고, 피난할 곳은 닫히고, 거리는 바리케이
드를 점령하는 군대를 돕기 위해서 차단되는 것이었다.

　민중은 아무리 강요한다 해도 그들이 바라는 것 이상 빨리 전진시
킬 수는 없다. 민중을 강제적으로 움직이려는 자에게 재난 있으라！
민중을 조종할 수는 없다. 그러므로 억지로 강요하면 민중은 반란을
방치해버린다. 폭도들을 페스트 환자처럼 보게 되는 것이다. 민가는
절벽이 되고, 대문은 거절을 의미하고, 눈 앞에는 벽만 보일 것이
다. 그 벽은 보고 듣지만 스스로 원하지는 않는다. 그래도 약간 열
려서 폭도들을 구할 것인가？ 아니다. 그것은 심판자인 것이다. 폭
도들을 지켜보고, 폭도들을 심판한다.

　그 굳게 닫힌 집들은 그야말로 음산했다. 그것은 죽은 듯이 보이
지만 사실은 살아 있다. 생명은 거기서 끊겨 있는 것 같지만 사실은
그곳에 뿌리를 뻗고 있다. 24시간 동안 그곳에서 아무도 나오지 않
았지만 어느 집에도 있을 사람은 다 있다. 그 바윗돌 같이 조용해진
집 안에서 사람들은 왔다갔다하고 자고 일어나고 한다. 그곳에는 가
정이 있다. 그곳에서 사람들은 마시고 먹고 한다. 그러나 공포에 대
해서만큼은 그들도 전전긍긍한다. 이 공포심이 폭도들에 대한 그들
의 싸늘한 무관심을 덮어주는 역할을 하는 것이다. 공포에 놀라움이
섞여 있는 것도 이해해 주어야 한다. 때로는 현실에서 보았던 것처
럼, 공포는 정열로 변하는 일이 있다. 조심성이 분노로 변할 수 있
듯 공포는 격정으로 변할 수 있다. 그래서 ‘온건한 과격파’라는 의미

심장한 말이 생겨난 것이다. 불길한 연기처럼 노여움을 뿜어내는 더 없는 공포의 불길이 있다. '그들은 무엇을 바라는 것인가? 그들은 결코 만족을 모른다. 그들은 평화로운 사람들까지 끌어넣으려 한다. 아직도 혁명이 모자란다는 듯이. 그들은 무엇을 하려고 여기에 왔는 가? 맘대로 해보라지. 종말은 어떻든 정해져 있다, 안됐지만 하는 수 없다. 자기들 탓이지. 자업자득이다. 될대로 되는 거야. 우리에 겐 아무런 상관도 없다. 이 거리도 총알 세례를 받겠지. 저들은 무 뢰배들이다. 아무튼 문은 열어 주지 말아야겠다.'

이렇게 말하고 인가는 무덤과 같은 표정을 띤다. 폭도는 그 문 앞에서 죽음의 고통을 맛본다. 산탄이나 뽑아든 군도가 다가오는 것을 본다. 고함을 치면 사람들은 듣고 있지만 도우러 오지는 않을 것이다. 그곳에 보호해 줄 벽이 있다. 그곳에 구해 줄 사람들이 있다. 그 벽은 인간의 귀를 가지고 있는데도 사람들은 돌 같은 마음밖에 없다.

누구를 책망하랴?

아무도 탓해서는 안된다. 모든 사람들을 탓해야 하는 것이다.

우리들이 살고 있는 이 불완전한 시대를 탓해야 한다.

유토피아가 반란으로 바뀌고, 철학적 항의가 무장 항의가 되고, 미네르바가 팔라스로 변하는 것은 (미네르바는 시의 신이고, 팔라 스는 전쟁의 신. 둘 다 여신임) 항상 자신을 위험에 내놓는 일이다. 참지 못하고 폭동으로 화하는 유토피아는 무엇이 자신을 기다리고 있는 운명인지 스스로 잘 알고 있다. 대개 유토 피아란 너무 일찍 앞을 내달리는 것이다. 그래서 체념해 버리고, 조용히 승리 대신 파국을 과감하게 받아들인다. 오히려 변호까지 하면서, 자신을 부인하는 자들을 원망하지 않고 그들에게 봉사한다. 관대하게도 버림받는다는 데에 동의한다. 그것은 장해에 대해서는 고집스럽고, 망은에 대해서는 아주 유순하다.

그것은 과연 망은일까?

그렇다, 인류라는 견지에서 말하자면.

그러나 개인의 견지에서라면 그렇지 않다.

진보란 인간의 양식이다. 인류 일반의 생명을 '진보'라고 부른다. 인류의 집단적인 걸음을 '진보'라고 부른다. 진보는 전진한다. 진보는 천국적인 것, 신적인 것을 향하여 인간의 지상에서 대여행을 한다. 그러나 진보는 낙오자를 기다리기 위해서 이따금 걸음을 멈춘다. 돌연 휘황한 가나안의 땅을 눈앞에 두고 명상에 잠기기 위한 휴식처를 가지고 있다. 잠자기 위한 밤도 가지고 있다. 인간의 영혼을 에워싼 어두운 그림자를 보고 잠자고 있는 진보를 암흑 속에서 찾으면서 각성시키지 못한다는 것은 사상가의 뼈저린 아픈 마음의 하나이다.

"신은 틀림없이 죽고 말았다" 하고 어느 날 제라르 드 네르발은 나에게 말했다. 그러나 그것은 진보를 신과 혼동하고, 운동의 중단을 '존재'의 죽음으로 착각하고 한 말이다.

절망하는 자는 옳지 못하다. 진보는 반드시 눈을 뜬다. 또, 진보는 잠자고 있는 동안에도 성장한 것을 본 이상 역시 전진했다고 할 수 있을 것이다. 진보가 다시금 일어선 것을 볼 때 언제나 전보다 높아져 있는 것을 알 수 있다. 항상 평온을 유지한다는 것은 강이 스스로 어쩔 수 없는 것처럼 진보도 마찬가지이다. 그러므로 둑을 쌓아서는 안되고 바위나 돌을 던져서도 안된다. 장애물은 물에 거품을 일으키고, 인류를 들끓게 한다. 거기에서 혼란이 생긴다. 그러나 그 혼란이 지나면 다소 전진한 것을 볼 수 있다. 일반적 평화인 질서가 확립될 때까지는, 조화와 통일이 지배할 때까지는 진보는 혁명을 과정으로 삼을 것이다.

그럼 '진보'란 무엇인가? 그 대답은 조금 전에 말했다. 민중의 영원한 생명이다.

그런데 개인의 일시적 생명이 인류의 영원한 생명에 상반되는 일이 이따금 일어난다.

솔직히 말한다면, 개인은 각기 다른 이해(利害)를 가지고 있으며, 그 때문에 서로 약속을 하고, 그것을 지키지 않는다 해도 반역죄는 되지 않는다. 현재란 허용되는 만큼의 이기심을 가지고 있다. 일시적인 생명도 그 나름대로 권리를 가지고 있어서 항상 미래를 위하여 희생될 의무는 없다. 현재 지상을 통과할 차례가 된 세대는, 머지않아 차례가 올 다른 세대, 요컨대 자신과 동등한 여러 세대를 위하여 자신의 통과 기간을 단축시킬 필요는 없다.

'모든 사람'이라고 불리는 어떤 사람이 말한다. '나는 존재한다. 나는 젊고 사랑을 하고 있다. 나는 늙었고 휴식을 바라고 있다. 나는 한 집안의 아버지이고 일하고 번창하고 사업도 성공하고 있다. 집을 세주고 돈을 국가에 예금하고 있고, 행복하고, 아내와 자식이 있고, 그 모든 것을 사랑하고 살아가기를 바라고 있다. 나를 가만히 놓아 다오.' 이런 심정에서 어느 경우에는 인류의 고결한 전위(前衛)에 대한 깊은 냉담이 생겨나는 것이다.

그리고 또 드높은 이상은 전투적인 자세로 나오면 그 빛나는 영역을 떠나 버린다는 것을 인정하자. 내일의 진리인 유토피아는 전투라는 방법을 어제의 허위에서 빌려온다. 미래인 유토피아는 그렇게 되면 과거처럼 행동한다. 순수 이념인 유토피아는 폭력행위가 되어버리고 만다. 유토피아는 그 영웅주의에 폭력을 끌어넣어 스스로 그 책임을 져야 한다. 그것은 편승적인 폭력, 방편으로서 폭력, 주의에 배반한 폭력으로 유토피아는 벌을 피할 수가 없다. 유토피아에서 반란은 낡은 병법으로 전쟁한다. 밀정을 총살하고 배신자를 처형하고 산 사람들을 잡아서 미지의 암흑 속에 던져 버린다. 죽음을 이용하는 것이다. 그것은 심각한 문제다. 유토피아는 이미 불가항력적이고 항구적인 힘인 광명을 믿고 있지 않는 것 같다. 그것은 칼로 사람을 마구 벤다. 그러나 어떠한 칼날도 그렇게 단순한 것은 아니다. 모든 칼은 양쪽에 날이 있다. 한쪽 칼날로 남을 상하게 하는 자는, 다른 쪽 칼날로 자기 자신에게 상처입힌다.

이러한 조건을 붙여서, 더욱이 엄중하게 붙이고도, 미래의 명예로운 전사들을, 유토피아의 사제들을, 그들의 성공 여부에 관계없이 찬미하지 않을 수 없다. 그들은 비록 실패할 경우라도 존경해야 한다. 아니, 그들이 보다 더한 존엄성을 띠는 것은 성공하지 못하는 경우인 것이다. 승리가 진보의 방향에 따를 때에는 민중의 갈채를 받을 가치가 있다. 그러나 영웅적인 패배는 민중의 감동을 일으킬 가치가 있다. 전자는 장대하고 후자는 숭고하다. 성공보다는 순교를 더 사랑하는 우리에게는 존 브라운(1859년에 처형된 미국의 노예 해방 운동가)은 워싱턴보다 더욱 위대하고, 피자카네(Carlo Pisacane, 1818년~1859년. 나폴리 왕국 원정에서 죽은 이탈리아의 애국자)는 가리발디보다 위대하다.

누군가는 패자의 편을 들어 줄 필요가 있다.

미래를 계획하는 위대한 사람들이 실패할 때, 사람들은 흔히 그들을 부당하게 취급한다.

사람들은 혁명가들이 공포의 씨를 뿌렸다고 비난한다. 틀림없이 바리케이드는 범죄계획처럼 보인다. 사람들은 그들의 이론을 규탄하고, 그들의 목적을 의심하고, 그들의 속셈을 두려워하고, 그들의 양심을 비난한다. 현재의 사회 현실에 대하여 비참과 고통과 부정과 비탄과 절망을 쌓아올리고, 밑바닥에서 암흑의 덩어리를 끌어내어 거기에 총구멍을 만들어서 싸운다고 비난한다. 사람들은 그들에게 외친다. "너희들은 지옥의 포석을 벗기고 있다!" 그러나 그들은 이렇게 대답할 수 있을 것이다.

"우리의 바리케이드가 선의로 만들어져 있기 때문이다(지옥의 포석은 선의로 만들어져 있다는 속담이 있어서 선행을 하려고 생각만 하고 실행하지 않으면 아무 소용 없다는 뜻을 가짐)."

최선의 방법은 물론 평화로운 해결이다. 요컨대 포석을 보면 곰을 연상하게 되며(라퐁펜의 옛 이야기에 의하여 '곰의 포석'이라는 말은 선의가 있어도 수단이 나쁘면 위험하다는 뜻으로 쓴다), 어떤 선의는 오히려 사회를 불안하게 한다는 것을 인정하지 않을 수 없다. 그러나 사회의 구제는 사회 자신에 달려 있다. 우리가 호소하는 것은 사회 자신의 선의인 것이다. 난폭한 치료가 필요한 것은 아니다. 폐단을 연구하고, 확인하고, 그것을 시정하는 일, 우리가 사회에 권하는 것은 바로 이것이다.

어떻든간에 비록 쓰러지더라도, 아니 쓰러짐으로 인해 더욱 세계 곳곳에서는 프랑스에 눈길을 떼지 않는 것이요, 굴하지 않는 이상을 갖고 위대한 사업을 위해 투쟁하는 그들은 더욱 숭고하다. 그들은 진보를 위한 순수한 선물로서 자신의 생명을 바친다. 그들은 신의 의지를 실현하고 종교적 행위를 수행한다. 일정한 시기가 오면, 대사를 주고받는 배우와 같은 사심 없는 태도로 신이 꾸며놓은 시나리오대로 그들은 무덤 속으로 들어간다. 그들은 희망없는 투쟁과 금욕을 통한 일신의 소멸을 받아들인다. 1789년 7월 14일에 불가항력적으로 시작된 장대한 인류의 운동을 찬란한 최상의 보편적인 결과로 이끌어 오기 위해서 그들 전사들은 사제이며, 프랑스 대혁명은 신의 몸짓인 것이다.

그밖에 다른 장에서 지적한 여러 가지 구별에 다음의 구별을 덧붙이는 것이 마땅할 것이다. 즉, 혁명이라고 불리는 시인된 반란과 폭동이라고 불리는 부인된 혁명이 있다는 것이다. 폭발한 반란, 그것은 민중 앞에서 시험을 받는 하나의 사상이다. 만약 인민이 검은 공 (반대를 뜻한다)을 던지면 그 사상은 버려진 꽃이 되고, 반란은 무모한 짓이 되고 만다.

요청이 있을 때마다 일일이 대답하고, 또 유토피아가 그것을 원할 때마다 전쟁 상태로 들어간다는 것은 민중이 하는 짓이 아니다. 어떠한 국민도 항상 영웅이나 순교자의 기질을 지니고 있다고는 할 수 없다.

국민은 실리적이다. 선천적으로 반란을 싫어한다. 그 이유는 첫째, 반란은 파멸을 가져오기 때문이며 둘째, 반란은 항상 하나의 추상적인 개념을 출발점으로 하기 때문이다.

아름다운 일이지만 자신을 바치는 사람들은 항상 이상을 위해서, 다만 이상을 위해서만 자기를 바치기 때문이다. 반란은 하나의 열광이다. 열광이 분노로 치달을 때가 있다. 때문에 무기를 들게 되는 것이다. 그러나 하나의 정부이든 제도이든간에 총부리를 겨누게 되는 반란은 좀 더 높은 곳을 목표로 하고 있다. 이를테면 1832년의 반란의 지도자들, 특히 샹브르리 거리의 젊은 열광자들의 목표는 반드시 루이 필립은 아니었다.

솔직히 말해서 대개의 사람들은, 왕정과 혁명의 중간 존재인 이 왕의 자격을 인정하고 있었던 것이며, 아무도 그를 미워하지 않았다. 그러나 그들은 일찍이 샤를르 10세가 대표하는 부르봉 종가를 공격했듯이 루이 필립이 대표하는 부르봉 분가(分家)를 공격했다. 그리고 그들이 프랑스에 있는 왕권을 전복시켜 뒤엎으려 한 것은 앞서 말했듯이, 일부 인간에 의한 '모든 인간의 권리'의 박탈과, 일부 특권에 의한 '전세계의 권리'의 박탈이었다.

왕이 없는 빠리는 그 반동으로 전제자 없는 세계를 낳는다. 그들은 그렇게 추론했던 것이다. 그들의 목적은 물론 원대하고 대개는 모호했고 인간의 노력으로 쉽게 이루어질 수 없는 것이었다. 그러나 그것은 위대한 목적이었다.

바로 그렇다. 그리고 사람들은 그와 같은 환상에 몸을 바친다. 그와 같은 환상은 희생자들에게는 항상 환각으로 끝난다. 그러나 모든 인간적 확신이 섞인 환각인 것이다. 폭도는 반란을 싯적인 것으로 미화하고 금빛으로 빛나게 한다. 그는 자신이 하고자 하는 일에 도취되어 그 비극적인 일에 몸을 던진다. 누가 알겠는가? 성공할는지도 모른다. 이쪽은 소수이고 모든 군대를 적으로 삼고 있다. 그러나 이쪽은 권리를, 자연 법칙을, 굽힐 수 없는 각자의 주권을, 정의를, 진리를 지키는 것이며, 필요하다면 300명의 스파르타인처럼 죽을 것이다. 그들은 돈키호테를 꿈꾸는 것이 아니라 레오니다스를 꿈꾸고 있다. 그들은 전진하고, 일단 싸움을 시작하면 물러서지 않고 전대미문의 승리를, 완성된 혁명을, 자유로워진 진보를, 인류의 성장을, 세계의 해방을 희망으로 삼고 머리를 숙이고 돌진한다. 그리고 최악의 경우에는 테르모퓔라이 ^(Thermopylai, 페르시아 전쟁 중 스파르타의 왕 및 병사 3000인이 이곳에서 전멸함)에 불과한 것이다.

이러한 진보를 위한 투쟁은 종종 실패하게 되는데 그 이유는, 군중들은 모험 기사(騎士―돈끼호테와 같은)의 유도에 따르지 않기 때문이다. 둔하고 굼뜬 무리, 무수한 대중들은 스스로의 무게 때문에 깨어지기 쉽고 또 모험을 두려워한다. 더욱이 이상 속에는 다소의 모험이 숨어 있다.

게다가 잊어서는 안될 것은 이해관계가 얽히는 것이다. 이해관계에 이상이나 감상은 쉽게 화합되지 않는다. 이따금 위장은 심장을 마비시키는 것이다.

프랑스의 위대함과 아름다움은 다른 국민만큼 배고픔을 크게 개의치 않는 점에 있다. 필요하다면 프랑스는 기꺼이 자기의 허리를 졸라 매리라. 제일 먼저 눈을 뜨고 맨 나중에 잠든다. 그리고 전진한다. 프랑스는 탐구자인 것이다.

그것은 프랑스가 예술가라는 데 기인하다.

이상은 논리의 정점 이외에 아무것도 아니다. 마치 아름다움이 진실의 절정 이외에 아무것도 아닌 것처럼. 예술가인 국민은 또 합리적인 국민이기도 하다. 미를 사랑하고, 광명을 소망한다. 그러니까 유럽의 횃불, 즉 문명의 횃불은 우선 그리스에 의해서 들어올려졌고, 그리스는 그것을 이탈리아에 전하고, 이탈리아는 그것을 프랑스에 넘겼다. 빛을 높이 드는 신성한 민중들이여! '그들은 생명의 등불을 전한다' ^(라틴어 류크레 티우스의 시구).

민중의 시가 진보의 요소가 되는 점은 찬양해 마땅하리라. 문화의 양은 상상력의 양으로 측정할 수 있다. 하지만 문화의 보급자인 민중은 강건해야만 한다. 코린토스는 거기에 해당되지만 시바리스(유약하기로 유명한 고대 그리스의 도시)는 그렇지 못하다. 유약한 자는 퇴화한다. 취미적이 되어서도 프로가 되어서도 안 된다. 다만 예술가여야 한다. 문명에 대해서는 세련을 위주로 해서는 안 되고, 순화시켜야 한다. 이런 조건 밑에서 이상의 모형이 인류에게 주어지는 것이다.

근대의 이상은 그 양식이 예술에 있으며 그 방법은 과학에 있다. 시인들의 장엄한 환상, 즉 사회의 아름다움이 실현되는 것은 과학에 의해서이다. 사람은 A＋B에 의해서만 에덴 동산을 재건할 것이다. 문명이 도달해 있는 현지점에서는, 정확이란 것은 휘황한 빛의 필요 요소이며, 예술적 감정은 과학적인 기능, 또는 조작에 의하여 도움을 받을 뿐 아니라 보충되고 채워진다. 꿈도 계산의 힘을 띠지 않으면 안된다. 예술은 정복자이지만, 그것은 과학이라는 보행자를 의지하지 않으면 안 된다. 중요한 것은 토대가 단단해야 한다는 것이다. 근대 정신은 인도의 천재를 마차로 여기는 그리스의 천재, 코끼리 위에 앉은 알렉산더인 것이다.

독단적 신앙 속에서 굳어져 버리거나, 이득 때문에 타락한 종족은 문화를 선구할 자격이 없다. 우상이나 금전 앞에 무릎을 꿇는 것은, 걷기 위한 근육과 전진의 의지를 위축시킨다. 제사의 의식, 또는 상업에 전념하는 것은 민중의 빛을 약화시키고 그 수준을 낮추면서 그 시계(視界)를 낮추고, 보편적인 목적에 대한 인간적인 동시에 신적인 지혜를, 여러 국민을 전도사로 만드는 지혜를 빼앗아 간다. 바빌론은 이상이 없다. 카르타고는 이상을 갖지 않았다. 아테네와 로마는 수세기 동안의 암흑 시대를 거쳤는데도 아직도 문명의 후광을 지니고 그것을 보존하고 있다.

프랑스는 그리스와 로마와 동질의 민중이다. 프랑스는 아름다운 점에서 아테네적이며, 위대한 점에서 로마적이다. 게다가 프랑스는 선량하다. 프랑스는 헌신적이다. 다른 민중보다도 더 자주 헌신과 희생적인 마음을 갖는다. 다만 그 마음은 프랑스를 사로잡다가 추락했다 한다. 바로 이런 점이 프랑스가 걸어가려고만 할 때 달리려는 사람들이나, 멈춰 서려 할 때 걸으려는 사람들에게는 커다란 위험인 것이다. 프랑스는 이따금 유물주의에 떨어진다. 어떤 순간에는 특정한 사상이 프랑스의 저 숭고한 두뇌를 막아 버리고, 프랑스의 위대함을 상기시키는 것이라곤 아무것도 없고 기껏해야 그 사상의 척도가 미주리 주나 남캐롤라이나 주 정도밖에 안 될 때가 있다. 무엇을 하겠다는 건가? 거인이 난쟁이의 역할을 하려는 것이다. 광대한 프랑스가 일시적인 재미로 왜소화하고 있는 것이다.

거기에 대해서는 할 말이 없다. 모든 국민들은 천체의 일식(日蝕)과도 같이 빛을 잃을 권리가 있다. 모든 것은 정당하다. 다만 빛이 되돌아오기만 하면, 그리고 일식이 밤으로 바뀌어 버리지만 않는다면 말이다. 여명과 재생은 같은 뜻의 낱말이다. 빛의 재현이란 자아의 영속과 같은 것이다.

이와 같은 사실을 냉정하게 인정하자. 바리케이드에서 목숨을 잃거나, 망명지에서 죽는 것은 시대에 따라 가끔 헌신으로 치하된다. 헌신의 참다운 이름은 공평 무사함이다. 버림받은 자는 버림받게 두라. 망명한 자는 망명해 있으라. 우리는 다만 위대한 모든 민중이 물러갈 때, 너무 멀리 물러나지 않기만을 바라자. 성으로 돌아올 수 있다는 것을 구실로 너무 깊이 내려가서는 안 된다.

물질은 존재하고, 순간도 존재하고, 이해관계도 존재하고 배(腹)도 존재한다. 그러나 배가 유일한 지혜여서는 안된다. 일시적인 생명에도 권리가 있음을 인정하나 영원한 생명도 권리를 가지고 있다. 그러나 아아! 높은 곳에 올라가 있다고 하여 떨어지지 않는다는 보장은 없다. 그 실례는 역사상으로 의외일 만큼 자주 볼 수 있다. 어느 국민이 탁월하다고 하자. 그래서 이상의 맛을 안다고 치자. 그러나 다음에는 진흙을 씹고 그 맛을 좋다고 한다. 그리고 어째서 소크라테스를 버리고 폴스태프를 취하게 되었는가 하고 물으면, 그 국민은 대답한다. "정치가가 좋기 때문이다"라고.

이야기를 혼전으로 돌리기 전에 한 마디 더 해두고 싶다.

지금 여기서 말하고 있는 것 같은 전투는 이상을 향해 나아가려는 하나의 경련에 불과하다. 속박된 진보는 병약하고, 곧잘 그와 같은 비극적인 발작을 일으킨다. 이 진보의 질병, 내란을, 우리는 도중에서 맞부딪쳐야만 했다. 이것은 사회적으로 단죄된 한 인간을 축으로 하고 '진보'를 참다운 표제로 하는 이 비극의 필연적인 단계, 막중이기도 하고 막간이기도 한 단계의 하나인 것이다.

"진보!"

우리가 흔히 지르는 이 외침이야말로 우리들의 모든 사상인 것이다. 그리고 여기까지 이른 이야기에 있어 진보가 내포하고 있는 이념이 아직도 많은 시련을 겪지 않으면 안된다. 혹 베일을 들어올리지 못한다 해도 적어도 그 섬광을 분명히 투시해 낼 것만은 아마 허용될 것이다.

독자가 지금 눈앞에 펴놓고 있는 책은 처음부터 끝까지 전체적으로나 세부적으로, 문제나 예외나 결함이 있다곤 해도, 모든 악에서 선으로, 부정에서 정의로, 허위에서 진실로, 밤에서 낮으로, 욕망에서 양심으로, 부패에서 생명으로, 야수성에서 의무로, 지옥에서 천국으로, 허무에서 신으로의 전진인 것이다. 출발점은 물질이며 도달점은 영혼이다. 휘드라로 시작하여 천사로 끝나는 것이다.

용감한 사람들

느닷없이 돌격의 북이 울렸다.

공격은 태풍과도 같았다. 전날 밤은 어둠에 섞여 뱀처럼 살그머니 바리케이드에 접근했었다. 그러나 지금 대낮에, 바리케이드 입구의 넓은 거리에서의 기습은 전혀 불가능했다. 게다가 강대한 무력은 정체를 드러내고 대포는 으르렁대기 시작했다. 군대는 정면에서 바리케이드로 돌진했다. 병사들의 미친 듯한 분노가 바야흐로 교묘하게 이용되고 있었다. 강력한 제일선 보병의 한 종대가 일정한 간격으로 국민군과 시민병이 섞여, 모습은 보이지 않으나 발소리가 들리는 대집단을 원군삼아, 달음박질로 거리 한복판에 진출하여 북을 치고 나팔을 불면서 총검을 들이대고, 공병들을 앞세우고 총알이 쏟아지는데 꿈쩍도 않고, 청동으로 만든 대들보가 덮치는 듯한 무게로 곧장 바리케이드로 다가왔다.

장벽은 단단히 견디어냈다.

폭도들은 맹렬히 발포했다. 적이 기어오르는 바리케이드는 번갯불의 갈기머리를 풀어헤친 것 같았다. 돌격이 너무도 치열한 나머지 바리케이드는 한때 공격군으로 파묻혔을 정도였다. 그러나 바리케이드는 사자가 개들을 흔들어 떨쳐버리듯 병사들을 떨쳐버리고, 마치 낭떠러지가 거품 이는 바닷물에 뒤덮이듯 공격군으로 눈깜짝할 사이에 뒤덮였으나 잠시 후 다시 가파르고 시커멓게 무시무시한 모습을 드러냈다.

물러날 도리밖에 없는 종대는 길 위에 밀집한 채 포화를 무릅쓰고 무서운 힘을 떨치며 맹렬한 일제 사격으로 각면보에 응전했다. 불꽃을 본 일이 있는 사람이라면 화약을 십자로 엮어서 만든 부케(꽃다발)라고 부르는, 제일 마지막에 쏘아 올리는 큰 조명탄을 기억할 것이다. 그 부케가 수직으로가 아니라 수평으로 발사되어 치솟아 오르는 각각의 불꽃 끝에 총탄이나 소총탄이나 산탄을 달아, 천둥 같은 소리와 함께 터지는 그 불꽃송이에서 죽음을 흩뿌리는 광경을 상상해 주기 바란다. 바리케이드는 그런 부케 아래 있었다.

양쪽의 결의는 똑같았다. 그 용기는 거의 야만적이었고 자기 희생에서 시작하여 차츰 강해지는 일종의 영웅적인 잔인성을 띠고 있었다. 국민병이 알제리아 보병처럼 용감하게 싸우는 시대였다. 군대는 일거에 적을 격멸하려 했고, 반란군측은 끝까지 싸우려 했다. 청춘과 건강이 한창인 때에, 죽음의 고통을 감수하는 그 대담성은 용감성을 열광으로 변형시킨다. 그러한 혼전 속에서 각자는 서로 다투어 그 최후를 위대하게 했다. 거리는 시체로 겹겹이 뒤덮였다.

바리케이드의 한 끝에는 앙졸라가, 다른 쪽 끝에는 마리우스가 있었다. 온 바리케이드를 그의 두뇌 속에 짊어지고 있는 앙졸라는 신중히 몸을 도사리고 숨어 있었다. 그가 있는 것을 깨닫지 못한 세 명의 병사가 차례차례 그의 총구멍 밑에서 쓰러져 갔다. 마리우스는 포탄을 무릅쓰고 싸우고 있었다. 그는 적의 목표가 되어 있었다. 각면보 꼭대기에서 상반신을 내놓고 있었다. 감정을 제멋대로 터뜨리는 수전노만큼 심한 낭비를 하는 사람은 없고, 몽상가만큼 실행에 있어 과격한 사람은 없다. 마리우스는 격렬하면서도 생각에 잠긴 듯했다. 그는 꿈속에 있는 듯한 마음으로 전투 속에 있었다. 마치 망령이 총을 쏘고 있는 듯했다.

방어군의 탄약은 바닥이 드러나고 있었다. 그러나 그들의 풍자는 끝나지 않았다. 그 무덤의 회오리 속에서도 그들은 웃고 있었다. 꾸르페락은 모자를 쓰고 있지 않았다.

"모자는 어쨌나?" 하고 보쒸에가 그에게 물었다.

꾸르페락은 대답했다.

"놈들이 포탄으로 날려 버렸지."

또 그들은 큰소리로 외치고 있었다.

"어찌된 셈이야?" 하고 푀이는 씁쓰름하게 외쳤다

"저놈들은(그리고 그는 몇 사람의 이름을, 잘 알려진, 저명하기까지 한 이름을 들고, 옛 군대의 몇 사람인가 이름도 들었다) 우리편에 끼겠다고 약속하고, 우리를 돕겠다고 맹세하고, 이미 명예를 걸기까지 하고, 더욱이 우리들의 장군이어야 할 사람들이 우리를 저버리다니!"

그러나 꽁브페르는 침착한 미소를 띠고 다만 이렇게 대답했다.

"세상에는 명예의 법칙을 별을 바라보듯 먼 곳에서 관측하는 놈들도 있으니까."

바리케이드의 내부는 마치 눈이라도 내린 듯 파열된 탄피가 수두룩히 흩어져 있었다.

공격군은 수적으로 우세했고, 폭도측은 지형적으로 우세했다. 폭도들은 장벽 위에서 사상자나 부상자에 걸려 가파른 경사면에 달라붙어 있는 병사들을 겨누어 쏘았다. 이 바리케이드는 만든 방법이라든가 지탱하는 힘이 매우 훌륭해서 한 줌의 인원으로 1군단을 막아내기에 충분한 여건을 갖춘 진지였다. 그러나 공격 부대는 비오듯하는 총탄 밑에서 끊임없이 새로운 병력을 보강하면서 바야흐로 조금씩 한 걸음 한 걸음, 그러나 확실하게, 압축기를 죄는 나사처럼, 바리케이드를 죄어 갔다.

돌격은 차례차례로 일어났다. 위험은 더욱 심해 갔다.

그때 그 포석 위에서, 그 샹브르리 거리에서, 마치 트로이의 성벽에서와 흡사한 싸움이 터졌다. 수척하고 누더기를 걸치고 지친 그들, 24시간 동안 먹은 것이 없고, 자지 않고, 이제는 몇 발의 총알밖에 없고, 주머니를 뒤져도 탄약은 없고 거의 전원은 부상을 입었고, 머리며 팔을 더럽고 시커먼 헝겊으로 동여매고, 옷에는 구멍이 뚫려 피가 흐르고, 얼마 되지 않는 형편없는 총과 낡고 이가 빠진 군도로 무장한 그들은 타이탄족(그리스 신화의 거인족)처럼 거대하게 변한 것이다. 바리케이드는 적들이 열 번이나 접근해 습격하였고, 기어올라 왔지만 결코 점령되지는 않았다.

그 전투를 상상하려면, 무서운 용기의 더미에 불붙여진 타오르는 불길을 바라본다고 생각하면 좋을 것이다. 그것은 싸움이 아니라 도가니 속이었다. 사람들의 입은 불길을 호흡하고 얼굴들은 해괴해졌

돌격은 차례차례로 일어났다.

고, 인간의 모습은 조금도 가지고 있지 않았을 만큼 전사들은 장렬하게 타오르고 있었다. 붉은 연기 속에 그러한 백병전의 살라만드라^(전설 중의, 불에서 사는 큰 도마뱀)가 왔다갔다하는 것을 보기란 참으로 무서운 광경이었다. 그 장렬한 살육이 연이어 각처에서 일어나는 광경을 여기에 그리는 것은 삼가기로 하겠다. 서사시만이 하나의 전투를 가지고 1만2천 행의 시구를 채울^(호메로스의 서사시 《일리아스》를 가리킴) 권리가 있다.

마치 저 17개의 나락 중에서도 가장 무서운, 《베다》 가운데 '칼의 숲'이라고 불리는 브라만교의 지옥과 같았다.

그들은 적을 서로 육박해서 권총으로 군도로 혹은 주먹으로, 멀리서나 가까이에서, 위에서나 아래에서, 사면 팔방에서, 지붕에서, 주점 창문에서, 또 어떤 사람은 지하실 환기창에서 싸웠다. 일 대 육십의 싸움이었다.

꼬랭뜨의 정면은 절반이나 파괴되어 보기에도 흉했다. 창문은 산탄을 맞아서 유리도 창틀도 없어지고, 이미 형태가 일그러진 구멍, 포석으로 엉망이 된 막힌 구멍에 지나지 않았다. 보쒸에가 죽었다. 푀이도 죽었다. 꾸르페락도 죽었다. 졸리도 죽었다. 꽁브페르는 부상한 한 병사를 끌어 일으키려는 순간, 세 자루의 총검으로 가슴을 찔려 하늘을 올려다보는가 싶더니 숨을 거두었다.

마리우스는 여전히 싸우고 있었으나 온몸이 상처투성이가 되고, 특히 머리를 심하게 다쳐서 얼굴은 피로 보이지 않게 되어 마치 붉은 손수건으로 얼굴을 덮은 것처럼 보였다.

앙졸라만이 아무 데도 상처를 입지 않았다. 무기를 잃은 그가 좌우로 손을 뻗치자 한 폭도가 그의 손에 칼 조각을 쥐어 주었다. 그는 네 자루의 칼을 다 동강내고 지금 한 자루의 부러진 동강이를 들고 있었다. 마리냥 싸움에서 프랑수아 1세는 세 자루의 칼을 사용했었다지만.

싸움이 아니라 도가니 속이었다.

호메로스는 말한다. "디오메드는 아리스바에서 살고 있던 튜트라니스의 아들 아크실스를 찔러 죽였다. 메시튜스의 아들 에우뤼알레스는 드레소스와 오펠티오스와 에세포스, 그리고 강의 신인 아바르바레아가 나무랄 데 없는 부콜리온과 눈이 맞아 낳은 페다소스를 베어 죽였다. 오딧세우스는 페르코즈의 피페다스를 쓰러뜨리고, 안티로코스는 아블레로스를, 폴리페테스는 아스튀알로스를, 폴뤼다마스는 퀼레네의 오토스를, 테우크로스는 아레타온을 쓰러뜨렸다. 메간티오스는 에우리필로스의 창을 맞고 죽었다. 영웅들의 왕인 아가멤논은 소리 높여 흐르는 사트노이스 강변에 높이 솟은 도시에서 태어난 엘라토스를 무찔렀다."

프랑스의 옛 무훈시 가운데서는 에스플란디안(스페인의 기사 이야기의 주인공)은 불을 붙인 두 갈래 창을 가지고 거인 스반티보르 후작을 공격하고, 후작은 탑을 뿌리째 뽑아서 기사에게 내던지면서 방어한다. 프랑스의 옛 벽화에는 브르따뉴 공과 부르봉 공이 무장하고, 문장을 달고, 투구 장식을 높게 달고, 싸움터에서 말에 올라 손도끼를 들고, 무쇠 면갑(面甲)과 무쇠 장화와 무쇠 장갑을 끼고, 한쪽은 담비 모피로 만든 마구를 달고, 또 한쪽은 하늘색 헝겊 마구를 달고 서로 접근하는 모습을 그리고 있다. 브르따뉴 공은 투구의 양쪽 뿔 사이에 사자의 표시를 달고, 부르봉 공은 챙에 커다란 백합꽃을 표시한 투구를 쓰고 있다. 그러나 위엄을 갖추기 위해서는 이봉처럼 공작의 투구를 쓰거나, 에스플란디안처럼 타오르는 불을 손에 쥐거나, 폴뤼다마스의 아버지 필레스처럼 인간의 왕 에우페테스가 선물한 훌륭한 투구와 갑옷을 에퓌레(코린토스의 옛이름)에서 가져올 필요는 없다. 다만 하나의 신념이라든가 충절을 위해서 목숨을 내던지는 것으로 충분한 것이다. 어제까지는 보스나리무쟁 근처의 농부였으나 오늘은 총검을 옆에 차고 뤽상부르 공원의 아이 보는 여자들의 주위를 거니는 저 소박하고 귀여운 병사, 해부체(解剖體)의 조각이나 책 위에 몸을 굽히고 또 수염을 가위로 다듬고 있는 저 핼쑥한 금발의 젊은 학생, 이런 두 사람을 데려다가 의무에 대한 관념을 불어 넣어 주어 부슈라네 십자로나 플랑슈 미브레의 막다른 골목에 마주 서게 하여, 한쪽은 군기를 위해서, 한쪽은 이상을 위해서 싸우고 있다고 생각하게 한다면, 그 싸움은 굉장한 것이 될 것이다. 그처럼 인류가 고투하고 있는 서사시적인 광야에서 서로 맞붙은 병사와 의학생이 던지는 그림자는 호랑이가 득실거리는 뤼시의 왕 메가뤼온과 신과 비등한 거대한 아이아스가 맞붙었다 떨어졌다 하면서 던지는 그림자와 비슷할 것이다.

한 걸음 한 걸음

살아남은 지도자로서 바리케이드 양끝에 서 있는 앙졸라와 마리우스만이 남게 됐을 때, 꾸르페락, 졸리, 보쒸에, 푀이, 꽁브페르들이 그토록 오랫동안 버티어 오던 중심부는 그들의 죽음과 함께 약화되었다. 대포는 솜씨 있게 돌파구를 뚫지는 못했으나 각면보의 중앙을 초승달 모양으로 꽤 넓게 파괴했다. 그 장벽의 꼭대기는 포탄에 맞아서 날아가 버렸다. 그 자리는 허물어져 버려 파편은 안쪽에, 혹은 바깥쪽에 떨어져 수북히 장벽 양쪽, 즉 내부와 외부에 두 개의 경사면을 만들었다. 바깥쪽의 경사면은 돌입하기 쉬운 경사를 이루고 있었다.

마지막 돌격이 그곳을 목표로 시도되었다. 그리고 그 돌격은 성공했다. 총검을 나무숲처럼 세워들고 발맞추어 달음박질로 돌진해온 집단은 불가항력적인 힘으로 밀려왔다. 공격종대의 밀집된 선두는 연기 속에서 장벽 위에 모습을 나타냈다. 이번에야말로 마지막이었다. 중심부를 지키고 있던 폭도의 무리는 일시에 후퇴했다.

그때 생명에 대한 본능적인 애착이 몇몇 사람의 마음에서 눈을 떴다. 숲처럼 늘어선 소총에 저격당하면서 몇몇 사람들은 이미 죽음을 바라지 않았다. 그것은 자기 보존의 본능이 으르렁거리며, 동물적인 면이 인간 속으로 되돌아오는 순간이었다. 그들은 각면보의 배경을 이루는 7층 건물의 높은 집에까지 쫓기고 있었다. 그 집은 그들의 구제 장소가 될 수도 있었다. 그 집은 굳게 닫혀져 마치 위에서 아래까지 벽으로 막힌 것처럼 되어 있었다. 제일선 부대가 각면보의 내부에 들어올 때까지는 한 개의 문이 열렸다가 다시 닫힐 만한 정도의 여유밖에 없었다. 그러기 위해서는 번갯불이 번쩍 하는 정도의 시간으로 충분했다. 갑자기 조금 열렸다가 다시 닫힌 그 집 문은 이 절망한 사람들에게 생명과도 같은 것이었다. 그 집 뒤로는 거리가 있어서 달아날 수도 있었고 빈터도 있었다. 그들은 부르고 고함치고, 애원하고, 손을 모아 빌면서 그 문을 총의 개머리판이나 발로 두드렸다. 그러나 아무도 열어 주지 않았다. 4층의 문에서 죽은 사람의 머리만이 그들을 내려다볼 뿐이었다.

그러나 앙졸라와 마리우스, 그리고 그들 주위에 모여 있던 7, 8 명의 동지들이 달려와서 그들을 보호했다. 앙졸라는 병사들에게 외쳤다. "가까이 오지 마라!" 그러나 한 장교가 그 말을 듣지 않았기 때문에 앙졸라는 그 장교를 죽였다. 앙졸라는 이제 보루 안의 작은 안마당에서 꼬랭뜨 집을 등지고 한 손에는 칼을, 또 한 손에는 기병총을 들고 공격군을 막으면서 주점의 문을 활짝 열어놓고 있었다.

그는 절망한 사람들에게 외쳤다.

"열려 있는 문은 여기 하나뿐이다." 그리고 그들을 자기 몸으로 막으면서, 혼자서 1개 대대에 대항하면서, 사람들을 뒤로 지나가게 했다. 전원이 그곳으로 몰려들어갔다. 앙졸라는 기병총을 지팡이처럼 휘두르며——봉술가는 그 방법을 이른바 '잎에 숨은 장미'라고 부르는데——좌우와 앞에서 몰려드는 총검을 때려치고 제일 뒤에야 들어갔다. 무서운 순간이었다. 병사들은 들어가려 하고, 폭도들은 문을 닫으려고 했다. 그 문은 하도 거칠게 닫혔기 때문에, 문이 쾅 닫힐 때 가로대에 매달려 있던 한 병사의 다섯 손가락이 절단되어

병사들은 들어가려 하고, 폭도들은 문을 닫으려고 했다.

그대로 가로대에 달라붙은 것이 보였다.

마리우스는 밖에 남겨졌다. 한 발의 총알이 쇄골에 맞았던 것이다. 그는 자신이 정신을 잃고 쓰러져 가는 것을 느꼈다. 그 순간, 이미 눈을 감고 있던 그는 억센 손이 자기를 붙잡는 것을 느끼며 기절해서 의식을 잃어가면서도, 꼬제뜨에 대한 마지막 추억과 함께 희미하게 이렇게 생각했다. '나는 포로가 될 거다. 총살당할 거다.'

앙졸라는 주점으로 피난해 온 사람들 속에 마리우스가 보이지 않았으므로 똑같은 생각을 했다. 그러나 그들은 지금 자신의 죽음을 생각할 여유밖에 없는 절박한 순간에 놓여 있었다. 앙졸라는 문의 빗장을 지르고 문고리를 걸고 자물쇠와 맹꽁이 자물쇠를 채워 이중으로 문을 잠갔다. 그 동안에도 밖에서는 병사들이 개머리판으로, 공병들은 도끼로 무섭게 문을 두드리고 있었다. 공격군은 그 문에 몰려 있었다. 바야흐로 주점에 대한 공격이 시작되려 하고 있었다.

병사들의 온몸이 분노에 가득 차 있었다고 해도 과언이 아니었다.

포병 상사의 죽음이 그들을 노하게 만든데다가, 더욱 나빴던 것은 공격에 앞선 몇 시간 동안에, 폭도들은 포로의 팔다리를 잘라냈다는 둥, 주점 안에는 머리가 없는 어떤 병사의 시체가 있다는 둥의 이야기가 그들 사이에 오갔던 것이다. 이런 종류의 불길한 소문은 어떤 내란에도 으레 따라다니게 마련이어서 나중에 트랑스노냉 거리의 참극의 원인이 된 것도 그러한 터무니없는 헛소문 때문이었다.

문이 굳게 닫히자 앙졸라가 사람들에게 말했다.

"목숨을 비싸게 팔자."

그러고 나서 그는 마뵈프와 가브로슈가 누워 있는 탁자로 다가갔다. 검은 헝겊 밑에는 굳어 버린 두 개의 형태가, 하나는 크고 하나는 작은 두 개의 얼굴이 시체의 옷자락의 차가운 주름 밑에 어렴풋하게 떠올라 있었다. 팔 하나가 홑이불 밑에서 나와 땅 쪽으로 늘어져 있었다. 그것은 노인의 팔이었다.

앙졸라는 몸을 굽히고 어제 그 이마에 키스했듯이 그 고귀한 손에 키스했다. 그것은 그가 평생에 했던 단 두 번의 키스였다.

이야기를 간추리기로 한다. 바리케이드는 테바이의 시문(市門)처럼 싸우고 주점은 사라고스의 집처럼 싸웠다. 이러한 저항은 감당할 수가 없다. 쉴 만한 병영도 없었고 군사(軍使)를 보낼 곳도 없었다. 적을 죽이는 이상 자신들도 죽기를 원하고 있었다. 쒸셰가 "항복하라"고 하자, 팔라폭스(1809년 쒸셰에게 저항해서 사라고스를 지킨 영웅)는 대답한다. "포격전 다음에는 칼 싸움이 있지." 위슐루 주점 습격에는 빠진 것이라곤 없었다. 창문이나 지붕에서 빗발처럼 쏟아져서 무시무시한 분쇄력으로 병사들을 격노하게 한 포석, 지하실이며 고미다락에서 날아오는 총알, 격렬한 공격, 맹렬한 방어, 그리고 마지막에 문이 부서졌을 때의 살기등등한 광기의 착란. 공격군들은 부서져서 마룻바닥에 던져진 문짝에 발이 걸려 비틀거리면서 주점 안으로 밀려들어왔으나, 그곳에는 한 사람의 적도 없었다. 나선형 계단은 도끼로 절단되어서 아래층 홀 중앙에 굴러 있고, 몇몇 부상자들은 이미 숨겨 있었고 목숨을 건진 자들은 모두 2층에 올라가 있었다.

그곳, 계단 입구였던 천장 채광창 구멍에서 그때 무서운 폭발이 있었다. 그것은 마지막 탄약이었다. 그 탄약이 다 없어졌을 때, 그들 무서운 빈사상태에 있는 사람들에게 화약도 탄환도 다 없어졌을 때, 앞서 이야기했듯이 앙졸라가 미리 놓아 두었던 술병을 두 개씩 손에 들고, 그 부서지기 쉬운 곤봉으로 기어올라오는 적에 대항했다. 그것은 실은 초산 병이었다. 우리는 그 살육의 참혹했던 광경을 있는 그대로 말하고 있는 것이다. 포위된 자들은 닥치는 대로 무엇이든 무기로 삼는다. 그리스의 불길(그리스인이 적의 군함을 불태우기 위해서 사용한 발화물)을 사용한 것도 아르키메데스의 명예를 손상케 하지 않았고, 끓는 역청도 바야르(16세기 프랑스의 명장)의 명예를 욕되게 하지 않았다. 무릇 전쟁은 공포이고, 그곳에서 무기 선택의 여지는 용납되지 않는다. 공격군의 일제 사격은

자유롭지 못했고 아래에서 위로 올려 쏘아야 하는 불리함에도 결사
적이었다. 많은 사상자를 냈다. 천장 구멍 가장자리에는 얼마 가지
않아 죽은 사람의 머리로 둘러싸이고, 그곳에서 김이 무럭무럭 나는
붉은 피가 기다란 실처럼 흘러나왔다. 혼란은 이루 말로 다 형언할
수 없을 정도였다. 자욱하게 들어찬 화약연기가 그 전투장 위를 거
의 밤처럼 어둡게 했다. 이 정도까지 달한 공포는 표현하려 해도 적
당한 말을 찾을 수 없다. 급기야는 지옥으로 화한 그 전투에는 이미
인간이란 없었다. 거인과 거수의 싸움도 아니었다. 호메로스보다는
밀턴이나 단떼와 흡사했다. 악마가 공격하고 유령이 저항하고 있었
다.
　　그것은 괴물들의 용맹이었다.

굶주린 오레스트와 술취한 필라드

　　마침내 짧은 사다리를 만들고 계단의 뼈대를 이용해서 벽을 기어
오르고 천장에 매달려서, 천장 뚜껑 언저리에서 저항하는 마지막 남
은 사람들을 분쇄하면서 약 20명의 병사와 국민병과 시민병이 뒤섞
이어 대부분은 필사적으로 기어오르는 동안에 얼굴에 상처를 입어
형태가 변하고 뿜어져 나오는 피로 눈도 보이지 않게 되어 미친 듯
이 격노하여 야만인처럼 되어서 2층 홀로 돌입했다. 그곳에 서 있는
사람은 단 한 사람 앙졸라뿐이었다. 탄약도 칼도 없이, 그의 손에는
쳐들어오는 적의 머리를 후려치다 부러져 나간 기총의 총신이 있을
뿐이었다. 그는 당구대를 사이에 두고 공격군들과 대치했다. 홀 구
석에 물러서서 눈에 자랑스러운 빛을 띠고 고개를 젖히고 무기의 잘
라진 토막을 움켜쥐고 있는 그의 모습은, 그 주위에 널따란 공간이
생긴 것만큼이나 적에게 불안감을 주었다. 어떤 사람이 외쳤다.
　　"저놈이 우두머리다. 저놈이 포병을 쏘아 죽였어. 저기 서 있으니
　　잘 됐어. 그대로 놔둬. 곧 총살해 버리자."

"저놈이 우두머리다. 저놈이 포병을 쏘아 죽였어. 저기 서 있으니 잘 됐어. 그 대로 놔둬. 저 자리에서 총살해 버리자."

“쏴라” 하고 앙졸라는 말했다.

그리고 기총의 총신 토막을 내던지고 팔짱을 끼고 자기 가슴을 내밀었다.

용감하게 죽을 수 있는 대담성은 반드시 사람을 감동시킨다. 앙졸라가 팔짱을 끼고 최후를 감수하자 홀 안 전투 소음은 일시에 멎고, 그 혼란은 조용해져서 주위는 무덤 속처럼 괴괴해졌다.

무기를 버리고 꼼짝도 하지 않고 서 있는 앙졸라의 처절한 위풍은 소요를 무겁게 내리누르고, 침착한 눈길의 위엄만으로, 다만 혼자서만 상처를 입지 않고 숭고한 모습으로 피투성이가 된 아름다운 불사신처럼 태연한 그 청년을 에워싸는 험상궂은 무리들에게, 존경하는 마음으로 그를 죽일 것을 강조하는 듯했다. 그의 아름다움은 이때에 그의 긍지로 한층 뛰어나게 빛나고 있었다. 그리고 부상당하지 않은 것과 마찬가지로 피로도 잊은 듯 공포의 24시간을 겪은 뒤인데도 그의 얼굴은 혈색 좋은 장밋빛이었다. 뒷날 군법 회의에서 “아폴론이라고 불린 폭도가 한 사람 있었다”고 말한 증인은 아마도 그를 두고 한 말일 것이다. 앙졸라를 겨누고 있던 한 국민병은 총구를 내리면서 “꽃을 총살하는 것 같군” 하고 말했다.

12명의 병사가 앙졸라와 반대쪽 구석에 일렬로 서서 말없이 총을 장전했다.

한 상사가 외쳤다.

“겨누엇.”

한 장교가 막았다. “기다려!”

그리고 앙졸라에게 말을 걸었다.

“눈을 가리기를 원하는가?”

“싫소!”

“포병 상사를 죽인 것은 확실히 그댄가?”

“그렇소!”

조금 전부터 그랑떼르는 깨어나 있었다.

그랑떼르는, 독자도 기억하겠지만 어제부터 꼬랭뜨의 위층 홀에서 의자에 앉은 채로 탁자에 엎드려 자고 있었다.

그는 '죽도록 취한다'는 예로부터의 비유를 말 그대로 실현에 옮겼던 것이다. 압쎙뜨 술이 그를 혼수상태로 떨어뜨렸던 것이다. 그가 엎드려 있는 탁자는 작아서 바리케이드를 만드는 데 도움이 되지 않았으므로 그를 위해서 남겨져 있었다. 그는 줄곧 같은 자세로 탁자에 엎드려 두 팔을 베고 컵이며 술잔이며 병들 속에 묻혀 있었다. 동면중인 곰이나 피를 빨아 잔뜩 부풀어오른 거머리처럼 잠에 곯아떨어져 있었다. 소총 사격도, 포탄도, 창문으로부터 날아들어오는 산탄도, 돌격의 요란한 고함 소리도, 아랑곳하지 않았다. 다만 그는 이따금 대포 소리에 코고는 소리로 답하곤 했다. 마치 한 발의 총알이 쉽게 눈을 뜨게 해주지나 않을까 하고 기다리고 있는 듯했다. 많은 시체가 그의 주위에 누워 있었다. 얼핏 보기에는 깊은 죽음의 잠에 떨어진 사람들과 하나도 다를 게 없었다.

소음은 술취한 사람을 깨어나게 하지 않지만 정적은 그를 눈뜨게 했다. 이런 신기한 일은 종종 볼 수 있다. 주위에서 무너지는 소리는 그랑떼르를 더욱 깊은 잠에 빠지게 했다. 붕괴가 그를 재우고 있었던 것이다. 그러나 앙졸라의 앞에서 소란이 일시에 멎은 것은 그 무거운 잠에 있어서는 하나의 충격이었다. 그것은 질주하던 마차가 갑자기 멈춰 선 것과 같은 결과였고 마차에서 졸던 사람을 단번에 흔들어 깨웠다. 그랑떼르는 깜짝 놀라 일으킨 뒤 기지개를 펴고 눈을 비비다 어리둥절 주위를 둘러보면서 하품을 하다가, 모든 사태를 깨달았다.

취기가 깬다는 것은 휘장이 찢어지는 것과 흡사하다. 사람은 취기가 감추었던 모든 것을 한꺼번에 보게 된다. 모든 기억이 갑자기 떠오른다. 그리고 24시간 동안에 어떤 일이 일어났는지 전혀 알지 못하는 주정뱅이도 눈을 미처 다 뜨기도 전에 사정을 알게 된다. 모든 관념은 대번에 명쾌하게 되살아온다. 취기의 몽롱함, 두뇌의 눈을 가렸던 일종의 안개는 맑게 개어가고, 밝고 분명한 현실의 정확성에 자리를 양보한다.

그랑떼르는 한쪽 구석에 처박혀 있었던데다가 마침 당구대의 그늘이 되어 있었기 때문에 앙졸라에게 시선을 준 병사들은 그를 알아보지 못했다. 상사가 "겨누엇" 하는 명령을 다시 내리려고 했을 때, 돌연 한 목소리가 그들 곁에서 고함쳤다.

"공화국 만세! 나도 그 중의 한 사람이다."

그랑떼르는 벌써 일어나 있었다.

때를 놓쳐서 끼지 못한 모든 전투의 찬연한 섬광이 지금 변모한 취한의 그 빛나는 눈길 속에 나타났다.

그는 "공화국 만세!"를 되풀이하고 확고한 걸음걸이로 홀을 가로질러 총부리 앞으로 가서 앙졸라의 곁에 섰다.

"둘 다 한꺼번에 해치워라" 하고 그가 말했다.

그리고 조용히 앙졸라에게 몸을 돌리면서 그에게 말했다.

"허락하겠나?"

앙졸라는 미소지으면서 그의 손을 움켜쥐었다. 그 미소가 채 끝나기도 전에 총소리가 울렸다. 앙졸라는 여덟 발의 관통상을 입고 마치 총알로 못박힌 듯 벽에 기댄 채로 서 있었다. 다만 머리만 늘어뜨렸다. 그랑떼르는 벼락에 맞은 것처럼 그 발치에 쓰러졌다.

잠시 후, 병사들은 집의 위층에 숨어 있는 나머지 폭도들을 소탕했다. 그들은 나무 문살 너머로 고미다락에 대고 난사했다. 전투는 고미다락 안에서 벌어졌다. 시체는 창 밖으로 내던져졌는데 그중 몇 사람은 아직 살아 있었다. 두 병사가 파괴된 승합 마차를 일으켜 세우려다가 고미다락에서 쏜 두 발의 기총을 맞고 쓰러졌다. 노동복을 입은 사나이는 배를 총검으로 찔리고 창문으로 내던져져 땅바닥에

총소리가 울렸다.

서 신음하고 있었다. 병사 한 명과 폭도 한 명이 함께 기왓장 위에
서 굴렀는데 서로 상대를 놓으려 하지 않아 사나운 포옹을 한 채 떨
어졌다. 지하실 속의 전투도 마찬가지였다. 아우성, 총질, 굉장한
발소리, 그 뒤에 침묵이 왔다. 바리케이드는 점령된 것이다.
　병사들은 부근의 가택을 수색하고 도주한 자들을 추격하기 시작
했다.

포로

　마리우스는 실상 포로가 되어 있었다. 장 발장의 포로였다.
　그가 쓰러지는 순간 뒤에서 받아 안은 팔, 의식을 잃으면서 그가
힘을 느낀 팔은 장 발장의 팔이었다.
　장 발장은 그저 그곳에 몸을 내놓고 있을 뿐 전투에 끼어들지는
않았다. 그러나 그가 없었다면 죽음에 임박한 최후에 누구 한 사람
부상자에 대해서 마음을 써주지 않았을 것이다. 그의 덕택에——살
육이 행해진 도처에 하늘이 섭리처럼 나타난 그의 덕분으로——쓰
러진 사람들은 일으켜져서 아래층 홀로 운반되어 치료를 받았다. 그
러는 틈틈이 그는 바리케이드를 수리했다. 그러나 자기 손으로 남에
게 해를 입히거나 공격하거나 하는 행위는 물론, 자신의 방어조차도
하지 않았다.
　그는 말없이 사람을 구하고 있었다. 그는 몇 군데 약간의 찰과상
을 입었을 뿐이었다. 총알은 그에게 맞기를 원하지 않았다. 만약 자
살이 이 묘지로 올 때 그가 품었던 몽상의 일부였다고 한다면, 그
점에서 그는 성공하지 못한 셈이다. 그러나 자살이라는 반 종교적
행위를 생각하고 있었는지의 여부에 대해서는 의심스럽다.
　전투의 먹장 구름 속에서 장 발장은 마리우스를 보고 있는 것 같
지 않았으나 사실은 줄곧 눈을 떼지 않고 있었다. 한 발의 탄환이
마리우스를 쓰러뜨렸을 때, 장 발장은 비호처럼 날쌔게 달려와서 먹

이를 덮치듯 그에게 덤벼 데리고 가버렸다.

공격의 회오리는 마침 그때, 무서운 기세로 앙졸라와 주점 입구에 집중하고 있었기 때문에, 장 발장이 기절한 마리우스를 팔에 안고 바리케이드 안의 포석이 벗겨진 빈터를 가로질러서 꼬랭뜨의 모퉁이 저편으로 사라져 가는 것을 아무도 보지 못했다.

곶(串)처럼 거리로 쑥 내민 그 모퉁이를 독자들은 기억하고 있을 것이다. 수 평방 피트되는 그곳은 총탄이나 사람들의 시선을 가리고 있었다. 그처럼 때로는, 화재의 복판에도 타지 않은 방이 있기도 하고, 사나운 바다 속에서도 곶의 바로 앞이나 막다른 골목 같은 암초 안쪽으로 조그맣고 고요한 한구석이 있는 법이다. 에쁘닌느가 죽어 간 곳도 그러한 바리케이드 안의 네모진 한구석이었다.

그곳에서 장 발장은 걸음을 멈추고 마리우스를 가만히 땅바닥에 내려놓고 벽에 등을 대고 주위를 둘러보았다. 상황은 참으로 위태로 웠다.

극히 짧은 동안은, 아마도 이삼 분 동안은 그 벽은 피난처로 삼을 수 있었다. 그러나 어떻게 이 학살 장소에서 빠져나갈 수 있을까? 그는 8년 전 뽈롱쏘 거리에서 고생했던 일을 상기하고, 그때 어떻게 해서 탈출에 성공했는가를 생각했다. 그러나 그 경우에는 어려운 일 이었으나 이번에는 불가능한 일이다. 그의 앞에는 저 7층 건물의 고 집스러운 귀먹은 듯한 집이 있었다. 그 창문에 걸쳐 있는 죽은 사람 외에는 아무도 없는 듯한 집이었다. 오른편에는 쁘띠뜨 트뤼앙드리 를 막고 있는 꽤 낮은 바리케이드가 있었다. 그 장해물을 타고 넘는 것은 간단한 일이었으나, 장벽 위 저편으로 늘어선 총검 끝이 보이 고 있었다. 그것은 바리케이드 저편에 배치되어서 대기하고 있는 제 일선 보병 부대였다. 분명히 바리케이드를 넘는 것은 일제 사격을 일부러 받으러 가는 것과 같고 포석의 벽 위에서 조금이라도 머리를 내밀면 예순 발의 표적이 될 뿐이었다. 왼편은 전쟁터였다. 죽음이 등뒤 벽 모퉁이에 있었다.

어떻게 할 것인가? 다만 새만이 그곳에서 탈출할 수 있을 것이다.

더욱이 당장에 결단을 내려서 수단을 발견하고 결심을 굳혀야만했다. 몇 걸음 떨어진 곳에서는 싸움이 벌어지고 있었다. 다행히 모두가 한곳에만, 즉 주점 입구로만 정신을 쏟고 있었다. 그러나 가령 단 한 병사라도 집을 돈다든가 또는 옆에서 집을 공격하려고 한다든가 하면 그것으로 만사는 끝나는 것이었다.

장 발장은 정면의 집을 보고, 옆에 있는 바리케이드를 보고, 그리고 쫓기는 자의 절박한, 괴로운 심정으로 눈으로 구멍이라도 뚫으려는 듯 땅바닥을 지켜보았다.

지켜보는 동안에 바라던 것을 만들어내는 힘이 그 눈길 속에 있었는지 그런 괴로움 속에서도 막연하게 희미한 것이 나타나 그의 발밑에 확실한 형태를 이루었다. 그는 몇 걸음 앞에, 무정하게도 외부에서 단단하게 빈틈없이 감시받고 있는 조그만 장벽 아래에, 허물어진 포석 더미 아래에, 일부분은 가려져 있기는 하지만, 하나의 쇠그물이 납작하게 땅과 수평으로 놓여 있는 것을 발견했다. 그 쇠그물은 튼튼한 가름대로 2평방 피트 가량 되었다. 그것은 받치고 있던 포석의 틀이 떨어져나가 마치 뜯겨 있는 것처럼 되어 있었다. 가름대 사이로는 난로의 굴뚝이나 물통의 관 같은 어두운 입구가 보였다. 장 발장은 뛰어갔다. 옛날의 탈주 지식이 번갯불처럼 머리에 떠올랐다. 위에 겹쳐 있는 포석을 치우고 쇠그물을 들어올리고, 시체처럼 힘없이 늘어진 마리우스를 어깨에 둘러메고, 그 무거운 짐을 진 채, 팔꿈치와 무릎을 의지해서 다행히 그다지 깊지 않은 우물 같은 구덩이 속으로 내려가 머리 위의 철뚜껑을 덮어 닫으면서 건들거리던 포석이 그 위에 다시 떨어져 내리는 것을 그대로 두고 대석(臺石)을 깐 지하 3미터의 밑바닥에 발을 딛는 일을 마치 착란 속에서 행하듯 거

시체처럼 힘없이 늘어져 있는 마리우스를 어깨에 둘러메고, 그 무거운 짐을⋯⋯.

인의 힘과 독수리 같은 날쌘 동작으로 해치웠다. 불과 몇 분이 걸렸
을 뿐이다.

　장 발장은 여전히 기절해 있는 마리우스와 함께 기다란 지하 복도
안으로 들어갔다. 그곳은 깊은 평화와 절대적인 침묵, 그리고 밤뿐
이 있었다.

　예전에 거리에서 수도원 안으로 뛰어내렸을 때 받았던 인상이 그
의 머리 속에 떠올랐다. 다만 지금 메고 있는 것은 꼬제뜨가 아니라
마리우스였다.

　머리 위에서는 습격받고 있는 주점의 무서운 소란도 지금은 어렴
풋한 중얼거림처럼 희미하게 들려올 뿐이었다.

제2편 레비아땅의 창자

바다 때문에 메마르는 땅

빠리는 매년 2500만 프랑을 물에 던져 넣고 있다. 이것은 비유해서 하는 이야기가 아니다. 어떻게 해서, 어떤 방법으로? 낮이나 밤이나 구별 없이 던져 넣고 있다. 어떤 목적으로? 아무런 목적도 없다. 무슨 생각으로? 아무 생각도 없다. 무엇 때문에? 이유도 없다. 그러면 어떤 기관으로? 빠리의 내장에 의해서. 내장이란 무엇인가? 지하수도로다.

2500만이라는 금액은 그 방면의 전문 과학이 산출한 견적 중에서 가장 작은 액수이다.

과학은 오랜 모색 끝에, 오늘날 비료 중에서 가장 유효한 것으로 가장 땅을 기름지게 하는 것은 사람에게서 나오는 비료임을 인정하고 있다. 부끄러운 이야기겠지만, 중국 사람이 우리 유럽인보다 먼저 그 사실을 알았다. 에케베르크의 이야기로는 중국 농부는 도시에 나가면 우리가 오물이라고 부르는 것을 두 통에 담아서 대나무 막대기 양쪽 끝에 매달고 돌아오지 않는 일이 없다고 한다. 이 인분 덕택으로 중국의 땅은 아브라함 시대와 다름없이 젊다. 중국에서는 밀 한 알로 120알의 수확을 거둔다. 어떠한 구아노(해조의 똥비료)도 그 생산량으로는 한 도시에서 나오는 배설물에 비할 바가 못된다. 대도시는 도둑갈매기(갈매기의 일종. 여기서는 비료를 만든다는 뜻) 중에서도 가장 강대한 것이다. 들판을 기름지게 하는 데 도시를 사용하면 반드시 성공할 것이다. 만약 우리들의 황금이 오물이라고 한다면, 반대로 우리들의 오물은 황금일 것이다.

그 황금 비료를 사람들은 어떻게 하고 있는가? 바다 속에 쓸어 넣어 버리고 있다.

바다제비나 펭귄의 똥을 남극까지 따러 가기 위해서 많은 선단(船團)이 엄청난 비용을 써서 남극 지방으로 파견된다. 그런데 사람들은 바로 가까이에 있는 엄청난 재화(財貨)의 요소를 바다로 버리고 있다. 세계가 헛되이 하고 있는 인간이나 동물의 비료를 몽땅 물에 버리지 않고 땅에 뿌려 준다면 그것은 충분히 세계를 먹여 살릴 수 있을 것이다.

경계석 주위에 쌓여 있는 쓰레기더미, 밤거리를 덜컹거리며 지나가는 흙투성이의 짐수레, 쓰레기 버리는 곳의 더러운 통, 포석 밑에 숨겨져 있는, 지하의 냄새나는 시궁창의 흐름, 그것이 무엇인가를 사람들은 알고 있을 것인가? 그것이야말로 꽃이 만발한 목장이고, 초록빛 초원이고, 사향초이고, 샐비어이고, 짐승이고, 가축이고, 저녁때 만족한 소리를 내는 커다란 소이고, 향기로운 사료이며 황금빛 밀이며, 식탁 위의 빵이며, 사람의 혈관을 흐르는 따뜻한 피이고, 건강이고, 기쁨이고, 생명이다. 지상에서는 여러 가지 형태로 바뀌고, 하늘에서는 여러 가지 모습으로 바뀌는 저 신비로운 창조의 힘이 그렇게 만든다.

그것을 커다란 단지 속에 넣어 보라. 인간의 넉넉한 밑천이 그곳에서 흘러나리라. 기름진 평야는 인간을 먹여 살린다.

사람들이 이처럼 많은 재화를 버리든, 또 이런 말을 하는 내 생각을 비웃든, 그것은 자유다. 그러나 그것은, 아주 무지한 일이라고 할 수 있겠다.

통계에 따르면 프랑스 한 나라만으로도 매년 5억 프랑의 돈을 여러 하구에서 대서양으로 흘려보낸다고 한다. 다음과 같은 것을 명심해야겠다. 그 5억 프랑의 돈으로 국가 예산의 4분의 1을 충당할 수 있다는 점이다. 사람의 지혜는 그 5억 프랑을 그냥 시궁창에 버리는 편이 낫다고 여기고 있다. 그 돈은 바로 민중들의 자양분인데 그것을 처음에는 지하수도로가 한 방울씩 강에 토하고 강은 한꺼번에 바다로 토해 낸다. 지하수도로가 딸꾹질을 할 적마다 1000프랑씩 헛되이 치른다. 거기서 두 가지 결과가 생긴다. 즉 땅은 가난해지고 물은 더러워진다. 굶주림이 밭이나 들에서 생겨나고 질병이 강에서 생겨난다.

예를 들어서 현재 템즈 강이 런던을 해치고 있다는 것은 잘 알려진 사실이다. 빠리의 경우는 최근, 하수구의 대부분을 하류 맨 끝에 있는 다리 아래로 옮겨야만 했다.

밸브와 배수문으로 빨아들이고 내뱉는 구실을 동시에 하는 이중 토관 시설은 인간의 폐처럼 간단하고 기초적인 배수 방법으로, 영국에서는 이미 몇몇 시나 마을에서 훌륭하게 운영되고 있는데 그것을 이용하기만 하면 프랑스의 도시는 전원의 맑은 물을 끌어들이고, 들에는 도시의 기름진 물을 내보내어 가장 간단하고 편리한 교환으로 바다에 버리는 5억 프랑을 회수하는 셈이 될 것이다. 그러나 사람들은 전혀 다른 생각을 하고 있다.

현재의 방법이 유익한 줄은 아나 오히려 해를 끼치고 있다. 의도는 좋으나 결과가 무참하다. 도시를 깨끗이 한다는 게 실은 주민을 해치고 있다. 지하수도로는 잘못 생각한 것이다. 단지 씻어내리기만 해서 땅을 메마르게 하는 지하수도로 대신 받아들인 것을 되돌려 보낸다는 이중의 배수법이 곳곳에 설비된다면 그때야말로 새로운 사회 경제의 성과와 어우러져 땅의 생산물은 열 배가 되고 빈곤의 문제는 현저히 줄어들 것이다. 거기에 덧붙여 기생충 없애기를 하면 문제는 완전히 해결될 것이다.

그러나 그렇게 되기 전에는 공공의 재화를 강으로 흘려 버리므로 낭비가 된다. '낭비'(원어 Coulage에는 '흘리는 것'이라는 뜻이 있다)란 말이 적절하다. 유럽은 이러한 피폐로 황폐해 지는 것이다.

프랑스로 말하면 손실액은 지금 말한 숫자 그대로다. 그런데 빠리는 프랑스 총인구의 25분의 1을 차지하고, 빠리의 인분은 가장 기름지므로 빠리의 손실 액수가, 프랑스가 매년 잃어버리는 5억 프랑 가운데서 2500만 프랑에 달한다고 해도 지나친 말은 아니다. 이 2500만 프랑을 복지 사업이나 오락 시설에 사용한다면 빠리는 두 배 더 화려해질 것이다. 그런데 빠리 시는 그 돈을 지하수도로에 버리고 있다. 그러니 우리는 빠리의 엄청난 낭비, 놀라운 환락, 보종관(18세기의 대부호 니꼴라 보종의 저택 자리에 생겼던 환락장. 1824년에 없어짐)의 광란, 대주연(大酒宴), 돈을 물쓰듯하는 낭비, 호사, 사치, 호기(豪氣), 그것이 바로 빠리의 지하수도로라고 말할 수 있다.

이렇게 잘못된 경제 정책의 무지 때문에, 만인의 행복은 물에 빠져 흘러내려가고 심연 속으로 사라진다. 공공의 재화를 위해서도 쌩 끌루의 그물(세느 강의 쌩 끌루 다리 아래에 쳐진 투신자 구조망)을 쳐야 할 것이다.

경제면에서 이 사실은 다음과 같이 요약할 수 있다. 즉 빠리는 구멍 뚫린 바구니라고.

빠리는 모범 도시이며 각 국민이 흉내를 내려고 하는 으뜸가는 도시이며, 이상이 숨쉬는 수도이며, 독창성과 추진력과 시련의 장엄한 조국이며, 모든 정신이 깃들인 중심지이며, 한 국가를 이루고 있는 도시이며, 미래를 기르는 보금자리이며, 바빌론과 코린토스를 합쳐

장 발장이 마리우스를 업고 뛰어든 지하수도로

놓은 놀라운 곳이지만 지금 위에서 지적한 것 같은 관점에서 본다
면, 빠리는 복건성(중국의 남부)의 농부가 어깨를 으쓱해 보이게 할 것이다.

빠리를 흉내낸다는 것은 스스로 쇠퇴함을 뜻한다. 무엇보다도 아
득한 옛날부터 내려오는 이 어이없는 낭비라는 점에서 빠리야말로
그 스스로가 모방하고 있는 것이다.

이 놀랄 만한 어리석음은 새로운 일이 아니다. 이것은 젊음에서
오는 어리석음이 아니다. 고대인도 현대인과 똑같이 해왔다.

"로마의 지하수도로는" 하고 리비히(19세기 독일의 유기 화학자로 쇠고기 진액 등의 발견자로서도 유명하다) 는 말하고
있다. "로마 농민의 번영을 다 빨아 먹었다."

로마의 전원이 로마의 지하수도로에 의해서 황폐해졌을 때, 로마
는 이탈리아를 쇠퇴하게 만들었다. 더욱이 이탈리아가 지하수도로에
버리자 시실리도, 다음엔 사르디니아도, 그 다음엔 아프리카도 지하
수도로에 떠내려 가고 말았다. 로마의 지하수도로는 세계를 삼켜 버
리고 말았다. 그 지하수도로는 도시와 세계를 향하여 입을 벌리고
있었다. 'Urbi et orbi'(라틴어 '市와 세계'. 로마 교황의 축복의 말) 다. 영원한 도시와 깊이를 알 수
없는 지하수도로.

이 점에서도 다른 점과 마찬가지로 로마가 좋은 예를 보이고 있
다. 빠리는 그 예를 따르고 있는 것이다. 재치 있는 도시에 으레 따
르게 마련인 어리석음으로.

이상 설명한 것 같은 사업을 완성하기 위해서 빠리는 지하에 또
하나의 빠리를 가지고 있다, 즉 지하수도로의 빠리를. 그 빠리에도
거리가 있고 네거리가 있고, 광장이 있고, 막다른 골목이 있고, 동
맥이 있고, 구정물의 순환이 있되 다만 사람이 없을 뿐이다.

이런 말을 하는 것은 누구에게나, 위대한 민중에게라도 아부를 해
서는 안되기 때문이다. 무엇이나 다 갖추어져 있는 곳에는 고상한
것과 아울러 천박한 것이 있게 마련이다. 빠리에는 광명의 도시 아
테네와, 힘의 도시 티르(고대 페니키 아의 도시)와, 용기의 도시 스파르타와, 기적

의 도시 니니브 $\binom{\text{고대 아시리}}{\text{아의 수도}}$가 있는 한편, 진흙의 도시 루테시아 $\binom{\text{빠리의}}{\text{옛 이름}}$도 있다.

물론 그 힘 또한 거기 숨어 있어, 여러 가지 기념물 가운데서도 특히 빠리의 거대한 하수의 소굴은 마키아벨리나 베이컨이나 미라보와 같은 인물이 인류에 실현한 저 불가사의한 이상, 즉 천박한 장대함을 실현하고 있다.

빠리의 지하를 지상에서 투시할 수 있다면, 마치 거대한 석산호(石珊瑚)를 보는 것 같은 양상을 나타낼 것이다. 낡은 대도시가 있는 60리 사방의 땅에는 해면 동물의 뼈대에 뚫려 있는 아주 가늘고 작은 많은 구멍보다도 더 많은 통로며 수로가 뚫려 있다. 빠리에는 따로 하나의 커다란 지하 동굴을 만들고 있는 까따꼼바(지하 묘지)가 있는데, 그것은 내버려 두고라도, 얽히고 설킨 가스관과 또 시가지의 상수도로 통하고 있는 급수관의 거창한 조직은 그만두고라도, 지하수도로만으로도 세느 강의 양 기슭 밑에 놀라운 암흑의 그물을 둘러치고 있다. 그것은 그야말로 미궁이어서 다만 경사진 쪽으로 내려가는 이외에 어떤 푯말도 없다.

그곳의 축축한 안개 속에서 빠리가 낳은 새끼처럼 쥐가 나타난다.

오래된 지하수도로의 역사

뚜껑을 벗긴 것 같은 빠리를 상상해 보자. 하늘에서 내려다본 지하수도로의 그물코는 세느 강의 양 기슭에 접목한 커다란 나뭇가지와 같은 형태일 것이다. 오른쪽 강가의 환상(環狀) 지하수도로가 그 나무의 원줄기이며, 분맥이 작은 가지이고 끄트머리가 잔가지가 된다.

이 형상은 개략적이어서 절반 가량만 맞다고 하겠다. 이런 지하의 가지들은 보통 직각으로 갈려 있는데 식물의 가지는 직각으로 갈리는 일이 거의 없다.

그 이상한 기하학적 도형에 좀더 비슷한 모양을 상상하려면, 숲처럼 얽혀 있는 동방의 기묘한 문자를 캄캄한 배경에 대 본다고 상상하는 것이 좋다. 그 묘한 모양의 문자는 언뜻 보기에는 복잡하고 고르지 못한 것 같지만 모퉁이와 모퉁이에서 또는 끝과 끝에서 서로 연결되어 있다.

시궁창이나 지하수도로는 중세나 동로마 제국이나 고대 동방에서는 커다란 역할을 했다. 페스트가 거기서 생겨나고 전제 군주들은 거기서 죽었던 것이다. 민중은 그러한 부패의 잠자리, 무서운 죽음의 요람을 거의 종교적인 두려움의 대상으로 보았다. 베나레스 ^(동부 인도의 힌두교의 성도)의 기생충이 들끓는 소굴은 바빌론의 사자 동굴만큼이나 사람들을 떨게 했다. 유대교의 율법서에 의하면 테글라트 팔라자르 ^(고대 아시리아의 왕)는 니니브의 더러운 물이 괴어 있는 곳에 대고 맹세했다 한다. 레이덴의 요하네 ^(16세기의 네덜란드의 재세례론자이자 신비가임. 시온의 왕이라고 자칭하고 몬스터 시를 지배했으나 젊어서 사형됨)가 가짜 달을 내보인 것은 몬스터의 지하수도로에서였고, 동양에서 코라산 ^(페르시아의 동북 지방)의 숨은 예언자 모카나가 가짜 태양을 나타나게 한 것도 케크셰브의 시궁창에서였다.

인간의 역사는 시궁창의 역사에 반영되어 있다. 사형된 죄인의 시체를 내던진 곳은 로마의 역사를 말해 주고 있다. 빠리의 지하수도로는 굉장히 낡은 것이었다. 그것은 무덤이었고 은신처였다. 범죄, 지혜, 사회에 대한 항의, 신앙의 자유, 사상, 절도, 인간의 법률이 추구하는 것, 또는 추구한 것 모두가 그 구덩이 속에 숨어 있었다.

14세기의 마이요땅 ^(1381년에 폭동을 일으킨 빠리의 시민들), 15세기의 외투 날치기들, 16세기의 위그노, 17세기의 모랭 환상파 ^(모랭은 17세기 프랑스의 견신론자. 신의 아들로 자칭하여 화형을 받았다), 18세기의 불을 들이대는 강도 ^(대혁명에서 집정 정부 시대에 출몰했던 강도의 한 패. 피해자의 발을 불로 지져 금품을 내게 했다)가 거기에 숨어 있었다. 100년 전에는 밤에 거기에서 단도가 나와 사람을 찌르기도 하고, 위태로워진 소매치기가 그곳에 기어들곤 했다. 숲에 동굴이 있듯이 빠리에는 지하수도로가 있었다. 고올 어로 '피카르리아'라고 불

중세까지 거슬러 올라가는 빠리의 하수도에는 적나라한 도시역사의 수많은 전
설이 숨어 있다.

리는 부랑자들은 지하수도로를 꾸르 데 미라끌(거지나 강도들의 집합 장소)의 또 하나의 집합장소로 삼고, 저녁때가 되면 빈정거리며 배짱좋은 모습으로 침실에라도 들어가듯 모뷔에 대지하수도로 밑으로 들어가는 것이었다.

비드 구쎄 막다른 골목(호주머니를 터는 막다른 골목이라는 뜻임)이나, 꾸쁘 고르주 거리(자객의 거리라는 뜻임)를 그날 그날의 일터로 삼는 자들이 슈맹베르 작은 다리나, 위르뿌아 다리 밑을 밤의 잠자리로 삼는 것은 아주 당연했다. 거기서 수많은 이야기가 생겨났다. 온갖 종류의 유령이 그곳의 길고 인적이 없는 거리 밑의 복도로 드나들고 있었다. 도처에 썩는 냄새와 독기가 차 있었다. 안에 있는 비옹(15세기의 대 시인. 도둑의 한패이기도 해서 감옥 생활도 자주 했다)과 밖에 있는 라블레(16세기의 대시인. 호탕 무쌍한 술꾼이기도 함)가 이야기를 주고받는 통기 구멍이 여기저기 있었다.

옛 빠리의 지하수도로는 모든 소모와 모든 노력이 만나게 되는 곳이었다. 경제 정책은 거기에서 하나의 부스러기를 보고, 사회 철학은 거기에서 하나의 찌꺼기를 본다.

지하수도로, 그것은 도심 속에 숨어 있는 양심이다. 모든 것이 이곳에 모이고 이곳에서 만난다. 창백한 이 장소에는 암흑은 있을지언정 비밀은 없다. 사물 하나하나가 참다운 형태를 나타낸다. 적어도 마지막 형태를 나타낸다. 쓰레기더미는 사람을 속이지 않는다는 장점이 있다. 정직이 그곳에 도피해 있는 것이다. 바질(보마르셰의 희곡인 《세빌랴의 이발사》에 나오는 우스꽝스러운 위선자)의 가면이 그곳에 있지만 그 가면의 마분지며 실이 드러나 있어서 바깥쪽과 마찬가지로 안쪽도 알아볼 수 있어 정직한 진흙이 눈에 보인다. 그 옆에는 스까뺑(몰리에르의 희곡 《스까뺑의 간계》의 주인공. 흉계의 명수임)의 가짜 코가 있다. 문명의 온갖 나쁜 짓은 일단 할 일이 끝나면 어느 것이나 사회의 거대한 전락지의 종점인 이 진실의 구멍 속에 떨어져서 삼켜지기도 하지만, 또 거기서 참다운 모습을 나타내기도 한다.

그 혼잡은 하나의 고백이다. 거기에서는 거짓 꾸밈이라든가 겉치

레도 없으며, 오물은 속옷을 벗어던지고, 환상도 신기루도 무너지고, 있는 그대로의 모습만이 있어, 다 끝난 자의 무서운 얼굴만이 있다. 현실과 소멸만이 있다. 거기서는 술병의 밑바닥이 주정뱅이를 고백하고, 바구니의 손잡이는 하인들의 생활을 이야기한다. 그곳에서는 문학적인 의견을 가진 사과 씨가 단순한 사과 씨로 변한다. 2수 짜리 동전의 초상은 완전히 녹이 슬고, 가야파(그리스도를 유죄라고 선고한 유대의 대사제)의 침은 폴스태프(헨리 5세의 외도 친구)가 토해낸 오물과 섞이고, 도박장에서 나오는 루이 금화는 자살자의 목맨 새끼줄 끝에 걸리는 못과 만나고, 새파랗게 질린 태아는 최근의 사육제 마지막날 오페라 극장에서 춤추던 번쩍거리는 의상에 말려 구르고, 사람들의 죄를 다스린 법관의 모자는 창녀의 치맛자락이었던 썩은 물건 옆에서 딩군다. 어느 것을 막론하고 모두 친구 이상의 다정한 사이다. 짙은 화장을 하고 멋을 냈던 것들도 형편없이 더러워진다. 마지막 베일도 벗겨진다. 지하수도로는 냉정하다. 지하수도로는 모든 것을 털어놓는다.

오물의 그러한 솔직성은 사람들을 기쁘게 하고 마음을 쉬게 해 준다. 국가의 시정 방침이니 서약, 정략, 인간의 정의, 직무상의 성실, 지위의 존엄, 결백한 법복, 이런 것들이 나타내는 엄숙한 모습을 지상에서 참을성 있게 줄곧 보아온 뒤에, 지하수도로에 내려가서 그것들에 어울리는 진흙탕을 보는 것은 마음의 위로가 된다.

그것은 동시에 가르쳐 주는 바가 있다. 앞에서도 말했듯이 역사는 지하수도로를 통과한다. 쎙 바르뗄르미의 대학살(1672년 8월)과 같은 일은 포석 틈에서 한 방울씩 지하수도로 속에 새어든다. 민중의 대학살, 정치적 종교적 살육은 이 문명의 지하도를 가로질러 거기에 시체를 밀어넣는다. 공상가의 눈으로 보면, 역사상의 온갖 살인자들이 그곳에 있다. 을씨년스럽고 컴컴한 속에 무릎을 꿇고 수의의 끊어진 자락을 앞치마로 삼고 불쌍하게도 자신이 저지른 죄를 씻어내려 하고 있다.

　루이 11세가 트리스땅(15세기 루이 11세 시대의 냉혹한 행정관임)과 나란히 있다. 프랑스와 1세는 뒤프라(16세기 프랑수와 1세 시대의 대법관)와 함께 있고, 샤를르 9세(쌩 바르뗄르미의 대학살이 있던 당시의 프랑스의 왕)는 그의 어머니(까뜨린느 드 메디시스)와 함께 있다. 리슐리외는 루이 13세와 함께 있고, 또 루부아, 르뗄리에, 에베르와 마이야르도 있다. 모두 손톱으로 돌을 긁으면서 자신이 한 행위의 흔적을 지우려 하고 있다. 지하의 둥근 천장 밑에서 망령들이 비질하는 소리가 들린다. 사회에서 일어난 큰 재해의 엄청난 악취가 풍긴다. 구석구석에 불그죽죽한 빛이 거울의 반사처럼 보인다. 거기에는 피투성이의 손을 씻은 끔찍한 물이 흐르고 있다.

　사회 연구가는 그런 망령의 그림자 속에 들어가야 한다. 그곳은 그들 실험실의 일부이다. 철학은 사상의 현미경이다. 모든 것이 그곳에서 도망치려고 하지만 아무것도 그곳에서 도피할 수는 없다. 속여 보아도 소용없다. 속이는 자는 자기의 어떠한 일면을 보여주게 될까? 수치스러운 면을 보여주게 된다. 철학은 성실한 눈으로 악을 쫓고 악이 허무 속으로 도망치는 것을 용납하지 않는다. 사라지는 사물의 그 소멸 속에서도, 꺼져가는 사물의 소실 가운데서도 철학은 모든 것을 알아낸다.

　누더기의 조각에서 붉은 옷(로마 추기경의 옷)을 만들어내고, 장신구의 부스러기에서 여자를 되살아나게 한다. 시궁창에서 도시를 재생시키고 진창에서 풍속을 만들어 낸다. 깨진 사기 그릇의 파편을 근거로 병인지 항아리인지를 미루어 안다. 양피지 위의 손톱자국으로 유덴가쓰의 유대인 마을과 게토의 유대인 마을의 차이를 판별한다. 남아 있는 것 속에서 옛 모습을 본다. 선도, 악도, 허위도, 진실도, 궁전의 핏자국도, 동굴 속의 잉크의 얼룩도, 매음굴의 촛농 자국도, 참고 견디어 온 시련도, 반겨 맞았던 유혹도, 토해낸 대주연도, 약한 성격으로 몸을 망쳐 만들어낸 주름살도, 천한 영혼이 몸을 팔게 한 흔적도, 또한 로마 인부들의 조끼 위에 멧살리나(로마의 크로듀스 황제의 妃. 음란한 여자로서 로마의 모든 남성과 육체적

^{환락을 맛보
았다고 함})가 찔러댄 팔꿈치 자국도 가려낸다.

브륀조

빠리의 지하수도로는 중세에는 유명했다. 16세기의 앙리 2세가 측량을 계획했지만 실패했다. 메르씨에(^{《빠리 연대사》 등의
저자. 1740~1814})가 증명하는 바이지만, 불과 100년 전만 해도 지하수도로는 그대로 방치되어 있었다.

그 무렵의 낡은 빠리는 그토록 논쟁과 우유부단과 모색에 내맡겨져 있었다. 빠리는 오랫동안 무척이나 어리석었다. 그 뒤, 89년(^{대혁명이 일어
난 1789년임})은 정신이 어떻게 해서 도시에 깃들이는가를 보여 주었다. 그러나 옛 시대에는 수도(首都)는 전혀 두뇌를 쓰지 않았다. 정신적으로나 물질적으로나 자기의 일을 처리하지 못하고 잘못도 오물도 제거할 줄 몰랐다. 모든 것이 방해였고, 모든 것이 의문이었다. 지하수도로도 그와 같아서 걷잡을 수가 없었다. 시중에서 남과 이야기가 통하지 않듯이, 시궁창 속에서는 방향을 잡을 수가 없었다. 땅 위에서는 이해할 수가 없었고, 땅 밑에서는 길을 몰랐다. 언어의 뒤얽힌 혼란 밑에 여러 가지 동굴이 얽혀 있었다. 미궁이 바벨 탑 밑에 있었다.

이따금 빠리의 지하수도로는 마치 업신여기던 나일 강이 갑자기 분노하듯 범람하는 때가 있었다. 더러운 이야기지만 지하수도로의 범람이 종종 있었다. 이 문명의 위장은 이따금 소화불량이 되어 시궁창물이 도시의 목구멍으로 역류하여 빠리는 진창의 개운치 않은 뒷맛을 맛보았다. 이처럼 지하수도로가 후회와 비슷한 것은 유익한 일이었다. 그것은 경고가 되었다. 그런데 그 경고를 사람들은 잘못 알았다. 도시는 시궁창의 뻔뻔스러움에 분격하여 구정물이 다시 올라오지 못하게 했다. 좀더 철저하게 쫓아 버리자는 것이다.

1802년의 홍수는 지금 여든 살쯤 된 빠리 사람에게는 생생한 기억의 하나다. 구정물은 루이 14세의 동상이 있는 빅뜨와르 광장에서 사방으로 퍼지고, 샹 젤리제의 두 개 지하수도로에서 쌩 또노레 거리로, 쌩 플로랑땡의 하수구에서 쌩 플로랑땡 거리로, 쏜리 지하수도로에서 삐에르 아 쁘아송 거리로, 슈맹 베르의 지하수도로에서 뽀빵꾸르 거리로, 라쁘 거리의 지하수도로에서 로께뜨 거리로 스며 들었다.

물은 샹 젤리제 거리의 오른쪽 도랑을 35센티 높이까지 덮어 버렸다. 또 남쪽에서는 세느 강으로 향한 큰 배수구에서 거꾸로 흘러서 마자린 거리, 에쇼데 거리, 마레 거리로 들어가서 109미터나 나가서, 정확히 라신이 살던 집 (^{당시의 레 마레 쌩 제르망 거리.}
현재의 비스꽁띠 거리에 있다) 몇 걸음 앞에서 간신히 멈추었다. 17세기의 국왕(^{루이}14세)보다 시인(라신)에게 더 경의를 표했던 것 같다. 물은 쌩 삐에르 거리가 가장 깊어서 홈통 물이 떨어지는 받침돌 위 3피트까지 달했고, 가장 넓게 퍼진 곳은 쌩 싸뱅 거리로 238미터에 달했다.

금세기 (¹⁹세기) 초의 빠리의 지하수도로는 역시 신비한 곳이었다. 흙탕물에 대한 비평 따위가 절대로 좋을 리는 없지만, 그때 그 악평은 거의 공포에 이를 만큼 높았다. 빠리는 발밑에 무서운 구덩이가 있다는 것을 막연하게나마 알고 있었다. 사람들은 마치 길이 15피트나 되는, 지네가 우글거리고 있고 베헤모트(^{성서에 나}오는 괴물)가 미역을 감았을지도 모른다는 저 테바이의 무서운 진창의 늪에 대한 이야기를 하듯 지껄였다. 지하수도로를 청소하는 인부들의 장화도, 이미 한 번 갔던 일이 있는 몇몇 지점에서 더 앞으로는 절대로 나가려 하지 않았다. 그 시대는 아직 쌩뜨 푸아가 그 위에서 크레끼 후작(^{17세기의 프}랑스의 장군)과 우의를 맺었다는, 쓰레기 인부의 수레가 지하수도로에다 그대로 쏟아 버리던 시대, 그 시대와 아주 가까웠다.

지하수도로를 치우는 것은 소나기에 맡겼다. 그러나 빗물은 청소해 주기보다 막아 버리는 일이 많았다. 로마는 그래도 지하수도로에 약간의 시정(詩情)을 곁들여서 제모니(^{탄식의 계단, 사형된 죄}_{인의 시체를 내던진 곳})라고 불렀지만, 빠리는 시궁창을 멸시하여 트루 쀠네(^{구린내}_{나는 구멍})라고 불렀다. 과학도 미신도 모두 지하수도로를 싫어했다. '구린내 나는 구멍'은 전설뿐만 아니라 위생에 있어서도 미움을 받았다.

므완 부뤼('^{화를 잘 내는 신부'. 아이들에게}_{겁을 줄 때 말하는 귀신 이름})는 무프따르 지하수도로의 구린내 나는 둥근 천장 밑에 갇혀 있었다. 마르무제(^{18세기에 음모를 꾀하다가}_{실패한 청년 귀족의 일당})의 시체는 바리으리의 지하수도로에 던져졌다. 파공(^{루이 14세 시대의}_{의사, 식물학자})의 주장에 의하면, 1685년의 무서운 악성 열병은 마레의 지하수도로에 생긴 큰 틈 탓이라고 한다. 그 틈은 1833년까지 쌩 루이 거리의 '매싸제갈랑'(^{역마차의 사무실인}_{지 선술집인지?})의 간판 거의 맞은편에 아가리를 떡 벌리고 있었다. 모르뗄르리 거리의 지하수도로 입구는 페스트가 발생하는 곳으로 유명했다. 그 지하수도로 입구는 사람의 치열에 흡사한, 끝이 뾰죽한 쇠창살이 달려 있기 때문에 음산한 거리 속에서 마치 지옥의 입김을 불어 대는 용의 아가리 같았다.

민중의 공상은 빠리의 음침한 지하수도로에 무한하고 불길한 일들을 덧붙여 놓고 있었다. 지하수도로는 바닥이 없었다. 하수도, 그것은 바라트럼(^{아테네에서 사형}_{수를 던진 못})이었다. 그러한 문둥병을 앓는 것 같은 지대를 뒤져 보겠다는 생각은 경찰조차도 감히 생각지 않았다. 그 미지를 조사하는 것, 그 어둠 속에 물의 깊이를 재는 측심연(測深鉛)을 던지는 것, 그 심연 속으로 탐험하러 가는 것을 누가 감히 할 수 있으랴? 소름끼칠 일이었다. 그러나 감히 나선 사람이 있었다. 지하수도로에도 크리스토퍼 콜럼버스가 나타났다.

1805년 어느 날, 퍽 드문 일이지만 황제가 빠리에 나타나던 날, 드크레스였는지 크레떼였는지 아무튼 그때의 내무대신이 알현을 청했다.(^{제정 시대에 드크레스라는 재상은}_{있었으나 그는 해군대신이었다})

까루셀 광장에는 대공화국의 위대한 병사들이 군도를 끄는 소리가 들리고 있었다. 나뽈레옹의 거처 가까이에는 용사들로 빽빽이 들어차 있었다. 라인, 에스코, 아디즈, 그리고 나일 강의 역전의 용사들, 주베르, 드제, 마르쏘, 오슈, 끌레베르와 같은 전우들, 플뢰뤼스의 기구병(氣球兵), 마이앙스의 척탄병, 제노아의 가교병(架橋兵), 피라미드의 바로 밑을 지나온 경기병, 쥐노의 포탄에 진창을 뒤집어쓴 포병, 주이데르제에 정박중인 함대를 급습해서 사로잡은 흉갑병(胸甲兵), 보나빠르뜨를 따라서 로디 교(橋)를 건넜던 병사들, 뮈라와 더불어 망투의 참호 속에 있었던 병사들, 란느보다 앞서서 몽떼벨로의 고랑길을 전진했던 병사들이었다. 당시의 전군대가 그곳 뜅르리 궁전의 안마당에 분대나 소대를 대표로 보내어 휴식하는 나뽈레옹을 호위하고 있었다. 그것은 대육군이 앞서 마렝고의 승리를 알리는 보고를 보내고, 아우스떼를리쯔의 승리를 눈앞에 두고 있는 찬란한 시기였다.

"폐하, 소신은 어제 이 제국에서 가장 용맹한 자를 만났습니다." 내무대신은 나뽈레옹에게 말했다.

"어떤 사나이인가? 그래, 무엇을 했다는 말인가?" 황제는 무뚝뚝하게 말했다.

"어떠한 일을 하고자 하고 있습니다, 폐하."

"무엇을?"

"빠리의 지하수도로를 뒤져 보겠다 합니다."

실재 있었던 이 사람의 이름은 브륀조라고 했다.

세상에 알려지지 않은 일

탐험은 실현되었다. 위험한 싸움이었다. 페스트와 질식을 상대로 한 암흑 속의 투쟁이었다. 그것은 동시에 발견을 향한 항해이기도 했다. 이때 극히 젊고 영리한 노동자였던 그 탐험대의 생존자 하나가 지금부터 수년 전까지만 해도 이야깃거리로 삼았던 일인데, 브륀조가 공문서에 어울리지 않는다는 이유로 시경국장에게 내는 보고에서 빼버려야겠다고 한 몇 가지 매우 흥미있는 사실이 있었다. 당시는 소독 방법도 극히 유치했다. 브뢴조가 지하의 그물눈 같은 길의 첫 번째 연결마디를 겨우 넘었을 때 20명 중 8명은 더 이상 앞으로 나갈 것을 거부했다.

작업은 매우 복잡했다. 탐험과 함께 준설 작업도 같이하고 있었다. 그래서 진창을 치우는 한편 측량을 해야만 했다. 즉 물이 들어가는 입구를 조사하고, 쇠살문과 수문의 수를 세고, 지관을 세분하고, 분기점에서 물의 흐름을 가려내고, 여러 가지 웅덩이의 크기를 일일이 관측하고, 주된 수로와 통하고 있는 작은 수로를 조사하고, 각 수로의 아치형 꼭대기의 홍예석부터 벽 밑에 이르는 높이를 재고, 아치의 둥그렇게 구부러진 밑동과 토대의 높이로 수로의 폭을 재고, 마지막에 각 배수구와 직각으로 수위 좌표를 바닥과 도로의 양쪽에서 정하는 것이었다.

사람들은 가까스로 앞으로 나갔다. 하강용 사다리가 3피트나 진창에 잠기는 일이 흔히 있었다. 등잔불은 가스에 싸여서 잘 타지 않았다. 이따금 기절한 인부가 밖으로 들려 나왔다. 군데군데에 절벽이 있었다. 지반은 허물어지고 돌 마루는 움푹 패여서 지하수도로는 낡은 우물처럼 되어 있었다. 이제는 단단한 디딜 자리 같은 것은 찾을 수 없었다. 갑자기 한 인부가 수렁에 빠졌다. 그를 구해내는 데 무척 힘이 들었다. 푸르크루아^(18세기 말에서부터 19세기 초에 걸쳐서 활약한 화학자, 정치가)의 충고에 따라 군데군데 충분히 소독한 장소에는 송진을 묻힌 삼베 부스러기를 가득 넣은 커다란 바구니를 놓고 불을 붙여 갔다. 벽 곳곳에는 종기 비슷한 묘한 버섯 같은 것이 뒤덮고 있었다. 숨도 쉴 수 없는 그 속에서는 돌조차 병들어 있는 것 같았다.

브뢴조는 그 탐험에서 상류에서 하류로 진로를 잡았다. 그랑 뛰를뢰르의 두 수로의 갈림길에서 튀어나온 돌 위에 써 있는 1550이라는 연호를 읽을 수가 있었다. 그 돌은 필리베르들로 드므가 앙리 2

세의 명령으로 빠리의 지하수도로를 탐험했을 때, 마지막으로 도착했던 지점을 나타내고 있었다. 그 돌은 16세기가 지하수도로에 남긴 흔적이었다.

브뢴조는 또한 1600년에서 1650년 사이에 둥근 천장을 해놓은 뽕쏘와 비에이유 뒤 땅쁠 거리의 수로에서 17세기의 인력(人力)의 흔적을 확인하고, 1740년에 파서 둥근 천장으로 만든 대 지하수도로의 서쪽 부분에서는 18세기의 인력을 확인했다. 그 두 둥근 천장, 특히 덜 오래된 1740년의 것은 환상(環狀) 지하수도로의 돌을 쌓아올린 곳보다도 더 금이 가고 더 많이 허물어져 있었다. 이 환상 지하수도로는 1412년에 만들어진 것으로, 그 당시 메닐몽땅의 맑은 물줄기가 빠리의 큰 지하수도로라는 요직으로 승진한 것이어서 이것은 농부가 국왕의 시종장이 된 듯한 출세였다. 그로 장이 르벨이 된 격이었다 (그로 장, 즉 농부인 장이 왕이 되는 꿈을 쫓는다는 이야기는 퐁펜의 《젖짜는 여인과 젖병》에 나온다. 르벨은 필립 르벨 왕에 비유했다고 생각된다. 르벨은 미남이라는 뜻).

군데군데에, 그 중에서도 특히 재판소 밑에 지하수도로 속에는 옛날의 지하 감방 비슷한 데가 있었다. 끔찍스러운 'in pace' ('평화롭게'라는 의미의 라틴어. 큰 죄인을 죽을 때까지 감금하는 지하 감옥을 말함). 그 감방 하나에는 무쇠 목고리가 매달려 있었다. 브뢴조 일행은 그것들을 모두 막았다. 몇몇 괴상한 물건이 있었다. 그 중에서도 1800년에 식물원(동물원을 겸하고 있다)에서 사라진 오랑우탄의 해골이 나왔는데, 그것은 18세기 말에 베르나르댕 거리에 괴물이 나타났다는 유명하고도 확실한 이야기와 아마 관련이 있을 것이다. 그 짐승은 불쌍하게도 하수도 속에 빠져 죽은 것이다.

아르슈 마리옹 거리로 통하는 둥근 천장의 기다란 통로 밑에 넝마주이 등에 지는 바구니 하나가 조금도 상하지 않고 남아 있어 감식가들의 감탄을 불러 일으켰다. 사람들이 감연히 처리해 간 진흙 속엔 금붙이, 은붙이, 보석, 화폐와 같은 귀중품이 잔뜩 들어 있었다. 만약 어떤 거인이 그 수렁물을 체로 걸렀다면 수세기에 걸친 재물을 건졌을 것이다. 땅쁠 거리와 쎙따부아 거리 두 줄기가 갈리는 지점에서는 진기한 위그노파의 동메달이 나왔다. 그 일면에는 추기경의 모자를 쓴 돼지가 있고, 뒤에는 교황의 관을 쓴 늑대가 그려져 있었다.

가장 뜻하지 않았던 것에 부딪힌 것은 대하수도의 입구에서였다. 그 입구가 예전에는 쇠창살 문으로 닫혀 있었는데 이제는 돌쩌귀만 남아 있었다. 그 돌쩌귀 한쪽에 형태도 알아볼 수 없는 누더기같은 것이 걸려 있었다. 틀림없이 흘러가다가 거기에 걸린 채 어둠 속에 떠돌고, 그러다가 찢긴 것 같았다. 브뢴조는 등불을 가까이 대고 그 누더기를 조사했다. 질이 아주 좋은 바띠스뜨 대마지로 좀 덜 찢어진 한구석에 LAUBESP라는 일곱 글자와 그 위에 관(冠)의 문장을 수놓은 것을 알아볼 수 있었다. 관은 후작의 관이었다. 일곱 글자는 'Laubespine'(부인 이름)라는 뜻이었다. 사람들은 눈앞에 있는 그것이 마라^(1793년에 암살된 대혁명 의 지도자의 한 사람)가 쓰던 염포의 한 조각임을 알았다. 마라는 젊은 시절에 여러 번 정사를 거듭했다. 그것은 그가 수의사로서 아르뚜아 백작 댁에 살던 때의 일이었다. 역사적으로 증명되는 한 귀부인과의 정사로 해서 그 침대의 홑이불이 그에게 남아 있었다. 우연히 남아 있었는지 아니면 기념으로 남겨 두었는지는 모르겠다. 그가 죽었을 때, 그의 집에서 다소 나은 천이라곤 그것뿐이었기 때문에 시체를 그것으로 싼 것이다. 몇몇 늙은 부인들이 비극적인 이 '민중의 벗'^(마라는 그가 발행하던 신문 이름으로 알려져 있었다)을 일찍이 환락과 인연이 있는 그 천에 싸서 저승에 보냈던 것이다.

브뢴조는 누더기를 그대로 남겨둔 채 앞으로 나갔다. 경멸에서였는지 아니면 경의에서였는지? 아무튼 마라는 그 두 가지를 받을 자격이 있었다. 게다가 숙명의 흔적이 너무도 뚜렷했기 때문에 감히 거기에 손대기를 주저했다. 무엇보다도 무덤에 있는 물건은 그것이 선택한 장소에 그대로 놓아두어야 하는 것이다. 요컨대 그 유물은 진기한 물건이었다. 한 후작부인이 그곳에 잠들어 있었고 마라가 그곳에서 썩었다. 그 유물은 빵떼옹 (위대한 인물의 영혼들을 제사하는 영묘. 마라도 그 곳에 장사를 지냈다)을 지나서 하수도 쥐들이 사는 곳까지 이른 것이다. 옛날에 와또 (18세기 초의 프랑스의 화가. 《큐라로에의 출항》 그 밖에 왕조의 아름다운 연희 풍속을 그리고 의상에 특수한 취미를 가졌다)는 그 헝겊의 주름까지도 즐겨 그려냈겠지만 지금은 단떼가 응시하기에 어울릴 만한 물건이 되어 버렸다.

빠리 지하의 하수도 전반에 걸친 조사는 1805년부터 1812년까지 7년이 걸렸다. 브뤼조는 진행하면서 갖가지 상당한 일을 계획하고 지휘하고 완수해 갔다. 1808년에 그는 뽕쏘의 토대를 낮추고 또 사방으로 새로운 수로를 만들어 1809년에는 쌩 드니 거리 밑을 이노쌍의 분수까지, 1810년에는 프루아망또 거리 밑과 살뻬트리에르 구호원 밑까지, 1811년에는 뇌브 데 프띠 뻬르 거리 밑과 르 마이유 거리 밑과 에샤르쁘 거리 밑과 르와얄 광장 밑에, 1812년에는 라 뻬 거리 밑과 라 쇼쎄 당땡 (이름) 밑에 지하수도로를 확장했다. 동시에 그물 같은 하수도로를 소독해서 위생적으로 만들었다. 2년째부터 브뤼조는 사위 나르고를 조수로 삼았다.

이렇게 하여 19세기 초에 낡은 사회는 그 이중의 바닥을 청소하고 지하수도로의 화장을 끝냈다. 아무튼 그것만은 확실히 청결해졌다.

구불구불하고 금이 가고 포석이 없어지고 터지고 물구덩이가 생기고 야릇한 모퉁이가 얽히고 제멋대로 높았다 얕아졌다 하고 악취를 풍기고 황폐하고, 손을 댈 수가 없게 되고 어둠 속에 잠기고, 포석에도 벽에도 상처 자리가 있고 사람을 오싹하게 하는 그러한 상태가, 빠리의 옛 지하수도로였다.

사방으로 갈라진 지맥, 뒤얽힌 참호, 여러 수로의 집합점, 갱도 안에 있는 것 같은 균열, 맹장, 막다른 골목, 부식된 둥근 천장, 썩은 물웅덩이, 사방의 벽으로 퍼져 가는 얼룩, 천장에서 떨어지는 물, 암흑, 그것만큼 고름을 질질 흘리는 낡은 지하굴의 공포에 필적할 만한 것은 어느 것도 없다. 그것은 바빌론의 소화 기관이었고 동

브륀조는 등불을 가까이 대고 그 누더기를 조사했다.

굴이었고 무덤 구덩이였다. 정신적인 눈에는 그 구멍의 어둠을 통해서 예전에는 화려했던 것들의 쓰레기 속에 과거라고 하는 저 눈먼 두더쥐가 방황한 듯해 보이는 것이다. 그것이, 거듭 말하지만 바로 '옛날'의 지하수도로였다.

현재의 진보

오늘날 지하수도로는 청결하고 서늘하고 곧게 정리되어 있다. 영국에서 'respectable'(부끄럽
지 않은)이라는 말로 표현하는 의미 이상의 것을 실현시키고 있다. 오늘날의 지하수도로는 정연하고 희미한 잿빛을 보이고 있다. 먹줄로 그은 것처럼 일직선이 되어 있어 마치 정성들여 맵시를 부린 것 같다. 한낱 상인이 국가의 고문관이 된 격이다. 안에서도 거의 밝게 보인다. 구정물도 점잖게 흐르고 있다. 언뜻 보면 옛날에 '민중이 왕을 사랑하던' 그 좋은 시절의 왕족들이 도망치기에 매우 편리한 곳이었다. 곳곳에 파졌던 지하도의 하나가 아닌가 생각될 정도로 오늘날의 지하수도로는 아름답고 올바른 양식으로 통일되어 있다. 직선으로 된 알렉상드르(12음절의 프랑스
대표적 시구 형식)의 고전미는 시(詩)에서 추방되어 건축 속으로 달아난 것처럼 보이고, 이 어두컴컴하고 뿌옇고 길고 둥근 천장의 돌 하나하나에 녹아들어 있는 듯하다. 배수구는 모두 아치형으로 되어 있다. 리볼리 거리는 지하수도로 속에서까지 일파를 이루고 있다(리볼리 거리는 빠리의
격식이 뛰어난 거리). 게다가 질서정연한 선이 가장 잘 나타난 장소가 있다면 그것은 바로 대도시의 배설물 구덩이일 것이다. 그곳에는 모든 것이 되도록 짧은 거리로 되어 있다.

오늘날 지하수도로는 어딘지 공적인 모습을 띠고 있다. 이따금 제출되는 지하수도로에 관한 지하 경찰 보고도, 이제는 소홀히 다루지 않는다. 지하수도로를 나타내는 공용어도 상당히 향상되고 의젓하다. 창자의 광이라고 불리던 것이 지금은 지하도라고 부르고 구멍이라고 부르던 것이 오늘날엔 맨홀이라고 부른다. 비용이 옛날에 잠자리로 삼던 곳을 찾는다 해도 좀처럼 발견할 수 없을 것이다. 이 지하굴의 그물눈에는 아직도 설치류(齧齒類)라는 옛적부터 살고 있는 주민이 있는데, 옛날보다 더 증가했을 정도이다. 이따금 늙은 쥐가 지하수도로 창문으로 머리를 내밀고 빠리 사람들을 살펴본다. 그러나 이 기생 동물도 자기네의 지하 궁전에 만족하여 온순해져 있다.

지하수도로는 이미 초기의 거칠은 그림자를 찾아볼 수 없다. 옛날에는 지하수도로를 더럽히던 빗물도 지금은 지하수도로를 씻어준다. 그렇지만 마음을 놓아서는 안된다. 유독 가스는 아직도 그곳에 차 있다. 완전 무결하다기보다 빛좋은 개살구 같은 것이다. 경찰국과 위생 당국이 무척 애를 썼지만 허사였다. 온갖 청결법이 시도됐으나 마치 참회한 뒤의 따르뛰프(몰리에르 작 《따르뛰프》의 주인공으로 위선자의 전형)처럼 아직도 의심스러운 냄새를 무럭무럭 풍기고 있다.

요약컨대, 문명에 대해 지하수도로가 해야 할 봉사가 청소며, 또 이런 관점에서 따르뛰프의 양심이 오지아스의 외양간(그리스 신화. 삼천 마리의 소를 먹이면서 삼십년간 한 번도 청소를 안 했다는 외양간)보다는 한 걸음 진보했다는 의미에서, 빠리의 지하수도로가 개선된 것은 의심할 여지가 없다.

아니, 그것은 진보 이상인 하나의 변형이다. 옛날 지하수도로와 지금의 지하수도로 사이에 혁명이 있다. 그 혁명을 누가 일으켰을까? 세상이 잊고 있는 사람, 여기에 그 이름을 밝힌 바 있는 바로 브륀조다.

장래의 진보

빠리 지하수도로의 굴착은 결코 단순한 일이 아니었다. 거기에 허비된 10세기 동안의 노력이 빠리를 완성시킬 수 없었듯 지하수도로를 완성시킬 수 없었다. 지하수도로는 역시 빠리가 발전하는 데 따라서 그 영향을 받지 않을 수 없다. 그것은 수많은 촉각을 가지고

있는 어둠 속의 자포동물(刺胞動物)과 같아서 지상의 도시가 넓어
짐에 따라 땅 속에서 커진다. 시가 길을 하나 만들 때마다 지하수도
로는 팔을 하나 뻗친다. 옛 왕정은 2만 3000미터의 지하수도로밖에
만들지 않았다. 그것이 1806년 1월 1일 당시 빠리의 상태였다. 그
때부터, 곧 이야기가 언급되겠지만 지하수도로 사업은 효과적이고
강력하게 재개되고 계속되었다.

나뽈레옹은 이상한 숫자이지만 4804미터를 만들었다. 루이 18세
는 5700미터, 샤를르 10세는 1만 836미터, 루이 필립은 8만 9020미
터, 1848년의 공화정부는 2만 3381미터, 현 정부는 7만 500미터를
건설했다. 현재에는 22만 6610미터, 실로 600리의 지하수도로가 이
어져 있는 빠리의 거대한 창자다. 어둠 속에 길게 뻗어 있는 작은
나뭇가지, 그것은 언제나 일손을 멈추지 않는다. 아무도 눈치채지
못하는 거대한 건설인 것이다.

오늘날 빠리의 지하 미궁은 19세기 초의 10배 이상으로 확장되었
다. 저 지하수도로를 현재처럼 비교적 완전한 상태로 이끌어가기 위
해 치러야 했던 인내와 노력이 어느만큼 필요했는지 상상하기조차
어렵다. 옛 왕정시대의 관청과 18세기 말의 10년 동안의 혁명 정부
시청이 1806년 이전에 존재했던 50리의 지하수도로를 판 것도 가까
스로 한 일이었다. 지질에서 오는 어려움이며 빠리의 노동 계급의
편견에서 오는 장애 등 온갖 종류의 장애가 그 작업을 방해했다.

빠리라는 도시는 곡괭이에도 괭이에도 시추기계에도 대항하는, 즉
온갖 인력에 완강하게 저항하는 지층 위에 세워져 있다. 빠리라는,
놀라운 역사적 형성물이 쌓아 포개져 있는 지질학적 형성물만큼 파
기 힘들고 뚫기 어려운 것은 없다. 어떤 형태로든지 일을 시작해서,
충적층 속으로 진행시켜 나가면, 곧 지하의 저항에 차례차례 부딪치
게 된다. 묽은 점토가 있기도 하고, 물이 솟기도 하고, 단단한 바위
가 있기도 하고, 전문 과학이 개자(芥子)라고 부르는 부드럽고 깊

은 진흙도 있다. 극히 얇은 점토막과 아담 이전의 바다에 살던 굴껍질을 흩뿌린 편암층이 다섯 층으로 되어 있는 석회암층 속을 곡괭이는 무진 애를 쓰면서 전진한다.

때로는 물이 흘러서 공사가 완성된 둥근 천장을 갑자기 무너뜨리고 인부들을 물에 빠지게 한다. 또는 진창물이 흐르기 시작하여 폭포수처럼 억세게 밀려와서 아무리 큰 받침나무도 유리를 깨듯 꺾어버린다. 최근 비예뜨에서 쌩 마르땡의 운하를, 배의 왕래를 막지 않고 운하의 물을 뿜어내지도 않고 대지하수도로를 뚫어야 했을 때, 운하의 밑바닥에 균열이 생겨서 갑자기 지하의 공사장에 물이 넘쳐 흡수 펌프를 있는 대로 사용했으나 허사였다. 잠수부를 써서 균열을 찾았으나 큰 정박소 입구에 있는 균열을 막는 것 또한 보통 힘드는 일이 아니었다.

그밖에 세느 강 근처라든가 강에서 상당히 떨어져 있더라도, 이를테면 벨르빌르나 그랑드 뤼라든가 뤼니에르 골목에서는 사람의 발이 빠지면 그대로 가라앉아 버리는 밑없는 모래 수렁과 마주쳤다. 게다가 유독 가스에 의한 질식, 흙모래의 매몰로 인한 피해, 돌연한 붕괴가 있었다. 그 밖에도 질병이 있어서 노동자들은 장티푸스에 서서히 감염되어 갔다. 근래에도 우르크 강의 수도 본관을 세느 강에 넣기 위한 제방공사까지 함께 해서 끌리쉬의 지하도를 만들기 위해, 참호 속에 들어가서 깊이 10미터 되는 곳에서 흙모래가 무너져내리는 사이를 뚫고 호(壕)의 구멍——대부분은 썩어서 악취를 풍기는——이며, 붕괴를 막느라고 만들어 놓은 받침나무 등을 의지해서 오삐딸 큰 거리에서 세느 강까지 비에브르 강의 물을 끌어가는 지하수도로의 둥근 천장을 쌓는 일, 빠리를 몽마르트르의 급류에서 건져내고, 마르띠르 시문 옆에 괴어 있는 9헥타르의 진흙물의 배수로를 만들기 위한 일, 다시 말하면 블랑슈 시문에서 오베르빌리에의 도로까지 한 줄기 지하수도로를 넉 달동안 밤낮을 가리지 않고 11미터의 깊은 곳에서 만들어내는 일, 바르 뒤 베끄 거리에서는 참호 없이 땅 속에 들어가 지하 6미터의 지점에서 지하수도로를 완성하는, 그 때까지 볼 수 없었던, 그러한 여러 가지 일을 한 뒤에 감독 모노는 죽었다.

또한 트라베르씨에르 쌩 땅뜨완느 거리에서 루르신 거리까지 시내의 각 지점을 연결하는 3000미터의 둥근 천장을 만드는 일, 아르발레뜨에서 지맥을 끌어서 쌍씨에 무프따르 네거리에 넘치는 빗물을 흐르게 하는 일, 모래 사태 속에 돌과 콘크리트로 토대를 만들고 그 위에 쌩 졸츠 지하수도로를 뚫는 일, 노트르담 드 나자레의 지관의 토대를 낮추는 위험한 공사의 지휘 같은 여러 가지 일을 끝내고 기사 될로도 죽었다. 그러나 싸움터에서 벌어지는 어리석은 학살보다 유익한 그들의 용감한 행위에 대해서는 아무런 보고서도 없다.

1832년, 빠리의 지하수도로는 오늘날과 거리가 멀었다. 브륀조는 일의 실마리를 만들어 주었으나 그뒤에 한 광범한 개조를 단행시킨 것은 콜레라 덕분이었다. 놀라운 이야기지만, 1821년에는 대운하라고 불리었던 대지하수도로의 일부가 마치 베니스처럼 구르드 거리에서 뚜껑이 드러난 채 물이 괴어 있었다. 그 냄새 나는 것에 뚜껑을 하기 위해 필요한 207만 80프랑 6쌍띰을 빠리시가 조달할 수 있었던 것은 겨우 1823년의 일이다. 꽁바와 뀌네뜨와 쌩 망데 세 곳의 흡수 우물이 각각 배수구와 여러 가지 장치와 물을 괴게 하는 웅덩이와 정수용 분맥(分脈)을 갖추고 완성된 것은 겨우 1836년의 일이었다. 이리하여 빠리 뱃속의 도로는 최근 4반세기 이래 새로 개조되고, 이미 말한 대로 10배 이상의 길이가 된 것이다.

지금부터 30년 전, 즉 1832년 6월 5, 6일의 반란이 일어난 무렵의 지하수도로는 여러 군데가 옛날 상태 그대로였다. 대개 거리는 지금은 가운데가 높지만 그 무렵은 가운데가 움푹하였다. 도로나 네거리의 경사가 끝난 곳, 즉 경사가 시작되는 지점에서 흔히 커다란 네모난 쇠살문을 볼 수 있었다. 그 굵은 쇠창살 문은 군중들의 발길에 닦여서 빛나고 있어 마차는 미끄러지기 쉬웠고 말을 곧잘 구르게 했다.

토목 관계의 공용어는 그러한 경사의 기점이나 창살문에 'cassis'(거미줄)라는 의미심장한 이름을 붙였다. 1832년에는 에뜨왈르 거리, 쌩 루이 거리, 땅쁠 거리, 비에이유 뒤 땅쁠 거리, 노트르담 드 나자레 거리, 폴리 메리꾸르 거리, 플뢰르 강변, 쁘띠 뮈스끄 거리, 노르망디 거리, 뽕 또 비슈 거리, 마레 거리, 쌩 마르땡 교외, 노트르담 데 빅뜨와르 거리, 몽마르트르 교외, 그랑주 바뜰리에르 거리, 샹 젤리제, 자꼬브 거리, 뚜르농 거리 같은 많은 도로에 옛날 그대로의 고딕식 지하수도로가 아직도 주저하지 않고 아가리를 벌린 채 있었다. 별 게 아니다. 덮개가 달린 거대한 돌로 만들어진 구멍으로, 경계석으로 둘레를 두른 것도 있어 기념물의 뻔뻔스러움을 갖추고 있었다.

1806년 빠리의 지하수도로는 1663년 5월에 공인된 전장 5328뜨와즈와 같은 거리였다. 브륀조 이후 1832년 1월 1일에는 그것이 4만 300미터가 되어 있었다. 1806년부터 1831년까지 매년 평균 750미터를 만든 셈이었다. 그뒤 매년 8000미터에서 1만 미터에 이르는 지하도를 콘크리트의 토대 위에 수경성 석회반을 다져넣는 공사로 구축해 갔다. 1미터 당 200프랑으로 치고 현재의 빠리 지하수도로 600리는 4천 8백만 프랑이 든 셈이다.

빠리의 지하수도로라는 이 큰 문제에는 처음에 지적한 바 있는 경제적인 진보 외에 공중 위생상의 중대 문제가 결부되어 있다.

빠리는 물의 층과 공기의 층이라는 두 개의 넓은 층 사이에 있다. 물의 층은 지하에 상당히 깊이 가로놓여 있는데, 이미 두 번 굴착하여 다듬어서 석회질의 암석과 쥐라기 지층에 속하는 석회석 사이에 있는 녹색 사암층에서 나온다. 그 사암층은 반지름 250리의 원반으로 나타낼 수가 있다. 크고 작은 많은 개천물이 그 속에 스며들어 있다. 그래서 그르넬르 거리의 우물물 한 잔을 마시면, 세느 강, 마르느 강, 욘 강, 와즈 강, 엔 강, 셰르 강, 비엔 강과 르와르 강의 물을 마시는 것이 된다.

이 물의 층은 위생적이다. 그것은 처음에는 하늘에서 내리고, 다음에 땅에서 나온다. 그런데 공기의 층은 비위생적이어서 지하수도로에서 나온다. 지하수도로의 온갖 독기가 공기에 섞여 있다. 숨쉬기가 어려워지는 것은 그 때문이다. 퇴비 위에서 채취된 공기가 빠리에서 채취한 공기보다 깨끗하다는 것은 과학으로 확인되어 있다. 그러나 일정한 시일이 지나면 진보하는 데 따라서 여러 기관도 완성되고 좋은 착상도 떠올라 물의 층을 사용해서 공기의 층을 정화할 수 있게 될 것이다. 즉, 지하수도로를 세척할 수 있게 될 것이다. 지하수도로의 세척이라는 말이 여기에서는 진창을 대지로 돌려보내는 의미라는 것을 잘 알 것이다. 즉, 흙에, 다시 말해서 비료를 밭에 돌려보낸다는 것이다. 이 간단한 일 하나로 사회 전체의 빈곤이 감소되고 건강은 증진될 것이다. 현재 빠리에서 온갖 질병이 만연되는 것은, 루브르를 그 전염의 수레바퀴의 굴대라고 한다면, 500리 사방에 이르고 있다.

10세기 이후 시궁창은 빠리 질병의 근원이었다고 할 수 있다. 지하수도로는 도시의 혈액 속에 있는 독이다. 민중의 본능은 그것을 절대로 놓치지 않았다.

도살자의 직업은 누구나 싫어해서 오랫동안 사형 집행인에게만 맡겨 두었듯이 지하수도로 청소부의 일도 옛날에는 거의 그와 같은 정도로 위험해서 역시 민중의 혐오를 받았다. 그 구린내 나는 구덩이 속에 석공들을 들어가게 하려면 비싼 임금을 치러야 했고, 우물을 파는 인부의 사다리도 그곳에 내려가기를 주저했다. '지하수도로에 내려가는 것은 무덤 속에 들어가는 일이다'는 속담까지 사람들

입에 오르내렸다. 게다가 앞에서 말한 바와 같은 갖은 끔찍한 전설
이 그 거대한 지하수도로를 공포로 뒤덮고 있었다.
　사람들이 두려워하는 그 지하 소굴은 인간의 혁명뿐 아니라 지구
혁명의 흔적까지도 남겨 두어 노아의 대홍수 때의 조개껍질부터 마
라의 누더기 천에 이르기까지 온갖 대변동의 유물이 발견되는 것이
다.

제3편 진창 속의 영혼

지하수도로와 생각지 못했던 선물

장 발장이 들어간 곳은 바로 빠리의 지하수도로였다.

또 하나의 빠리와 바다의 공통점이 이 곳에 있다. 거기에 빠진 자는 바닷속에서처럼 영영 사라져 버리고 만다.

상황의 변화는 이상할 정도였다. 시의 한복판에 있는데도 장 발장은 도시 밖에 있는 것이다. 눈깜짝할 사이에 한 개의 뚜껑을 열었다가 다시 닫는 순간 그는 대낮에서 캄캄한 암흑 속에, 정오에서 한밤중에, 소음에서 침묵으로, 소용돌이치는 우레 소리에서 무덤 속 같은 정적으로, 또 뽈롱쏘 거리에서 일어나는 급변보다 더 놀라운 급변으로 말미암아 가장 큰 위험에서 안전하기 이를 데 없는 상태로 들어간 것이다.

지하로 홀연히 떨어지는 것, 빠리의 지하 감옥 속으로 사라지는 것, 죽음이 지배하는 거리를 떠나서 생명이 있는 일종의 무덤에 옮기는 것, 그것은 신기한 순간이었다. 그는 그대로 한동안 망연해서

장 발장이 들어간 곳은 바로 빠리의 지하수도로였다.

귀를 기울이고, 아찔한 채로 있었다. 구원의 함정이 그의 발밑에 갑자기 입을 벌린 것이다. 천상의 자애가 배신을 하여 그를 포로로 만든 것이다. 경탄할 만한 신의(神意)의 기다림이었다.

다만 떠멘 부상자는 꼼짝도 하지 않았다. 장 발장은 이 무덤 구덩이 속에서 자신이 짊어지고 있는 사나이가 과연 살아 있는지 죽어 있는지조차 몰랐다.

그가 최초로 감각한 것은 눈이 보이지 않는 것이었다. 돌연 아무것도 보이지 않았다. 또한 순간적으로 귀가 들리지 않는 것 같았다. 아무것도 들리지 않았다. 불과 수 피트 머리 위에서 불어젖히는 광적인 살인 폭풍은 이미 말했듯이 두터운 지면이 가로막혀서 지금은 깊은 곳의 울렁거리는 소음처럼 그의 귀에 둔하고 희미하게 전해올 뿐이었다. 발밑에 딱딱한 것이 느껴졌다. 그뿐이었다. 그러나 그것만으로 충분했다. 한 팔을 뻗치고 다른 팔을 뻗치니 양쪽이 다 벽에 닿아 통로가 좁다는 것을 알았다. 발이 미끄러지기 때문에 돌바닥이 젖어 있는 것을 알았다. 구멍인지 물이 괸 곳인지 아니면 깊은 못인지, 두려워하면서 조심스레 한 발을 내디뎠다. 돌바닥이 죽 뻗어 있는 것이 확실했다. 구린내 나는 공기로 이곳이 어딘지 짐작할 수 있었다.

조금 지나자 희미하게 보이기 시작했다. 희미한 빛이 조금 전에 자신이 기어들어온 통풍 구멍으로 비치고 있었다. 눈도 땅 밑에서 조금 익숙해져 왔다. 무엇인지 분간할 수 있게 되었다. 두더쥐처럼 숨었다고밖에 표현할 수 없는 그 굴의 뒤편은 벽이었다. 그것은 전문 용어로 분지(分枝)라고 부르는 막다른 골목의 하나였다. 앞쪽에도 또 하나의 벽, 밤의 벽이 있었다. 통풍 구멍에서 비치는 빛은 장 발장이 있는 곳에서 열 걸음이나 열 두어 걸음까지밖에 미치지 못했고, 지하수도로의 축축한 벽을 겨우 10여 미터 희끄무레하게 비추고 있을 뿐이었다. 그 앞은 짙은 암흑이었다. 그곳으로 들어가는 것은 두려웠고, 들어가기만 하면 삼켜져 버리고 말 것 같았다. 그러나 그 안개 벽 속으로 들어갈 수 있을지도 모를 일이었고 또 그렇게 하지 않으면 안되었다. 그것도 서둘러야만 했다. 장 발장은 자신이 포석 밑에서 발견한 그 쇠창살문을 병사들도 발견할지 모르며, 모든 것은 우연에 달려 있다고 생각했다. 병사들도 이 지하수도로로 내려와서 그를 찾을지도 모르는 일이었다. 1분도 헛되게 할 수 없었다. 그는 마리우스를 땅에 내려놓았다가 다시 들어올렸다. 그리고 그를 어깨에 짊어지고 걷기 시작했다. 그는 대담하게 어둠 속으로 들어갔다.

사실로 말하자면 장 발장이 생각하고 있었던 만큼 안전하진 않았다. 종류가 다른, 그리고 큰 위험이 그들을 기다리고 있는지도 몰랐다. 전투의 거센 소용돌이가 지난 뒤, 이번에는 유독 가스와 함정의 동굴이었다. 혼란 뒤의 시궁창이었다. 장 발장은 하나의 지옥에서 다른 지옥으로 떨어진 것이다.

쉰 걸음쯤 들어간 곳에서 걸음을 멈추어야 했다. 문제가 생긴 것이다. 지하수도로는 또 하나의 관에 이어져 있고 그것과 엇비슷하게 만나는 곳에 두 개의 길이 나 있었다. 어느 쪽을 택해야 하나? 왼쪽으로 돌아야 할지, 오른쪽으로 돌아야 할지? 이 어두운 미궁 속에서 어떻게 방향을 잡아야 할 것인가? 이 미궁에는 우리가 주의해 두었듯이 하나의 실마리가 있다. 그 속의 경사이다. 경사를 따라 내려가면 강에 도달할 수 있다. 장 발장은 이내 그것을 알아차렸다.

그는 생각했다. 이곳은 틀림없이 시장의 지하수도로일 것이다. 그러니까 왼쪽으로 길을 택해서 경사를 따라가면 15분도 못되어 뽕 뇌프와 뽕 또 샹즈(둘 다 세느 강의 오른쪽 강변과 씨떼 가운데 섬을 연결하는 다리) 사이의 세느 강으로 나가는 출구 어딘가에 도착하게 될 것이다. 그러면 대낮에 빠리의 가장 번화한 지점에 모습을 드러내게 될 것이다. 아마도 네거리 땅바닥의 덮개에 도달하게 될 것이다. 피투성이의 두 사나이가 발밑의 땅바닥에서 나오는 것을 본다면 지나가던 사람들은 기겁을 할 것이다. 경관이 달려오고 근처의 헌병들이 무장을 하고 올 것이다. 밖으로 나가기도 전에 붙잡히고 말 것이다. 그러기보다는 이 미궁 속에 몸을 숨기고, 이 어둠을 의지해 출구로 나가는 것은 신의 뜻에 맡겨두는 편이 좋겠다. 그는 다시 경사를 더듬어 올라가 오른쪽으로 돌았다.

지하도의 모퉁이를 돌자, 통풍구에서 새어 들어오던 아득한 빛은 사라지고 어둠의 장막이 다시금 그의 위에 내려져 또다시 앞이 보이지 않게 되었다. 그래도 그는 발을 멈추지 않고 되도록 빨리 서둘렀다. 마리우스의 양팔은 그의 목을 감고 다리는 그의 등 뒤로 늘어져 있었다. 그는 그 두 팔을 한 손으로 누르고, 다른 쪽 손으로 벽을 더듬으며 걸었다. 마리우스의 뺨이 그의 뺨에 닿아서 피에 젖었기 때문에 끈적끈적하게 늘어붙었다. 마리우스의 몸에서 뜨뜻미지근한 피가 자신의 몸 위로 흘러 옷 속으로 스며드는 것을 느꼈다. 그러나 부상자의 입이 닿아 있는 귀 언저리에 축축한 온기가 느껴지는 것은 아직도 숨을 쉬고 있는, 즉 살아 있다는 증거였다.

장 발장이 지금 걸어가는 곳은 처음의 지하도보다 넓었다. 장 발장은 그곳을 상당히 고생하면서 걸어갔다. 어제의 빗물이 아직도 다 빠지지 않아서 아치의 토대를 이루는 양쪽 기슭 중앙에 조그마한 급류를 이루고 있었으므로 그는 벽에 달라붙어 발이 물에 빠지지 않도록 걸어야만 했다. 이렇게 해서 그는 어둠 속을 걸어갔다. 마치 보이지 않는 세계를 더듬으면서 지하 암흑의 물줄기 속으로 섞여 들어가는 밤의 생물 같았다.

그러나 차츰 멀리 있는 구멍에서 비쳐드는 희미한 빛이 어두운 안개 속에 떠올라 있는 건지, 아니면 그의 눈이 어둠 속에 익숙해졌는지 희미한 시력이 되살아와서 손으로 더듬고 있는 벽이며, 머리 위의 둥근 천장이 어렴풋하게 보이기 시작했다. 눈동자는 암흑 속에서도 확대되어 이윽고 그 속에서 빛을 발견하기에 이른다. 마치 영혼이 불행 속에서 팽창하여 거기에서 신을 발견하듯이.

　방향을 잡는 것은 매우 곤란했다. 지하수도로의 길은 그 위에 있는 도로의 줄기를 반영한다고 해도 좋았다. 당시의 빠리에는 2200개의 거리가 있었다. 그 밑에 지하수도로라는 암흑의 분지가 잔뜩 뻗쳐 있는 숲을 상상해 보라. 그 무렵 존재했던 지하수도로 망은 끝과 끝을 연결하면 길이가 110리에 달했다. 앞서도 말했듯이, 현재의 그물눈은 최근 30년 동안의 활발한 공사 덕분에 600리를 넘고 있다.

　장 발장은 처음에 착각을 했다. 그는 쌩 드니 거리 아래에 있는 줄로 알았으나 유감스럽게도 그렇지 않았다. 쌩 드니 거리 아래에는 루이 13세 시대부터 낡은 돌로 만든 지하수도로가 있어 대하수로라고 불리는 종합 하수로로 곧장 통해 있었다. 단 하나, 오른편에 옛날의 꾸르 데 미라끌(기적의 광장)의 언덕에 오른쪽 모퉁이를 내밀고, 또 그 한 줄기는 나뉘어서 쌩 마르땡 하수로로 네 개의 팔은 열십자로 교차되어 있다. 그러나 꼬랭뜨 주점 옆에 입구가 있는 쁘띠뜨 트뤼앙드리의 지맥은 쌩 드니 거리의 땅 밑을 통하는 것은 아니다. 그것은 몽마르트르 하수로에 통하고 있는데 장 발장은 그곳에 들어간 것이다.

　그곳에서는 길을 잃을 위험이 컸다. 몽마르트르 지하수도로는 낡은 그물눈 중에서도 특히 미로의 하나이다. 다행스러운 것은 장 발장은 많은 돛대를 얽어놓은 것 같은 모양의 시장 하수로는 이미 지나 있었던 것이다. 그러나 그앞에는 몇 가지 난관이 있었다. 수많은 거리의 모퉁이가——실제로 이곳은 도로였다——암흑 속에 의문부호처럼 놓여 있었다. 첫째로 왼쪽에는 퍼즐놀이와 같은 커다란 쁠라트리에르 대하수로가 우체국과 밀시장의 원형 건물 밑에서 T자형이나 Z자형으로 세느 강까지 얽힌 가지를 내밀어 그곳에서 Y자 형을 이루고 있다. 둘째로 오른편에는 까드랑 거리의 구부러진 지하도가

세 개의 이빨과 같은 막다른 골목에 면해 있었다. 셋째로 왼편에는 마이유의 하수도로 한 줄기가 거의 입구에서부터 포크 모양으로 얽혀 있어서 그것을 지그재그로 더듬어가면 사면팔방으로 갈라진 토막을 만들고, 가지처럼 갈라져 있는 루브르의 대지하실의 배출구로 나가게 된다. 마지막으로 오른편에는 조그마한 옆구멍이 곳곳에 있는 것은 그만두더라도, 환상 지하수도로로 나가기까지에는 쬐뇌르 거리의 막다른 지하도가 있었다. 그리고 이 환상 지하수도로만이 먼 출구로 그를 안전하게 데려다 줄 수 있었다.

만약에 장 발장이 우리가 지적한 사실을 조금이라도 알았다면 벽을 만져 보기만 하고도 쌩 드니 거리의 지하도에 있는 것이 아니라고 곧 깨달았을 것이다. 오래된 잘라낸 돌 대신에, 다시 말해서 화강암과 1뜨와즈에 800프랑이나 하는 순도 높은 석회 회벽으로 만든 양쪽 기슭의 토대와 도랑이 있고, 지하수도로조차 기품있게 지었던 옛 왕궁식 건축 대신에 근대의 값싸고 경제적인 방법으로 1미터 당 200프랑 하는 콘크리트 기초에 수경성(水硬性) 석회로 굳힌 돌덩어리, 이른바 '싼 재료'를 사용한 부르주아식 석공술을 손바닥에 느낄 수 있었을 것이다. 그러나 그는 전혀 아무것도 몰랐다.

장 발장은 불안감에 사로잡혀서, 그러나 침착하게 아무것도 보지 않고, 아무것도 모르고, 우연 속에 몸을 맡긴 채 신의 뜻에 따라 앞으로 걸어나갔다.

사실을 말하면, 장 발장은 차츰 어떤 공포에 사로잡혀 갔다. 그를 에워싸고 있는 어두운 그림자가 그의 정신 속에 스며들고 있었다. 그는 수수께끼 속을 걸어갔다. 이 하수로는 무섭다. 아찔할 만큼 복잡하게 얽혀 있다. 이 암흑의 빠리 속에 사로잡히는 것은 불길한 일이다. 장 발장은 보이지도 않는 길을 찾아 내어, 아니 거의 만들어 내다시피해서 가야 했다. 이 미지의 세계에서는 내딛는 한 발짝이 마지막 한 발짝이 될지도 모르는 일이었다. 어떻게 이곳에서 빠져나

마리우스의 양팔은 그의 목을 감고 다리는 그의 등뒤로 늘어져 있었다.

갈 수 있을까? 출구를 찾아낼 수 있겠는가? 그것도 적당한 시기에 발견할 수 있겠는가? 돌로 된 벌집과 같은 이 땅속의 거대한 해면 (海綿)은 사람이 속으로 들어가거나 뚫고 나가는 것을 허락할까? 무언가 예기치 못했던 암흑의 매듭에 부딪치지 않을까? 빠져나갈 수 없는 곳에, 통과할 수 없는 곳에 빠지는 것은 아닐까? 이곳에서 마리우스는 피를 많이 흘렸기 때문에, 그리고 장 발장 자신은 굶주림 때문에 죽는 것은 아닐까? 둘 다 마지막에는 여기서 행방불명이 되어 이 밤의 한편 구석에서 두 개의 해골이 되어 버리는 것은 아닐까? 그는 알 수 없었다. 이와 같은 일들을 자기자신에게 물어보았지만, 대답할 수가 없었다. 빠리의 내장은 하나의 깊은 심연이었다. 옛 예언자처럼 그는 괴물의 뱃속에 있었다.

문득 장 발장은 깜짝 놀랐다. 여태까지 곧장 걸어나왔던 그는 순간 길이 이미 오름길이 아니라는 것을 깨달았다. 도랑의 물은 발끝에서 오지 않고 발뒤꿈치에서 부딪치고 있었다. 지하수도로는 이제 내리막길이었다. 어찌된 셈일까? 그렇다면 갑자기 세느 강에 도착한 것일까? 그것은 매우 위험한 일이었지만 되돌아간다는 것은 더욱 위험했다. 그는 그대로 전진했다.

그가 가는 길은 실은 세느 강을 향하고 있지 않았다. 세느 강 오른편 기슭인 빠리의 땅이 만들어내고 있는 움푹한 곳은 한쪽 물줄기를 세느 강으로, 다른 한쪽 물줄기를 대하수로로 흘려 보내고 있다. 물줄기가 갈라지는 지점인 그 오목한 곳은 몹시 고르지 못한 선 (線)을 그리고 있다. 배수의 갈림길인 제일 꼭대기는, 쌩따브와 하수로에서는 미셸 르꽁뜨 거리 너머에 있고, 루브르의 하수로에서는 큰 거리 가까이에 있으며 몽마르트르 하수로에서는 시장 가까이에 있다. 장 발장이 닿은 곳은 바로 그 가장 꼭대기였다. 그는 환상 하수로 쪽을 향하고 있었던 셈이다. 길은 옳게 잡은 셈이다. 그러나 그는 그런 사실을 전혀 몰랐다.

　분기점으로 나올 때마다 그는 모퉁이를 더듬어 보고 그 입구가 지금 자기가 서 있는 지하도보다도 좁은 것 같으면 구부러지지 않고 곧장 걸어나갔다. 좁은 길은 모두 막다른 골목에 닿게 마련이어서 목적지, 즉 출구에서 멀어질 뿐이라고 그럴 듯한 판단을 내렸기 때문이다. 그는 이렇게 해서 앞서 말했던 네 개의 미로에 의해 어둠 속에 펴진 네 개의 함정을 피할 수가 있었다.

　그러다가 문득 그는 폭동이 화석처럼 만들어 버린 빠리, 바리케이드가 교통을 차단한 빠리 밑을 빠져나와 활기 넘치는, 평소와 같은 빠리 밑에 왔다는 것을 알았다.

　갑자기 머리 위에서 천둥 소리 같은, 멀지만 죽 계속되는 소리를 들었다. 마차가 굴러가는 소리였다.

　적어도 그의 계산으로는 30분 가량 걸었다. 쉬어야겠다는 생각은 없었다. 다만 마리우스를 받치고 있던 팔을 바꾸었을 뿐이다. 어둠은 점점 더 짙어졌지만, 짙은 그 어둠이 오히려 그의 마음을 가라앉혔다.

　돌연 앞쪽에 자신의 그림자가 보였다. 그림자는 극히 희미하고 엷은 붉은 빛 위에 떠올라 있었는데, 그 붉은 빛은 발밑의 토대와 머리 위의 둥근 천장을 불그레하게 물들이고 지하도의 끈적끈적한 양쪽 벽 위에 미끄러지는 것처럼 좌우로 움직이고 있었다. 깜짝 놀라서 장 발장은 뒤를 돌아다보았다.

　그의 등 뒤, 지금 막 지나온 지하도의 일부에, 거리는 훨씬 먼 것처럼 여겨졌으나 짙은 어둠을 뚫고 무서운 별 같은 것이, 불타듯 빛나며 그를 노려보고 있는 듯했다.

　그것은 지하수도로 속에 뜨는 꺼림칙한 경찰의 별이었다. 그 별 뒤에는 검고 똑바르며 희미하고 무서운, 여남은 사람의 그림자가 겹쳐서 움직이고 있었다.

해석

　6월 6일에, 지하수도로 수색 명령이 내렸다. 패배자들이 그곳을 피신처로 삼았을 우려가 있었기 때문이다. 뷔조 장군이 빠리의 표면을 소탕하고 있는 동안 지스께 총감은 빠리의 이면을 뒤져야만 했다. 서로 관련된 이중 작전——위에서는 군대, 밑에서는 경찰에 의해 대표되는 관헌의 양면 작전을 필요로 했던 것이다. 경관과 지하수도로 청소부로 이루어진 3분대가, 그 1분대는 세느 강 오른쪽 기슭에, 1분대는 왼쪽 기슭에, 나머지 1분대는 씨떼 섬으로 나뉘어서 빠리의 지하도를 뒤졌다. 경관들은 기총과 곤봉과 검과 단도로 무장하고 있었다.

　지금 장 발장에게로 돌린 것은 오른쪽 기슭에 배치된 순찰대의 등불이었다.

　그 순찰대는 까드랑 거리 밑에 있는 굽은 지하도와 세 군데의 막다른 골목을 돌아보고 오는 길이었다. 순찰대가 그 막다른 골목 깊숙이 제등(提燈) 불빛을 들이비치고 있는 동안에 장 발장은 바로 그 지하도 입구에 닿았으나 지금까지 걸어오던 수로보다 좁다고 판단하고 그곳에 들어가지 않았던 것이다. 그는 그곳을 지나쳐 버렸다. 경관들은 까드랑의 지하도에서 나올 때 환상 하수로 쪽에서 발소리가 난다고 여겼다. 그것은 장 발장의 발소리였다. 순찰 대장인 경관은 자신의 등불을 높이 쳐들고, 대원들은 발소리가 들려오는 쪽의 안개 속을 들여다보기 시작했다.

　장 발장에게는 뭐라 형용할 수 없는 절박한 순간이었다.

　다행히도 그에게는 등불이 잘 보이는데, 불빛 쪽에서는 그가 잘 보이지 않았다. 등불은 빛이었고 그는 그림자였다. 그는 훨씬 먼 곳에 있는데다가 주위의 어둠에 휩싸여 있었다. 장 발장은 벽에 바싹 기대어 가만히 서 있었다.

　더욱이 자기 등 뒤에서 움직이고 있는 것이 무엇인지 알지 못했다. 잠도 못잔데다 굶주림 겹치는 흥분으로 그는 환각 상태에 빠져 들어갔다. 타오르는 불꽃과 그 불꽃 주위의 귀신들을 보았다. 저게 무얼까? 그는 알 수 없었다.

장 발장이 걸음을 멈추었기 때문에 발소리도 멎었다. 순찰대는 귀를 기울였으나 아무것도 들리지 않았다. 살펴보았으나 아무것도 보이지 않았다. 그들은 의논했다.

몽마르트르 지하수도로의 그 지점은, 큰 비가 올 때면 빗물이 폭포처럼 밀려와서 지하에 조그마한 호수를 만들기 때문에 허물어 버렸으나, 그 당시는 이른바 '통용로' 식으로 어디나 통하는 네거리였다. 순찰대는 그 네거리에 집결할 수 있었다.

장 발장은 그러한 도깨비들이 원을 그리고 모여 있는 것을 보았다. 그 도둑을 지키는 개들의 대가리는 한데 모여 수군거렸다.

개들은 의논한 결과, 자기들이 잘못 생각했고 소리는 나지 않았으며, 아무도 없었고 환상 하수로에 들어갈 필요도 없으며, 시간만 허비하게 되는 것이니, 그보다는 쌩 메리 쪽으로 서둘러 가는 게 낫다, 이제부터 해야 할 일과 '부쟁고'^(1830년 혁명 뒤에 민주주의의 급진적인 정치 의식을 가진 빠리의 행동적인 청년들을 멸시하는 말)를 추격해야 한다면 그 방면으로 가야 한다는 것을 결정했다.

당파는 자신에 대한 낡은 모욕적 별명을 이따금 새로운 것으로 바꾸어 놓는다. 1832년에 '부쟁고'라는 말은 이미 닳아서 사라진 '자꼬뱅'이라는 말과, 이 당시 거의 쓰지 않았지만 나중에 많이 쓰게 된 '데마고그'라는 말 사이를 메워 과격민주당을 가리키고 있었다.

대장은 왼쪽으로 구부러져 세느 강의 언덕길을 내려가도록 명령했다. 만약 그들이 두 편으로 갈라져서 두 방향으로 가기로 했다면 장 발장은 붙잡혔을 것이다. 일은 거기에서 결정되었다. 아마도 전투가 벌어질 경우, 많은 폭도들과 싸워야 할 것을 예상했던 시경의 훈령이, 순찰대가 분산되는 것을 금했던 것이다. 순찰대는 장 발장을 뒤에 남겨두고 걸어가기 시작했다. 그 움직임에서 장 발장의 눈에 뜨인 것은 불빛이 갑자기 방향을 바꾸어서 사라진 것뿐이다.

그곳을 떠나기 전에 대장은 경찰관다운 조심성에서 그대로 방치해 두고 가는 방향에, 즉 장 발장이 있는 쪽으로 총을 한 발 쏘았다. 발사음은 지하도 속에 메아리를 일으켜서 마치 거인의 창자에서 요란한 소리가 나는 것 같았다. 회반죽한 벽조각이 하나 물 속에 떨어져서 장 발장에게서 몇 걸음 떨어진 곳에서 물소리가 났다. 그 소리를 듣고 그는 탄환이 머리 위의 둥근 천장에 맞았다는 것을 알았다.

규칙적이고 느릿느릿한 발소리가 한동안 돌바닥 위에 울리고, 거리가 멀어짐에 따라서 점점 약해지고, 검은 그림자의 무리가 어둠 속에 휘말리고, 희미한 불빛은 흔들리어 떠돌고, 그 빛이 둥근 천장에 던지는 불그스름한 아치형은 작아지다가 사라지고, 침묵은 깊어지고, 어둠이 모든 것을 감싸 아무것도 보이지도 들리지도 않게 되었다. 그러나 장 발장은 아직 움직이려고도 하지 않고, 오랫동안 벽에 등을 대고 귀를 기울인 채 눈동자를 크게 뜨고, 그 환영들의 일대가 사라져 버린 뒤를 가만히 응시하고 있었다.

미행당하는 사나이

당시의 경찰은 극히 중대한 공공의 위기에서 당황하지 않고 도로행정과 경계의 임무를 다했다는 것을 인정해야 한다. 폭동은 경찰의 눈으로 보면 범죄자들을 방임하거나 또 정부가 위태롭다고 해서 사회를 아무렇게나 내버려두어도 좋다는 구실이 될 수는 없었다. 일상 임무는 비상근무 중에도 정확하게 수행되었고 흐지부지되는 일이 없었다. 앞을 예측할 수 없는 정치적인 사건 속에서 혁명이 될지도 모르는 절박한 때에도 폭동이나 바리케이드에만 정신을 팔지 않고 경찰은 도둑을 '미행'하고 있었다.

6월 6일 오후 세느 강변, 앵발리드 다리 오른쪽 기슭의 강둑에서 그와 같은 일이 일어나고 있었다.

그곳의 강둑은 지금은 없어졌다. 그 근처의 모습도 변했다.

그 강둑에서 지금 두 사나이가 일정한 간격을 두고 서로의 눈을 피하면서 서로 상대편을 주의하고 있다. 앞서 가는 쪽은 멀어지려고 애쓰고 뒤에서 따라가는 쪽은 더 다가가려 애쓰고 있었다.

마치, 멀리 떨어져서 장기를 두는 것 같았다. 그러면서도 둘 다 서두르는 기색 없이 일부러 천천히 걷는 듯했다. 너무 서두르다가 상대편의 걸음만 그만큼 빠르게 해주는 결과가 되지 않도록 양쪽이 모두 마음을 쓰고 있었다. 굶주린 짐승이 먹이를 뒤쫓으면서도 속내를 나타내지 않는 것과 같았다. 먹이 쪽도 억센 놈이어서 제 몸을 단단히 지키고 있었다.

쫓기는 족제비와 쫓는 개 사이에 적당한 균형이 지켜지고 있었다. 달아나는 사나이는 몸집이 작고 얼굴도 수척했다. 붙잡으려는 사나이는 몸집도 크고 힘도 억세 보였다. 우락부락한 표정이었으며 뚝심도 있을 것 같았다.

앞의 사나이는 자기가 약하다는 것을 알고 뒤의 사나이를 피하려 했다. 그러나 피한다고 해도 그 태도가 매우 초조해서 자세히 살펴보면, 그의 눈빛에는 도망치는 자의 어두운 적의와 두려움 속에 깃든 강박 관념을 엿볼 수 있었을 것이다.

강둑은 쓸쓸했다. 지나가는 사람도 없었다. 여기저기에 묶여 있는 작은 배에는 뱃사공도 인부도 없었다.

그들의 모습이 잘 보이는 곳은 맞은편 기슭뿐이었다. 그만한 사이를 두고 본다 해도 앞에 가는 사나이는 머리가 더부룩하고 옷도 너덜너덜한 게 수상해 보이고, 불안스럽게 찢어진 작업복 밑에서 떨고 있었고, 뒤따르는 사나이는 의젓한 관리 같은 사람으로 턱밑까지 단추를 끼운 프록코트 차림의 관복을 입은 것을 볼 수 있을 것이다. 좀더 가까이 다가가서 봤다면 그 두 사나이가 누구인지 독자는 알았을 것이다.

뒤의 사나이는 무엇이 목적이었을까? 아마도 앞에 선 사나이에게 좀더 따뜻한 옷을 입혀 주려는 것이었으리라.

국가의 관복을 입은 사나이가 누더기를 걸친 사나이를 뒤따르는 것은, 그 사나이에게 역시 국가의 관복을 입혀 주기 위해서였다. 다만 그 빛깔이 문제이다. 푸른 관복을 입는 것은 명예로운 일이지만 붉은 관복을 입는 것은 불쾌하다. '천한 붉은 빛'이라는 것도 있다 (붉은 빛은 원래 고귀한 신분을 나타내는 빛이지만 붉은 관복은 죄수복이다). 앞의 사나이가 싫어하는 것은 아마도 그런 종류의 불쾌감이고 그런 붉은 빛이리라.

뒤따르는 사나이가 그러한 사나이를 앞세우고서도 아직 붙잡으려고 하지 않는 것은 누가 봐도 그가 어딘가 뚜렷한 장소, 좋은 포획물이 모여 있는 곳에 이르기를 기다리는 심산인 것 같았다. 그러한 미묘한 작전을 '미행'이라고 한다.

이 추측은 그대로 적중했다. 단추를 낀 사나이는 강변 거리를 빈 채로 지나가는 마차를 강둑에서 발견하고 마부에게 신호를 했다. 마부는 끄덕이고 볼일 있는 사람이 누구인가 깨달은 모양이었다. 방향을 바꾸어 강변 거리 위에서 두 사람 뒤를 보통걸음으로 따라가기 시작했다. 앞서 가는 수상한 누더기를 걸친 사나이는 그것을 알아차리지 못했다.

마차는 샹 젤리제의 가로수를 따라 굴러갔다. 채찍을 손에 든 마부의 상반신이 강변 거리의 난간 위를 움직이며 가는 것이 보였다.

경찰의 비밀 훈령 중에는 이런 항목이 있다. '불의의 사건인 경우에는 항상 마차를 가까이 확보해 둘 것.'

서로 빈틈없는 전략을 짜면서, 두 사나이는 강둑의 내리받이가 물가까지 닿아 있는 곳에 이르렀다. 그곳은 그 당시 빠씨에서 도착한 마차의 마부들이 말에게 물을 먹이기 위해 물가까지 갈 수 있도록 만들어 놓은 장소였다. 그 비탈은 그 뒤 주위의 균형을 잡기 위해서 허물어졌다. 덕분에 말은 몹시 목이 탔지만 보기에는 깨끗했다.

어쩐지 작업복을 입은 사나이는 그 비탈을 올라가서 샹 젤리제로 도망치려는 듯 싶었다. 샹 젤리제는 나무숲이 우거진 곳이지만 경관들이 오가고 있어 뒤따르는 사나이는 쉽게 도움을 얻을 수 있을 것이다.

강변 거리의 그 지점은 1824년에 브라크 대령이 모레(모레슐르 로완 폰티느 브로 가까운 작은 마을)에서 빠리로 옮긴 건물, 이른바 '프랑스와 1세의 집'(1572년 모레에 사냥할 때의 휴게실용으로 세워진 건물인데 '레 깃드 브루' 1955년판에 의하면 1826년에 빠리에 옮겨졌다. 현재도 빠리의 꾸르 알베르에 프르미에 있다)에서 조금밖에 떨어져 있지 않다. 파출소도 아주 가까운 곳에 있었다.

그러나 놀랍게도 쫓기는 사나이는 물먹이는 곳의 비탈 쪽으로 길을 잡지 않았다. 그는 그대로 강변을 따라 둑 위로 걸어갔다.

그의 위치는 눈에 띄게 위태로워졌다. 세느 강으로 뛰어드는 것이 아니라면 어떻게 하려는 것일까?

그보다 앞에는 강변 거리로 올라가는 길이 없다. 이제는 비탈도 계단도 없다. 게다가 바로 앞은 세느 강이 이에나 다리 쪽으로 구부러지는 지점이어서 그곳에서 둑은 차츰 좁아지고 끝내는 얇은 헛바닥처럼 되어 물 속으로 사라졌다. 그곳까지 가면 오른편은 절벽이, 왼편과 앞은 강이, 그리고 등 뒤에는 경관이 있어서 도저히 피할 수가 없었다.

사실 그 둑이 끝나는 곳에는 무엇인가가 허물어져서 생긴 흙무덤이 6, 7피트 가량 수북이 쌓여 있어 시야를 가로막고 있었다. 그러나 그 사나이는 한 바퀴 돌면 이 흙더미 그늘에 용케 숨을 수가 있다고 생각하는 것일까? 그런 방법은 어린아이를 속이는 거나 다를 바 없을 것이다. 그도 아마 그럴 생각은 아니었다. 도둑놈도 그렇게까지 단순하지는 않다.

흙더미는 둑에 언덕처럼 되어 있고 강가의 벽까지 곶처럼 길게 뻗쳐 있었다.

쫓기는 사나이는 그 작은 언덕에 당도하자 그곳을 돌았다. 쫓는 사나이에게서는 보이지 않게 되었다.

쫓는 사나이는 상대의 모습이 보이지 않게 되었으나 상대방에게도 자기 모습이 보이지 않았다. 그래서 그 틈을 타서 지금까지 억제하고 숨긴 것을 내던지고 걸음을 훨씬 빠르게 했다. 얼른 흙더미 있는 데까지 와서 그곳을 한 바퀴 빙 돌았다. 그러나 그는 그 자리에 멍하니 서 버렸다. 그가 쫓아온 사나이는 이미 그곳에 없었다. 작업복을 입은 사나이는 그림자도 보이지 않았다.

강둑은 흙더미에서 불과 서른 걸음도 되지 않고 부딪치는 강물 속에 잠겨있었다. 도주자가 세느 강에 뛰어들었든가 강가로 기어올라 갔든가 했다면 쫓는 자의 눈에 뜨이지 않았을 리가 없다. 그렇다면 그는 어떻게 된 것일까?

단추를 단정하게 끼운 프록코트 차림의 사나이는 강둑의 끝까지 가서 한참동안 깊이 생각에 잠기면서 두 주먹을 불끈 쥐고 눈을 부릅뜨고 움직이지 않았다. 갑자기 그는 이마를 탁 쳤다. 지면이 끝나고 물이 시작되는 곳에 두툼한 자물통과 세 개의 육중한 돌쩌귀가 달린 넓고 얕은 아치형의 철책이 있는 것을 보았기 때문이다. 그 철책은 강둑 밑에 뚫린 일종의 문인데 강과 강둑의 석축(石築)을 향해서 뚫려 있었다. 거무스름한 물이 그 밑을 흐르고 있었다. 그 물은 세느 강으로 흘러 나오고 있었다.

그 녹슨 무거운 창살 너머로 둥근 천장의 어두운 복도와 같은 것이 보였다.

사나이는 팔짱을 끼고, 힐책하는 듯한 눈초리로 철책을 노려보았다.

노려보는 것만으로 부족하여 그는 철책을 열려고 했다. 흔들어 보았으나 철책은 꿈쩍도 하지 않았다. 아무 소리도 나지 않다니 이처럼 녹슨 철책치고는 이상한 일이었지만, 그러나 방금 열렸다 다시 닫혔음에 틀림없다. 방금 이 문을 열고 다시 닫은 사나이는 갈고리가 아니라 열쇠를 가지고 있음이 분명했다.

이 명백한 사실이 힘껏 철책을 흔들어대던 사나이의 머리에 언뜻 번득였다. 그는 자신도 모르게 노여움이 섞인 탄성을 냈다.

"뻔뻔스러운 놈이군! 정부의 열쇠를 갖고 있다니!"

그러고 나서 곧 냉정하게 마음 속에 얽힌 모든 생각을 거의 조롱하는 듯한 말투로 단숨에 내뱉었다.

"그래? 그래? 그래? 그래?"

그렇게 말하고는 그 사나이가 다시 나오는 것을 지켜볼 생각인지, 아니면 다른 사나이가 들어가는 것을 지켜볼 작정인지, 아무튼 무언가를 기다리려는 듯 망을 보는 사냥개의 참을성 있는 자세로 흙더미 뒤에 숨어 감시를 했다.

한편, 그의 일거일동에 보조를 맞추어 온 마차는 그의 머리 위 난간 옆에 멈춰섰다. 마부는 오래 기다릴 것을 예상하고 말의 코를 밑바닥이 젖어 있는 귀리 부대 속에 넣어 주었다. 이 부대는 빠리 사람들의 눈에 익숙한 것인 바 덧붙여 말하면 정부가 빠리 사람들에게 이따금 그것을 내주는 일이 있다. 어쩌다 드물게 이에나 다리를 지나가는 통행인들은 다 지나가기 전에 고개를 돌려서 주위의 경치 속에서 움직이지 않고 둑 위에 있는 한 사나이와 강변 거리 위에 있는 마차를 흘끗 바라보곤 했다.

그도 십자가를 짊어지다

장 발장은 다시 걷기 시작하여 걸음을 멈추지 않았다.

걸음걸이는 차츰 고통스러워져 갔다. 둥근 천장의 높이는 고르지 않았다. 평균 높이는 5피트 6인치 가량이어서 사람의 키에 맞추어져 있었다. 장 발장은 마리우스가 천장에 부딪치지 않도록 몸을 구부리고 걸어야만 했다. 자주 몸을 굽히기도 하고 또 몸을 펴기도 하며, 끊임없이 벽을 더듬어야만 했다. 벽의 돌은 축축했고 바닥은 끈적끈적해서, 손과 다리의 든든한 받침이 되지 못했다. 장 발장은 끔찍스러운 도회의 오물 속에서 비틀거렸다. 통풍 구멍으로 들어오는 반사광이 띄엄띄엄 보였으나 그것도 한참만에 나오는데다 아주 희미해서 햇빛인데도 달빛 같았다. 그 뒤는 안개와 독기와 불투명함과 암흑이었다. 장 발장은 허기와 갈증을 느꼈다. 특히 갈증이 심했다. 더욱이 이곳은 바다와 마찬가지여서 물이 가득 찬 곳인데도 한 방울도 마실 수가 없었다. 장 발장의 체력은 이미 알고 있듯이 훌륭하고 순결하고 검소한 생활을 해온 덕분에 나이에 의한 쇠퇴를 전혀 나타내지 않았지만, 지금은 차츰 약해지기 시작했다. 피로에 사로잡히고 힘이 빠져감에 따라 등에 진 짐도 점점 무거워졌다. 마리우스는 아마도 숨이 끊긴 모양이었다. 생명 없는 육체처럼 무겁게 덮쳐 왔다. 그러나 장 발장은 그 가슴을 압박하지 않도록, 되도록 숨쉬기에 편하도록 그를 걸머지고 있었다. 쥐가 다리 사이로 재빠르게 미끄러져 가는 것을 느낄 수 있었다. 그 중 한 마리는 당황한 나머지 그에게 덤벼 들어 다리를 물기도 했다. 이따금 지하수도로의 틈에서 신선한 공기가 불어들어와 그에게 기운을 불어넣어 주었다.

오후 3시쯤 되었을까? 장 발장은 환상 지하수도로에 당도했다. 우선 갑자기 넓어진 데에 놀랐다. 두 팔을 뻗쳐도 양쪽 벽에 닿지 않고, 머리도 둥근 천장에 닿지 않는 지하도로 나온 것이다. 사실, 그 대지하수도로는 폭은 8피트, 높이는 7피트였다.

몽마르트르 지하수도로가 대지하수도로와 연결되는 지점에는 따로 두 줄기의 지하도, 즉 프로방스 거리의 하수로와 라바뜨와르 거리 (도살장 거리, 현재는 당께르끄 거리) 의 지하도가 만나서 네거리가 되어 있었다. 장 발장이 좀더 분별력이 없었더라면 그 네 갈래 길에서 어느 길을 택할 것인지 망설였을 것이다. 장 발장은 가장 넓은 길, 다시 말해서 환상 지하수도로를 택했다. 그러나 여기에서 또 문제가 생겼다. 내리막길을

택할 것인지, 아니면 오르막길을 택할 것인지? 장 발장은 사태가
절박한 것을 생각하고 아무리 위험하더라도 지금은 세느 강으로 나
가야 한다고 생각했다. 다시 말하면 내리막길을 택하기로 한 것이
다. 그는 왼편으로 돌았다.

그 선택은 그를 위해 다행이었다. 왜냐하면 환상 지하수도로에는
베르시 쪽과 빠씨 쪽의 두 개의 출구가 있는 줄 알고, 환상이라는
이름이 가리키듯 세느 강 오른편 기슭의 빠리 지하 환상대라고 생각
하면 잘못이다. 대하수로는 다름아닌 옛날 메닐몽땅의 더러운 물이
흐르는 강이었음을 상기해야겠다. 그것을 거슬러 올라가면 막다른
곳 즉 메닐몽땅 언덕 기슭에 이르는데, 이곳이 예전에 지하수도로의
출발점이었던, 강의 수원이 된다. 뽀뺑꾸르 지구로부터 빠리의 물이
합쳐져 아믈로 하수로를 지나 옛날의 루비에 섬 상류에서 세느 강으
로 흘러들어가는 지관은 직접 연결되어 있지 않다. 대지하수도로의
보조 수로인 그 지관은 메닐몽땅 거리의 지하에서, 물을 상류와 하
류로 나누는 지점을 나타내는 흙의 층으로 대지하수도로와 떨어져
있다. 만약 장 발장이 지하도를 거슬러 올라갔다면, 모든 정력을 다
한 끝에 지치고 기진맥진하여 어둠 속에서 또 하나의 벽에 부딪쳤을
것이다. 그렇게 되면 그들은 마지막이었을 것이다.

좀더 엄밀히 말하자면, 그곳에서 약간 물러나와서 부슈라 십자로
의 교차점에서 길을 잃지 않는다면 피유 뒤 깔베르의 지하도로 들어
가서, 쌩 루이 지하도의 왼편으로 쌩 질르 하수관으로 들어간 뒤 오
른편으로 돌아서 쌩 세바스띠앙 지하도를 피하면, 아믈로 지하수도
로로 나갈 수가 있다. 그곳에서 다시 바스띠유 감옥 밑에 있는 F자
형 길에서 길을 잃지만 않는다면 병기창 근처에서 세느 강으로 나가
는 출구에 당도할 수 있다. 그러려면, 거대한 돌산호 같은 지하수도
로를 빠짐없이, 모든 갈림길이나 구멍까지도 다 알고 있어야 했을
것이다. 그러나 장 발장은 지금 걸어가고 있는 그 무서운 길에 대해

서는 아무것도 몰랐다는 것을 강조해야겠다. 누구든지 그에게 지금 어디에 있느냐고 묻는다면, 그는 밤의 어둠 속에 있다고 대답했을 것이다.

본능이 곧잘 장 발장을 도왔다. 내리막길을 택하는 것만으로도 탈출이 가능했다.

장 발장은 라피뜨 거리와 쌩 조르즈 거리 밑에서 독수리 발톱 모양으로 갈라져 있는 두 줄기 수로와, 쇼쎄 앙땡 밑의 두 줄기로 나뉘어 있는 긴 복도를 오른편으로 두고 지나갔다.

분명히 마들렌느의 지관이라고 생각되는 지류의 조금 앞에서 장 발장은 발을 멈추었다. 몹시 지쳐 있었다. 아마도 앙주 거리의 맨홀이었을 것이다. 꽤 큰 통풍 구멍이 있어 상당히 강한 빛이 들어오고 있었다. 장 발장은 상처입은 동생을 대하는 형과 같은 살뜰한 동작으로 마리우스를 지하수도로의 한쪽 축대 위에 내려놓았다.

피에 젖은 마리우스의 얼굴은 통풍 구멍에서 비치는 뿌연 광선 밑에서 마치 무덤 밑바닥에 있는 것처럼 보였다. 눈은 감겨 있었고, 머리카락은 붉은 물감에 젖었다가 말라버린 그림붓처럼 관자놀이에 말라붙고, 두 팔은 죽은 듯 축 늘어지고, 손발은 차고, 피가 입술 한구석에 엉겨 있었다. 핏덩어리는 넥타이의 매듭에도 엉겨 있었다. 윗도리 자락이 맨살이 생생하게 드러나 있는 상처를 스쳤다. 장 발장은 손가락으로 옷을 헤치고 마리우스의 가슴 위에 손을 댔다. 심장은 아직 뛰고 있었다. 장 발장은 자신의 셔츠를 찢어서 상처를 되도록 잘 붙들어매어 출혈을 막았다. 그러고 나서 엷은 광선 속에서 여전히 의식 없이 다 죽어 가는 것처럼 가느다란 숨결을 내쉬는 마리우스 위에 몸을 굽혔다. 표현하기 어려운 원망스러운 심정으로 그를 지켜보았다.

장 발장은 마리우스의 옷을 헤칠 때 주머니 속에 들어 있는 두 가지 물건, 어제 넣은 채 먹지 않은 빵과 마리우스의 수첩을 발견했

장 발장은 마리우스 위에 몸을 굽히고 표현하기 어려운 원망스러운 심정으로 그를 지켜보았다.

다. 장 발장은 그 빵을 먹고 수첩을 폈다. 첫 페이지에 마리우스가 쓴 네 줄의 글을 보았다. 기억하리라.

'내 이름은 마리우스 뽕메르씨다. 나의 시체는 마레 지구 피유 뒤 깔베르 거리 6번지에 사는 내 조부 질노르망 씨 댁으로 보낼 것.'

장 발장은 통풍 구멍에서 들어오는 빛으로 이 네 줄의 글을 읽고 한동안 생각에 잠긴 듯 가만히 앉아 있었다. 이윽고 그는 낮은 소리로 되풀이했다. "피유 뒤 깔베르 거리 6번지, 질노르망 씨."

그리고 수첩을 마리우스의 주머니에 도로 넣었다. 빵을 먹었더니 기운이 났다. 그는 마리우스를 다시 등에 업고 그 머리를 조심스럽게 자기 오른쪽 어깨로 다시 받치고는 지하수도로를 내려가기 시작했다.

메닐몽땅의 구불구불한 계곡을 따라 나 있는 지하수도로는 길이가 약 20리였다. 그 수로의 주요 부분에는 돌이 깔려 있었다.

장 발장의 지하 행진으로 빠리의 거리 이름을 독자를 위해서 횃불처럼 비추었다. 물론 장 발장은 그 횃불을 가지고 있지 않았다. 지금 빠리의 어디쯤을 지나고 있는지, 여태까지 어느 길을 더듬어 왔는지 도무지 알 수 없었다. 다만 이따금 만나는, 물이 괴어 있는 웅덩이 같은 것이 점점 흐릿해지는 것을 보고, 거리에는 이미 해가 기울어서 머지않아 저물어 가리라는 것을 짐작할 뿐이었다. 그리고 머리 위에서 마차 굴러가는 소리가 빈번했던 것이 띄엄띄엄해지더니 이내 사라져서, 이제는 빠리의 중심지에 있는 것이 아니라 시외의 큰 거리나 변두리의 강변 거리 근처가 아니면 어느 쓸쓸한 시골 마을 가까이 와 있다고 추측할 뿐이었다. 집이나 거리가 한적한 곳에는 지하수도로의 통풍 구멍도 적다. 어둠이 장 발장의 주위에서 점점 더 짙어져 가고 있었다. 그러나 그는 어둠 속을 손으로 더듬으면서 계속 걸어갔다.

그 어둠은 갑자기 무서운 것으로 바뀌었다.

모래에도 교묘한 불성실이 있다

장 발장은 자신이 물 속으로 들어가는 것을, 그리고 발 밑은 이미 돌바닥이 아니라 진창이라는 것을 느꼈다.

브르따뉴나 스코틀랜드의 어떤 해안에서는 여행자나 어부가 썰물 때 해안에서 멀리 떨어진 모래톱을 걸어가노라면, 몇 분 전부터 어쩐지 걷기가 힘드는 것을 문득 깨달을 때가 있다. 모래톱의 모래가 송진처럼 끈적거리고 발바닥에 들러붙는다. 그것은 이미 모래가 아니라 끈끈이가 된 것이다. 모래는 바싹 말랐는데도 한 걸음 디딜 적마다, 발을 떼면 발자국은 곧 물로 가득 괸다.

그래도 둘러보면 아무런 변화도 찾아볼 수 없다. 넓은 모래밭은 평평하고 고요하다. 모래는 어디나 다 똑같아서 단단한 땅과 그렇지 않은 땅을 분간할 수 없다.

조그마하고 날개달린 극성스런 벌레 떼가 지나가는 사람의 발 위에서 시끄럽게 소리내며 날아다닌다. 사람은 가던 걸음을 계속하고, 전진하고, 육지 쪽을 향하여 기슭에 다가가려고 애쓴다. 불안하지는 않다. 무엇이 불안하단 말인가? 다만 한발 내디딜 때마다 무거워지는 것 같은 느낌이 들 뿐이다.

갑자기 그는 빠진다. 2, 3인치 가량 빠진다. 분명히 좋지 않은 길이다. 그는 방향을 잡으려고 걸음을 멈춘다. 문득 발밑을 내려다본다. 발은 감추어져 있다. 모래가 발을 덮고 있는 것이다. 그는 발을 모래에서 빼내고 뒤로 되돌아가려고 돌아다본다. 더욱 깊이 빠진다. 모래가 복사뼈까지 빠지기 때문에 잡아 뽑듯이 하여 왼쪽으로 내디디면 모래는 정강이까지 온다. 오른편으로 디디면 모래는 무릎까지 온다. 그때 자신이 모래 수렁에 빠진 것을, 사람이 걸을 수 없고, 물고기가 헤엄칠 수도 없다는 사실을 알고 말로 다 할 수 없는 공포에 사로잡힌다. 짐을 하나라도 가지고 있으면 던져 버리고 조난당한 배처럼 몸을 가볍게 하려 한다. 그러나 이미 늦었다. 모래가 무릎 위까지 찬 것이다.

　도움을 청하고 모자나 손수건을 흔들어도 모래는 차츰 그를 삼킨다. 바닷가에 사람이 없다든가 육지가 너무 멀다든가, 그 모래 수렁이 몹시 평판이 나쁘다든가, 가까이에 용기 있는 사람이 없다면, 만사는 그만이다. 그는 생매장 형을 선고받은 것이다. 천천히, 착실하게 한 번 들러붙으면 떨어지지 않는, 늦출 수도 없는, 몇 시간이나 계속되는, 끝도 없는 무서운 생매장 형을 그는 선고받은 것이다. 사람을 선 채로, 자유롭고 건강한 채로 붙들어서, 발을 잡아당겨서, 사람이 버둥거리며 외칠 때마다 조금씩 밑으로 끌어내어, 인간의 저항을 벌하듯 점점 조이는 힘을 더해 가고, 인간의 지평선과 나무숲을, 푸른 들판과 평야 속의 마을에서 나는 연기를, 바다 위의 돛대를, 날아다니며 지저귀는 새들을, 태양을, 하늘을 바라다볼 여유를 충분히 주면서 천천히 인간을 땅 속으로 끌어들인다.

　사람을 삼키는 모래, 그것은 땅밑에서 생명 있는 사람 쪽으로 조수처럼 밀려오는 무덤이다. 한순간 한순간이 무정하게 매장하고 있다. 불쌍한 사람은 앉으려 한다. 엎드리려 한다. 기려고 한다. 그러나 그가 어떠한 동작을 해도 그를 묻게 하는 데 도움이 될 뿐이다.

　몸을 편다, 그러면 또 가라앉는다. 자신이 삼켜져 들어가는 것을 느낀다. 소리를 지르고, 한탄하고, 구름을 보고 외치고, 팔을 꼬고, 필사적으로 몸부림친다. 모래는 벌써 배까지 왔다. 가슴에 닿았다. 상반신이 남았을 뿐이다. 두 팔을 들고 미친 듯 비명을 지르고, 모래를 손톱으로 긁으면서 마치 재와 같은 것에 매어달리려 하고, 자신의 반신상이 앉아 있는 무른 대좌(臺座)에서 양 팔꿈치를 짚고 몸을 솟구치려고 하듯 격렬하게 울부짖는다. 점점 모래는 올라온다. 어깨에 닿고, 목에 닿는다. 이제는 얼굴만이 보인다. 입을 벌리고 외친다. 모래가 그 입에 가득 찬다. 이젠 소리를 지를 수도 없다. 눈은 아직 보인다. 모래가 그 눈을 가린다. 이젠 아무것도 안 보인다. 이마가 잠긴다. 약간의 머리카락이 모래 위에서 떨리고 있다. 손 하나만 나와서 모래의 표면을 파고, 움직이고, 푸들푸들 떤다. 그러다가 사라진다. 한 인간의 처참한 소멸이다.

말에 탄 사람이 말과 함께 생매장이 되는 일도 있다. 수레를 끌던 사람이 수레와 함께 생매장 되는 일도 있다. 모든 것이 모래 밑으로 가라앉는다. 그것은 물 밖에서 난파하는 것이다. 사람을 빠져 죽게 하는 땅이다. 땅에 바다가 침입해서 함정이 되어 있는 것이다. 평지처럼 보이면서 파도와 같이 입을 벌린다. 심연은 이렇게 해서 사람을 배반하는 수가 있다.

그런 처참한 사건은 어느 해안에서나 항상 일어날 위험이 있는데, 30년 전 빠리의 지하수도로 속에서도 역시 가능했다.

1833년에 시작된 대공사 이전에는 빠리의 지하도는 돌발적으로 사람을 매몰시키는 일이 자주 있었다.

하층의 지반 중에 특히 허물어지기 쉬운 곳은 물이 스며들기 때문에 옛 지하수도로의 돌로 된 바닥에 비록 새 지하도처럼 콘크리트와 수경 석회(水硬石灰)를 굳혀 놓는다 하더라도 이미 지반이 유실되어 무게를 이기지 못하는 것이다.

이런 종류의 바닥에 생기는 주름은 틈이 되어 버린다. 틈은 곧 붕괴다. 토대는 상당한 길이에 걸쳐서 허물어져 있었다. 진창이자 심연의 입구인 균열을 전문용어로는 '함몰 구덩이'라고 부른다. 함몰이란 무엇인가? 땅 속에서 느닷없이 만나게 되는 해변의 모래 수렁이다. 지하수도로 속에 있는 쌩 미셸 섬의 처형장(라 망슈 지방에 있는 프랑스의 명승지의 하나라고 하는 작은 섬. 그 수도원은 15세기에 국사범의 감옥으로 사용됨)이다. 흙은 물을 머금고 용해된 것처럼 되어 있다. 흙의 분자는 모두 부드러운 중간에 감돌고 있다. 그것은 흙도 아니고 물도 아니다. 때로는 상당한 깊이에 이른다. 그런 곳과 만나는 것만큼 무서운 일은 없다. 물이 많은 경우에는 죽음도 빠르다. 눈깜짝할 사이에 사람은 삼켜지고 만다. 흙이 많을 경우에는 죽음은 서서히 사람을 파 묻는다.

　그러한 죽음을 우리는 상상할 수 없으리라. 바닷가 모래밭에서도 무서운 생매장인데, 지하수도로 속에서는 어떻겠는가? 맑은 공기, 빛, 태양, 밝은 수평선, 넓은 천지의 소음, 생명의 비를 내려주는 자유로운 구름, 멀리 보이는 작은 배, 온갖 형태로 나타나는 희망, 사람이 지나갈지도 모른다고 생각하는 애타는 심정, 마지막 순간에 있을지도 모르는 구조——그러한 것은 일절 없고, 다만 침묵, 암흑, 어두운 둥근 천장, 이미 만들어진 무덤 속, 무거운 뚜껑 밑 진흙 속의 죽음. 오물이 천천히 숨을 막고, 돌상자 속에서 질식이 진창 속에 손톱을 벌리고, 사람의 목을 움켜쥔다. 죽음의 허덕이는 숨결에 악취가 섞인다. 모래밭 대신에 진창이, 태풍 대신에 황화수소가, 바다 대신에 배설물이 있다. 사람을 불러도, 이를 갈아도, 몸부림을 쳐도, 버둥거려도, 헐떡여도, 머리 위의 대도시는 아무것도 모른다.

　이렇게 해서 죽어 가는 형용할 수 없는 공포! 죽음은 때로 일종의 처참한 위엄으로 그 잔학성을 보상하는 때가 있다. 화형이나 난파의 경우, 사람은 위대해질 수도 있다. 불꽃 속이나 흰 물결 속이라면 고상한 태도를 취할 수 있으리라. 거기서는 심연에 가라앉으면서 변신할 수가 있다. 그러나 이곳 지하수도로 속에서는 전혀 다르다. 지하수도로 속의 죽음은 불결하다. 거기서 죽는 것은 굴욕이다. 죽음의 눈앞에 보이는 것은 더러운 것뿐이다. 진창은 수치라는 말과 동의어이다. 그것은 천하고, 추하고, 더럽다. 클레런스처럼 달콤한 포도주 통 속에 빠져 죽는다면 괜찮다(클레런스는 15세기 영국의 왕 에드워드 4세의 동생. 모반 죄로 사형될 때 향기 높은 포도주 통 속에 빠져 죽기를 원했다). 그러나 에스꾸블로처럼 개천 청소부의 무덤 구덩이 속에서 죽는 것은 끔찍한 일이다. 그 속에서 버둥거리는 것은 보기에도 흉하다. 죽음으로부터 벗어나기 위해 허덕이는 동시에 진창 속을 기어다니는 것이다. 지옥과 같은 어둠이 있고, 늪과 같은 진창이 있어서 죽어 가는 사람은 자신이 유령이 되는 것인지 아니면 두꺼비가 되는 것인지 모른다.

어디에서도 무덤은 불길하지만 지하수도로 속에서는 추악한 것이 된다.

함몰 구덩이의 깊이도, 그 길이나 밀도도 밑바닥 토질의 좋고 나쁨에 따라서 다르다. 때로는 깊이 3, 4피트에 이르는 함몰 구덩이도 있고, 8피트에서 10피트에 이르는 것도 있다. 바닥을 알 수 없는 것도 있다. 어떤 곳은 단단한가 하면 어떤 곳은 거의 액체 같다. 뤼니에르 함몰 구덩이에서는 사람 하나가 가라앉는 데 한나절이 걸렸지만, 펠리뽀 진창은 불과 5분 동안에 삼켰다. 진흙의 밀도 여하에 따라 지탱하는 힘도 단계가 있다. 어른이 가라앉은 곳이라도 어린아이라면 살아날 수가 있다. 살아나기 위한 첫째 조건은 짐을 모조리 내버리는 일이다. 연장 주머니며, 등에 지는 바구니며, 물통을 내버리는 일이다. 발밑의 지면이 누그러지는 것을 느끼는 순간 지하수도로 인부는 우선 반드시 그렇게 한다.

함몰구덩이가 생기는 원인은 지질이 무른 것, 사람의 손이 미치지 않는 깊은 곳에서 일어나는 흙사태, 여름의 줄기찬 소나기와 그칠 줄 모르게 내리는 겨울비, 또한 오랜 장마비 따위로 여러 가지다. 때로는 이회암질이나, 모래가 많은 땅에 잔뜩 세워진 부근의 집들의 무게가 지하도의 둥근 천장을 압박해서 일그러뜨리거나, 또는 덮쳐오는 그 압력으로 토대가 갈라지고 금이 가는 수도 있다. 1세기 전에 빵떼옹이 내려앉아서 쌩뜨 즈느비에브 산에 있는 바지리카가 지하실 일부를 막아버린 일이 있다. 지하수도로가 집의 압력으로 허물어지면 그 혼란은 길 위의 도로 포석 사이가 톱니 모양의 균열이 되어 나타나는 경우가 있다. 그 균열은 금이 간 지하의 둥근 천장의 길이만큼 길게 구불구불 뻗쳐서 곧 눈에 띄기 때문에 수리는 금방 할 수 있다. 반대로 내부의 파손이 표면으로 조금도 흔적을 나타내지 않을 때도 있었다. 그때야말로 지하수도로 인부들의 재난이다. 밑이 빠진 지하수도로에 멋모르고 들어간 채 죽어 버리는 일이 종종 있었다.

옛날 기록에는 그렇게 해서 함몰 구덩이 속에 생매장된 지하수도로 인부들에 대해 기록되어 있다. 그 이름 가운데 블레즈 뿌트랭이라는 사람이 있었다. 그는 까렘 프르낭 거리의 덮개 밑 함몰 구덩이에 빠져 죽은 지하수도로 인부였다. 이 블레즈 뿌트랭은 니꼴라 뿌트랭의 형제로 니꼴라 쪽은 이노쌍(헤롯에게 살해된 무고한 아이들)의 납골당이라고 부른 묘지가 폐지되던 1785년에 그곳의 무덤을 판 마지막 인부였다.

또한 그 중에는 우리가 언급한 바 있는 저 젊고 멋진 에스꾸블로 자작도 있었다. 비단 양말을 신고 바이올린을 공격했던, 레리다 포위전(레리다는 스페인의 도시. 1810년에 프랑스의 슈슈에게 공격되어 함락됐다) 때 한 용사였던 에스꾸블로는 어느 날 밤 사촌누이 수르디 공작 부인 집에서 정사 현장을 들켜, 공작의 검을 피해서 보트레이 지하수도로로 도망했는데, 그 냄새나는 진수렁에 빠져 죽고 말았다. 그의 죽음이 알려졌을 때 수르디 부인은 각성제 약병을 가져오게 해서 그 냄새를 많이 맡은 덕택으로 울기를 잊었다. 이렇게 되면 사랑도 끝나는 것이다. 시궁창이 사랑의 불꽃을 꺼 버린 셈이다. 헤로는 레앙드르의 시체 씻기를 거부했다(헤로는 세스토스에서 웨느스를 시중 들던 여자 사제. 레앙드르는 그의 연인인데 익사했다). 티스베는 피람 앞에서 코를 잡고 말한다. "어머, 구려!"(오비디우스의 시에 나오는 바빌로니아의 연인들)

함몰

장 발장은 함몰 구덩이에 직면하고 있었다.

이런 종류의 흙사태는 그 무렵 상 젤리제의 지하에서 빈번히 일어나고 있었는데, 유동성이 심해서 치수 공사가 어렵고 지하 시설을 유지하기가 곤란했다. 그 유동성은, 콘크리트 위를 돌로 굳혀서 간신히 막아 놓았던 쌩 조르즈 지구의 모래땅보다 불안정하였고, 마르따르 지구의 가스에 오염된 점토층보다 더욱 불안정하였다. 마르띠르의 지하도만은 주철관을 쓰지 않으면 통로를 만들 수 없을 만큼 물이 많았다. 지금 장 발장이 들어가 있는 돌로 된 낡은 지하수도로는 1836년에 개조하기 위해서 쌩 또노레 땅밑이 헐렸으나, 그때도 샹 젤리제에서 세느 강까지 바닥의 흙이 되어 있는 모래 수렁이 몹시 방해가 되어 공사가 6개월 가까이 계속되었기 때문에 근처에 사는 사람들, 그 가운데서도 특히 호텔이나 마차를 가지고 있는 사람들의 불평을 많이 샀다. 공사는 하기 힘든 것 이상으로 위험했다. 무엇보다도 넉 달 반이나 긴 장마가 계속되고 세느 강이 세 번이나 범람했던 것이다.

장 발장이 마주친 함몰 구덩이는 어제 내린 소나기가 원인이었다. 바닥의 모래가 간신히 받치고 있던 포석이 내려앉아서 빗물이 잔뜩 괸 것이다. 침수가 일어나고 거기에 이어서 사태가 일어났다. 토대는 밀려나서 진창 속에 가라앉았다. 함몰 구덩이가 얼마나 길게 걸쳐 있을까? 그건 알 수 없다. 그 일대는 다른 어느 곳보다도 어두웠다. 그곳은 밤의 동굴 속에 생긴 진창의 구덩이였다.

장 발장은 발밑의 포석이 미끄러져 떨어지는 것을 느꼈다. 그는 진창 속으로 들어갔다. 그곳의 표면은 물이었고 바닥은 진창이었다. 어떻게든 지나가야만 했다. 되돌아가기란 불가능했다. 마리우스는 숨을 거둘 것 같았고 장 발장은 기진맥진해 있었다. 그런데 어디로 가야 한단 말인가? 장 발장은 앞으로 나갔다. 진창은 처음 두서너 걸음을 걸을 동안은 그다지 깊지 않았다. 그러나 앞으로 나갈수록 그의 발은 깊이 빠졌다. 얼마 되지 않아 진창은 정강이까지, 물은 무릎 위까지 올라왔다. 그는 양팔로 되도록 물 위에서 높이 마리우스를 들어올리면서 앞으로 나갔다. 진창은 벌써 무릎까지 닿았고 물은 허리까지 차 있었다. 다시 되돌아갈 수는 도저히 없었다. 그는 차츰 가라앉기 시작했다. 그 진창은 한 사람의 무게라면 지탱할 수도 있을 만 했으나 두 사람을 받칠 수 없음이 분명했다. 마리우스와 장 발장이 한 사람씩 따로따로였다면 빠져나왔을지도 모른다. 그러나 장 발장은 죽어 가는 인간의 몸뚱이, 아마 시체일지도 모르는 것을 짊어진 채 전진을 계속했다.

물은 겨드랑이까지 찼다. 몸이 가라앉는 것을 느꼈다. 진창 속에서는 몸을 움직이는 것조차 힘들었다. 받쳐주는 진창의 밀도가 오히려 방해가 되었다. 그는 여전히 마리우스를 들어올리고 놀라운 힘을 내어 앞으로 나아갔다. 그러나 몸은 점점 가라앉아 갔다. 물 위로 나와 있는 것은 머리와 마리우스를 받쳐들고 있는 양 팔뿐이었다. 옛날 대홍수를 그린 그림에는 그렇게 자식을 들어 올리고 있는 어머니 모습이 그려져 있다.

그는 더욱 빠져들어갔다. 물을 피해서 숨을 쉬기 위해 얼굴을 젖혔다. 그 어둠 속에서 그를 본 사람이 있다면 그림자 위에 떠 있는 가면이라고 여겼을 것이다. 그는 머리 위에 마리우스의 축 늘어진 머리와 창백한 얼굴을 어렴풋이 보았다. 필사의 힘을 내어 한 발 앞으로 내디뎠다. 발에 무엇인지 모를 단단한 것이 부딪쳤다. 발판이었다. 정말 알맞은 때였다.

그는 몸을 비틀어 일으켜서 미친 듯이 그 발판 위에 올라섰다. 이것이 다시 한 번 생명으로 올라가는 첫계단이라고 생각했다.

위험한 순간에 진창 속에서 만난 그 발판은, 토대 저쪽 경사면의 끝이었다. 발판은 구부러지긴 했어두 무너지지 않고 판자처럼 다 한 장만이 물 밑으로 휘어 있었던 것이다. 잘 쌓은 석축은 둥글게 곡선을 이루고 이토록 견고하다. 그 밑바닥 부분은 절반이나 물에 잠겨 있지만 아직 튼튼하고 마치 비탈길처럼 되어 있어, 일단 그 비탈길 위에 올라서기만 하면 살아날 것이 틀림없다. 장 발장은 그 경사면을 올라가서 마침내 진수렁 저쪽에 이르렀다.

물에서 나올 때 그는 돌에 부딪쳐 넘어져서 무릎을 꿇고 말았다.

주저앉는 것이 당연하다고 생각한 그는 한동안 그대로 신에게 뭐라 해야 할지 모를 기도를 바쳤다.

그는 부르르 몸을 떨면서, 얼어붙고 악취를 풍기며, 빈사상태에 빠진 인간을 짊어지고 등을 굽힌 채 온몸에서 진창물을 뚝뚝 흘리면서도, 영혼은 이상한 광명으로 충만해서 벌떡 일어섰다.

상륙한다고 생각할 때 이따금 좌초한다

장 발장은 다시 걷기 시작했다.

그러나 함몰 구덩이 속에 목숨을 빼앗기지 않은 대신에 체력이 떨어진 것 같았다. 그러한 극도의 노력으로 그는 기진맥진해 있었다. 너무나 피로했기 때문에 서너 걸음 걷고는 숨을 쉬어야 했고 벽에 기대 쉬어야 했다. 한 번은 마리우스의 위치를 바꾸기 위해서 옆의 축대 위에 앉으려 했을 때, 다시는 움직일 수 없을 것만 같았다. 그러나 체력은 다했어도 기력은 다하지 않았다. 그는 다시 일어섰다.

그는 죽을 힘을 다해 거의 뛰다시피 하며 걸었다. 그런 상태로 백 걸음 가량 고개도 들지 않고 전혀 숨도 쉬지 않고 걸었다. 그리고 갑자기 벽에 부딪쳤다. 지하수도로의 모퉁이에 도달한 것인데 고개를 숙인 채 걸었기 때문에 벽에 부딪친 것이었다. 눈을 들자, 지하도 끝에, 저기 먼 앞쪽에, 멀리, 훨씬 멀리에 하나의 빛이 보였다. 이번에는 무서운 빛은 아니었다. 부드러운 흰빛이었다. 햇빛이었다. 장 발장은 출구를 보았다.

저주받고 떨어진 초열지옥의 한복판에서, 돌연 지옥의 출구를 발견한 영혼이 있다고 한다면, 장 발장이 이때 무엇을 느꼈는지 알 것이다. 그 영혼은 정신없이 타다 남은 날개를 벌리고 눈부신 빛의 문을 향하여 날아갈 것이다. 장 발장은 이제 피로도 느끼지 않았다. 마리우스의 무게도 전혀 느끼지 않았다. 자신의 다리를 다시금 강철처럼 느끼고, 걷는다기보다 뛰었다. 가까이 다가감에 따라서 출구가 차츰 분명하게 보였다. 출구는 아치형의 반원인데 점점 좁아져 가는 둥근 천장보다 더욱 낮고, 둥근 천장이 낮아짐에 따라 좁아지는 지하도보다 더 좁았다. 터널은 깔때기의 내부처럼 되어서 끝나 있었다. 그렇게 심술궂게 좁힌 모양은 감옥의 쪽문을 본뜬 것으로 감옥이라면 합리적이겠지만 지하수도로로는 불합리하기 때문에 나중에 개조되었다.

장 발장은 그 출구에 도달했다. 거기서 그는 걸음을 멈추었다. 출구임에는 분명했지만 나갈 수가 없었다.

아치형의 문은 튼튼한 철책으로 만들었는데, 철책은 아무리 보아도 녹슨 돌쩌귀 위를 회전하는 일이 좀처럼 없었던 모양으로, 돌로 된 문틀에 두툼한 자물쇠가 고정되어 있었고 그 자물쇠도 붉게 녹슬어서 커다란 벽돌 같았다. 열쇠 구멍이 보이고 튼튼한 빗장이 깊게 질려 있는 것도 보였다. 자물쇠는 틀림없이 이중으로 되어 있을 것이다. 옛 빠리가 즐겨 함부로 사용했던 감옥 자물쇠의 하나였다.

철책 너머에는 대기와 강과 햇빛과, 그리고 몹시 좁지만 지나가기에 충분한 석축의 둑과 그 저편의 강변, 쉽사리 숨어들어갈 수 있는 심연인 빠리, 넓은 지평선, 자유가 있었다. 오른편에는 하류 쪽으로 이에나 다리가, 왼편 상류 쪽으로는 앵발리드 다리가 보였다. 밤이 되기를 기다렸다가 도망치기에 가장 적합한 장소였다. 그곳은 빠리에서 가장 한적한 지점의 하나였다. 그로 까이유에 면한 둑이었다. 파리가 철책 창살 사이로 들락거리고 있었다.

오후 8시 반쯤 된 것 같았다. 해가 지려 하고 있었다.

장 발장은 마리우스를 토대의 마른 벽에 기대어 내려놓고 철책 앞으로 가서 두 손으로 창살을 잡았다. 미친 듯이 흔들었지만 꿈쩍도 하지 않았다. 철책은 요지부동이었다. 장 발장은 창살을 한 개씩 잡았다. 약한 창살을 하나 뽑아서 그것을 지렛대로 삼으면 문을 들어 올리든가 자물쇠를 부술 수 있을지도 모르겠다고 여긴 것이다. 어떤 창살도 움직이지 않았다. 호랑이 이빨이라 할지라도 이처럼 단단히 박혀 있지는 않을 것이다. 지렛대가 될 물건은 없었다. 들어올릴게 아무 것도 없었다. 극복할 수 없는 장해였다. 문을 열 수단은 전혀 없었다.

그렇다면 여기서 끝나야만 한단 말인가? 어떻게 하나? 어떻게 할 것인가? 되돌아서 무서운 길을 또다시 헤쳐나갈 힘은 이제 없었다. 게다가 기적처럼 간신히 탈출할 수 있었던 그 함몰 구덩이를 어떻게 무슨 재주로 다시 건넌다는 말인가? 더욱이 함몰 구덩이 뒤에는, 절대로 다시 도망칠 수 없는 경찰의 순찰대가 있지 않은가? 게다가 또 어디로 가면 좋은가? 어느 방향을 택해야 하나? 경사로를 따라가서는 목적지에 갈 수가 없다. 다른 출구에 도달했다손 치더라도 그것도 맨홀 뚜껑이든가 철책으로 막혀 있을 것이다. 모든 출구는 그처럼 똑같이 닫혀 있을 게 틀림없다. 우연히 그가 들어온 구멍의 철책만은 헐거웠지만 분명 지하수도로의 다른 구멍은 어디나 다 닫혀 있을 게 확실했다.

감옥으로 도망쳐 들어오는 데 성공했을 뿐이다. 이제 모든 것은 끝났다. 장 발장이 한 일은 모두가 허사였다. 신은 거부한 것이다.

그들은 둘 다 어둡고 큰 죽음의 거미줄에 걸린 것이다. 장 발장은 어둠 속에서 떨고 있는 거미가 검은 거미줄 위에서 마구 달리는 것을 느꼈다.

그는 철책에 등을 돌리고 여전히 꿈쩍도 하지 않는 마리우스 곁의 돌바닥에 앉는다기보다는 쓰러지듯 털썩 주저앉아서 머리를 무릎 사이에 떨어뜨렸다. 출구는 없다. 그는 마지막으로 남은 불안에 가슴이 죄는 듯 했다.

그 깊은 낙담 속에서 누구를 생각하고 있었을까? 자신에 관한 일도 아니고 마리우스도 아니었다. 그는 꼬제뜨를 생각하고 있었다.

찢어진 옷자락

그렇게 상심해서 앉아 있는 그의 어깨 위에 손 하나가 닿더니 어떤 낮은 목소리가 그에게 말을 걸었다.

"같이 나누지."

그 어둠 속에 어떤 사람이 있었단 말인가? 절망처럼 꿈과 비슷한 것은 없다. 장 발장은 꿈을 꾸는 것이라고 생각했다. 여태까지 발소리 하나 듣지 못했는데, 이런 일이 있을 수 있겠는가? 그는 눈을 들었다. 한 사나이가 눈앞에 서 있었다.

그 사나이는 작업복을 입고 있었다. 구두를 왼손에 들고 맨발로 서 있었다. 발소리를 내지 않고 장 발장에 접근하기 위해서였다. 구두를 벗은 것은 분명, 발소리를 내지 않기 위해서였다.

장 발장은 순간적으로 생각해 냈다. 참으로 예상하지 않았던 만남이었지만 그 사나이를 알고 있었다. 떼나르디에였다.

비록 불시에 흔들려 깨어난 격이었지만 장 발장은 갑작스러운 일에는 익숙해 있었고, 대뜸 응하지 않으면 안 될 예기치 못한 타격에도 익숙했기 때문에 곧 자기 정신으로 돌아왔다. 게다가 위난(危難)도 어느 정도까지 되면 그 이상 커지지 않는 것이어서 사태가 현재보다 더 악화될 리는 없었다. 떼나르디에가 나타났다고 해서 이 암흑을 더 한층 짙게 할 수는 없었다.

잠깐 동안 대기하였다.

떼나르디에는 오른손을 이마에 갖다 대고 차양처럼 눈을 가리고, 눈을 가늘게 뜨면서 이맛살을 찌푸렸다. 이것은 입을 약간 내밀고 상대를 확인하려는 인간의 날카로운 주의를 나타내는 동작이다. 그러나 잘 되지 않았다. 장 발장은 아까도 말했듯이 빛을 등지고 있었다. 게다가 대낮에도 알아보기 어려울 정도로 얼굴 모습이 바뀌고 진흙과 피에 범벅이 되어 있었다. 반대로 철책에서 새어들어오는 빛을 정면으로 받는 떼나르디에는——설사 그 빛이 지하 굴속처럼 희

누군가 그의 어깨에 손을 얹으며 말하였다.

미하다곤 하지만 그 희미한 속에 푸르스름하게 형체를 드러나게 하
는 빛을 정면으로 받은 떼나르디에는——통속적인 비유로 사람들이
말하듯 대뜸 장 발장의 눈에 뛰어들어온 것이었다. 그런 조건의 차
이는 이제 두 상황과, 두 사나이에게서 바야흐로 시작되려하는 이상
한 대결에서 얼마간 장 발장을 유리하게 하기에 충분했다. 복면한
장 발장과 가면을 벗은 떼나르디에가 우연히 만남으로써 싸움은 시
작되었다.

떼나르디에가 자기를 잘 못 알아보고 있는 것을 장 발장은 곧 알
아차렸다.

그들은 이 어두컴컴한 속에서 상대의 몸의 크기를 재듯 한동안 노
려보았다. 떼나르디에가 먼저 침묵을 깨뜨렸다.

"자넨 어떻게 나갈 작정이지?"

장 발장은 대답하지 않았다. 떼나르디에는 계속했다.

"문을 열 수가 없네. 그래도 자넨 여기서 나가야겠지."

"그렇다네." 장 발장은 말했다.

"그럼 절반씩 나누기로 해."

"무슨 말이야?"

"자넨 그 사나이를 죽였지, 그렇지? 나는 열쇠를 가지고 있단 말
이야."

떼나르디에는 마리우스를 손가락으로 가리켰다. 그는 계속했다.

"나는 자넬 잘 몰라, 하지만 도와주겠다는 기야. 내 말 알아듣겠
지."

장 발장은 이해가 가기 시작했다. 떼나르디에는 그를 살인자로 생
각하고 있는 것이다. 떼나르디에는 다시 말을 이었다.

"자아, 들으라구, 친구. 자네는 그 사나이의 주머니 속을 노렸겠
지. 내게 절반 내놓게. 그럼 문을 열어 주지."

그러고는 구멍이 숭숭 뚫린 작업복 밑에서 커다란 열쇠를 절반쯤

내보이며 다시금 덧붙였다.

"자유로운 몸이 되는 열쇠가 어떤 것인지 보고 싶겠지. 자아, 여기 있어."

장 발장은 늙은 꼬르네이유의 말마따나 '아연실색했다'(꼬르네이유제5막 作《신나》제1장). 자신이 지금 보고 있는 것이 현실인가 눈이 의심스러울 뿐이었다. 그것은 소름끼치는 모습으로 나타난 하늘의 뜻이었으며, 떼나르디에의 모습을 빌려 땅에서 솟아난 선량한 천사였다.

떼나르디에는 윗옷 밑의 큰 속주머니에 손을 들이밀고 동아줄을 꺼내어 장 발장에게 내밀었다.

"자아, 이 밧줄을 덤으로 주지."

"그 밧줄은 뭣해?"

"돌도 필요하겠지만 그건 밖에도 있을 거야. 잡동사니가 가득 있으니까."

"돌은 뭣에 쓰는 거지?"

"이런 어리석은 친구, 자넨 그 놈을 강에 던질 생각이겠지? 그러니까 돌과 밧줄이 필요하다는 거 아닌가? 그렇게 하지 않으면 물에 떠버릴 테니까 말야."

장 발장은 그 동아줄을 받았다. 누구라도 그렇게 무심코 물건을 받을 때가 있다.

떼나르디에는 문득 생각난 듯이 손가락을 튕겨 소리를 냈다.

"이봐 친구, 어떻게 저 구덩이를 지나왔나? 난 감히 할 수 없었는데, 아아! 그 냄새 고약하군."

잠시 후 그는 다시 덧붙였다.

"내가 여러 가지를 물었는데 아무 대답도 하지 않은 것은 알겠어. 그 지긋지긋한 예심 판사가 15분 동안 하는 심문의 연습이니까. 게다가 아무 말도 하지 않으면 큰 소리로 지껄여 댈 염려도 없어. 그러나 그건 쓸데없는 일이야. 내게는 자네 얼굴도 보이지 않고 이름도 모른다고 해서 자네가 어떤 인간인지, 무슨 짓을 할 작정인지 내가 전혀 모른다고 생각해선 잘못이야. 다 알고 있어. 그놈을 죽였기 때문에 이제부터 어디에 치워 버리려는 거겠지. 자네에겐 강이 필요하지. 강은 그런 뒤치다꺼리를 모두 감추어 버리니까. 난처하거든 내가 도와주지. 고생하는 사람을 돕는 건 내 적성에 맞으니까.”

장 발장이 잠자코 있는 것을 당연한 일이라고 하면서도, 분명히 말을 시키려 애쓰고 있었다. 그는 옆얼굴을 보려는 셈인지 상대의 어깨를 밀더니 역시 목소리를 억누른 채 외쳤다.

“구덩인데 말야, 자넨 용한 작자야. 왜 거기에 던져 버리지 않았어?”

장 발장은 침묵을 지켰다. 떼나르디에는 넥타이 대신 누더기 천을 목에 바짝 올려 매었다. 그것은 진지한 사나이의 동작이었다. 그리고는 말했다.

“딴은 현명한 생각이야. 인부들이 내일이라도 구멍을 막으러 오면 버린 시체를 발견할 게 뻔해. 그렇게 되면 차례차례로 연줄을 따라 꼬리가 잡혀서, 자네는 결국 잡히게 되지. 지하수도로를 나간 놈이 있다. 누구냐? 어디로 나왔나? 나오는 것을 본 사람은 없는가? 경찰은 영리하거든. 지하수도로는 마음을 놓을 수가 없는 놈이어서 자네를 밀고하지. 시체라는 습득물은 희귀한 물건인데다가 사람의 주의를 끌게 마련이야. 지하수도로를 이용하는 놈은 드물어. 그러나 강은 누구에게나 편리하지. 강은 진짜 무덤이거든. 한 달쯤 지나서 쌩 끌루의 다리목에 친 그물에 시체가 걸렸다 해 봐, 허지만 그게 무슨 소용 있어? 다 썩어 버린 시체 하나, 그게 뭐 대수람! 누가 죽였느냐? 빠리가 죽였지. 그렇게 되면 경찰은 제대로 조사도 하지 않아. 자넨, 참 잘했어.”

떼나르디에가 점점 더 지껄이면 지껄일수록 장 발장은 침묵을 지켰다. 떼나르디에는 또 그의 어깨를 흔들었다.

"자아, 결말을 내자구. 절반으로 나누세. 나는 열쇠를 보였으니까 자네도 돈을 보여주게."

떼나르디에는 무서운 형상을 하고, 야수처럼 보이고, 음험하고, 왠지 협박하는 듯 바싹 다가왔지만, 어딘가에 호의가 엿보였다.

이상한 것은 떼나르디에의 태도가 단순하지만은 않은 것이다. 전혀 아무렇지 않은 것 같지가 않았다. 뭔가 꺼리는 것 같지는 않은데, 목소리를 낮추는 것이다. 이따금 입에 손가락을 대고 쉿! 하고 중얼거렸다. 왜 그런지 까닭을 알 수 없다. 거기에는 그들 둘뿐이었다. 장 발장은 아마도 따로 악당들이 근처 구석에 숨어 있고 떼나르디에는 그들과 나누지 않으려는 것이라고 생각했다.

떼나르디에는 다시 말을 이었다.

"결말을 짓는 게 어때? 그놈은 호주머니에 얼마 갖고 있었어?"

장 발장은 자기 몸을 뒤졌다.

독자들도 기억하다시피 언제나 돈을 지니고 있는 것이 그의 습관이었다. 임기응변의 수를 쓰며 살아 가야만 하는, 어두운 생활을 숙명적으로 타고난 그는 그것을 철칙으로 했다. 그랬는데 이번에는 준비가 되어 있지 않았다. 어젯밤 국민군의 제복을 입을 때, 너무나 슬픈 생각에 마음을 뺏겼기 때문에 돈지갑 넣는 것을 잊어버렸던 것이다. 조끼 안주머니에 얼마간의 잔돈이 들어 있을 뿐이었다. 돈은 전부 30프랑 정도밖에 없었다. 그는 수렁물에 흠뻑 젖은 주머니를 뒤집어서 밑바닥 계단 위에 루이 금화 한 닢과 5프랑짜리 은화 두 닢, 그리고 2수짜리 동전 대여섯 닢을 늘어놓았다.

떼나르디에는 일부러 그러는 듯 목을 비틀면서 아랫입술을 내밀었다.

"싸게두 죽였군그래." 그는 말했다.

그는 장 발장의 주머니와 마리우스의 주머니를 사양하지 않고 뒤지기 시작했다. 장 발장은 빛을 등지는 데에만 신경쓰느라고 그가 하는 대로 내버려두었다. 떼나르디에는 마리우스의 옷을 뒤집어 보는 사이에 요술쟁이 같은 교묘한 솜씨로 장 발장이 알아차리지 못하게 옷자락의 천을 뜯어서 자기 작업복 안에 넣었다. 아마도 그 헝겊 조각이 머지않아 죽은 사나이와 죽인 사나이가 누구인가를 알아내는 데 도움이 될 거라고 생각한 모양이었다. 그러나 돈은 30프랑 이상 나오지 않았다.

"역시 그렇군. 두 사람 것을 모두 합쳐서 이것뿐이라."

그리고 "절반씩 나누자"고 했던 말은 어느새 잊어버리고 전부 혼자 차지했다.

2수짜리 동전까지도 집으려다가 그는 약간 추저했다. 그러나 생각하더니 중얼거리면서 그것도 집었다.

"하는 수 없지! 이렇게 싼 값으로는 수지가 안 맞아."

돈을 집어넣자 그는 작업복 밑에서 다시 열쇠를 꺼냈다.

"자, 자네는 나가야겠지? 여기는 시장 같아서 나가고 싶은 놈은 돈을 내야 해. 돈을 냈으니 나가게."

그렇게 말하고 웃기 시작했다.

떼나르디에가 그 열쇠를 보지도 못한 사나이에게 빌려주고, 자기 이외의 사람을 문 밖으로 내보내 준 것은 한 살인자를 구하려는 순수하고도 사심없는 의도에서였을까? 그 점에 대해서는 의심해도 좋을 것이다.

떼나르디에는 장 발장이 마리우스를 다시 어깨에 짊어지는 것을 거들어 주었다. 그러고 나서 장 발장에게 따라오라고 신호를 하면서 맨발 끝으로 철책에 다가가 밖의 동정을 살피고, 입에 손가락을 대고 잠시 동안 망설이고 있었다. 그러고는 밖의 낌새를 확인하고 나더니 열쇠를 자물쇠에 꽂았다. 빗장이 미끄러지며 문이 열렸다. 스치는 소리도, 삐걱거리는 소리도 나지 않았다. 참으로 조용히 열렸다. 분명히 그 철책과 돌쩌귀에는 조심스럽게 기름을 쳐놓아 생각했던 것보다 자주 열리곤 했던 모양이다. 그 부드러움은 오히려 섬뜩했다. 그곳에서는 은밀한 왕래, 밤의 사나이들의 소리 없는 출입, 살금살금 걷는 죄악의 발걸음을 느낄 수 있었다. 분명히 지하수도로는 어떤 비밀 패거리의 공범자였다. 소리 없는 철책은 범인의 은닉처였다.

때나르디에는 문을 조금 열어 겨우 장 발장이 지날 수 있을 만한 틈을 내주더니, 다시 철책을 닫고 열쇠로 자물쇠를 두 번 돌리고서는 숨소리 하나 내지 않고 다시 암흑 속으로 잠겨 버렸다. 호랑이의 발바닥인양 발소리가 전혀 나지 않았다. 하늘의 뜻이라고 받아들여야 할 이 혐오스런 사나이는 눈 깜짝할 사이에 보이지 않는 세계 속으로 들어가 버리고 말았다.

장 발장은 밖으로 나왔다.

누가 보아도 죽은 느낌을 주는 마리우스

장 발장은 마리우스를 둑의 석축 위에 내려놓았다.

그들은 밖으로 나온 것이다!

독기와 어둠과 공포는 물러갔다. 건강하고 깨끗하고 신선하고 즐거운, 자유롭게 숨 쉴 수 있는 공기가 넘치고 있었다. 주위는 고즈넉했지만 그 침묵은 푸른 하늘에 태양이 가라앉은 뒤의 아름다운 고요함이었다. 이미 황혼이 지고 있었다. 밤이 다가오고 있었다. 밤, 위대한 해방자——고난에서 빠져나오기 위해서 어두운 그림자의 망토를 입어야 하는 모든 영혼의 벗. 하늘은 끝없이 넓어서 마치 거대한 장막 같았다. 강물이 그의 발치에 키스하는 소리를 내며 흐르고 있었다. 샹 젤리제의 느릅나무 숲 속에서는 밤인사를 주고받는 둥지 속 새들의 대화가 들려 온다. 아직도 어렴풋이 푸른 하늘에, 꿈꾸는 사람의 눈에만 보이는 두서너 개의 별이 끝없이 먼 곳에 희미한 작은 점이 되어 반짝이고 있었다. 저녁이, 장 발장 머리 위에 무한한 것이 지니고 있는 온갖 고요함을 전개하고 있었다.

그것은 불분명하고도 미묘한 시간, 밤이라고 할 수도 없고 아니라고 할 수도 없는 애매한 시간이었다. 밤의 장막은 꽤 짙어서 조금 떨어지면 사람의 모습은 잘 보이지 않게 되나 그래도 아직 낮의 빛이 조금 남아 있어 가까이 다가서면 상대방 얼굴을 알아볼 수 있었다.

장 발장은 엄숙하고도 애무하는 듯한 그 정적에 한동안 몸을 맡기고 있었다. 사람에게는 그렇게 자기 자신을 잊는 순간이 있다. 그런 때의 고뇌는 불행한 인간을 괴롭히기를 멈춘다. 모든 것은 사념 속에 자취를 감춘다. 평화가 꿈꾸는 사람을 밤처럼 감싼다. 그리고 빛을 가져다주는 황혼 아래, 빛을 뿌리는 하늘처럼 사람의 영혼에도 별이 가득 찬다. 장 발장은 머리 위에 펼쳐진 광대한, 빛나는 그림자를 넋을 잃고 바라보았다. 그는 생각에 잠기어 영원한 하늘의 엄숙한 침묵 속에서 황혼과 기도에 잠겨 있었다. 그러다가 깜짝 놀라, 의무감에 눈뜬 듯 마리우스에게 몸을 굽혀 손으로 물을 떠서 그의 머리 위에 조용히 몇 방울 떨어뜨렸다. 마리우스는 눈을 뜨지 않았다. 그러나 조금 벌리고 있는 그 입은 숨을 쉬고 있었다.

장 발장은 다시 한 번 강물에 손을 넣으려 했다. 그러다 문득 그는 모습은 보이지 않지만 뒤에 누군가 서 있는 듯한, 어떤 불안을 느꼈다. 이미 다른 데서 말한 바와 같다.

그는 뒤를 돌아보았다.

과연 그가 느낀 그대로 누군가 뒤에 서 있었다.

긴 프록코트를 입고 팔짱을 끼고 오른손에는 맨 꼭대기에 납덩어리가 달린 곤봉을 들고, 마리우스 위에 몸을 굽히고 있는 장 발장 뒤에서 대여섯 걸음 떨어진 곳에 키 큰 한 사나이가 서 있었다.

그 모습은 그림자 탓도 있었지만 어쩐지 유령 같았다. 단순한 인간이라면 저녁 어둠에 겁을 먹었을 것이다. 사려깊은 인간이라도 곤봉에 두려움을 느꼈을 것이다.

장 발장은 자베르라는 것을 알아차렸다.

독자는 이미 간파했을 테지만 떼나르디에를 미행했던 자는 자베르 바로 그 사람이었다. 자베르는 뜻하지 않게 바리케이드에서 나온 뒤, 시경으로 가서 잠시 국장을 만나 구두 보고를 마치자, 곧 자신의 임무로 되돌아왔는데——바리케이드에서 그의 호주머니에서 나온 종이쪽지를 상기해 주기 바란다——그 임무에는 얼마 전부터 경찰의 주의를 받고 있는 세느 강 오른편 둑에서 샹 젤리제 부근을 감시하는 일도 포함되어 있었다. 그곳에서 그는 떼나르디에를 발견하고 뒤를 밟아 왔던 것이다. 그 다음의 일은 이미 독자들이 아는 바와 같다.

이것으로 이해가 될 것이다. 철책을 장 발장에게 친절하게 열어준 것은, 사실은 떼나르디에의 교활한 계책이었던 것이다. 떼나르디에는 아직 그 근처에 자베르가 있다는 것을 알고 있었다. 감시받는 사람은 정확한 후각을 가지고 있는 법이다. 그래서 사냥개에게 뼈다귀를 하나 던져 줄 필요가 있었다. 거기에 마침 살인자가 나타나니 그야말로 절대로 놓쳐서는 안될 희생물이었다. 떼나르디에는 장 발장을 밖에 내보내 줌으로써 경찰에게 먹이를 주고, 자신에 대한 추적을 늦추고 더 큰 사건 속에 자신에 관한 일을 잊게 하고, 자베르에게는 기다린 만큼 가치있는 보수를 주고, 한편 자기는 30프랑을 벌어들이고, 그가 한눈을 파는 사이에 달아나 버리려는 생각이었다.

장 발장은 하나의 암초에서 또 다른 암초에 부딪친 것이다.

떼나르디에의 손아귀에서 자베르에게로 떨어지는 잇따른 두 재난은 참으로 가혹하였다.

장 발장은 이미 말했듯이 모습이 아주 달라져 있었기 때문에 자베르는 누군지 알아차리지 못했다. 그는 팔짱을 낀 채, 눈치채이지 않

을 정도의 동작으로 손에 든 곤봉을 다시 고쳐 쥐자, 분명하고 조용
한 목소리로 말했다.

"넌 누구냐?"

"나요."

"도대체 누구냐?"

"장 발장."

자베르는 곤봉을 입에 물고 무릎을 구부려서 몸을 기울이고, 힘준
두 손을 장 발장의 두 어깨에 놓고, 두 개의 물건을 고정시키는 기
계처럼 단단히 붙잡고 유심히 들여다보고 나서야 비로소 상대가 누
구인지 알아볼 수 있었다. 그들의 얼굴은 맞닿을 것 같았다. 자베르
의 눈은 날카로왔다.

장 발장은 자베르에게 붙잡힌 채 마치 살쾡이의 발톱을 참고 있는
사자처럼 움직이지 않았다.

"자베르 경위, 당신은 나를 이렇게 붙잡았소. 게다가 나는 오늘
아침부터 이미 당신에게 붙잡힌 거나 다름없다고 생각했소. 당신
에게서 달아날 생각이었다면 주소 같은 것은 가르쳐 주지도 않았
을 거요. 나를 체포하시오. 다만 한 가지 일을 허락해 주기 바라
오."

자베르는 듣고 있는 것 같지 않았다. 그는 장 발장을 똑바로 보고
있었다. 입술을 코 쪽으로 밀어올려서 턱에 주름이 잡혀 거친 몽상
에 빠진 모습이었다. 드디어 장 발장을 놓고 벌떡 일어나서 곤봉을
다시 움켜쥐고 이렇게 물었다. 아니 그보다 꿈속에서 헤매듯 중얼거
렸다.

"당신 여기서 무얼 하는 거요? 그리고 그 사나이는 누구요?"

그는 장 발장이라는 것을 알고도 '너'라고 부르지 않았다.

장 발장은 대답했다. 그 목소리를 듣고 자베르는 제 정신으로 돌
아간 것 같았다.

자베르는 유심히 들여다보고 나서야 비로소 상대가 누구인지 알아볼 수 있었다.

"내가 당신에게 이야기하려고 한 것은 바로 이 사나이의 일이오. 내 몸은 당신 마음대로 하시오. 그러나 우선 이 사나이를 자기 집으로 데려다 주는 걸 도와주시오. 그걸 부탁할 뿐이오."

남들이 자신에게 무언가 양보해주길 기대하는 순간처럼, 자베르의 얼굴에는 팽팽한 긴장감이 돌았다. 그러나 그는 안된다고는 하지 않았다. 그는 다시 몸을 구부리고 자신의 주머니에서 손수건을 꺼내어 물에 적시어 피에 젖은 마리우스의 이마를 닦아 주었다.

"바리케이드에 있던 사나이로군." 그는 낮은 목소리로 혼자 중얼거렸다.

"마리우스라고 불리던 사나이야."

그야말로 일류 탐정인 그는, 당장에 죽게 될 것이라고 믿으면서도 모든 것을 관찰하고, 모든 것에 귀를 기울이고, 모든 것을 기억하고 있었다. 죽음의 괴로움 속에서도 망을 보고, 무덤 구덩이에 한 발을 들여놓으면서도 그는 기록을 하고 있었던 것이다.

그는 마리우스의 손을 잡고 맥을 짚었다.

"부상을 입었소." 장 발장은 말했다.

"죽었군." 자베르가 말했다.

장 발장은 대답했다.

"아니, 아직 죽지 않았소."

"그럼, 당신은 이 사나이를 바리케이드에서 여기까지 날랐군." 자베르가 말했다.

그는 무슨 일엔가 깊이 마음을 빼앗긴 것 같았다. 지하수도로를 지나온 이 까닭이 있는 인간의 구출에 대해서 그 이상 묻지 않고, 또 그의 질문에 대해서 장 발장이 아무 대답도 않는 것을 주의하지도 않은 채.

한편 장 발장은, 한 가지 일만을 골똘히 생각하고 있는 것 같았다. 그는 말했다.

"이 사나이는 마레 지구 피유 뒤 깔베르 거리에 살고 있소. 조부
의 집인데, 조부의 이름은 기억하고 있지 않소."
장 발장은 마리우스의 윗도리를 뒤져 수첩을 꺼내 마리우스가 연
필로 급히 쓴 페이지를 펼쳐 자베르에게 내밀었다.
하늘에는 아직 글씨를 읽을 수 있을 정도로 빛이 조금 남아 있었
다. 게다가 자베르의 눈은 밤에 활동하는 새처럼 어둠 속에서도 볼
수 있는 어떤 빛을 내고 있었다. 그는 마리우스가 쓴 몇 줄의 글을
읽고 중얼거렸다.
"질노르망, 레 피유 뒤 깔베르 거리 6번지."
그러고 나서 그는 외쳤다.
"마부!"
마차가 만일에 대비해서 기다리고 있었다는 것은 독자들이 기억
할 것이다.
자베르는 마리우스의 수첩을 자기 주머니에 집어넣었다.
즉각 마차가 물먹이는 곳의 비탈길을 내려와 둑의 석축에 오자 마
리우스를 뒷자석에 놓고 자베르는 장 발장과 나란히 앞좌석에 앉았
다.
문이 닫히고 마차는 재빨리 강변길과 멀어지면서 바스띠유 방면
을 향해 올라갔다.
그들은 강변 거리를 벗어나서 한길로 들어갔다. 마부는 마부석 위
에 검은 그림자를 보이며 여윈 말에 채찍질을 하고 있었다. 마차 속
에는 얼음 같은 침묵이 있었다. 마리우스는 움직이지 않고 안쪽 한
구석에 몸을 기대고 머리를 가슴에 힘없이 숙이고, 두 팔을 축 늘어
뜨리고, 두 발은 굳어져서 이제는 관을 기다릴 수밖에 없는 모습이
었다. 장 발장은 그림자로 만든 것 같았고, 자베르는 돌로 만든 것
처럼 보였다. 그리고 마차 안은 캄캄한 어둠으로 채워져서, 그 내부
는 가로등 앞을 지나갈 때마다 이따금 번쩍거리는 번갯불에 푸르스

름하게 비쳤다. 시체와 유령과 조상(彫像). 비참한 이 세 부동체를 우연히 한데 모아놓고 음울하게 마주 보게 하는 것 같았다.

아들의 귀환

포장도로 위를 달리는 마차가 흔들릴 때마다 마리우스의 머리에서 피가 한 방울씩 떨어졌다. 마차가 뒤 깔베르 거리 6번지에 이르렀을 때는 벌써 한밤중이었다.

자베르가 앞장서서 마차에서 내려 대문 위의 번지를 확인하자 수염소와 사티로스(그리스 신화 중의 괴인)가 마주 보고 있는 고전식의 장식이 붙은 무거운 무쇠 노커를 들어올리고 세게 두드렸다. 한쪽 문이 열렸다. 자베르는 그것을 밀어 크게 열었다. 문지기가 하품을 하면서 자다 깬 멍한 눈으로 촛불을 들고 상반신을 내밀었다.

집안은 모두 잠들어 있었다. 마레의 사람들은 일찍 자는 편이고, 폭동이 있는 날은 더욱 그러했다. 옛날의 기풍을 지닌 이 거리는, 혁명이라는 말만 들어도 공포에 떨며 잠속으로 피난하는 것이다. 마치 아이들이 크로끄미띤(어린 아이를 놀라게 할 때 에 말하는 도깨비 이름)이 온다고만 하면 얼른 머리에 이불을 뒤집어 쓰는 것과 같았다.

그 사이에 장 발장은 겨드랑이 밑을, 마부는 무릎을 받치고 마리우스를 마차에서 끌어 내렸다.

장 발장은 또다른 한쪽 손을 마리우스의 크게 찢어진 옷 밑으로 집어넣어 가슴을 만져보고 심장이 아직도 뛰고 있는 것을 확인했다. 심장은 전보다 약간 세게 뛰는 것 같았다. 마차의 흔들림이 생명을 얼마간 회복시킨 듯했다.

자베르는 폭도의 집 문지기에게 관리다운 어조로 물었다.

"질노르망이란 사람의 집인가?"

"맞습니다. 무슨 일이십니까?"

"질노르망의 아들을 데리고 왔네."

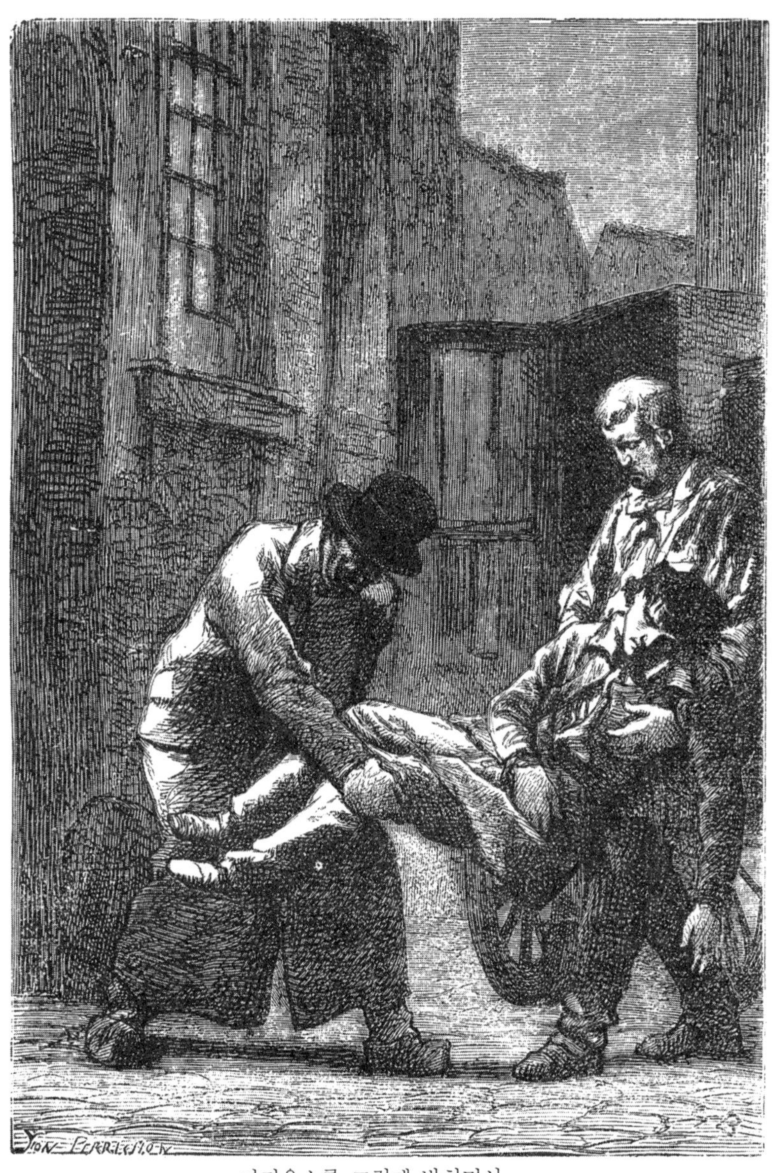

마리우스를 그렇게 받치면서……

“아들요?” 문지기는 멍청하게 말했다.

“죽었어.”

장 발장은 더러운 누더기 옷차림으로 자베르 뒤에 서 있었으므로 문지기가 무서운 듯이 그쪽을 바라보았다. 장 발장은 아직 죽지는 않았다는 뜻으로 문지기에게 머리를 흔들어 보였다. 문지기는 자베르의 말도 장 발장의 눈짓도 이해하지 못하는 모양이었다.

자베르는 말을 이었다.

“바리케이드에 있던 것을 데리고 온 거요.”

“바리케이드에!”

문지기가 외쳤다.

“거기서 죽은 거야. 가서 이 자의 아버지를 깨워요.”

문지기는 움직이지 않았다.

“가라고 하잖아!”

자베르가 고함을 쳤다.

그리고 덧붙였다.

“내일은 장례식을 치러야겠지.”

자베르는 공무에서 일어나는 사건들을 종류별로 나누었다. 이렇게 하는 것은 경계와 감시의 기본이어서 사건 하나하나를 구분해 놓은 것이다. 일어날 듯한 사건은 모두 서랍 속에 넣어두어 그곳에서 때에 따라 필요한 만큼 나오는 것이었다. 거리에는 소요와 폭동, 유흥, 장례식이 있었다.

문지기는 바스끄만을 깨웠다. 바스끄는 니꼴레뜨를 깨웠다. 니꼴레뜨는 질노르망 이모를 깨웠다. 그러나 조부는 깨우지 않았다. 그에게는 되도록 늦게 알리는 편이 좋다고 생각한 것이다.

같은 건물의 다른 사람들에게 눈치 채이지 않게 마리우스는 2층으로 옮겨져 질노르망 씨의 다음 방인 객실 낡은 안락의자 위에 눕혀졌다. 한편 바스끄는 의사를 부르러 가고 니꼴레뜨가 붕대류가 든 옷장을 열 때, 장 발장은 자베르가 그의 어깨를 잡고 있는 것을 느꼈다. 그는 그 뜻을 깨닫고 자베르의 발소리를 뒤쪽에서 들으며 층계를 내려갔다.

문지기는 그들이 들어오는 것을 보았을 때처럼, 무서운 꿈이라도 꾸는 듯한 심정으로 그들이 나가는 것을 바라보았다. 그들은 다시 마차에 올랐다. 마부도 마부석으로 올랐다.

"자베르 경위! 한 가지 더 허락을 해 주시오."

"무엇을?" 자베르는 무뚝뚝하게 물었다.

"잠깐 집에 들르게 해주시오. 그런 다음에는 당신이 하고 싶은 대로 하시오."

자베르는 프록코트의 깃에 턱을 묻고 한동안 잠자코 있더니, 앞에 달려 있는 작은 유리창문을 내렸다.

"마부, 롬므 아르메 거리 7번지로." 그는 말했다.

절대자의 동요

그들은 장 발장의 집으로 가는 도중 한 번도 입을 열지 않았다.

장 발장은 무엇을 원하고 있는 걸까? 시작했던 일을 다 마치고 싶었던 것이다. 즉 꼬제뜨에게 모든 것을 이야기하고 마리우스가 있는 곳을 가르쳐주고, 그밖에 무언가 도움이 될 만한 말을 해주고, 가능하면 마지막 정리를 이것저것 해두자는 것이었다. 자신의 일, 자기 한 사람에 관한 일은 이미 끝장나 있었다. 그는 자베르에게 체포되어 저항하지 않았다. 장 발장이 아닌 보통 인간이 그러한 처지에 놓였더라면 아마도 떼나르디에가 주었던 밧줄과 이제부터 들어가게 될 감방의 창살문을 멍청하게 생각했을 것이다. 그러나 예전에 주교와 만난 이래 장 발장의 마음에는 어떤 폭행에 대해서도, 구태여 말한다면 설사 자기 자신이 당하는 폭행에 대해서도 깊은 종교적인 망설임이 솟는 것이었다.

자살은 미지의 세계를 향한 일종의 신비적인 위법 행위이며——
그러한 행위에는 어느 정도 정신적인 죽음이 포함되는데——장 발
장으로서는 실행할 수 없는 일이었다.

롬므 아르메 거리 입구에서 마차는 멈춰섰다. 그 거리는 마차가
들어가기에 너무 좁았다. 자베르와 장 발장은 마차에서 내렸다.

마부는 마차의 유트레히트제(製)의 비로드가 피살된 사람의 피와
살인자의 진흙으로 더럽혀졌다는 것을 '경위 나리'에게 정중하게 허
리를 굽히면서 말했다. 그는 사건을 그렇게 생각하고 있던 것이다.
그리고 변상을 해주어야겠다고 덧붙여 말했다. 그러면서 주머니에서
수첩을 꺼내어 '무슨 증명이라도 한 구절' 거기에 써달라고 경위 나
리에게 부탁했다.

"얼마면 되겠나, 기다린 삯하고 마차 요금을 합쳐서 ?"

"7시간하고 15분입니다. 게다가 버려진 비로드 좌석은 새것입니
다. 80프랑 주십시오, 경위 나리."

자베르는 주머니에서 나뽈레옹 금화를 네 닢 꺼내 주고 마부를 돌
려보냈다.

장 발장은 자베르가 자신을 바로 가까이에 있는 블랑 망또의 지서
나 아르쉬브의 지서로 데리고 갈 작정이구나, 하고 생각했다. 그들
은 거리로 나섰다. 거리는 여느때처럼 고요했다. 자베르는 장 발장
을 앞서게 했다. 그들은 7번지에 이르렀다. 장 발장은 문을 두드렸
다. 문이 열렸다.

"좋소. 들어가시오." 자베르는 말했다.

그리고 야릇한 표정으로, 마지못해 억지로 이야기하듯 덧붙여 말
했다.

"난 여기서 기다리겠소."

장 발장은 자베르를 쳐다보았다. 여느 때의 자베르는 이런 행동을
절대로 하지 않았다. 그러나 지금 자베르가 자신을 크게 신임한다고

해도 별로 놀랄 일이 못 되었다. 그것은 자신의 손톱만한 자유를 쥐에게 주는 고양이의 신임이며, 또한 장 발장은 자신을 버리고 모든 결말을 지으려는 결심이 서 있었기 때문이다. 그는 문을 밀고 안으로 들어가서 벌써 잠들었다가 침대 속에 누워 문 여는 줄을 잡아당겨 준 문지기에게 "나야!" 하고 나서 계단을 올라갔다.

2층에 올라와서 그는 걸음을 멈추었다. 모든 슬픔의 길에서도 멈춰설 장소는 있는 것이다. 층계참에 들어올리는 창문이 열려 있었다. 낡은 집에서 흔히 볼 수 있는 그 계단은 바깥의 빛을 받을 수 있게 되어 있어서 거리가 내려다보였다. 가로등이 바로 맞은편에 서 있기 때문에 희미하게나마 불빛을 던져 주어 기름이 절약되었다.

장 발장은 숨을 돌리기 위해선지 아니면 무심코 그랬는지 창문으로 고개를 내밀었다. 그리고 길 위를 내려다보았다. 거리는 짧았고 가로등이 끝에서 끝까지 비치고 있었다. 장 발장은 깜짝 놀라 자신의 눈을 의심했다. 그곳에는 이미 아무도 없었다.

자베르는 가고 없었다.

조부

안락의자 위에서 꼼짝도 하지 않고 누워 있던 마리우스를 바스끄와 문지기는 객실로 옮겼다. 불러온 의사가 달려왔다. 질노르망 이모는 잠에서 깨어 나왔다.

질노르망 이모는 몹시 놀라서 두 손을 맞잡은 채 몹시 당황하며 "아아, 이게 웬일이람!" 할 뿐 어찌할 바를 몰랐다. 이따금 이런 말도 덧붙였다. "모든 것이 피투성이가 되는구나!" 차츰 공포는 가라앉고, 그녀도 사정을 얼마간 알아차리게 되자, "으레 이렇게 되게 마련이지!" 하고 자신의 생각을 말했다. 그래도 이런 경우 "그러니까 내가 뭐라든가!" 하는 평소의 입버릇은 나오지 않았다.

의사의 지시로 간이침대가 안락의자 옆에 마련되었다. 의사는 마리우스를 진찰하고, 아직 맥이 뛰고 있으며 가슴에는 깊은 상처가 하나도 없고, 입술 구석에 엉긴 피가 콧구멍에서 나온 것임을 확인 하자 환자를 침대 위에 똑바로 눕히고, 호흡을 편하게 하기 위해서 베개를 베이지 않고 머리를 몸과 똑같은 높이보다는, 오히려 약간 낮게 하고 옷을 벗겼다. 질노르망 양은 마리우스의 옷을 벗기는 것 을 보고 방에서 나왔다. 그녀는 자기 방에서 기도를 드리기 시작했 다.

몸 안에 상처를 입은 곳은 한군데도 없었다. 탄환 한 개가 수첩 때문에 힘이 꺾여 옆으로 빗나가 옆구리에 심한 파열상을 입혔지만, 깊은 상처는 아니고 따라서 생명에 위험은 없었다. 오랜 시간 지하 수도로 속을 지나오는 동안에 부러진 쇄골이 완전히 자리가 움직여 져서 중상이었다. 양팔에는 군도 자국이 있었다. 얼굴에는 아무런 상처도 없었지만 머리는 아주 엉망이었다. 그런 머리의 상처는 어떤 결과를 가져올까? 두피에만 한정된 상처인지? 뇌속까지 깊이 들 어갔는지? 그점은 아직 뭐라고 말할 수 없었다. 중요한 것은 그 상 처 때문에 기절했다는 것인데, 그런 경우에는 반드시 회복된다고 할 수 없었다. 더욱이 환자는 피를 많이 흘려 상태가 악화되어 있었다. 허리띠 밑의 부분은 바리케이드로 가려져 있던 덕분에 무사했다.

바스끄와 니꼴레뜨는 헝겊을 찢어서 붕대를 준비했다. 니꼴레뜨가 그것을 꿰매고 바스끄가 감았다. 가제가 없었기 때문에 의사는 응급 조치 때 쓰는 솜을 상처에 대고 출혈을 막았다. 침대 옆에는 외과 수술용 기구를 늘어놓은 테이블이 있고, 그 위에 초가 세 자루 타고 있었다. 의사는 마리우스의 얼굴과 머리카락을 찬물로 씻었다. 물통 에 가득 찬 물이 단번에 시뻘개졌다. 문지기가 촛불을 들고 의사의 손 밑을 비추고 있었다.

의사는 비관적인 생각에 잠긴 듯했다. 이따금 고개를 가로젓고 있 었는데, 그것은 마치 마음 속에서 스스로 질문하고 대답하는 것 같았다. 의사가 그렇게 남모르게 자문자답을 하는 것은 환자에게 좋지 않은 징조다.

의사가 마리우스의 얼굴을 닦고, 아직 감겨 있는 눈등에 가볍게 손끝을 대었을 때, 객실 안쪽 문이 열리고 창백하고 긴 얼굴이 나타났다. 조부였다. 이틀 동안의 폭동은 질노르망 씨를 몹시 자극하여 격분하게 하고 불안하게 했다. 어젯밤에는 잠을 이루지 못해서 오늘은 하루 종일 열이 올라 있었다. 밤이 되자, 문단속을 잘 하라고 이르고 피로가 몰려 와서 일찌감치 잠자리에 들어 가벼운 잠이 들어 있었다.

노인의 잠은 얕다. 이 노인의 방은 객실에 인접해 있었기 때문에, 모두가 매우 조심했어도 그는 소리를 듣고 깨어난 것이었다. 문 틈에서 불빛이 새어들어오는 것을 보고 깜짝 놀라 침대에서 내려와 더듬더듬 나왔다.

질노르망은 문지방 위에 서서, 한 손을 반쯤 열린 문의 손잡이에 대고, 머리를 약간 디밀어 건들건들하며 몸은 수의처럼 희고 곧은 주름 없는 잠옷에 싸여서 퍽 놀란 표정이었다. 마치 무덤 속을 들여다보는 유령 같았다.

그는 침대를 보고, 이불 위에서 피투성이로 살빛은 납처럼 희고, 눈은 감고, 입은 벌리고, 입술은 새파랗고, 허리 위는 벗겨지고, 온몸이 시뻘건 상처투성이로 꼼짝도 않고 불빛을 받고 있는 청년을 보았다.

조부는, 머리에서 발끝까지 뼈가 앙상한 몸이 겨우 견딜 만큼 떨리고, 나이 때문에 각막이 노래진 두 눈은 유리처럼 번들거리는 빛에 덮여서 온 얼굴이 마치 해골 같은 흙빛을 띠며, 용수철이 끊어진 듯 두 팔을 축 늘어뜨리고, 부들부들 떨고 있는 늙은 두 손의 손가락 사이에까지 놀라움이 나타나고, 두 무릎은 앞으로 엉거주춤하게 굽고, 잠옷의 여민 틈으로 흰 털이 솟은 마른 정강이를 내보이면서 중얼거렸다.

"마리우스."

"나리, 도련님을 지금 어떤 사람이 떠메고 왔습니다. 바리케이드에 계시다가, 그러다가……." 바스끄가 말했다.

"죽었구나! 아아! 못된 놈!"

그때, 무덤 속에서도 그렇게 될까 싶을 정도로 100살이 가까운 노인은 청년처럼 벌떡 일어섰다.

"여보시오, 당신은 의사군요. 우선 한 가지만 내게 말해 주시오. 그놈은 죽었소, 그렇지요?"

의사는 너무 마음 아픈 나머지 침묵을 지켰다.

질노르망 씨는 처절한 웃음을 터뜨리면서 두 팔을 비틀었다.

"죽었어! 죽은 거야! 바리케이드에서 죽었어! 나를 원망해서! 내게 보복하느라고 이런 짓을 저질렀어! 아아! 흡혈귀 같으니! 이런 참혹한 꼴로 내게 돌아왔어! 아아, 매정하구나! 죽었어!"

그는 숨이 막히는지 창가로 가서 창문을 활짝 열어 젖히고 어둠 앞에 우뚝 서서 바깥 거리의 밤을 향해서 지껄이기 시작했다.

"찔리고, 잘리고, 목을 찔리우고, 얻어맞고, 찢기우고 만신창이가 되어 버렸어! 저것 좀 봐, 못된 녀석! 아무리 못된 놈이라도 내가 기다릴 것을 잘 알고 있었을 텐데. 제 방을 정돈해 놓고 어렸을 적 사진을 언제나 머리맡에 놓고 있는 것을 말이야! 잘 알고 있었을 거야, 돌아오기만 해도 좋다는 것을! 몇 해 전부터 내가 네놈의 이름을 계속 부른다는 것을, 저녁때가 되면 벽난로 구석에서 무릎 위에 팔짱을 낀 채 어쩔 줄 몰라하는 것을, 네놈 때문에 내가 넋이 빠져 버린 것을! 너는 잘 알고 있었을 거야. 돌아오기만 하면 그것으로 족해. 돌아와서 접니다 하고 한 마디만 하면 되는 거였어. 그것으로 네가 이 집의 주인이 될 것이었다. 나는 네

의사가 마리우스의 얼굴을 닦고, 감겨 있는 눈등에 가볍게 손끝을 대었을 때 창백한 얼굴이 나타났다.

가 하자는 대로 할 생각이었다. 너는 이 늙어빠진 어리석은 할아비를 제 마음대로 할 수 있다는 것을 잘 알고 있었을 것이다! 그런데 너는, '아니, 저건 왕당파야, 안 가겠어!' 라고 말했지. 그러더니 바리케이드에 가서 일부러 죽고 만 거야! 베리 공작에 대해서 내가 한 말에 대한 보복으로 말이다! 염치를 모르는 놈이 이런 놈이야! 하는 수 없지, 누워서 고요히 자거라! 아, 죽어 버리다니, 이제야 나도 눈을 떴구나."

의사는 이번에는 양쪽이 다 걱정되기 시작하여 한동안 마리우스 곁을 떠나 질노르망 씨 곁에 가서 팔을 부축했다. 조부는 뒤를 돌아보고 커다랗게 핏발이 선 듯한 눈으로 의사를 바라보더니 조용히 말했다.

"고맙소, 나는 아무렇지 않소. 나는 사나이오. 루이 16세의 죽음도 보았고 어떤 사변에도 꿈쩍하지 않았소. 다만 한 가지 두려운 것은 신문이 온갖 해를 끼친다는 것을 생각하는 일이오. 세상에 엉터리 기자, 능변가, 변호사, 연설가, 연단, 논쟁, 진보, 광명, 인권, 출판의 자유가 있는 한, 아이들은 모두 이런 꼴로 집에 실려 오게 되오! 아아! 마리우스! 끔찍한 일이다! 살해되고 말았구나! 나보다 먼저 죽다니! 바리케이드! 아아! 악당들! 의사 선생, 당신은 이 근처에 사시지요? 나는 당신을 잘 알고 있소. 당신의 마차가 지나는 것을 나는 창문에서 보았소. 당신에게 맹세하리다. 내가 지금 화가 났다고 생각하면 잘못이오. 죽은 사람을 상대해서 화를 낸들 뭣하겠소. 그건 어리석은 짓이오, 이 애는 내가 기른 자식이오. 이 애가 아직 어렸을 적에 나는 이미 늙어버렸소. 튈르리 공원에서 이 애가 조그만 괭이와 조그만 의자를 가지고 놀고 있으면, 나는 공원지기에게 야단맞지 않도록 이 애가 괭이로 땅에 판 구멍을 하나하나 지팡이로 메웠소.

그 아이가 어느 날, 루이 18세를 타도한다고 외치며 나갔소. 내

죄가 아니오. 이 애는 정말로 장밋빛 얼굴에 머리는 금발이었소. 어머니는 벌써 돌아갔소. 당신도 아시죠? 어린아이들이 모두 금발 머리인 것은 어떤 까닭일까요? 이 애는 '르와르 강의 불한당'(나뽈레옹의 패잔병)의 아들이오. 그러나 아버지의 죄는 아이에게 관계없소. 이 아이가 아직 겨우 요만했을 적 일이 생각나는군요. 아직 'd'를 발음하지 못할 때였소. 어찌나 이야기를 부드럽게 하는지 혀가 잘 돌지 않아서 마치 조그만 새 같았소. 어떤 때는 '헤라클레스 파르네제'(둘르리 공원에 있는 헤라클레스의 影像) 앞에서 이 애에게 탄복한 사람들이 둥그렇게 둘러서서 칭찬했던 것을 기억하오만, 그토록 잘 생겼었소, 이 아이는! 마치 그림으로 그린 것 같았으니 말요. 나는 큰 소리를 낼 때도 있었고, 지팡이로 위협할 때도 있었지만 그것도 다 농담이라는 것을 이 애는 잘 알고 있었지요. 아침에 내 방으로 오면 나는 잔소리를 심하게 했지만, 마음 속으로는 태양이 들어온 것처럼 생각했소. 그런 꼬맹이한텐 무력한 거지요. 우리 마음을 사로잡고 우리를 포로로 만들고 다시는 놓지 않았지요. 정말 이 아이처럼 사랑스러운 것은 세상에 없었소. 그랬는데 지금 이 아이를 죽여 버리다니! 라파이예뜨파(대혁명 시대의 입헌 왕정파)니, 뱅자맹 꽁스땅파(소설 《아돌프》의 작가. 공화주의 정치가)니, 따르귀르 드 꼬르셀르파(라파이예뜨파의 흐름을 받아들인 왕정 복고기의 자유주의자)는 뭐라는 놈들이오! 이대로 놓아 둘 수는 없어."

의사는 실신한 채 아직 움직이지 않는 마리우스 쪽으로 되돌아왔다. 조부도 마리우스에게 다가가자, 또다시 양팔을 비틀기 시작했다. 노인의 흰 입술이 무심코 움직이고 임종 때 숨결처럼 거의 알아들을 수 없는 말을 했다. "아아! 매정한 놈! 혁명당! 무법자! 9월파(1792년 9월의 왕당파 대학살에 참가한 혁명 당원)!" 그것은 죽음에 허덕이는 사람이 시체를 향하여 낮은 목소리로 힐책하는 소리였다.

마음 속의 분화(噴火)는 말이 되어 나오지 않으면 그치지 않는다. 조금씩 말의 맥이 돌아왔으나 조부는 이미 말할 기력이 없는 것 같았다. 그의 목소리는 희미하고 약해서 마치 심연 저편에서 들리는 듯했다.

"이제 나는 아무래도 좋소, 나도 이제 죽소. 그런데 이 빠리 안에서 이 불쌍한 놈을 행복하게 해줄 여자가 하나도 없었다니! 바보 같은 놈이 인생을 재미있게 즐기려 하지도 않고 싸움터에 나가서 짐승처럼 맞아죽었단 말인가! 그것도 누구를 위해서, 무엇 때문에? 공화제를 위해서! 젊은이답게 쇼미에르에 춤추러 가면 좋을 텐데! 20살이라면 다시 없이 좋은 나이야. 천하에 도움이 안 되는 빌어먹을 공화제, 세상 어머니들이 아무리 귀여운 사내아이를 자꾸자꾸 낳는다 해도 모두 앗아가 버려.

아, 이 아이는 죽었소. 그 때문에 네 것과 내 것의 두 장례가 이 집에서 떠나게 될 거야. 네가 이런 짓을 한 것도 라마르끄 장군의 눈에 들고 싶어서였느냐! 도대체 그 장군이 네게 무엇을 해주었더란 말이냐! 멧돼지 같은 군인! 무모한 녀석! 죽은 사람을 위해서 죽다니! 이러고도 미치지 않을 수가 있겠는가! 생각해 봐. 겨우 20살로! 그것도 뒤에 남는 사람을 돌아보지도 않고! 선량한 늙은이는 비참하게 혼자 죽어야 한단 말인가! 오오, 단지 혼자서 죽으란 말인가! 흥, 좋다, 나도 그걸 바랐다. 이제는 깨끗하게 죽을 수 있어. 나는 너무 늙었어. 벌써 100살이야, 만만세야. 훨씬 옛날에 죽어야 했어. 이제 급소를 한 대 맞은 거야, 이것으로 끝이야 오히려 다행이지. 이 애에게 암모니아 냄새를 맡게 한다든가, 약을 먹여서 무얼 하겠다는 거요? 헛수고요, 의사 선생! 보시오, 이 애는 죽었소, 아주 훌륭하게 죽어 있소. 나는 알아요. 나 자신도 죽은 사람이니까. 이 애는 무엇이든 하다가 마는 일이 없소.

그렇소, 세상은 더럽소. 더러워, 더러워. 시대도, 사상도, 주의도, 지도자도, 권위자도, 학자들도, 엉터리 문사도, 사이비 철학

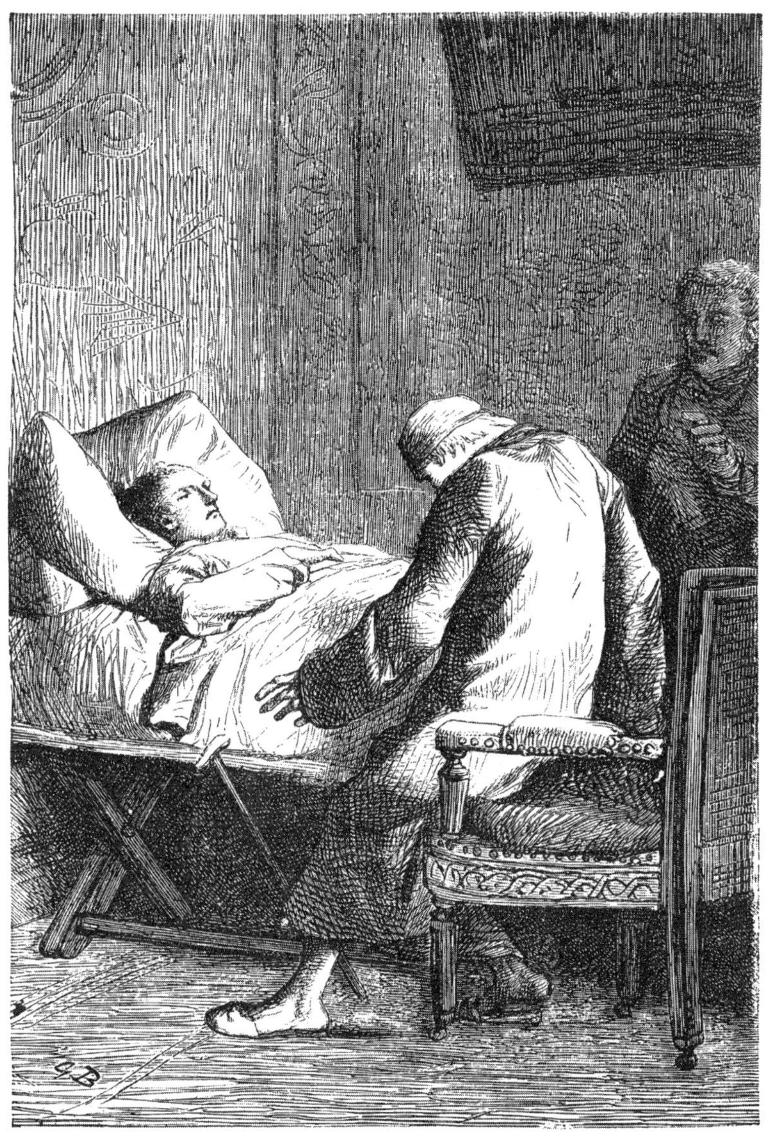

마리우스! 내 자식! ……그리고 질노르망은 그대로 정신을 잃고 쓰러졌다.

자도, 그리고 60년 동안 뛸르리 궁전의 까마귀 떼들을 놀라게 한 모든 혁명도, 모두 다 더럽단 말이오! 그리고 너도 이렇게 죽으면서 내 생각을 하지 않았으니까 나도 네 죽음을 슬퍼해 주지 않을 테다, 알겠느냐? 이 살인자 녀석아!"

바로 그때, 마리우스가 조용히 눈을 떴다. 그리고 아직도 혼수 상태의 놀라움에 싸여 흐릿한 눈길로 질노르망 씨를 바라보고 있었다.

"마리우스! 마리우스! 내 자식! 내 귀여운 마리우스! 눈을 떴느냐? 나를 보고 있구나, 살아 있구나, 고맙다!" 노인은 외쳤다.

그리고 질노르망은 그대로 정신을 잃고 쓰러졌다.